やがて、警官は微睡る

日明恩

双葉文庫

1

車のエンジンの音に、臼井紀夫《うすいのりお》はパソコンのモニターから目を上げた。やって来たのはガス会社のバンだ。テナントの飲食店のどこかが呼んだのだろう。ゆるやかに近づいてくるバンを見て、駐車スペースをまた間違えるなら誘導しなくてはと思い、席を立つ。チーク材の壁に天井、足下はぶ厚い赤絨毯《じゅうたん》と、会員専用待合室の設《しつら》えはシックだ。時刻は午後一時二十分、午後一時の予約客全員が到着済みの今、これといってすることもない。

一週間前の四月九日、横浜《よこはま》みなとみらいのJR桜木町《さくらぎちょう》駅前に、ハーヴェイ・インターナショナル横浜はオープンした。だが稼働しているのは二十階の建物のうち、三階にあるフロントとレストランと、十階から上の客室部分、あとは地下駐車場だけで、残りの階に入っているシネコンスタイルの映画館や飲食店が中心の商業施設部分のオープンは、まだ一週間先だ。グランド・オープンに向けて、急ピッチで作業している中、業者が間違えてホテルの来客用スペースに車を駐《と》めてしまうことはままあった。そのたびに臼井は業者用のスペースへと誘導しなくてはならなかった。

予想に反してバンは来客用の駐車スペースの手前で右折した。その先には業者用のスペースがある。

さすがに大手はしっかりしている。そう独りごちると臼井は椅子に腰かけた。改めて机の上の台帳に目を落とす。万年筆で書かれた予約客のサインを眺める。六名分の名前が英語の筆記体で書かれていた。眺めていても読み方が判《わか》らず、パソコンのモニターにカタカナで記載された名前と見比べる。

「これで、ウー・ウェンって読むのか」

そうつぶやいた臼井は、物音に顔をあげた。キャップを目深《まぶか》に被り、つなぎを着た三人が、大きなプラスチックケースを載せた台車を押して近づいてくる。

商業フロアのオープンに向けて、数多くの業者が行き交っているだけに、さして珍しくもない。業者用でなく来客用のエレベーターに進もうとしたら、声を掛けねばならないが、そうでなければ別に気に掛ける必要もない。

だが臼井は近づいてくる三人から目を離せなかった。先頭を進む男はともかく、楽しそうに話しながら後に続く小柄な二人が何となく気になったからだ。

コンクリート造りの地下駐車場に車輪の音を響かせながら、三人が臼井に近づいてくる。臼井は小柄な二人を注視した。ふいに一人がこちらを向いた。まだ幼い顔立ちは、せいぜい十五歳くらいだった。しかもキャップから覗く髪は赤毛で、白い顔にある目は緑色だ。どう見ても白人だ。

なんでこんな子供が？　と不思議に思っていると、隣の少年もこちらを向いた。もう一人の少年と寸分違わず同じ顔で、背格好もほぼ同じだ。二人揃ってにこりと微笑《ほほえ》まれ、つられて臼井も笑顔を返した。二人は前に向き直ると台車を押して通過した。少年たちが気になって席を立ち、待合室の出入り口へ進む。自動扉が開き、外に足を踏み出した瞬間、首がちくりと痛んだ。いったいなんだと思いつつ、痛む場所を確かめようとする。だが胸まで手を上げる前に、臼井は膝から崩れ落ちた。

つなぎを着た男は、ペン型注射器をポケットにしまいながら、待合室の中に入った。臼井の両腕を摑んで、待合室の奥まで引きずる。

「ペントバルビタール！」

室内に入ってきた少年二人が、声を揃《そろ》えて嬉しそうに言う。

男は頷いてそれに応えた。

「やったね、リフティ」

「やったね、シフティ」

二人は声を揃えてそう呼び合うと、片手でハイタッチをした。サッカーの試合でゴールでも決めたかのような二人のはしゃぎっぷりに、男は口を歪《ゆが》めて、「時間がないぞ」とだけ言うと、ウッドデスクの引き出しの中を探り、中から鍵を取り出した。

二人は「はーい」と楽しげに応えながら、台車から工業用の結束バンドとダクトテープを持ってきた。

ダクトテープを受け取った男は、鼻を塞《ふさ》がないように注意して臼井の口にテープを貼った。双子は両手首、両足首をそれぞれ結束バンドできつく締め上げる。

男は待合室の壁の一角を手で押した。現れた二畳ほどのスペースの中に置かれた木製の戸棚の扉をさきほど取り出した鍵を使って開ける。中にはあまり物は入っていなかった。掛けられていたレインコートを端に寄せると、男は臼井を抱え上げた。重い人間の身体を戸棚に押し込むのは簡単なことではない。足下をふらつかせながら苦労して、崩れ出そうになる臼井を押し込む。身体が壁に当たった勢いで、戸棚の上段から懐中電灯が落ちた。そのまま転がって、待合室の机の下に消える。思わず舌打ちした男に、途中、フロントのある三階のみ止まる二十階への直通エレベーターの前で待っていた双子が声を揃えて不満げに言った。

「ドク、先に行くからね！」

二人だけで行かせたら大変なことになる。男はあわてて「今、行く」と言うと、どうにか扉を閉め、鍵を掛け終えると、双子のもとに急いだ。

2

——この一回で断る理由は、特にない。

磯谷《いそや》はるかは、テーブルを挟んで座る大柄な男に目をやって、改めてそう思った。

ハーヴェイ・インターナショナル横浜の三階ロビーで午後一時。待ちあわせの五分前にはるかがロビーに着いたときには、すでに男は待っていた。写真と簡単な釣書しか相手のことは知らない。それでも大柄な身体や、男が醸《かも》し出す、はるかの父親と同じ雰囲気は、他の何かと間違いようもなかった。

同じフロアにあるレストランに場を移し、かれこれ三十分。木訥《ぼくとつ》といえば聞こえは良いが、悪く言えば気の利《き》かない男との会話は弾まなかった。ただ、それもはるかには織り込み済みだった。

警察官の全員が、父親のような面白味のない無口な人物だとは、はるかも思ってはいない。むしろ、よく似た雰囲気を持つ男には好感すら持った。

三月に三十四歳になったはるかにとって、これは五度目の見合いだ。大学時代のボーイフレンドは、向こうが就職浪人をして以降、疎遠になり、自然消滅した。

大学卒業後は横浜信用金庫に入庫した。神奈川《かながわ》県だけでなく周辺の都や県にも支店はあるとはいえ、やはり狭い職場なだけに、職場で恋愛、さらには結婚相手を探す気にはなれなかった。

そのまま三十歳を過ぎ、決まった相手もいないことを案じた母親が勧めるがままに結婚相談所に入会し、そこで四人紹介して貰った。だがどの人もぴんと来ずに、結局断った。

五度目の今回は相談所の紹介ではない。父親からだ。相手は、父親の同期の元部下だった。

母親は強く反対した。警察官、それも刑事の妻という自分の人生を否定する気はないが、娘に同じ思いをさせるのは不憫《ふびん》だという。

出がけに玄関で、母は娘に優しく語った。

「どれだけ愛していても、毎日夫の無事を案じることも、家にいないことの多い夫のかわりに家庭を守って子供を育てるのも、決して楽ではないわよ」

はるかにも、それは判っていた。警察官の妻になるということがどういうことなのかは、生活だけでなく、経済面も含めたすべて、はるかは実体験で知っている。

小学校の運動会や父母参観日にはじまり、中学、高校、大学の入学式にも卒業式にも、父親の姿を見た記憶はない。警察官、それも刑事ともなると、もともと当直勤務があって休みが変則的で、さらに仕事熱心だと、家で過ごす時間は極端に少なくなる。旅行もほとんどが母親と二人だ。アルバムには父親と一緒の写真は、数えるほどしかない。

一人娘なだけに、早く家庭を築いて両親を安心させたいとは思っている。目の前の相手は父親が勧めた相手だ。直接知っているわけではないだろうが、それでも娘に引き合わせたくらいだから、人となりは悪くはないのだろう。

ちらりと相手の顔を見る。お世辞にも美男とは言えない。粗い造りの顔は、素人が作った木彫りの仏像のようだ。はるかは決して面食いではない。だとしても、初めてロビーで挨拶したときには、黙っていると怒っているようにも見える男の顔に、さすが甦《よみがえ》る。

頭に浮かんだ想像は、すべて両親と被った。父親との記憶がほとんどない子供時代がに怖気《おじけ》づきそうになった。

――この人と結婚して暮らしていく。

――私には、無理だわ。

意を決して口を開く。

「――すみません、申し訳ないのですが、今日はこれで」

腕時計に目を落とす。一時三十五分になろうとしていた。会っていた時間は正味三十分もない。この短かさで、こう言い出せば、自分がどう思っているか、察してくれるだろう。

「そうですね」

あっさりと同意されて、拍子抜けする。男も自分を気に入らなかったのだ。

自分から切り出したのに、先方も同じ気持ちだったと知ると、やはり寂しい。それどころか、どこがダメだったのか、聞いてみたいとすら思う。

「ちょっと、失礼します」とだけ言うと、男は席を立った。気づけばテーブルの上にあったはずの伝票がない。トイレにでも行って、ついでに支払いを済ませて戻ってくるのだろう。

不愛想ではあるが、無礼ではない男の遠ざかる大きな背中を見つめた。

3

「お待たせして、大変申し訳ございません」

西島稔《にしじまみのる》はなんとか笑顔を崩すことなく、カウンターを挟んで前に立つ四十代半ばであろう男性客にそう告げた。

「ほんっと、いつまで待たせるんだよ！」

男がこれみよがしに舌打ちをする。領収書がプリントアウトされる間、西島は男に再度、頭を下げる。

——女と上手く行かなかったからって、八つ当たりすんなよ。

作り笑顔を浮かべたまま、西島は心の中で毒づいた。

時刻は一時半になろうとしていた。本来、ハーヴェイ・インターナショナルのチェックアウトは午後一時までだ。中国人団体旅行客のチェックアウトに手間取っていたのは事実だ。だが男がロビーに下りてきたときにはすでに一時二十五分だった。

前日のチェックインのときは、男は一人ではなかった。男の年齢や外見とは明らかに不釣り合いな派手な化粧と服装の二十代前半、もしかしたら十代かもしれない若い女性を同伴していた。だがチェックアウトしている今、男は一人だ。二人の間に何が起こったかは知るべくもない。だが男の態度から、期待通りに事を運ぶことが出来なかったのは判った。

「こちらでございます」

差し出した領収書をひったくるように奪った男は、再び舌打ちしてから、西島に背を向けた。それでも西島は「またのご利用を、心よりお待ちしております」と言って、深々と頭を下げた。

四十五度の角度に保ったまま、声に出さずに三秒数えてから頭を上げる。男の姿はすでになかった。カウンターに背を向け、客の目の届かない死角に移動してから、西島は盛大に顔をしかめた。常にお客さまの目を意識して、適度な笑顔を作り続けるお蔭《かげ》で、顔の筋肉のすべてが凝《こ》っている。目を見開き、唇を突き出して顔をほぐす。

「西島君」

あわてて笑顔を作って振り返る。総合アシスタントマネージャーの安村《やすむら》だ。

「ホテルマンは、どんなときでも笑顔だよ」

温厚な笑みで、安村が言う。もともと笑って見える造りの顔の安村を、うらやましく感じつつ、「もちろんです」と西島は応えた。

「鍵の番号は？」

笑顔で問う安村の不意打ちに、西島は必死に思い出そうとする。

「おや？」

言いながら、安村の視線がスタッフルームのドアへと向いた。それがヒントとなって、西島は小声で「二七七〇〇二です」と返した。

お客さまからの預かり物や忘れ物などを保管するために、レセプションカウンターの裏にあるスタッフルームに、金庫が今朝搬入された。鍵の番号を知っているのは、安村とシフトリーダーの竹内《たけうち》、本日の当番である西島の現時点では三名だけだった。鍵の番号は安村が決めた。前半三桁がホテルの職員の総数で、後半三桁は部屋数二百を逆にして組み合わせたものだ。

「忘れないように」

言い終えた安村は速《すみ》やかにカウンターに戻った。見るとお客さまが近づいて来る。アシスタントマネージャーに必要とされるのは視野の広さだ。

安村がにこやかに接客を始める。その後ろで客の存在にまったく気づいていなかった自分に、西島は小さく肩を落とした。

ホテルマンは幼い頃からの西島の夢だ。きっかけは小学校三年生の夏の旅行だった。それまで住んでいた佐賀県から出たことすらなかった西島にとって、東京への旅行は何もかもが驚きの連続だった。

宿泊先のホテルは信じられないくらい広く豪華で、ついはしゃぎすぎた西島は見事にお気に入りの帽子をなくした。途方に暮れて泣きじゃくる西島を救ってくれたのはホテルマンだった。

父親より年上のそのホテルマンは、優しく丁寧に西島と一緒に帽子を捜してくれた。

チェックアウトのときに、笑顔で送り出してくれた彼を見て、西島は決めたのだ。将来、ホテルマンになると。

その思いは成長につれて変わることはなかった。小学校、中学校、高校の、すべての卒業文集に「将来はホテルマンになる」と、西島は書いた。

大学在学中に専門学校にも通い、その結果、外資系のハーヴェイ・インターナショナル・ジャパンに見事入社した。そして二年間の勤務ののち、ハーヴェイ・インターナショナル横浜の新規オープンのスタッフに抜擢《ばってき》された。

同期の中でただ一人の抜擢に西島ははりきった。経験を積み、いずれはマネージャーになると心に誓った。それだけに安村に歴然たる力の差を見せつけられると、やはり落ち込む。

——視野を広く、常に笑顔で。

ホテルマン必須の心掛けを心の中で繰り返す。

そのときアシスタントマネージャーのデスクの上の非常電話が鳴った。スタッフの目が一斉に電話に注がれる。

非常電話は、館内の不審者やボヤ等を発見した場合を始め、ホテル内の安全に関わる事態が起こったときに使用される。

安村はまだ接客中だった。西島は素早く近づく。間違い電話の防止策として、非常電話はベルが三度鳴り終えてから受話器を上げる決まりとなっている。

「フロント、西島です」

『文田《ふみた》です』

かけてきたのは文田昌己《まさみ》だった。文田もホテルの従業員だ。だがその立場は他の職員とは一線を画している。文田はオープン屋なのだ。

ホテルが新設されると、企画準備段階から参加してオープンに力を貸し、経営が軌道に乗ると退職する。在職期間はせいぜい半年、長くても一年未満。退職したのちは、また別の新規ホテルのオープンに立ち合う。そうして新規オープンのホテルを転々とするプロ集団がオープン屋だ。

彼らの最大の能力は企画営業と人脈にある。ホテル経営の最大の課題は、いかに空室を作らないようにするかだ。そのためには色々な企画が必要だ。ホテル周辺の施設や旅行会社とのタイアップを皮切りに、企業の研修や、各界の催し、その他イベントとの連携など、あらかじめ宿泊客を見込める企画をどれだけ立てられるか、ホテルの経営はそれに掛かっている。

文田もそんなオープン屋の一人として雇われた。それも一流の腕を持っている。いつも笑顔を浮かべているような安村と対照的に、ともすれば冷たそうに見える整った顔立ちだ。だが、冷静で優雅な物腰の文田は、西島にとって、安村とはまた違う意味であこがれの存在だった。

安村さんは？　と問われて、接客中だと答える。

『今、十七階にいるのですが、お客さまから異臭がすると言われまして』

「異臭ですか？」

聞き返しながら考える。異臭でまず最初に思い浮かぶのは、排水溝や排気ダクトの不調だ。他にも煙草《たばこ》の消し忘れによるボヤ騒ぎや、築年数が経っているホテルならば、調理場の換気ダクトに溜まった脂《あぶら》に火がついて白煙を出すというのも、ままあることだ。

二年間の実務の中で、何度か異臭やボヤ騒ぎは経験していた。そのどれもが通報までには至らないものだった。

今回も、今までと同じだろう。西島はそう考えた。

『はい。それも化学薬品のような嫌な臭いだと。今、現場にいますが、確かに硫黄《いおう》のような臭いがします』

常に冷静な文田の口から出た言葉に、西島に緊張が走る。

『〇三かもしれません』

ホテルには、客には判らないように社員にのみ通じる隠語がいくつかある。文田の言った「〇三」とは、客の自殺を意味する。

硫黄のような臭いと「〇三」から連想されるのは、トイレやバスルームで化学薬品を使ったパターンだ。

あわてて安村に目を向けた。だが、カウンターに安村の姿はなかった。さきほどの客を自ら案内しに行ってしまったらしい。

『いったん、切ります。どうするか決まり次第、お電話下さい』

そう言うと文田は通話を切った。西島は受話器を握りしめて呆然《ぼうぜん》とする。

——どうしよう。

焦る気持ちをなんとか抑えて、まずは受話器を戻した。続いて頭の中で次にしなければならない手順を思い出す。

非常電話の回線は、通話者同士だけでなく、防災センターと施設管理部に同時に繋《つな》がる。この時点では両セクションの職員はただ通話内容を聞くのみだ。アシスタントマネージャーが指示を出して初めて行動に移る。アシスタントマネージャーと両セクション担当者の三名が不審箇所として報告された場所に行き確認し、その結果、警察ないし、消防や救急が必要ならば通報する。通報は職責としてアシスタントマネージャーのみが行う。

——まずは安村アシマネを呼び出して。

安村の姿を求めて、おろおろと視線をさまよわす。トイレから出てきた身体の大きな男が目の前を横切った。首を伸ばして男を除けて、さらに見渡した。それでも安村は見つからない。

「——いや、お客さまの安全が優先だよな」

自分でも気づかぬうちに、西島は声に出していた。

4

武本正純《たけもとまさずみ》はため息を吐いた。トイレの鏡に映るのは、どこからどう見ても疲労した四十手前の男だ。

もとより万人に好感を持たれる顔でないのは自覚していた。口の悪い元相棒の和田《わだ》は「お前の鬼瓦面《おにがわらづら》が羨《うらや》ましいよ。ただいるだけなのに犯人を威圧するんだからな」とすら言う。悲しいことに、少なからずそれが事実だということは、武本も気づいていた。

しかも今日はいつにもまして分が悪い。三日前に起きたコンビニ強盗事件の捜査で、その後の二日間は仮眠程度で過ごさざるをえず、しかも昨日は当直だった。不惑《ふわく》も近づいた今、三日連続の睡眠不足はさすがにきつい。そのダメージはとうぜん顔にも出ていた。加えて武本は口べただった。気の利いた話題の一つも提供できないようでは、女性に、それも見合い相手に好感など持たれるはずもない。

そしてやはり、見合い相手の磯谷はるかは早々に見合いの終了を望んだ。予想はしていたが、三十分で打ち切られるとなると、さすがに武本も落ち込む。

この見合いは、武本が池袋《いけぶくろ》署刑事課在籍時の上司、さらには武本が警察官となったきっかけである安住《あずみ》が持ってきたものだった。いつまでも独り身の武本を案じて、安住と同期の磯谷将《まさる》の長女・はるかとの縁を取り持とうとしてくれたのだ。

正直に言えば、最初に声を掛けられたときには、乗り気というわけでもなかった。ただ、残念ながら、武本は今まで女性とほとんど縁がない。学生時代も警察官になってからもだ。そしてこのまま警察官であり続ける限り、今までと同じような生活が続くであろうことも予測できる。四十歳も近づきつつある今、このままではさすがにいけないと武本も思い始めていた。その思いは母親の月命日に実家に帰った際、七十歳を目前にした父親の老いを感じたことでも強まった。武本は安住の勧めに従うことにした。

預かったはるかの写真を見て、さらに実際に会って、一目でこの人だ、と思いはしなかった。でも、落ち着いた雰囲気のはるかに好感を持ったのは事実だ。何度か会う機会を貰い、お互いのことを知り合えれば、とも思った。しかしはるかは、実質三十分にも満たない短時間で見合いを終わらせた。

不甲斐《ふがい》ない結果に終わったことを、安住に報告しなければならない。そう考えると気が重い。

いつまでもトイレにいても仕方ない。武本は再び大きく一つ息をつくと、その場を後にした。

ロビーに出ると、団体客のチェックアウトの波も一段落したらしく、さきほどまで混んでいたフロントはすっかり静かになっていた。

会計を済ませるべくレストランに向かって歩きだす。ふとホテルマンの一人に目が留まった。まだ歳の若いホテルマンは受話器を手に、プロらしからぬ落ち着きのない目をさまよわせている。何かあったのだろうかとも思ったが、今時の若者の良く言えば表情の豊かさ、悪く言えば感情がすぐ顔に出ることに、大した理由はないのかもしれないと思い直す。それは昨今《さっこん》の警察官事情も同じだ。

武本の脳裏に一人の男の顔が浮かんだ。池袋署で同じく安住の部下で、武本の上司だった潮崎哲夫《しおざきてつお》だ。

潮崎は相手が誰だろうと、場所がどこだろうと、思ったままの自然な顔を見せた。表情だけでなく、言動もまた突飛《とっぴ》で、それこそ警察官らしからぬ存在だった。警察内では異質であり煙たがられていた潮崎をパートナーとして押しつけられた当初、武本はその扱いに困り果てた。だが共に働くなかで、世間の警察官のイメージを覆《くつがえ》す潮崎こそが、これからの警察に必要な人材だと気づいた。

潮崎は一度口を開けば、いつまでも話し続ける。よくぞ話題が尽きないものだと感心するほどだ。だが女性との親密な交際の話は聞いた覚えがない。女性の話題がなかったわけではない。それどころか、潮崎の実兄の娘を始めとする下は〇歳から、上はスーパーでたまたま出会った七十八歳の老嬢まで、数多くの女性の話を潮崎はした。でも親密な関係の人はいなそうだった。

潮崎は顔立ちも整っている。何よりあの人なつっこい性格だ。多くの女性が彼に好感を持つことも、近くにいたのでよく知っている。そんな潮崎を、武本は少しだけ羨ましく思った。

「——いや、お客さまの安全が優先だよな」

ホテルマンの声を耳で拾った武本の足が止まった。

「何かあったんですか？」

呟きに反応した武本はホテルマンに訊ねた。とつぜん話し掛けられて驚いたのだろう、ホテルマンが目を見開いて武本を見つめる。背広の胸のネームタグには漢字とローマ字で西島稔と書いてある。

「え？　あの、何か？」

西島の動揺しきった様子に、武本は再び訊ねた。

「このホテルで、何か起こったんですか？」

返事はなかった。だが、西島の忙しなく動く目が、その通りだと答えていた。

5

目的地は二十階だが、フロントのある三階以外は直通なので乗ってしまえばさして時間はかからない。到着して双子が暴走を始めたら、男にも二人を止める自信はない。それだけにエレベーターに乗る前に、これからの段取りを双子に再確認させる。

「目的は?」

「〝思い出〟を傷つけずに取り返す」

またかと言わんばかりに、双子はつまらなそうに声を揃えた。機嫌を損ねて良いことはないだけに、男は彼らのお気に入りの質問をする。

「そのためには?」

「邪魔者は皆殺しー!」

とたんに二人の声が弾む。すかさず男は続けた。

「でも?」

「関係ない人は殺さない」

また声のトーンが下がる。

「そんなことをしたら」

「あいつらと同じになっちゃう」

膝を曲げ、二人の顔を順に見ながら男は頷《うなず》いた。

「もう、ドクったら、しつこい」

唇をとがらせて言ったのは兄のリフティだ。二人は口元のほくろの有無でしか判断できないほど外見が似ている。だが兄のリフティは弟のシフティよりも、少し口数が多い。

「エレベーターが到着したら?」

リフティの文句を無視して、ドクと呼ばれた男が訊ねる。

「最初に降りるのは、ドク」

「ホテルの従業員に手を出していいのは？」

「ドク」

シフティの手がリフティのつなぎの袖口をつまむ。飽きちゃった。と兄に伝えているのだ。ここで兄がGOサインを出そうものなら、シフティは確実に行動を起こす。危険な徴候に男はあわてる。

「犯罪者と虫けらどもは？」

「抵抗したら、皆殺しー！」

嬉しそうに双子が言った。シフティの指がリフティの袖口から離れたのを見て、男は安堵《あんど》する。

弟のシフティは兄と較べて口数が少なく、ほとんど兄としか話さない。弟は内向的で大人しい。双子と出会った当初、男はそう思った。だがそれは間違いだとすぐに知った。弟の方が気が短く衝動的だった。だからといって兄が安全というわけではない。結局は二人を上手く扱わなくてはならない。そのプレッシャーに、男は一つ深呼吸した。

老人から双子を紹介されたときのことは、今でも鮮明に覚えている。ポータブルD

VDプレイヤーの前に顔を揃え、アニメを食い入るように観て声を上げて笑っている二人は、どう見ても幸せそうな白人家庭に育った子供だった。

悪い冗談だろう。男はそう思った。老人の求める活動の中で、十二歳の子供二人が何か出来るとはとても思えなかったからだ。

だが渡された資料を読み進めるうちに、考えを変えざるを得なかった。

「本当に彼らが？」

老人にそう訊いた声が震えていたことを、男は今でも記憶している。資料に記載された通りならば、十二歳にして二人は両親を含む三人を殺し、未遂も含めると十人以上の重傷者を出した凶悪な犯罪者だった。

当初、双子は実年齢通り、家庭裁判所で裁かれる予定だった。凶悪な犯罪が故に、何名もの高名な精神科医が二人を診《み》た。結果は全員一致した。この双子は反社会性人格障害者であり、それも治癒の可能性は極めて低いとみなしたのだ。

だが、当時の米国精神医学会の規定では、「子供を反社会性人格障害と診断することを禁じ、十八歳までは行動障害として扱う」としていた。つまり、二人が実年齢に即して裁かれた場合、十八歳になれば出所して、また社会に戻ることとなる。

双子が殺害した両親以外の一名は、隣の家の一歳に満たない赤ん坊だった。理由を問うと、「ばらばらにしてまた組み立てようとしただけ」と、平然として言ったという。実の親を殺した理由についても、「テレビを観ているのにうるさかったから」だった。もちろん後悔の念はない。それどころか、自分たちが悪いことをしたという自覚すら二人にはなかった。

そんな治癒の見込みの低い人格障害を抱えた二人が、また世に戻ることは誰も、とりわけ被害者の遺族は望まなかった。そして、その意見は世論となりつつあった。専門家だとしても、双子の年齢は十二歳だ。少年としての権利は守られるべきだ。専門家たちの議論が進められている間、二人は精神科病院の閉鎖病棟に収容されていた。だがそれから二カ月後、二人は死亡した。病院内で、やはり人格障害患者に殺害されたのだ。

資料から目をあげた男は、しげしげと双子を眺めた。死亡したはずなのに、生きて目の前にいることには、何の驚きもない。男も同じ道を通っていたからだ。

「あのまま進められていたら、特例扱いにされたか、精神医学会が規定自体を変えたか、いずれにせよ、大人と同じく裁かれた。つまり、二人とも生涯精神科病院に幽閉されるか、あるいは、死刑になっていただろう」

静かに老人は語り始めた。

「この二人がこうなったのは、二人のせいではない。本人たちにも理由は判らないんだ。なのに生涯幽閉されるか、殺されるかだなんて、可哀想だと思ってね」

老人の言うことにも一理ある。男はそう思った。けれど、無差別に人に危害を加えるのならば、彼らを隔離するのは仕方ないことだとも思う。

「彼らも、力を持つ者の論理の被害者だよ。――君と同じく」

その言葉が、男の中に生まれた迷いや疑惑を払拭《ふっしょく》した。

「そうですね」

男の返事に老人は微笑むと、双子に声を掛けた。

「二人とも、挨拶《あいさつ》なさい」

双子が顔を上げた。赤毛で、そばかすの浮いた白い肌に綺麗な緑の目、資料にあった事件を起こしたとは、とても男には思えなかった。

「僕はシフティ」

「僕はリフティ」

全く同じ声で二人が名乗った。

「私はドク」

男も名乗った。もちろん、実名ではない。だが自分には医者をしていたという過去がある。双子の名前にも何か由来があるのだろう。二人を知るためにも、ドクは訊ねた。

「本当はフリッピーがよかったんだ。でも二人ともフリッピーじゃおかしいし、リフティとシフティは双子だし、ちょうどいいねって」

教えてはくれたが、ドクには意味が判らなかった。

「『ハッピー・ツリー・フレンズ』のキャラクターだ」

老人が口添えしてくれる。そのタイトルに聞き覚えのないドクには、やはりぴんと来ない。

「知らないの？　これだよ」

双子に手招きされてドクはＤＶＤプレイヤーを覗き込んだ。ディスプレイに映しだされていたのは、かわいらしい動物キャラクターたちだった。

コミカルな動きに、やっぱり二人とも子供なんだなと思ったドクの考えは、すぐに覆された。ドクの知るアメリカのアニメでは、キャラクターが大きな石の下敷きになり、紙のように薄っぺらになっても平然と復活する。だがそのアニメは違った。体が真っ二つになったり、さらには内臓や脳が飛び出す様子などもはっきりと描かれていたのだ。そして毎回最後はキャラクターのほぼ全てが凄惨《せいさん》な最期を遂げて終わる。

もちろんＰＧ12指定にはなっている。毎話、教訓めいたメッセージも流れる。だとしても、誰がどういう意図を持って制作したアニメなのか、ドクにはまったく見当もつかなかった。何より恐ろしいのは、双子がこれ以上ないというほど、目を輝かせて見入り、キャラクターが残虐な末路を辿《たど》るたびに、飛び上がってハイタッチを交わしていたことだ。

「これがリフティ、帽子を被っている方がシフティ」

二人同時に嬉しそうに指した先にはモスグリーンのアライグマらしき動物がいた。

「イーッヒッヒッヒッ」と耳障りな笑い声を上げている。

「口元にほくろがあるのがリフティ、双子の兄だ。ない方がシフティ、弟だ。人に危害を加えることも、人の命を奪うことも、この二人には良心の呵責《かしやく》どころか、何のためらいもない。彼らの才能を活かす場を、私ならば与えることが出来る」

初めに感じた恐怖は、ドクにはすでになかった。それどころか愉快な気持ちにすらなっていた。

――緑の目の双子の少年を、いったい誰が警戒するというのだろう。

「任せてもよいかな？」

ドクは深く頷いた。

実際に行動を共にして、改めてドクは双子の恐ろしさを知った。そもそもドクは目的そのものには関係ない人間を排除するのに、以前はケタミンを使用していた。人体への影響を考えると、それがベストだと思っていたからだ。

だがあるとき、相手は予想していたよりも大柄な男で、すぐには意識を失わなかった。格闘しながらもう一度注射をしようとしていたら、急に男の動きが止まった。倒れた男の背にははさみとナイフ型のレターオープナーが突き刺さっている。どちらもその場にあったものだ。愕然《がくぜん》とするドクの目の前で、双子が満面の笑みで両手でハイタッチを交わした。

それ以降、ドクは効能の強いペントバルビタールに薬を替えた。

目的のためには殺しもやむを得ない。それが老人の、そしてドクの信念だ。だから

と言って、闇雲に被害者を増やす必要もない。

「誰かれ構わず人を殺したら、奴らと同じになってしまう」

そう告げた老人の顔に刻まれた深い傷を思いだす。

老人が手を差し伸べてくれたからこそ、自分は今ここにいる。そうでなかったら、生きてすらいなかった。老人の言葉、老人の行い、さらには老人自体を守る。それが自分の大義だ。

双子もまた、彼に選ばれた。老人が必要としている以上、双子とは上手くやっていかねばならない。そのためには、麻酔を強い薬に替えるくらい、大したことではない。

「さあ、行こうか」

ドクの声に、双子は嬉しそうにエレベーターのボタンを押した。

6

「何か、起こったんですか?」

フロントに近づいてきた男は、再度訊ねた。

とつぜん現れた男に、西島は上手く対応することが出来なかった。動揺していたこともあるが、身体が大きく、威圧感のある目の前の男に気圧《けお》されてしまっていたから

だ。

「よろしかったら、承《うけたまわ》りましょうか？」

落ち着いた温かみのある声が聞こえて安堵した。戻ってきた安村は、身体の大きい男の陰になって西島からは見えていなかった。

振り返った男は安村の胸に着いているプレートを一瞥《いちべつ》すると、口を開こうとした。

その矢先、机の上の電話が鳴った。

非常電話が再度鳴っている。文田からの催促だろう。安村が口を開いた。

「お客さま、大変申し訳ございませんが、少々お待ちいただけますでしょうか？」

丁寧だが、しっかりとした口調に、男は頷いて同意した。

安村は、三度目のベルが鳴り終わると同時に、受話器を取り上げた。こうなると、西島が男の相手をするべきだ。

「お客さま」

意を決して話し掛けるが、男は西島の方を見ようともせず、安村の通話に耳を傾けていた。

「――判りました。担当者を向かわせて下さい。私も合流します。それでは」

簡潔に通話を終えた安村は、「申し訳ございませんでした」と男に詫びた。

「失礼ですが、お客さまは警察の方でいらっしゃいますか？」

男が小さく頷いた。

言われてみれば、男の醸しだす威圧感には覚えがあった。

西島の勤めるハーヴェイ・インターナショナル横浜に限らず、大手のホテルの防犯部門には制服と私服、両方のガードマンがいて、その中には必ず警察ＯＢがいる。男の雰囲気は彼らと似ていた。

「宿泊階で異臭があるとの報告を受けました。これから状況を確認に行きます。結果はご報告差し上げますので、今のところはひとまず」

「判りました」

安村の話が終わるやいなや、男がきびすを返して立ち去った。

「西島」

背中を向けたままの安村から発せられた声は、今までとまったく変わらず優しかった。だがその中に叱責《しっせき》が含まれていることは、すぐに気づいた。

「今から十七階に行ってくる。君は、各階のどこに何名お客さまがいらっしゃるか確認しなさい」

言い終えた安村が一瞥を投げた。

非常時こそ、ホテルマンの腕の見せどころだ。なのに自分は何一つ対処も出来ず、客一人の対応すら満足に出来なかった。自分のふがいなさに、西島の心は重く沈む。

それでも安村の指示に従って、宿泊客の確認を始めた。

カウンターを離れた武本はレストランの会計を済ますと、磯谷はるかの待つテーブルに向かった。戻ってきた武本を見るなり、はるかが口を開いた。

「お会計ですが、自分の分は自分で」

「磯谷さん、私の話を黙って聞いて下さい」

はるかは口を閉じた。

快晴の日曜日、みなとみらいのビル群と横浜港の両方を望むロケーションにある新オープンのレストランともなれば、とうぜん客は多い。ホテル内で異臭騒ぎが起こったと偶然知ったが、まだ確認もとれていないのに、大声で話すわけにはいかない。そんなことをすれば、徒《いたずら》に騒ぎを大きくするだけだ。

一瞬で自分の職業を見抜いたアシスタントマネージャーの安村を信じて、武本は報告を待つことにした。だが、はるかには速やかにこの場から去って貰いたい。安住の親友の娘であるはるかは、安全に帰さねばならない。

武本は小声ではるかに説明した。さすがは警察官の娘だ。大仰《おおぎょう》な声を上げることもなく、武本の話を聞き終えた。

「判りました。それではこれで失礼します」

すんなりと了承してくれたことに、武本は安堵する。

「武本さんは、どうなさるのですか？」

素早くバッグを手に取りながら、はるかは訊ねた。

「事態の収拾を確認します」

きっぱりと武本はそう言った。

一人で大丈夫だと言われたが、念のために一階のエントランスまで武本は同行した。はるかを見送ってから振り返ると、二基あるエレベーターの一基の扉が閉まりかけていた。武本は駆け寄って扉を押さえて乗り込んだ。ロビーのある三階に戻るべく、ボタンを押す。だがエレベーターは地下へと下りていく。見ればB1のボタンが点灯している。途中で降りた乗客が誤って押したのだろう。

エレベーターが地下一階に着いて扉が開くなり、三階ロビーに早く戻りたい武本は、首を突き出してすばやく周囲を見回し、乗る人がいないことを確認してから閉じるボタンに指を伸ばした。

だがそのとき、目の端に駐車されたガス会社のバンが引っ掛かった。

——異臭の元はガスか？

異臭騒ぎが起こってから来たにしては早すぎる。ホテルではなく、商業施設の店舗が呼んだのだろう。それに、異臭の原因はまだ不明だ。

——だとしても、協力を求めてもよいだろう。

武本はエレベーターを降りた。早足でガス会社のバンに近づき、中を覗き込む。誰もいなかった。

そもそも、自分が勝手に動くべきではないかもしれない。確認したら報告すると、ホテルマンの安村は言った。アシスタントマネージャーという肩書きなのでとうぜんだが、物腰といい、一目で自分の職業を見抜いたことといい、間違いなくベテランのホテルマンに違いない。

——その道のプロに任すべきだ。

思い直した武本は、エレベーターへと戻ることにした。途中、左手に部屋があるのに気づいた。ガラスのドアの中は、落ち着いた間接照明で淡く照らされている。なんとなく気になって近寄った。

自動ドアは音も立てずに開いた。中には誰もいなかった。駐車場係の待機所だろうと予想していたものの、赤絨毯敷きの床やシックなウッドデスクに違うと気づく。

——いったい何の部屋だろうか。

改めて室内を見回した武本は、部屋の奥の壁にえんじ色の扉を見つけた。それはどう見てもエレベーターの扉だった。近寄って触れてみると、金属の冷たさが伝わった。

部屋全体の上等な造りに、武本はホテルのパンフレットを思いだした。ロビーで磯谷はるかを待つ間、することもなく眺めていたパンフレットには、建物の二十階に会員制の施設があると記載されていた。

このエレベーターは、おそらくその会員制の施設のためのものだ。

納得して、急いで三階に戻ることにした。自動ドアが開く。だが武本は踏み出しかけた足を止めた。

――何かがおかしい。

理由は判らないが、どこかこの部屋が気になった。

室内をぐるりと見回す。机の上には開かれたままのパソコンと台帳があった。日付と時間、さらには利用客らしき名前が書かれている。

会員制を謳《うた》う以上、守秘義務に関しては徹底されているはずだ。なのに係員はおらず、台帳も机の上にほっぽり出したままだ。

続けてぶ厚い絨毯が敷かれた床に目を向けた。台車でも通ったのだろうか、奥のエレベーターに向かって車輪の跡が残っている。しゃがみ込んでさらに注視すると、そうとう重いものを運んだらしく、跡はしっかりと深い。ただ、これは会員の顧客が何か荷物を運び込んだと考えれば、決して不自然とは言えない。

しゃがんだまま視線を移す。木製の机の下に、何かが落ちているのを見つける。立ち上がって近づいた。懐中電灯だ。

室内は整然としている。そんな中、なぜか懐中電灯が一本床に落ちている。

――やっぱり、何かがおかしい。

ロビーに戻って、安村にこの部屋の話をしようと決めて、武本は立ち上がった。

7

「あのカメラって平気なの？」

シフティがエレベーター内の監視カメラを指して言った。

「平気だよ。スパイダーがなんかするって言ってたから。――だよね？」

見上げて訊ねるリフティに、ドクは頷いてみせた。監視映像はすでに仲間の手で、空のエレベーターの内部を映し続けているものにすり替えられている。

ドクはつなぎのポケットからペン型注射器を再び取り出した。チンと軽やかな音を立てて、エレベーターが止まった。二十階に着いたのだ。

扉が開いたと同時に、台車を力一杯押し出す。扉の前で待ちかまえていた制服姿の初老の男の臑《すね》に、容赦なく台車が当たった。よろめいたスタッフの首にドクは素早くペン型注射器を押し当てた。一瞬にしてスタッフは意識を失った。ドクは手にした注射器をポケットにしまうと、新たな一本を取り出した。二十階の構造は頭の中に入っている。エレベーターホールの右手に受付カウンターがある。そのうしろにあるのがバックヤードだ。

静かに壁際に身を寄せて、物音に気づいた誰かが出て来るのを待つ。

案の定、すぐにバックヤードからウェイターが出て来た。その首に同じく注射器を押し当てると、ウェイターも崩れるように床に倒れる。

――二人目。残るはあと一人。

息を殺して様子を窺《うかが》う。だがそのとき、がたんと大きな音が響いた。双子が台車をエレベーターから降ろそうとして手間取り、扉に挟まれたのだ。

物音に、最後の一人も現れた。目の前で起こっていることが理解できないらしい。立ちつくしている後ろに近づいて、三人目の首にも注射器を押し当てた。

崩れ落ちる三人目を無視して、双子はエレベーターから台車を降ろし、そのまま客用のダイニングルームへと進む。

ドクは失神させた三人の手足を結束バンドで拘束していく。もちろんダクトテープを口に貼るのも忘れない。三人ともバックヤードに運び終えて、客用のダイニングに入ったときには、六人の客は全員両手を挙げて微動だにしていなかった。

8

エレベーターが十七階に到着した。開いた扉の前で安村を待っていたのは、防災センターの菊地《きくち》と施設管理部の飯星《いいぼし》、そしてオープン屋の文田の三名だった。

エレベーターを降りるなり、安村は鼻から大きく息を吸い込んだ。かすかだが、確かに硫黄のような異臭がする。

「他の階では臭いません。手分けして各階を回りました」

文田の報告に、菊地と飯星が頷いた。何につけ手際の良い文田には、安村も一目置いていた。今回もまた、実に無駄がない。

「そうですか」

他の階に臭いが漏れていないということは、ダクトには問題がない。臭いの元は確実にこの階にあることになる。

安村は館内連絡用のPHSを取り出して、西島に掛けた。いつもならば相手が誰であろうと、「お疲れさまです、安村です」と頭に付けてから話しだすが、そんな余裕は今はない。「十七階で今、在室なのは？」

聞きたいことだけ告げる。西島も落ち着きを取り戻したらしく、『一七〇九号室だけです。ご利用者名は鈴木《すずき》健一《けんいち》さまです』と簡潔に返した。

「やはり、消防に通報するべきだな」

オープンしたての大事な時期だからこそ、客の安全を第一に考えた誠実な対応を取るべきだと判断して、安村は呟《つぶや》いた。

——その前に、まずは在室されている一七〇九号室のお客さまに、お伝えしなくては。

安村が足を踏みだしたと同時に、その一七〇九号室のドアが開いた。

中から出てきた男性が鈴木健一だろう。Tシャツの上にチェックのシャツを羽織った鈴木は、若いのか歳をとっているのか一見では判らない。安村はその口元に目を留めた。

鈴木はくわえ煙草で室内から出てきたのだ。

「お客さま、大変申し訳ございませんが、館内は禁煙とさせていただいております」

鈴木は怒るでもなく、あわてて「ごめんなさい」と言うと、カードキーを使って部屋に戻った。室内の灰皿で煙草を消すつもりだろう。

「室内と廊下の両方で煙草を吸っていたのなら、引火の危険性はないですね」

いつの間にか背後にいた文田が指摘した。

再び室内から出てきた鈴木が、酷く恐縮しながら安村たちの横を通り過ぎる。その瞬間、安村の鼻はある臭いを嗅《か》ぎ取った。硫黄臭だ。

「お客さま、つかぬ事をお伺《うかが》いしますが」

再び声を掛けられて鈴木が立ち止まる。

「もしかして、温泉の素などの入浴剤をお使いになられたのでは？」

鈴木は何度も目をしばたたかせた。その表情から、安村は今回の異臭騒ぎの原因を察した。

「あのぉ、もしかして、やっちゃいけなかったんでしょうか？」

すでに喫煙で一度注意されているせいか、鈴木は申し訳なさそうに小さな声で返した。

――やっぱりそうか。

宿泊客の身の安全に関わる大事でなかったことにほっとしつつも、原因が温泉の素と判ると、やはりおかしさがこみ上げてくる。文田も同じなのだろう。俯《うつむ》いていた。なんとか笑いをかみ殺して、「いいえ、決してそんなことはございません」と言う。安堵したのか、鈴木は訊かれてもいないことを自ら語り始めた。

友人から効能あらたかな温泉の素を大量に貰ったこと。袋を手にバスルームに向かったものの出入り口で蹟《つまず》いて、半分以上、絨毯に撒《ま》いてしまった。申し訳なくて、手でかき集め、さらに濡らしたタオルで拭き取った。だからもう、ほとんど残っていないはずだ――。

微笑みながら話を聞いてはいたが、安村は内心では参ったと思っていた。

ホテルマンにとって迷惑な客は、大きく二つに分類することが出来る。一つは金を払って利用しているのだから、何をしてもよいと思っている客だ。無理難題をふっかけ、室内も荒らしたい放題にする彼らは、単純に鼻持ちならない。そしてもう一つが、やたらと気を遣って自分で何でもしようとする客だ。

較べるべくもなく後者の方がよいに決まっている。それどころか、後者のどこに問題がある？　と、多くの人は考えるだろう。

しかしホテルマンからすると、たちが悪いのは後者なのだ。

ホテルの施設やアメニティはプロ水準の取り扱いを要するものが多い。それを素人《しろうと》考えで、自分のやり方でどうにかしようとされると、取り返しがつかなくなることがままあるのだ。今回の鈴木の件は、確実にその一例だ。

温泉の素に限らず、何かをこぼしたときは、フロントに電話を掛けてその旨を伝えてくれれば、清掃係を行かせて対処させる。それで解決だ。

鈴木がよかれと思ってしたのは判っている。しかし、実際には絨毯に温泉の素をすり込み、さらには濡らして繊維の奥の奥にまで染みこませたとなっては、スチームクリーナーを使わない限り、絨毯から硫黄の臭いが消えることはない。

――いっそのこと、清掃代を請求したいくらいだ。

笑顔を貼りつけたまま、安村は心の中で毒づいた。

とはいえ、異臭の原因が、消防に通報し、館内の客全員を避難させなくてはならないような大事でなかったことはよかった。

ひとしきり話して、鈴木がようやく口を噤《つぐ》んだ。その機を逃さず、安村は彼をエレベーターに誘導する。

菊地と飯星の二人は既に姿を消していた。本来、作業服姿のスタッフは、よっぽどの緊急時でもない限り、宿泊客の目につかぬよう、バックヤードの動線を使用することになっている。異臭騒ぎの解決がついた今、早々に立ち去ったのだろう。

鈴木の乗ったエレベーターの扉が閉まりきるまで、安村と文田の二人は深々と頭を下げていた。エレベーターの稼動音を聞いて、ようやく頭を上げる。

「参りましたね」

ため息混じりに言う文田に、「まぁ、この程度は序の口ですよ」と安村は返した。

安村から異臭騒ぎの顛末《てんまつ》を聞いた西島は、大きく息をつくと通話を終えたPHSを背広のポケットにしまった。

到着したエレベーターから男が降りてきた。Tシャツの上にチェックのシャツを羽織っている。あれが一七〇九号室の鈴木健一に違いない。せかせかとロビーを横切る鈴木に「行ってらっしゃいませ」と、あえて声を掛ける。

振り向いた鈴木が小さく会釈した。

服装こそ若いものの、筋張った首からは齢を感じる見た目に、手元の端末で宿泊カードに記入して貰った年齢を確かめる。四十歳とあって目を疑う。宿泊カードにすべて正直に記載しない人もいる。年齢ともなると書かずに済ませる客もいる。だが鈴木は書いていた。歳を誤魔化《ごまか》す場合、十代ならば年上に書くこともあるが、それ以外はだいたい下にサバを読む。

――四十歳が本当ならば、あの人、そうとう若く見えるな。

やくたいもないことに感心する。なんであれ、異臭騒ぎが大事にならずに済んでよかったと思った矢先、さきほどの「警察官」がいるのを見つけた。

――今度こそ。

失敗を挽回《ばんかい》するべく、西島は自分から「よろしかったら、承りますが」と、声を掛けた。

「警察官」が近寄ってきた。

「安村さんは？」

異臭騒ぎの顚末を知りたいのだろう。それならば、わざわざアシスタントマネージャーを呼ぶこともない。

「安村は席を外しております。さきほどの件でしたら、私からご報告申し上げます。異臭の原因は、宿泊されていたお客さまが使用された温泉の素でした。ですので、館内のお客さま、建物全般、何の問題もございません」

にこやかに告げる。「警察官」は小さく頷いた。どうやら、納得したようだ。

――これでもう用はないだろう。

そう安堵する間もなく、「すみませんが、安村さんは？」と、再度訊かれた。

お前など信用に足りない、と言われた気がした。

「申し訳ございませんが、あいにくと安村は席を外しております。私でよろしければ承りますが」

強い口調で一気に返して、「警察官」を見つめる。「警察官」も西島を見つめていた。こうなると、目を逸《そ》らしたら負けだとばかり、西島はしっかりと目を合わせる。「警察官」が西島を見据《みす》えたまま、口を開いた。

何を言いだすのだろうと、西島は身構えた。

「警視庁蒲田《かまた》署組織犯罪対策課の武本正純と申します。地下一階の会員用のエレベーターの待合室について、お話があるのですが」

神奈川県警ではなく警視庁の刑事だったことも含めて、武本の口から出てきたのは、西島の想像の範囲を超えていた。

武本の話を聞いた西島は、担当者の臼井を呼び出すべく内線を掛けた。席を外しただけでもう戻っているだろう、そう考えたのだ。だが呼び出し音が繰り返されるばかりだった。

「おかしいな、今日は絶対にいるはずなんだけどな」

独り言のつもりだったが、聞き逃さなかった武本に「今日は、というのは?」と訊かれた。

「予約が入っていないときは、あの部屋自体、鍵を掛けて閉めているんです。でも今日は予約が入っているから、誰かしら常駐しているはずなんですけれど」

西島が言い終えるのを待たずに、武本が動いた。

「武本さま! すみません、あのどちらへ?」

あわてて声を掛けるが、武本は振り向かない。大股で向かう先はエレベーターホールだった。

――まずいよ、あの人、勝手に行く気だよ。

焦る西島をよそに、ちょうど来た下りのエレベーターに武本は乗ってしまった。

もう一基、下りのエレベーターが到着する。中から降りてきたのは安村だった。その姿を見るなり、西島は蒼白になった。

武本という警視庁の刑事の勝手な行動を止められなかった。

明らかに自分が悪い。今日はすでに一度叱責されている。これ以上はまずい。

――自分でなんとかしなくちゃ。

そう決めた西島は、フロントに戻ってきた安村に「T入ります」とだけ告げてバックヤードに向かった。Tとは隠語でトイレを指す。足早なのも行き先がトイレならばおかしいとは思われないだろう。

西島は、安村に見られないよう、バックヤードのスタッフ用エレベーターで武本の後を追った。

9

地下駐車場に到着した武本は、まっすぐに会員専用待合室に向かった。自動ドアが開いて室内に入る。前に見たときと、とりわけ変化はないようだ。

ばたばたと足音が近づいてくる。自動ドアが開くのを待って飛び込んできたのはフロントにいた西島だった。

武本を見るなり「勝手なことはしないで下さいよ」と、口をとがらせて言った。

「西島さん」

苦情を無視して告げる。

「もう一度、ここの担当者に電話していただけますか？」

そのとき、宅配便のワンボックスカーが入って来た。まっすぐ近づいてくるとスピードを落としながら、来客用のスペースへと進む。どうやらそこに駐めようとしているらしい。西島が走り出る。

「ここは来客用です。業者のスペースは向こう」

手で指し示して誘導する西島に、キャップの制帽を目深に被った運転手は、小さく会釈してすぐさま車を動かした。

ワンボックスカーが業者用のスペースに向かうのを確認した西島が、耳にＰＨＳを当てるのが見えた。武本が安堵したとたん、くぐもった呼び出し音が聞こえた。

武本は周囲を見回した。近い場所で電話が鳴っているのは間違いない。武本は目を閉じた。視覚に頼らずに音の出所を探す。

音のする方向に、手を伸ばす。触れたのは堅い木の感触だ。目を開けると、壁の前に立っていた。くぐもった呼び出し音は間違いなく、この中から聞こえる。試しに強く壁を押してみる。壁の一部がドアのように開いた。中にあるのは木製の戸棚だけだ。

さきほどよりも大きくなった音は、その戸棚の中で鳴っていた。取っ手を引いてみたが、鍵が掛かっていて扉は開かない。

それとは別に、もう一つの小さな呼び出し音を武本の耳は捉えた。

自動ドアが開いて西島が入ってきた。耳には電話が当てられている。西島も異変に気づき、耳から電話を離して、きょろきょろと周囲を見回している。

「電話を切れ」

武本の硬い声に、西島が思わず従った。二つの呼び出し音が同時に消える。

「臼井さんの電話は、この中だ」

西島は言葉もなく、武本が手をついている木製の戸棚を見つめていた。だが武本の「鍵は？」という問いに、ようやく我に返る。

「担当者が管理しているので、臼井さんが持っているはずです」

「他にないのか？」

言いながら、武本は戸棚のあちこちをノックするように叩く。

「何をしているんですか？」

「この戸棚はロッカーとして使っているんだな？」

西島は黙って頷く。

「中身は？」

「コートとかゴム長靴とか」

「だったら、こんな音にはならないだろう」 武本が扉をノックする。中身が詰まっているこもった音がした。

「他には?」

「あとは私物でしょう。それと、懐中電灯も──」

口に出した西島が、そこで言葉を止めた。床に転がっている懐中電灯に気づいたらしい。事態に混乱したのか、西島は立ちつくしている。

その様子に、武本は西島に鍵を捜させることを諦めて、戸棚のあちこちを手で探る。正面、左右、どこも頑強だ。

──残るは、天井と床。

そこで気づいた。裏面が残っている。壁に寄せて立てる構造の物入れは、裏面にはさほどの強度を持たせる必要がない。

──裏面ならばこじ開けられるかもしれない。

武本は戸棚の上部に手を掛けると、ゆっくりと床へと倒す。中で何か重たい物が移動する感触がある。

「何するんですか!」

我に返った西島の悲鳴に近い非難を武本は無視する。床に膝をつき、戸棚の裏面のあちこちをノックする。予想通り、裏面に使われている木材は、他の部分よりも薄かった。

武本は立ち上がると、右足を上げて思いきり踏み下ろした。

木材の割れる乾いた音に遅れて、西島の悲鳴が上がる。

「ちょっと、何してるんですかっ！」

武本は西島を無視して開けたばかりの穴に手を突っ込んだ。手が何かに触れる。温かく適度な軟らかさと硬さを併《あわ》せ持ったものだ。その感触が何か、武本は知っていた。

「中に人がいる」

信じられないのか、西島は動かない。武本は開いた穴の縁をつかんで、さらに穴を割り拡げた。徐々に中が見えてくる。紺色の布に包まれたふくらはぎ、腿《もも》、腰と見えて、さすがに西島も状況を理解したらしい。弾かれたように、再び電話を取り出した。

呼び出し音がはっきりと穴の中から聞こえてくる。

「――臼井さんだ」

西島が呆然と呟いた。

武本は穴を拡げ続けた。早く臼井を外に出して、安否を確認しなくてはならない。

「一一九番、それと一一〇番にも通報！」

突っ立っている西島に指示をだす。

我に返った西島は、すぐさま電話を掛け始めた。

「お疲れさまです、西島です」

西島の第一声に、武本の手が止まる。

「安村さん、いいから、聞いて下さい！」

西島が掛けたのは一一九番でも一一〇番でもなく、アシスタントマネージャーの安村だった。掛け直すよう言おうとしたが、止めた。この際、西島ではなく、決定権を持っているであろう安村に来て貰った方が話が早いと思ったからだ。

武本は黙々と手を動かした。成すべきことを成すのみだ。

「今、地下一階の会員専用エレベーターの待合室にいます。警察の方が誰もいないと言ったので、来てみたら臼井さんが戸棚の中に閉じこめられていて」

当事者の武本は、西島の言っていることが理解できた。だが初めて聞く安村には支《し》離滅裂《りめつれつ》だろう。

「──とにかく、ここに来て下さい！」

ついには怒鳴って、西島は一方的に通話を切った。

臼井の肩が見えるまで、どうにか穴が拡がった。武本は臼井の首を触って脈を確認する。

意識はなく、脈拍も弱い。腕をつかみだそうとして、臼井の両腕が身体の前で拘束されていることに気づく。腕を痛めないように、そっと引く。臼井の両手首は黒く太いプラスチック製の結束バンドで括《くく》られていた。

起こったことを、武本は頭の中で整理する。

従業員を気絶させ、結束バンドで拘束したうえ、戸棚の中に押し込んだ。

——誰が何のために？

　小柄ではない臼井を、さして抵抗もさせずに監禁したのだから、複数、あるいはプロと考えるのが妥当だ。

——考えられるのは、まず臼井個人に対する怨恨《えんこん》だ。違うとなると、残るは？

そこで武本は部屋の奥を見た。そこには二十階まで直通のエレベーターがある。

——狙いは、二十階の客かもしれない。

武本は机の上の台帳を見ようと手を伸ばした。しかしすんでのところで、西島に奪われてしまった。

「ダメです」

仕方なく武本は自分の推測を西島に聞かせた。驚いた西島の口がぽかんと開いたままになる。

「今日の客は何者だ？　上で何をしている？」

答えはなかった。困り顔で口を噤む西島を見て、守秘義務だと気づき、武本は質問を変えた。

「二十階への出入り口はいくつある？」

「そこにある直通のエレベーターと、スタッフが利用するバックヤードにエレベーターが二つ、そして非常階段の四つで」

西島が答え終える前に、武本は直通エレベーターに駆け寄りボタンを押していた。

「武本さん、待って下さい。二十階に電話して確認してからにして下さい！」

西島の言っていることはもっともだ。だが、武本はなぜか気が急《せ》いていた。とにかく一度、二十階の様子を見るべきだ。武本はそう決意した。

下りてきたエレベーターに一応警戒して、扉の正面ではなく、脇に避《よ》けて待つ。扉が開いた。中には誰もいない。

武本は迷うことなく、乗り込んだ。

何度も制止したものの、武本という警察官は全く聞く耳を持たなかった。閉まっていくエレベーターの扉を前に、西島は困り果てていた。

ホテルマンとしての失態は、もはや相当犯してしまった。ここで武本を一人で行かせたら、またぞろ失態を重ねるだけだ。それに、そろそろ安村が来る頃だ。状況の説明ならば、ＰＨＳを使って話せばよい。

——仕方ない！

覚悟を決めた西島は、閉まりかけたエレベーターに飛び乗った。

10

「念のために二十階の確認には、私が行きます」と、文田は申し出る。

ホテルのスタッフであっても、厳密に言えば、今回のような接客やホテル内の伝達などは本来、オープン屋の仕事ではない。事実、ホテル業務には一切手を貸さないオープン屋もいる。だが文田はそうはしなかった。ホテルがオープンして軌道に乗るまで、自分の役割が終わり、ホテルを立ち去るその日まで、スタッフの一員として扱ってほしいと言っていた。

「お願いします」と安村に頼まれて、文田はスタッフ用のドアへと向かう。

ドアから裏動線に出て、背広の腰を探った。ベルトの背寄りに着けた小型の無線機を取り出す。ボタンを押すと同時に『目的地制圧。早く来てくれ』と男の声が聞こえた。

「判った」とだけ応えて到着したスタッフ用エレベーターに乗り込み、二十階のボタンを押した。

エレベーターの扉が開く直前、再度、無線機のスイッチをオンにする。

「問題は？」

『ない』

返事を聞きながら、開いた扉から足を踏み出す。バックヤードに入ると、床の上に三人、人が転がっていた。見下ろした文田は眉をひそめて「耳栓とダクトテープを持ってきてくれ」と英語で言った。

「はーい」

軽やかな返事とともに、マシンガンを斜めに背負った双子の一人が現れた。文田は口元を見る。ほくろはない。来たのは弟のシフティだ。

双子を二人揃えておくのは危険だ。だが引き離すにしても、獲物のもとに残すべきは、まだ自制心のある兄であり、間違っても気の短い弟ではない。

「ここの三人に耳栓と目隠しをするのを手伝ってくれ」

「ボクが?」

シフティは不満そうに唇をとがらせた。

「二人でやれば早く終わるだろう?」

微笑んで言うと、シフティの差し出した耳栓を受け取って、倒れていた男の両耳に詰める。

「頭の周りをぐるっとテープで巻いて」

「ドクが量を間違えるはずないのに」

不満そうにシフティが言い返す。それでも文田に言われた通り、男の目と耳を覆うようにダクトテープを頭に巻きつける。

「だとしても、こうしておけば、たとえ意識が戻っても、何も見えないし、聞こえないからね」

完璧な犯罪。文田が目指しているのは、それのみだ。

使命の達成はもちろんのこと、被害と残留証拠は最小限。もちろん目撃者も作らない。そうすれば、次の使命を果たすために、書類上の身元はともかく、髪の色や髪型のみならず、外科手術までして外見を変える必要もない。そのためには、任務の遂行に問題が生じない範囲であれば、打つべき手は打つ。とうぜん耳栓と目隠しなど、手間のうちにも入らない。

三人目のウェイターの頭にダクトテープを巻き終えたとたん、シフティが客用のダイニングへと駆け出した。文田もそのあとに続く。バックヤードからダイニングに出る直前、壁に掛かった鏡に目をやった。映っていたのは鼻筋の通った、良く言えば整った、言い換えれば特徴のない顔だ。口角を上げてホテルマンの笑顔を作ると、その笑顔のまま、文田はダイニングに入った。

眺望重視のために、ダイニングは三方のほとんどが嵌《は》めごろしの窓で覆われている。好天に恵まれた今日は、三方から光が差し込み、室内は自然光のみで充分に明るい。会員専用だけあって、室内の調度品も金の掛かったセンスの良いものばかりだ。みなとみらいを一望できる窓際の応接セットだけでなく、多目的に使用可能なダイニングセットも名のある職人が作った逸品だ。

正午前後の予約であれば、広いダイニングテーブルの上には、飲物の入ったクリスタルグラスに、磨きあげられた銀のナイフやフォーク、あるいは漆塗りの箸とともに、シェフ自慢のランチが並び、上品な背広やドレスに身を包んだ客たちが歓談しながら舌鼓を打っているだろう。

だが今日は違った。ダイニングテーブルの上には一点の油絵と書類、そして汚れて破れた古着や片方だけの革靴が置かれている。何より、いつもと違うのは、テーブルを囲む客だ。三対三で向かい合って椅子に腰かけた六名は、全員が両手を挙げていた。

「こんにちは、皆さん」

文田はホテルマンの笑顔のまま、英語で六人に話し掛けた。

「お前ら」

みなとみらい側の窓を背に座るアジア人三名の真ん中の男がそう言ったと同時に、乾いた発射音がした。直後、男が胸を押さえて崩れた。反動に力負けしないようにリフティが銃を両手で構えている。

「命に別状は。――ああ、すでにご存知ですね」

撃たれた男の対面に座る白人三名のうち、奥の男だけ若干前のめりで、辛うじて腕を上げ、息も早く浅い。すでに一人撃たれていたのだ。だとすれば、これ以上の説明は不要だ。

銃器は純正品だが、弾は一般的なものではなく、破砕弾を使用している。破砕弾はCIAやFBI、米国大都市のSWATや爆弾処理班が使用する薬莢《やっきょう》に水が充塡《じゅうてん》された特殊な銃弾だ。中身が水だから、火薬を発火させることなく対象物を破壊できる。効力も射程距離一・八メートルまでは殺傷も可能だが、三メートルなら怪我程度で済む。

さらに今回使用している破砕弾は、一メートル以内でも骨折で済む程度に、弾本体は鋼鉄ではなく強度の弱い鉄を使用し、火薬も減量しているので生命の危険などあるはずもない。

ダイニングテーブルの上の油絵に文田は手を伸ばした。テーブルを取り囲んだ他の四人が色めき立つ。

注意深く額縁をつかむ。だが銃を構えた双子が一歩近づくと、押し黙った。

横長で三十号には満たないが、縦は七十センチ弱、横は八十センチ強はある絵だった。両手でそっと持ち上げる。目の前まで引き寄せて、絵をじっと見つめた。左下から奥に向かって石畳の上に馬車や人が点々と散らばり、右側にはRのカーブも美しい屋根を持つ石造りの建物が描かれていた。全体的に白い霧に包まれ霞《かす》んだようにも見えるその絵は、上方からパノラマで描かれた構図だ。

絵の右下に書かれたサインに目を向ける。『C.Pissarro』とあった。rの文字に現れる特徴を確認すると、文田は一つ息をついた。

「間違いない。カミーユ・ピサロのパリ・テアトル・フランセ広場の連作の一枚だ」

そう言うと、文田は銃を構えて立つドクに油絵を差し出した。銃を下ろしたドクは慎重に受け取って、持ち込んだ台車へと運ぶ。

六人の目が運び去られる油絵と双子に交互に向けられる。何か言いたいのだろうが、撃たれるのを恐れて声をだせずにいるらしい。

文田は再びダイニングテーブルの上に手を伸ばした。畳まれてはいるが、汚れたボロ布にしか見えない古着をそっと引き寄せると、丁寧な動作でテーブルの上に拡げる。色あせた白と青の縦縞の上着を文田は見下ろす。粗い綿素材の上着のあちこちに、黒い染みが広がっている。着ていた人物の皮脂や汗や血液で出来たものだろう。確認するように手で触れた文田が口を開いた。

「俺が許可しない限り、口を開くな。逆らったら殺す」

それまでの穏やかさから一変して、吐き捨てるように文田は言った。

静まりかえった室内に、ジジッと通信音が鳴った。文田が目をやると、ドクが腰に着けていた無線機を耳に当てた。無言で交信に聞き入っている。

「どうした？」

「コモンが来られない」

文田の問いにドクは短く返すと、無線機を差し出した。受け取って耳に当てる。

『会員専用待合室に人がいます』

「人？　誰だ？」

『一人は西島です。もう一人は判りません』

まだ計画の出だしだというのに、予定通りに事が運んでいないことに、文田は眉をひそめた。西島はともかく、誰なのか判らないもう一人が気にはなった。だが、会員専用待合室にいるはずの臼井の不在が発覚するのは時間の問題なだけに、素早く修正案を考える。

『様子を見てから、スタッフ用のエレベーターで上がります』

「──だめだ」

疑われることなく荷物を持ちだすために、コモンは宅配業者に扮している。だが宅配業者が建物内に入ることが出来るのは、地下一階と集配荷物置き場のある一階のみだ。スタッフ用のエレベーターは使用率が高い。従業員とまったく同乗することなく二十階まで来られるかどうか判らない。ただの警告で済めばいいが、同乗者がアシスタントマネージャーの安村であれば、今後の不手際を避けるために、その場で会社に確認を取られる恐れもある。

「梱包《こんぽう》して貨物エレベーターで一階まで下ろす。そこで受け取れ」

それならば、誰に見られても違和感はない。

『判りました』

そう言うと、コモンが交信を切った。

無線機をドクに返しながら、「予定が変わった。ここで梱包して一階まで下ろす。そこでコモンが受け取る」と三人に告げる。

ドクは頷くと、作業に移るべく、持ち込んだプラスチックケースの蓋を開けた。衝撃吸収材や段ボールなどの梱包材を次々に取り出して床に置く。これからの段取りを計算し直した文田は、六人の拘束に取り掛かった。

「計画と違う」

不満げな声をシフティがあげた。ないがしろにされているのが面白くないのだ。双子に説明しないで事を進めるのはまずい。文田はあわてて口を開いた。

「コモンが来られなくなった」

「なんで?」「どうして?」

双子が同時に言う。納得しない限り、双子は言うことを聞かない。無駄に時間を掛けないために、文田はきちんと説明しようと決めた。一人目の両手首を結束バンドできつく締めながら話し始める。

「コモンは宅配業者の格好をして、ここに来る予定だった」

双子がそれぞれ頷く。続けて両足首もバンドで拘束し、二人目へと移る。

「直通エレベーターに乗ろうとしたら、会員専用の待合室に従業員がいた」

双子が異議を唱える前に「臼井じゃない。違う奴だ」とねじ込む。

双子の不手際でないことをまず明確にしたそのとき、リフティが引き金を引いた。乾いた銃声にわずかに遅れて、白人の一人が前に身体を折る。続けざまにシフティも引き金を引く。男は右肩を撃たれた衝撃で、椅子に背を打ちつけ、もとの状態に戻った。

会話に集中している今ならば、脱出できると思ったのだろう。だが、双子がそれを見逃すはずもない。

文田は双子に微笑んで先を続ける。

「アクシデントが起こった以上、色々とショートカットしなくちゃならない。二人とも、協力してくれ」

「ショートカット！」

はしゃいだ二人の声に安堵する。

いざ獲物を目の前にすると、踏まなくてはならない様々な手順がまどろっこしくなり、双子が苛立ったり暴走しかけるのは、いつものことだ。だが今は簡略化すると聞いて喜んでいる。

「〝思い出〟は梱包して一階まで下ろす。そこでコモンが受け取る」

ひとつ手順を説明するごとに、双子が頷く。

「そのために、まず全員を拘束する。終わったら」

二人目の拘束を終え、三人目に突入する。

「質問抜き？」

勢い込んで訊ねるリフティに、シフティが「質問はするよ。それは決まりだもん」と言う。

やりとりだけを聞けば、仲の良い兄弟の会話でしかない。梱包の手を休めずに、ドクがくすっと笑った。文田も口元を緩《ゆる》める。

「そっか。じゃぁ、質問して貰おう。早くしてよ！」

三人目の拘束が終われば、見張りは一人で大丈夫と踏み、ねだるように言うリフティに、「じゃぁ、一人手伝ってくれ」と告げる。

加勢を得て、残る三名の拘束はあっという間に終わった。

「質問、質問！」

声を揃えて双子がはしゃぐ。

「ちょっとだけ待っててね」

にこやかに文田は二人を制して、ドクの梱包作業の進行を確認する。外箱の組み立てこそ終わっていたが、まだ額縁本体への緩衝材の取り付けが終わっていない。

「こっちを頼む」と、文田は机の上の古い服を指し示した。安堵したらしく、ドクは一つ息を吐くと、速やかに文田に絵を譲った。

ドクは手先が器用な男だ。撃たれて傷を縫合《ほうごう》して貰った経験のある文田は、身を以《もっ》て知っている。なのに、たかだか絵画一枚の梱包に、こうも時間が掛かるのは、扱っているものが、尊いものだと思うからこそだ。

「早く質問してよ！」

じれた双子の声に我に返る。手にした絵画を六人に見えるように胸の前に掲げてから口を開く。

「この絵の正当な所有者は誰だ？」

返事はない。

「話しちゃだめって言ったじゃん！」

リフティの声に、文田は自分の迂闊《うかつ》さに肩をすくめてから「話していいぞ」と告げる。

「ベルリン在住の」

「最初の所有者だ！」

中央に座るアジア人の男の声を遮ってドクが怒鳴る。

「ドク、時間がない。作業に集中してくれ」

そう告げて文田は先を続けた。

「この絵を最初に所有していたのは、オーストリア在住のエイブラハム家だ」

言った直後、六人全員の目が泳いだのを確認する。

「第二次大戦中、ナチスはユダヤ人に財産登録をさせた。とりわけ金品や美術品に目星をつけて略奪するために、裕福な家族を優先して収容所に送り、家財を奪った。その数は数十万点にも上る。この絵もその一つだ」

「いや、違う。これは、ピサロが同じ構図で描いたうちの一枚で」

「皮肉なことに、ナチスのお蔭で略奪品の正確な記録が残っている。そして、その記録はホロコースト事務局に品目ごとの盗難品のデータベースとして管理されている」

アジア人の声を今度は文田が遮った。

「一九四五年、一艇のUボートが南アメリカに向けて出発した。だが着いたという記録はない。北海に沈んだと言われているが、未《いま》だに見つかっていない。そのUボートには多くの美術品や宝飾品が載せられていた。この絵は、そのUボートの集荷物リストに入っている」

唯一、顔を上げていたアジア人が目をそらした。

「よりにもよって、この絵とは」

手を止めずに吐き捨てるようにドクが言った。

ちらりと双子に目をやると、二人は互いを見合って肩をすくめていた。文田の視線に気づいたリフティが唇をとがらせてみせた。なんとかしてよ、と言っているのだ。同じ絵画でも自然の景色や人物画ならば、ドクの反応は今よりは穏やかだったろう。だがピサロのこの作品では仕方ない。

パリの街並みを描いたピサロの一時期の作品には、上から見下ろした構図が多い。当時としては珍しい構図だったが、そのうち多くのユダヤ人の画家が同じ構図の絵ばかり描くようになった。残念ながら、ピサロに感化されたのではない。第二次大戦中、ナチスに追われて建物の屋根裏部屋に身を隠し、窓から見える風景をモチーフにするしかない画家が増えたからだ。

略奪品である絵に、ナチス最大の蛮行の記憶を喚び起こされたらしく、ドクは怒りを募らせていた。

この連中の恐怖を煽《あお》り、こちらの思うようにさせるには、感情の高ぶるがままにドクに詰《なじ》らせるのは的確な方法だ。だが時間が掛かるし、今回はその時間がない。

「絵はまだいい。純粋に価値だけで取引されるものだから」

ちらりと左端のアジア人の足下に目を向ける。気づいたリフティが男に近づくと、床の上のアタッシェケースを手にする。

「触るなっ！」

手に銃がないことに気が大きくなったのか、左端の男が叫ぶ。とたんに双子の顔が険悪になった。

「コイツ、ボクに怒鳴ったよ、シフティ」

不満そうなリフティの声に、「質問、早くしてよ」と苛立って、シフティが文田を急かす。

「もう少しだけ待ってくれ」

リフティの手から黒いアタッシェケースを受け取る。

──ゼロハリバートンのカーボンか。このサイズなら、本体の重量は二・九キログラム。

「二千二百、いや、二千三百万ドルってところか」

手にした重さから本体の総重量を差し引いて、見当をつける。

「な、何を」

男の動揺の様子から、アタッシェケースの中身、そして金額を言い当てたと知る。

「まぁ、妥当な価格だな」

そう言うと、文田は台車の上にアタッシェケースを置いた。

「これは梱包しないでこのまま荷物として送る」

「待て、勝手なことを」

食い下がる男を無視して文田は続ける。

「でも、あれは違う」

ドクが丁寧に畳んで梱包している古着に目を向けた。

「あれはアウシュビッツの囚人服だ。しかも――レプリカじゃない、実際に誰かが着ていたものだ」

視線を戻して六人の顔を見渡す。目を背《そむ》けたのはアジア人三名だけだった。白人三名は目をそらさない。それどころか、憎々しげに睨《にら》んでいる。

――こいつらに、見込みはない。

怒りに満ちた白人三人の顔を眺めて、文田は確信した。

「準備を始めてくれ」

微笑んで、双子に言った。

「やった！」

そう叫ぶなり、双子はまだ開けていない台車の上のプラスチックケースの蓋を、競って開ける。何が起こるか判らない恐怖から、六人の目が双子の動きに釘付けになる。

双子はケースからプラスチックの棒やジョイントやビニールシートを取り出して床の上に並べはじめた。

「あの子たちの準備が終わるまで、いくつか質問に答えて貰う」

文田の声に目を戻すが、すぐに双子へと皆、視線を移す。

双子は息もぴったりに手順良く、床の上にプラスチックの棒を組み立てていく。棒と棒の間に透明なビニールシートを張り巡らした。驚くほどのスピードでビニールハウスが出来上がっていく。

「絵を売ったのはお前たちで、買ったのはお前たちだな」

先に白人たちを、続けてアジア人たちを指した。返事はない。だが答えはすでに明らかだった。金を持ってきたアジア人が買い手だ。

「では、あれはどっちが売って、どっちが買った？」

囚人服に目を向けてから訊ねる。さきほど二発撃たれた赤ら顔の白人が唇を突きだした。

何か言うのかと見ていると、男の口から出たのは言葉ではなく、唾《つば》だった。文田には届かずにテーブルに落ちる。残る二人がスラングだらけの英語で叫ぶ。

視線を移すと、アジア人は皆ばつが悪そうに目を伏せていた。

――なるほど。

囚人服はアジア人が入手したものだ。絵画の値段を下げて貰うためか、はたまた交渉をするための手土産なのかもしれない。

文田は立ち上がると、唾を吐いた男の上着の袖をつかんで捲《まく》った。罵声を浴びせながら、男がもがく。腕には何もない。シャツの襟元をつかんで大きく拡げる。探していたものは、左肩で見つかった。鉤十字《かぎじゅうじ》の入れ墨だ。

――ネオナチ気取りか。

双子の準備が終わるまでは待つつもりだった。だが入れ墨を確認したとたんに、気が変わる。

「二人が何をしているのか、気になって仕方ないらしいな。それでは一つ、ヒントをやろう。リフティ、シフティ」

文田は双子を呼んだ。

「今、忙しいんだけど」

組み立てる手を止めずに、双子が顔だけをこちらに向ける。文田が無言で唾を吐いた白人を指さしたとたん、手にしていたものを放りだして二人が駆け寄ってくる。

「もう、いいの？」

「今は、こいつだけだ」

弾んだ声で訊ねる双子にそう言うと、嬉しくてたまらないとばかりに「やったー！」と叫んで、飛び跳ねた。

「でも、まだ準備できてないよ」

弟よりは落ち着いているリフティが、跳ねながら訊く。

「ここで、全員に見せてやってくれ」

文田にそう言われたとたん、双子が声を揃えて「デモンストレーション！」と言うなり、ハイタッチを交わした。

すぐさまプラスチックケースに駆け寄ると、中から大きなロール状のビニールやダクトテープを手に、まずリフティが戻ってきた。続いてシフティがビニール袋と銃を手に戻る。

「これくらい？」

二十リットルほどのビニール袋を掲げて、シフティが文田に問う。

「いいね」

文田は微笑んで頷いてやる。

「ちょっとだけ手伝って」

上目遣いで言われて文田は声を上げて笑った。

言葉だけ聞けば、少年が大人に何かを頼んだ微笑ましいやりとりだ。もちろん、その通りだ。だが頼んでいる内容を知ったら、笑っていられる者などいないだろう。

「もちろん」

文田はそう言って、銃をシフティから受け取った。

指さされたネオナチ男が不穏《ふおん》な空気を察して、英語で罵詈雑言《ばりぞうごん》を捲し立てながら、拘束された不自由な状態でなんとか椅子から立ち上がろうともがいた。

文田が男の肩をつかんで、椅子の上に引き戻した。額に銃口を突きつける。

「この銃に入っているのは、さっきの弾とは違う」

信じていないのか、ネオナチ男の目が銃に向けられる。

「命が惜しかったら大人しくしろ」

文田の言葉に、疑《うたぐ》り深そうな目ではあったが、抵抗を止めた。

とつぜん双子が笑いだした。

「どうした？」

訊ねる文田に、双子は「だって」と言うなり、弾けるようにまた笑いだす。

文田は唇に人差し指を当ててみせた。意図は伝わったらしく、双子はニヤニヤ笑いながら黙って作業を再開する。

ネオナチ男の横に屈《かが》んだリフティが、足下からビニールを螺旋《らせん》状に巻き付けていく。

「巻きづらいから、立たせて」

リフティの言う通り、銃口を上に向けて、立つように指示する。ネオナチ男が立ち上がる。

双子は男の両脇に立つと、ビニールのロールを交互に手渡して、男の身体をビニールで隙間なく、両手首で拘束した腕も一緒にぐるぐる巻きにする。

残る五人が口々に何をしているのか訊くが、三人とも何一つ答えない。

首の下まで巻き終えたところでナイフでビニールを切り、ほどけないようにダクトテープをしっかりと貼り付ける。足首から先と顔だけを残したビニール製のミイラが完成した。

「完成～！」

高らかにそう叫ぶと、双子はネオナチ男の肩を押して椅子に座らせる。巻いたビニールのせいで腰かけるというより、斜めに寄りかかるような姿勢にしかならない。

「忘れちゃだめじゃん」

ビニール袋を手にしたリフティがむきだしの足首から先をビニール袋に入れる。すかさずシフティがダクトテープで取れないように貼りつける。シフティが、手にしたビニール袋を空気を入れるように宙で振る。その様子をぐるぐる巻きにされて動けないネオナチ男が目を見開いて見つめている。

「おい、何をするんだ？」

再び五人が口々に問う。

「もういい？」

訊ねる双子の目が期待で輝いていた。

「ヒントをやると言っただろう？　これがヒントだ」

そう五人に言うと、文田はにこやかに双子に頷いた。

文田の許可を得て、シフティがネオナチ男の頭にビニール袋を被せる。ここまで来て、何をされるのか悟ったミイラ状態の男がわめき散らしながら、必死に首を振って逃れようと暴れる。どれだけもがこうと身体はほとんど動かないだけに抵抗のうちにも入らない。あっという間に男の頭はビニール袋の中に収まった。続けてリフティが首まで巻かれたビニールと隙間なくダクトテープで貼り付けていく。

「止めろっ！」

「窒息して死んでしまう！」

男たちの叫び声が飛ぶ中、双子の笑い声が高らかに響いた。

「何がおかしいんだ！」

真ん中に座るアジア人が叫ぶ。

「命が惜しかったら大人しくしろって言われて、その通りにしてるんだもん」

「どうせ殺されるのに」

シフティに続けてリフティが叫ぶ。最後は二人で「フーってば、最高」と声を揃えて言ってハイタッチを交わす。

「フー？」

中央に座るアジア人の男が文田に顔を向ける。男の視線が背広の胸に着けた「文田」と書かれたネームプレートに留まった。

——さすがだよ。

文田はコードネームを考えたコモンの先見に感心した。

文田昌己という姓名を提示された当初は気に入らなかった。それまで使っていた藤《ふじ》田《た》や藤原《ふじわら》と較べて、珍しく記憶に残りそうだという不安があった。だがコモンは譲らなかった。

――ドクはともかく、双子が偽名を覚えてちゃんと呼べるか心許《こころもと》ない。ならばあなたの呼び名と同じ一音目で始まる苗字にするべきだ。

文田の呼び名はフー。英語でＷｈｏ。「誰」という意味だ。

呼び名は各自で決めるルールと聞いて、迷うことなく決めた。完全犯罪を次々にこなすであろう自分にふさわしい名だと自負している。

コモン――「共通」と名乗る男とは今のチームより前から、かれこれ七年、組んで活動している。だが彼について説明しようとすると、未だに困る。文田と同じく、これといった特徴がない。唯一、特徴があるとすれば目だ。黒目の色が濃いというのか、独特の昏《くら》い色をしている。

コモンについて知っていることは少ない。パスポートや身分証明書をはじめとする公文書偽造のプロであるだけでなく、新規の人物像を作り上げることに関して天才的な能力を持つ男だということ。コモンと名乗る以前は日本人だということ。そしてコモンと名乗る所以《ゆえん》だ。

「普通」や「ありふれた」という意味の名にしようとしたが、オーディナリーやポピュラーは合わないと思い、拡大解釈で「共通」のコモンにしたという。

「やめろ！　死んでしまう！」

ひときわ大きな怒鳴り声に我に返る。叫んだのは右端に座るアジア人だった。

拘束された姿で、それでも逃れようともがいていた男が床に倒れた。

双子は窒息に苦しみ、のたうつ男を指さして、楽しくてたまらないとばかりに高らかに声を上げて笑っている。

ビニール袋は男自身の吐く息で白く曇《くも》り、飽和した水分だけでなく、垂れ流したよだれや涙や鼻水といった体液までもが水滴になって喉のあたりに溜まっていた。

そのとき、かすかな異臭を嗅ぎ取った。探すまでもなく、正体は判っている。巻かれたビニールの中で男が失禁している。それを見つけて双子がさらにはやし立てる。

ビニール袋を破けば、空気を得られると気づいた男が、袋を歯でかみ切ろうと、息を吸いこんで袋を口にたぐり寄せようとする。だがそのたびに双子のどちらかが袋を引っ張って男の邪魔をする。

舌を突き出し、よだれをまき散らして、餓えた犬のように袋を舐め寄せようとする男を見て、双子が腹を抱えて笑う。

男の声はすでに消えていた。呼吸が弱くなっているのは、ビニール袋の収縮と膨張の動きを見ても歴然だった。男に残された時間はあと僅《わず》かだ。

「どうすれば助けてくれる？」

真横で仲間が死に行く様を見せつけられている白人が、涙でぐしゃぐしゃの顔で訊ねた。文田は男の顔をただ眺めた。返事がないことに、男は「何をしたら」と重ねる。

「助けない」

文田は短く答えた。理解できなかったらしい。男が再び口を開こうとする。

「二人が何をするか、ヒントをやると言ったろう？　これがヒントだ」

制するように文田は言った。男が言葉を失う。

「殺すのか？」「殺さないでくれっ！」

残る四人が口々に叫びだす。

「どうやら判ったようだな。ああ、でも、こいつとはやり方は変わるが」

ちらりと組み立て途中のビニールハウスに目を向ける。

「こいつをビニールで巻いたのは」

「証拠を残さないため」

「デモンストレーションだもの」

男たちに考えさせようとしたが、双子が先に答える。

「あのハウスの中ですれば、丸ごと片付けられるから」

「もっと色んなことが出来る」

「切ったり」

「刺したり」

「お医者さんごっこや、お肉屋さんごっこも出来る！」

最後は声を揃えて言うと、双子がハイタッチを交わした。

部屋の中は静かになっていた。男たちは怯《おび》えきった顔で双子を見ている。

思惑とは違ったが、双子が明るく楽しげに答えたことで、かえって男たちの恐怖心を煽ったらしい。

「――あ、動いてない」

シフティが指さした。文田はネオナチ男を見下ろす。頭を覆ったビニール袋に動きはない。

「死んだ」

あえてそれだけ言う。白人の一人が声を上げて泣きだした。仲間の一人が拷問も同然に殺されたのを目の当たりにしただけでなく、さらに次の犠牲者に自分がなるかも、という恐怖からに違いない。

双子は再びビニールハウスの組み立てに戻った。高さこそ二人に合わせたのか二メートルもないが、三メートル四方とかなりの大きさにもかかわらず、あっという間に完成させる。続けて、台車ごとプラスチックケースをビニールハウスの入口まで運ぶ。

「電動のこぎり、電動ドリル、ネイルガン、ハンマー、チョッパー」

建築業者か精肉業者しか使わないであろう道具名を一つ一つ呼び上げながら取り出して、双子はハウスの中に運んでいく。

それらを使って双子が自分たちに何をするかは、男たちにとってもはや想像に難くないはずだ。それは彼らの顔に浮かぶ表情からも見て取れる。

文田は背広の内ポケットから一枚の写真を取り出して、テーブルの上に置いた。

「では次の質問だ。これが何か判るか？」

テーブルの上に写真を置いて訊ねる。殺される恐怖から、五人とも身を乗りだして真剣に見つめる。

写真に写っているのは、古ぼけたランプシェードだ。木製の土台と軸、茶色がかった黄色地のシェードにはいくつかの柄が入っている。

白人二人と中央に座るアジア人の顔色が変わったのを、文田は見逃さなかった。

「知っているようだな。では説明して貰おうか」

白人二人が顔を見合わせる。答えるべきか、やめるべきか、答えるとしたらどちらが言うか悩んでいるらしい。

「お前、答えろ」

二人ではなく、真ん中に座るアジア人に向かって文田は言った。

「――ランプシェードです」

消え入りそうな声で男が答える。

「他には？」

追及すると、男はぼそぼそとランプシェードについて話しだした。

ブーヘンヴァルト強制収容所の初代所長カール・コッホの妻で、ブーヘンヴァルトの魔女と呼ばれた悪名高い女看守でもあるイルゼ・コッホが、収容された囚人たちの身体から気に入った入れ墨を皮ごとはぎ取り、それを鞣《なめ》して作ったランプシェードがあると聞いている。実在の確認が取れたという話を聞いたことはないが、もしかしたらこれがそうなのではないか――。

言葉を重ねるにつれて声は小さくなり、最後はかき消えた。

「ほぼ正解だ」

文田の声に男は安堵の息を吐く。

「誰が作ったかの確認は取れていない。でもDNA鑑定でこのシェードが複数の人間の皮膚で出来ていることは確認済みだ。それに、遺族が入れ墨を確認した」

文田は実物を見ている。米国で詐欺と窃盗と殺人で二度の終身刑を言い渡された自分を、獄中で死んだことにして救いだしてくれた老人の持ち物だ。シェードの入れ墨の一つを指さして「これは私の父親のものだ」と彼は言った。

「では次が最後の質問だ。私たちに協力するか、しないかだ」

はっきりと文田は告げた。

「我々はナチスが戦時中にユダヤ人やポーランド人から不当に略奪した財産や遺品を取り戻して、正当な持ち主に返している」

――〝思い出〟を取り戻したいんだ。

老人は文田にそう言った。そのために必要な人材を集めてチームを作り、世界各地で活動させている、とも。

使命は〝思い出〟を取り返すこと。〝思い出〟で利益を得ようとする、もしくは得ている相手に容赦は無用。取引の金を奪うのはもちろん、生命を奪うことも辞さない。ただし、未だに表に出てこない〝思い出〟を見つける協力をすると誓えば、命は助けてやる。

目的はあくまで〝思い出〟の奪還。だから不必要な殺傷は出来る限り避ける。使命達成のためであろうと、誰でも彼でも巻き込んで被害者を増やしたら、それこそナチスと何も変わらない――。

頭の片隅に老人の皺《しわ》の深い横顔が過《よぎ》る。

「没収された財産、ことに著名な作家の美術品は、表だって取引は出来ない」

美術品の売買に来歴――作品の出所や所有者の記録――は必須だ。来歴を証せない、盗品や不当な収奪品の取引は、地下で行うしかない。

情報収集のために、老人は各地に網を張り巡らせてはいる。だが、数十万点にも及ぶ収奪品の情報のすべては、さすがに手に入らない。

「こうして取引をしているのなら、他にも情報は入ってくるだろう。我々のために情報を集め、売買する客を見つけるのなら、助けてやろう」

すぐには決心がつかないのか、全員、即答はしなかった。すかさず文田は「次はこいつだ」と、中央の椅子に腰掛けていた白人の腕をつかんで立ち上がらせる。

悲鳴を上げて、逃れようと必死にもがくが、両手足を拘束された男の抵抗は、文田にとって扱いに困るほどでもない。それでも気を利かせたシフティが空の台車を運んできた。台車の上に男を突き飛ばす。

「二人目、二人目」

リズムをつけ、歌うように言いながら、シフティが台車をビニールハウスへと向ける。男は台車から降りようと、悲鳴を上げながら懸命に暴れる。大きく身体を反らせると、台車から床に転がり落ちた。なんとか逃げようと、芋虫《いもむし》のように身をよじる。だが、拘束された足首を梱包を終えたドクにつかまれて、簡単に引き戻された。助けを求め泣き叫ぶ男を、無表情のドクが台車に乗せ直す。そのままハウスに搬入すると、ドクは空の台車を押して外に出る。

「コモンに状況を訊く」

それだけ言うと、ドクは部屋から離れた。

老人の活動に、一番思い入れが深いのは彼だ。かつてカンボジア難民だった過去故に、使命への共感が深いのだろう。だが、無益な殺生はもちろん、今回のような殺しても構わないどころか殺すべき相手であっても、ドクは残虐な手法を好まない。

——その甘さがいつか命とりになるかもしれない。

立ち去るドクの背を見て、文田はそう思った。

とつぜん電動ドリルと電動のこぎりのモーター音が鳴り響いた。人間のものとは思えない悲鳴と同時にハウスのビニールに大量の血液が飛び散る。モーター音の合間に双子の楽しそうな笑い声も聞こえる。

蒼白な顔でビニールハウスを見つめる男たちに、文田は話し掛けた。

「答えは？」

残る四人、全員が一斉に協力を申し出る。

「では、改めていくつか質問をする」

四人とも、しつこく首を縦に振った。

「まず、絵はどこで」

最後まで言う前に、耳に無線機を当てたまま戻って来たドクが「西島ともう一人、誰だか判らない奴が上がってくるぞ」と告げた。

ダイニングルームに入れさえしなければ問題ない。文田はそう判断した。

人柄は良いがまだ経験が浅く、気持ちが空回りして安村に注意されてばかりいる西島の顔を思いだす。

――西島ならあしらえる。ただ、もう一人というのは。

コモンは、ホテル内に今いる従業員の顔と名前を完璧に把握している。

――従業員ではない、だとすると。

「他に誰か来ることになっていたのか？」

生き残っている四人に問う。双方が、お互いを出し抜き、絵画も金もすべて手に入れるために、あとから加勢を呼んだ可能性は十分に考えられる。

「どうなんだ?」

文田の声に、四人とも必死に否定する。

ダイニングルームから出た。

エレベーターホールの表示灯が点灯していた。じきに直通エレベーターは二十階に到着する。

――時間がない。

この状況を乗り切るために、文田は頭の中で計画を修正する。

――最優先すべきは〝思い出〟の回収だ。

「今から貨物用エレベーターで〝思い出〟を下ろす」

文田は無線機を取り出してコモンに伝える。

急いで部屋に戻り、文田自ら台車に載ったアタッシェケースと梱包された絵画、囚人服の入った段ボール箱をバックヤードにある貨物用エレベーターの前に運ぶ。各階に止まる可能性がある、従業員が使用する貨物用エレベーターを使いたくはなかった。だが直通エレベーターが使えない今、他に選択肢はない。貨物用エレベーターは二十階に止まったままなのは確認済みだ。

扉が開き、空のエレベーターに荷物を入れる。そこで文田はミスに気づいた。

――配達伝票がない。

従業員の誰にも見とがめられずにコモンが回収できればよい。だが、もしも誰かに見られた場合、荷物に配達伝票がないのはおかしい。

当初の計画は、直通エレベーターでコモンが二十階に来て回収して立ち去る、それだけだった。だから伝票の準備まではさすがにしていなかった。

文田は舌打ちすると、背広の内ポケットに手を差し込んだ。

――自分の名刺の裏に、「お客さまからのお預かり」と書いて荷物につけておく。従業員に気づかれ、コモンが回収できなかったとしても、文田預かりとしてスタッフがホテル内に取り置くはずだ。

扉が完全に閉まり、貨物用エレベーターが下りていくのを確認した文田はエレベーターホールの前へ走った。エレベーターの扉の前に立つと同時に、到着を告げるチャイムが鳴る。

文田は無線機のスイッチを切り、大きく一つ息を吐くと、ホテルマンの笑顔を作った。

11

「勝手なことをされては困ります」

二十階に向かうエレベーターの中で、西島は武本を見ないように真正面を向いたままそう言った。

「申し訳ございません」

詫びの言葉が返ってきた。だからといって、止めて戻る気はないだけに腹立たしい。

文句を言ってやろうと口を開き掛けたが、止めた。武本という男の身体の大きさと醸しだす威圧感が、エレベーターという密室の中にいることで、より増したように感じたからだ。

――二十階に着いて、様子を見れば納得するだろう、でも。

二十階のマネージャーの濱谷《はまや》の顔を思いだして口元を歪める。

五十歳を越す濱谷はレストラン部門のチーフで、ベテランホテルマンの一人だ。がっちりした体格に感じの良い笑顔で客からの評判は上々だが、スタッフの間では一番厳しいと言われている。実際に西島もレストラン研修で何度も怒鳴りつけられた。怒鳴られるだけでなく、トレンチで頭を何度も叩かれた。

ステンレスやプラスチックのトレンチで叩かれたところで、音こそ大きいものの、痛みはさほどない。でも二十歳も過ぎて、人前で叩かれる恥ずかしさはなかなかのショックだ。

――久しぶりに、また叩かれるかも。

エレベーターが二十階に上っていくのとは逆に、西島の気持ちは重く沈んでいく。

「つかぬことを伺いますが」

唐突に武本に話し掛けられる。

「なんですか？」

険《けん》のある声しか返せない。これもまた、安村や濱谷に聞かれたら叱られること請け合いだが、密室の中でそんな心配もないから気にしない。

「電話で確認するとおっしゃってましたが、お持ちですよね、電話」

こちらを見ようともせず、武本は前を向いたままそう言った。

言われてみればその通りだ。失態に顔が紅潮していくのが判る。黙ったまま、背広の内ポケットに手を入れた。しかし、それと同時にチャイムが鳴った。

——着いちゃったよっ！

度重なるミスに動揺する西島の横で、武本が一歩踏み出した。

「僕が先に行きますから！」

扉と武本の間に腕を差し込んで阻《はば》んだ。

次に起こることは容易に想像できた。

二十階は基本的に事前に予約を入れた会員のみしか使用できない。使用時には、地下一階の会員専用受付にいる臼井が予約客が来るごとに、二十階の濱谷に報告する。そして濱谷を含めた三人の二十階のスタッフの誰かがエレベーターホールで客を出迎える流れとなっている。

だがまれに利用客以外の人が二十階に上がってしまうこともある。直通エレベーターの三階フロントの乗降口は一般客用のエレベーターホールにはなく、フロントのすぐ隣にあり、スタッフが留意しているので一般客が使用することはない。だが地下一階からは、臼井の不在時に間違えて乗ってしまう客がいる。だとしても、濱谷率いる二十階のスタッフは、エレベーターの到着音を聞き逃さない。すぐに出迎えて対処する。

つまり、扉が開いたとたん、濱谷が待ちかまえているに違いない。運が良ければ濱谷が接客中で、他の二人のどちらかかもしれない。それでもことの顚末は、いずれは濱谷の耳に入る。でもせめて武本より先に降りて、自分の口で説明したい。これだけは譲れず、「僕が先に行きますから」と、西島は武本に念を押した。

「判りました」

短く返されて安堵した直後、エレベーターの扉が開き始めた。開いた扉の隙間から、人が立っているのが見えた。色からして背広だ。二十階で紺色の上下を着用しているのは濱谷だけだ。残りの二人は、上は白いシャツに黒いベスト、下は黒いパンツのレストランのウェイターの制服を着ている。

残念ながらというのか、予想通り、濱谷が待ちかまえていたことに、ため息を吐きかけた瞬間、身体が押され左半身がエレベーターの壁にぶつかる。何が起きたのか判らずに、西島は呆然とした。見れば武本が対角の位置に立って、開く扉の外を窺っている。何か危険があってはと思って、西島を扉の正面から退《ど》かしたのだ。そして自らも壁に身を寄せているのだろうが、武本の大きな身体はまったく隠れていない。

「西島君、この方は？」

名を呼ばれて、西島は声の人物に目を向ける。完全に開いた扉の外に立っていたのは濱谷ではなく、文田だった。

――なんで文田さんがここに？

文田が二十階にいる理由が判らずに、西島はポカンと見つめる。文田は困ったように眉をひそめたあと、一瞬で笑顔に戻して「失礼ですが、こちらは会員専用フロアとなっております」と、武本に告げた。

自分が何の役にも立っていないことに西島は、あわてて「こちらで何か問題が？」と口を挿む。

「問題ですか？　――いえ、ございません」

文田は西島に目を向けずに、武本を見つめてそう答えた。滑《なめ》らかな口調に温かな笑み。文田のホテルマンとしてのお手本のような振るまいに、西島はただただ畏《おそ》れ入る。

この対応を見れば、武本も納得するだろう。

「だそうですよ、武本さん。これで」

「すみませんが、念のためにフロアを拝見してもよろしいでしょうか？」

西島を遮り、扉を手で押さえながら発した武本の言葉に、啞然《あぜん》となった。

――何言ってんだよ、こいつ！

どんな状況で相手が誰であろうと、従業員以外でホテルの中にいるのはすべて客だ。間違っても横柄な態度を取ってはならないし、まして怒りをぶつけるなどもっての外だ。

気を落ち着けて口を開こうとするが、的確な言葉が見つからない。表情を取り繕うことも出来ない。

先に口を開いたのは文田だった。

「失礼ですが」

こんな状況でも、文田の笑顔と声音《こわね》は変わらない。

「警察です」

低く小さな声で武本が応えた。

「警察の方がなぜ？」

エレベーターに足を半歩踏み入れて文田が訊ねる。

「地下一階のこのエレベーターの乗り口で」

武本が落ち着いた声で説明を始めた。文田も真剣な表情で、それに聞き入っている。一人蚊帳《かや》の外の自分に気づいて、西島は焦った。このままでは、文田にこの場を仕切って貰うことになる。

――なんとかしなくちゃ。

専用出入り口の担当者が、意識がない状態で拘束されて戸棚の中から見つかったことを、武本が淡々と文田に説明している。内容が内容なだけに驚いたのだろう、文田の目が見開かれた。それでも驚愕《きょうがく》の声を上げもしない文田に西島は感心する。

——感心してる場合じゃないよ！

そこで、ようやくアイディアが浮かんだ。

部外者の武本を会員専用のダイニングに行かせるわけにはいかない。でも自分ならば問題ない。

「私が確認して参ります」

そう言うなり、西島は二人をすり抜けてダイニングへ向かった。

「西島君！」

短く叫ぶように文田が呼んだ。

文田の焦った声なんて初めてだと思いつつやり過ごし、廊下を曲がってダイニングルームのドアを開けた。

足を踏み入れたとたん、奇妙なものが目に入った。部屋の中に、なぜかビニールハウスが立っている。ただ、ビニールの壁が赤い。

——なんだあれ？

会員専用フロアは、会員の要望に合わせて多目的に使われる。

——今日って、アートイベントかなんかだったっけ？

そんなことを考えつつ、ダイニングテーブルに目を移す。テーブルを挟んでアジア系の男性三名と白人一名が腰掛けていた。全員の目が西島に注がれている。だが誰一人言葉は発しない。

——なんか、変な臭いがする。

エレベーターホールでは感じなかったが、ダイニングの中は生臭い悪臭が漂っていた。

——この臭い、覚えがあるような。なんだったかな？

思いだそうとして、客の視線に我に返った。

臭くないのだろうかと疑問に思うが、客の誰一人、悪臭を感じているようには見えない。

客の態度に違和感を覚えつつも、挨拶もなしで部屋に入った無礼を詫びようとして、またもや奇妙なものを目にする。床の上に、白くて大きな物体があった。

——なんだ、あれ？

謎の物体の正体を知りたかったが、挨拶もしないうちから、じろじろ見るなど不作法なことは出来ない。

気を取り直して客に向き直る。その目の端で何かが動いたのを捉えた。ビニールハウスから少年が出てきた。

とつぜん現れた少年に西島は面喰らう。しかも格好が奇妙だ。緑の目に赤い髪の少年は全身をすっぽり包むような白いレインコートを着用している。ご丁寧にフードも被ってだ。柄も変だった。ところどころが真っ赤なのだ。

そのとき気づいた。赤い柄が動いている。――正しくは、下に向かって垂れていることに。同時に生臭さの正体も判った。

去年の秋、同期で飲んで最終電車を目指して駅に向かう途中、どこかから悲鳴が聞こえた。何事かと皆で路地裏を覗くと、男が数人、路上に群がっていた。西島たちに気づいた連中が走り去ったあとに、男が一人倒れていた。鼻血で胸まで赤く染まり、頭からも血がどくどく溢れだしていた。暴力とは無縁に過ごしてきた西島は、その光景と噎せ返るような臭いに気分が悪くなった。あのときに嗅いだ臭いと、今ダイニングに満ちているものは同じだった。

ふと少年と目が合った。大量の血に濡れたレインコートを着た少年が、にこりと微笑んだ。異様な光景に、体内をぞっとするものが駆け上がる。

西島は悲鳴を上げると、その場から逃げだした。けたけたと笑い声が聞こえる。少年が笑っていた。笑い声がどんどん大きくなる。少年が追ってきているのだ。

無我夢中で走り、廊下を曲がる。エレベーターホールが見えて安堵した。

「止めろっ！」

怒鳴り声が聞こえたと同時に、何か硬くて重量感のあるものにぶつかった。その勢いに、バランスを崩して、肩から床に落ちる。痛みに閉じた目を西島が再び開くと、見えたのは床に腹ばいになっている武本だった。そのうしろには文田も身を低くしている。

呆然とする西島の耳に、少年の笑い声が再び聞こえた。見てはいけないと判りつつ、それでも振り返る。

血に濡れたレインコートを着た少年が立っていた。その手にはさきほどまではなかったものがあった。拳銃だ。

——なんだよ、どうなってるんだよ。

漏れそうになる悲鳴を、手で押さえて封じ込める。少年と目が合った。少年はウィンクすると、西島に銃口を向けた。

今度は悲鳴を抑えられなかった。西島は叫びながら、バックヤードへ飛び込んだ。バックヤードには貨物用とスタッフ用の二基のエレベーターがある。もちろん電話もある。

——ここからなら脱出も出来るし、助けも呼べる。

だが入ったとたん、動けなくなった。

床に、俯《うつぶ》せに人が転がっていた。両手両足とも結束バンドで縛られ、頭にはダクトテープが巻かれている。だが彼らの着ている服には見覚えがあった。屈み込んで、制服を着た男を仰向けにしようと肩を引いた。胸元のネームプレートに書かれていたのは「濱谷」だ。残る二人はウェイターに違いない。

「濱谷さん」

あわてて濱谷を抱き起こす。口にもダクトテープが貼られていたが、鼻にはなかった。すばやく鼻に手を当てる。息を感じた。呼吸していると判って安堵する。

──でもこの先、どうすればいい？

周囲を見回した西島は二基のエレベーターの前まで這って進んだ。祈るように見上げたが、一基はたった今、階下に向かったばかりで、もう一基は遥か下の階にあった。表示灯を恨めしげに見つめて、それでも呼出ボタンを押した。

12

交信を終えた無線機を、コモンはベルトに付けたホルダーに戻した。

──早くもアクシデントか。

計画通りに進まないことなど珍しくもない。どんなアクシデントが起ころうと、リカバリー案も準備済みだ。だとしても、出鼻をくじかれるのはいい気はしない。

駐車スペースに駐めたワンボックスカーの中にコモンはいた。

宅配業者のキャップを今一度深く被り直す。

自分でも特徴のない顔だと自覚している。それこそ今日のように制服や制帽を着用していたら、着衣しか記憶に残らないだろう。だが西島はじろじろと見ていた。

気づいたところで、他人のそら似で済むことだ。そもそも十七階で異臭騒ぎを起こした宿泊客の鈴木健一がホテルを出てから、まだ数分しか経っていない。まして宅配業者の制服で宅配業者の車に乗って、また来るなどと、考えるはずもない。

車を降りて、トラックの荷台を開ける。宅配業者のロゴマークのついたボックスを載せた台車ごと車外に下ろす。ホテルだけでなくテナントも入っている複合ビルで、宅配業者が台車を押している光景自体は目を引くものではない。だが、出入り許可のあるフロアに行こうともせず、いつまでも駐車場に留まるのはおかしい。

台車を押して会員専用待合室に入り、バックスペースに目を向ける。木製の戸棚が横倒しになっていた。裏面の板が割られていて、中には臼井が横たわっている。

「西島！」

そのとき、エレベーターホールの方から声が聞こえた。

「とにかく来てくれって、いったい」

アシスタントマネージャーの安村の声だ。壁に背を当てて、ポケットからペン型注射器をつかみだす。

「臼井さんがどうし」

言いながら室内に入ってきた安村と目が合った。

まさか人がいるとは、それも宅配業者がいるとは思っていなかったのだろう。安村は言いかけたまま、立ち止まった。コモンは瞬時に安村に近寄り、その首にペン型注射器を強く押し当てる。

「なんで宅配業者が」

言い終えることなく、安村が床に崩れる。

――時間がない。

大きく息を吸うと、一気に安村をバックスペースに運び込む。続けて臼井の入った戸棚を足で何度も蹴ってバックスペースに戻した。終わる頃には、すっかり汗を掻《か》いていた。だが休む間などない。スタッフ用エレベーターまでひた走る。運が悪いことに、上階に向かったばかりだった。

エレベーターを諦めて、階段を駆け上がる。わずか一階分だったが、貨物用エレベーターの前に到着したときにはすっかり息が上がっていた。

エレベーターの表示灯は二階から一階に下りるところだった。

間に合ったことに安堵の息を吐いて、エレベーターの到着を待つ。チャイムの音に続いて扉が開き始める。だが、中を覗いて愕然とした。エレベーターの中は空だった。

13

ダイニングから悲鳴を上げながら走ってくる西島の姿を見た武本は、目の前を塞ぐように立つ文田を手で押しのけた。

――誰かいる。

駆け寄ってくる西島のうしろに別の人影を認める。小柄な人物だ。

小柄な人物は、室内なのにフードつきのレインコートらしきものを身にまとっていた。フードの中にあったのは、どう見ても少年の顔だ。目の色が緑なのに気づく。どうやら白人の少年らしい。少年の口が開いている。聞こえたのは笑い声だった。

少年は笑っていた。愉快そうに笑いながら追いかけてくる少年の前には、死に物狂いな表情の西島がいる。状況を把握できず、武本は立ちつくした。

ふと背後に気配を感じて振り向く。押しのけたはずの文田が肩が触れる距離まで近づいていた。

文田に状況を訊ねようとしたが、少年の動きが目の端に引っ掛かった。伸ばした少年の右手には銃があった。銃口は西島の背中を狙っている。

「止めろっ！」

叫ぶと同時に、西島に体当たりする。自らも胸から床に倒れながら、「隠れろっ！」と、文田に向かって叫ぶ。

西島が金切り声を上げて、四つん這いのまま進む。壁だとばかり思っていた部分に体当たりすると、中へと消えた。あれだけ動けるのだから、怪我はないようだ。

安堵した武本は、転がるようにエレベーターホールに戻る。

――少年は？

壁から頭だけ出して様子を窺う。少年は不服そうな顔で廊下に立っていた。だが次の瞬間、身を翻《ひるがえ》してダイニングへ走り去った。攻撃せずに去った理由は謎だが、武本は、ひとまず身を隠すことにした。大きく一歩退《ひ》いたとたん、何かにぶつかった。文田だった。

「あそこは？」

文田は床に尻餅《しりもち》をついたまま、黙っている。その顔には表情がない。

「文田さん、あそこは？」

再度、強く訊く。

「バックヤードです」

我に返った様子の文田が答えた。

「何がある？」

「何って、シンクと作業台と、グラスやナイフやフォークの入った棚と」

返事こそしているものの、どうやら文田はショック状態のままだった。

「出入り口は？」

「ダイニングに繋がっている自動ドアが」

「エレベーターは？」

ホテルなどの客商売の建物には、客の目に触れないところに、従業員用の移動手段があるはずだ。

「あります」

武本は周囲を見回した。探していたものは、エレベーターの右奥にあった。低い姿勢のまま、素早く駆け寄ると、手を伸ばして非常ベルを押した。とたんに、けたたましいベルの音が鳴り響く。

――これで皆、気づくはずだ。

非常ベルの音に消されぬよう、武本は大声で文田に呼びかける。

「客と従業員の人数は？」

だが文田は聞こえないのか、顔すらこちらに向けない。

――時間がない。

決断した武本は西島のところに行くべく、バックヤードに向かって駆け出した。

14

「お客が温泉の素をぶちまけたんだって？」

「そうなんですよ、まったく冗談じゃないですよ」

食事から戻ってきた豊本《とよもと》部長に、飯星は顔をしかめてそう答えた。

異臭騒ぎから三十分が過ぎて、施設管理部はすっかりいつもの様子に戻っていた。音こそ小さくしているが、テレビもついているし、これと言ってすることもない部員は机でパソコンのトランプゲームに勤《いそ》しんでいる。

施設管理部はその名の如く、ホテル内の施設のすべてを管理している。電気や水やガスなどのエネルギーにはじまり、空調機、エレベーター、消火設備などの管理とメンテナンスを二十四時間体制で行っている。さらに部内の技術課は、ホテル内の家具やオブジェの製作、補修や塗装、宴会場の照明音響設備、季節によっては建物内外のイルミネーションの設営と管理も行っている。

とはいえ、トラブルさえなければ、ホテルの一階にあるこの室内で待機しているだけだ。

「臭いはともかく、温泉の素でよかったじゃないか。もっと酷いものをぶちまける客も多いぞ」

「特に年末は酷いぞぉ」

系列ホテルから異動してきたベテランたちが、こぞって飯星を脅しに掛かる。

「やめて下さいよ」

耳を塞ぐようにして、飯星が返す。二十八歳でも入社したばかりで最年少の飯星は、何かというと他の部員からからかわれる存在だ。

「安村アシマネだけじゃなくて、オープン屋の文田もいたんだって?」

「ええ。いらっしゃいましたよ」

豊本部長の問いに、飯星がすぐさま返す。

「あの人、良い人だよなぁ。俺が今まで会ったオープン屋は、自分の仕事だけやったら、あとは何にもしない奴ばっかりだったよ」

技術課長の角田《かくた》も話題に乗ってきた。

「嫌な顔しないで、何でも手伝ってくれるんだよね」

「安村アシマネも言ってたけど、ホテルに残ってくれないかな」

二人の会話に「ですよねぇ」と、飯星は笑って相づちを打つ。

「この前もさ」

文田のエピソードを角田が話しだそうとしたそのとき、非常ベルが鳴り響いた。

「どこのベルだ？」

豊本部長の声が、それまでのゆったりとしたものから、一変する。

「二十階です」

表示板を確認していた飯星が即答する。

「安村アシマネに電話をする。誰か濱谷さんに」

「僕がかけます」

そう言うなり、飯星は受話器を取り上げた。

非常ベルが鳴りやまない中に、館内から問い合わせの電話が殺到して、施設管理部の室内はさらに混乱した状態となった。

「安村さんは？　いない、ＰＨＳもでない？　――もう、いいっ！」

怒鳴ると同時に受話器を乱暴に置いた豊本が、続けざまに、飯星に「濱谷さんは?」と怒鳴る。

「ずっと呼び出しているんですが、誰もでなくて」

この状況で、濱谷が電話にでるのをただ待ち続けていた飯星に、豊本の怒りが爆発した。

「だったら、行ってこい!」

豊本の剣幕に、放り投げるように受話器を置いて飯星は部屋を飛び出した。

飯星は廊下を走りながら作業服のつなぎの中に手を入れる。内ポケットから取り出したのは無線機だ。

無線機を耳に当てる。飯星は交信相手の話を口を挿まずにただ聞いた。

「——判った。さっそく始める」

そう言うと、飯星は交信を終えた。そして改めて、無線機をオンにする。

「スパイダーだ。やってくれ」

交信相手が切り替わるたびに、そのやりとりを繰り返す。交信相手の居場所はさまざまだ。唯一の共通点と言えば、全員がそれぞれのキャリアの携帯基地局の側にいるということだ。

飯星の指示を受けた彼らは、いっせいにリモコンのスイッチを押す。そして飯星が提供した製造法の下に、各自が作って仕掛けた爆弾が、各社の基地局を出火させる。

最後の交信を終えたときには、男性用スタッフのロッカールームの前に着いていた。自分のロッカーの扉を開けて、中から大きなスポーツバッグを取り出した。バッグを肩に担ぐと、飯星は意気揚々とロッカールームをあとにする。向かっているのは二十階ではなく、同じフロアにある機関室だ。

周囲を見回し、誰もいないことを確認してから機関室に入る。端子盤に近づくと、鍵をだして蓋を開ける。何本ものカラフルなケーブルを確認して、バッグに手を入れた。取り出したのはワイヤーカッターだ。

躊躇《ためら》うことなく、次々にケーブルを切断する。電気関係を除いたすべてのケーブルを切り終えて、ワイヤーカッターをバッグに戻した。

──これで携帯電話も、ホテルの固定電話も繋がらない。

続いてバッグから黒い服と黒い覆面を取り出すと、すぐさま着替え始める。

──あとは。

不測の事態に備えて、屋上にはすでに爆弾を仕掛けてある。残る出入り口、地下一階と一階のそれぞれの出入り口に置く爆弾を準備すればいいだけだ。

ぬかりない己《おのれ》に満足して、飯星は覆面の下でにんまりと笑った。

15

　ＪＲ桜木町の駅は目と鼻の先だった。すぐさま帰ってもよかったのだが、はるかはそうしなかった。そのまま運河《うんが》パークに向けて歩きだし、気が向けばその先にあるサークルウォークまで足を延ばすつもりだった。

　――お天気も良いし、せっかくだもの。

　そんなことを思いながら、万国橋《ばんこくばし》の交差点を越えて、そのまま進んでサイドウォークに入る。板張りの道の上、心地の良い海風が髪を揺らす。周囲にはカップルや家族連れが、楽しそうに歩いている。途中、何度も「海をバックに、写真を撮って下さい」と頼まれた。断らずにすべて引き受けたせいで、サークルウォークまでさほど遠くない距離なのに、着くのにはずいぶんと時間が掛かった。疲れを感じて、はるかは道端のベンチに腰を下ろす。

　額に浮いた汗をぬぐおうと、ハンカチを探してバッグの中を覗き込む。ふと、携帯電話に目がとまった。待ちあわせで上手く会えなかった場合に備えて、はるかと武本は事前にお互いの番号を交換していた。

　――武本さん、大丈夫かしら。

　さきほど別れたばかりの武本の顔が頭に浮かんだ。お世辞にも美男とは言えないどころか、はっきりいって強面《こわもて》だ。休日だというのに、異臭騒ぎの収拾を手伝うと武本は言った。ならば、それに集中すればよいのに、それでもはるかを一階のエントランスまで見送ってくれた。

休日でも厭《いと》わずに、他人のために働く人。その姿は、実直なはるかの父親と重なった。

ホテルへと目を向ける。消防車やパトカーは来ていない。異臭騒ぎは大事にはなっていないようだ。

——電話してみようかな。

案じて様子を訊ねるのは、失礼ではないだろう。そう思ったはるかは携帯電話に手を伸ばした。だが、いざ掛けようとして手が止まった。

断ると決めたからこそ、早々にお見合いを切り上げた。なのに、状況を案じてのこととはいえ、連絡を入れるのは、どこか気が引ける。

しばらくどうしようかと迷った挙げ句、結局止めることにした。ため息を吐いて、携帯電話をバッグの中に戻す。だが、違和感を覚えて手が止まった。

三十を過ぎてから、はるかは日差しに気を遣うようになっていた。四月の紫外線は侮《あなど》れない。今日も折りたたみの日傘を持ってきていた。だがバッグの中には日傘はなかった。

日傘をどこで手放したかを思いだそうと、記憶を辿る。

桜木町駅に着いて、バッグから出したが、ホテルが駅からあんなに近いとは思わなかった。結局、日傘はささずじまいでホテルのロビーに着いた。そのときは手に持っていた。

——それから。

待ちあわせの時間まで少し間があったので、化粧直しに行った。そのあとの記憶は曖昧《あいまい》だった。ただトイレを出たときには、日傘を手には持っていなかったような気がする。そして今、バッグの中にない。なんであれ、失くしたのはホテルの中ということだ。

はるかは振り返ってホテルを見つめる。頭に武本の木訥な顔が浮かんだ。

——忘れ物を取りに行かなくちゃ。

ホテルに戻る正当な理由が出来て、はるかは足取りも軽く、来た道を戻りだした。

ホテルの三階ロビーに戻って、はるかは周囲を見回した。フロントでは制服に身を包んだ女性従業員がにこやかに電話応対をしていた。レストランも何組もの客がテーブルに着き、食事やお茶を楽しんでいる。これと言って異状も感じられないことに安堵する。だが同時に少し失望する。異状がないということは、事態が収拾した、つまり武本はもう、ホテルから立ち去ったということだ。

改めて周囲を見回した。やはり武本の姿はどこにもなかった。

――電話を掛けてみようかしら。

今すぐ？　やはり時間を空けて夜になってからの方が。それより明日の方が良いかしら。そんなことを考えていたはるかの足が止まる。休日ですら連絡が取り辛いのに、勤務中となれば、仕事柄、その比ではなくなる父親のことを思いだしたからだ。

母方の祖母が交通事故で急死したときですら、母親は父親に電話しなかった。

――電話してもいいとは言われているのだけれど、どんな仕事を今しているか判らないし。それに、おばあちゃんはもう亡くなったのだもの。急ぐ必要はどこにもないしね。

はるかが六歳の時のことだ。でも、自分を納得させるように言う母親の顔と声は、今でもはっきりと思いだすことが出来る。

家族ですら、電話の一本も簡単に掛けることが出来なかったのに、まして他人では、いつ掛けたら先方の都合がよいのか、まったく判らない。タイミングを逸してしまったと気づいて、はるかは肩を落とした。

――やっぱり、御縁がなかったのかしら。

そんな思いが頭に浮かんだ自分に苦笑する。お見合いを切り上げたのは自分だったと思いだしたからだ。

――自業自得、か。

がっかりしつつも、戻った理由の一つ、忘れた日傘を捜しにトイレに歩きだす。

中に入って洗面台の周辺を捜すが日傘はない。忘れ物として、誰かがフロントに持って行ってくれたのかもしれない。

ふと鏡に映る自分の姿が目に入る。大きく一歩鏡に近づいた。右頰の染みが増えたような気がする。鏡の周りに付けられた明るい電球に照らされる自分の顔にしばらく見入ってから、ため息を吐く。

——去年より、確実に老けたわ。

時の流れに逆らうことなど出来ないのは判っているが、それでも自分の加齢を目《ま》の当たりにするとショックだ。

——男性との縁を絶ち切った直後に、歳をまざまざと感じさせられるなんて。

すっかり意気消沈したはるかは、早く日傘を見つけて帰るべく、トイレを出てフロントに歩きだした。

フロントに女性従業員が二人いたが、どちらも電話中だった。終わるのを待つことにし、することもなく、はるかはレストランの奥、窓から広がるみなとみらいの景観を眺める。

「お客さま」

女性の声に振り向くと、通話を終えた一人がフロントのカウンターからこちらを見ていた。

「すみません、こちらに日傘の忘れ物って」

そのとき、非常ベルが鳴り響いた。

けたたましいベルの音に、一気にフロアが騒然となる。

「すみませんが、少々お待ち下さい」

女性従業員の態度が、さきほどの柔らかい物腰から緊張に満ちたものに変わった。

事態を確認しようと、従業員のそれぞれが動きだしていた。フロントの女性は電話を掛けていたし、レストランのウェイターやウェイトレスは客に「ただいま、非常ベルの原因を確認しております。大変申し訳ございませんが、少々お待ち下さい」と繰り返している。

非常ベルは依然、鳴り響いている。でもレストラン内にいる客にあわてる様子はない。何があったのだろうと、周囲を見回したり、非常ベルの音に負けないよう、大声で話したりはしているが、皆、落ち着いたものだ。おそらく、非常ベルの誤作動か、あるいは誰かの悪戯《いたずら》だと思っているのだろう。そしてそれははるかも同じだった。

レストランを眺めていたはるかは、あることに気づいた。非常ベルが鳴る前から、携帯電話を弄《いじ》っている人はいた。だが今、各テーブルに一人は携帯電話を手にしている。

――非常ベルなう。

目に見える範囲の人がいっせいにツイッターにそう書き込んでいるかと思うと、この状況には不謹慎だが、はるかはくすりと笑ってしまった。

「なんか変だぞ」

最初は一人の声だった。だがその声は波のように広がり、次の瞬間、一気に爆発した。

「どうなってるんだ？」

「何、これ！」

各人が携帯電話を耳に当てながら叫び、立ち上がる。

事態の変化に、はるかは動揺して周囲を見回した。

男性客がレストランマネージャーらしき男に携帯電話を見せて詰め寄っている。何か言っているらしいが、非常ベルと他の客の怒号にかき消されて、さすがに聞き取れない。

バッグの中からはるかも携帯電話を取り出した。フラップを開く。通電してディスプレイが灯り、待ち受け画面の近所の猫が映しだされる。これといって、おかしなところはない。そのとき、閃《ひらめ》いた。

——武本さんに掛けてみよう。

この状況を伝えるのならば、掛けてもおかしくないかもしれない。そう考えたのだ。そんなの理由にならないでしょう？　と自分の心の声が聞こえるが、あえて無視する。ここで良識に負けたら、二度と武本に電話は出来ないと思ったからだ。

武本の番号を見つけだし、通話ボタンを押した。どきどきしながら耳に当てる。だが何も聞こえない。不思議に思って、耳から離してしげしげと画面を眺める。アンテナが立っていない。

――どういうこと？

訳が判らずに、再び周囲を見回す。フロントの女性従業員は受話器を耳に当て、口も動いていた。

――固定電話の通話は出来ている。

「あなたも？　俺のは」

ひときわ大きい声に目を向ける。

「違う会社？　でもあなたのもダメなんだよね？」

訊ねられた女性客が頷いている。

――違う会社？　携帯の契約会社が違うってことかしら。

そう頭に浮かんで、はるかははっとした。一社だけならば、その社の回線に何かトラブルがあったと考えられる。でも各社がいっせいになんて、ありえるだろうか？

――何が起こっているの？

答えを求めて辺りを見回す。フロントの中では女性従業員の二人ともが、まだ受話器を耳に当てていた。そちらの通話は、依然可能だということに安堵した。事態の収拾にてんてこ舞いらしく、二人ははるかに会釈はするが、通話を止めようとはしない。終わるまで待って、それから状況を説明したのちに、電話を貸して貰おう、はるかはそう考えていた。

そのとき女性従業員の様子が変わった。二人とも、ほぼ同時に受話器を耳から離したのだ。いぶかしげな目を手の中の受話器と同僚に交互に向けている。その表情に、はるかの不安が膨らんだ。

「あの、どうしたんですか？」

「いえ、あの」

ぎこちない笑みに続く言葉はない。話し掛けてきたのが客なだけに、どう対処してよいか迷っているようだ。

「すみませんが、電話を貸していただけないでしょうか？」

とにかく電話を借りたかった。だから説明は省いた。だが女性二人は言葉が出ない様子だ。

「もちろんお代は払います。私の携帯、繋がらなくなっちゃって」

それでも二人は何も言わない。さすがに苛立って、女性の顔から電話へと目を移す。

白い受話器を握る女性の手がかすかに震えている。

「——あの、その電話、繋がってますよね？」

訊ねるはるかの声も震えていた。

繋がらない電話と鳴りやまない非常ベルの音に、さすがにおかしいと思った客の数名が、ホテルから避難し始めた。一人が始めたら、あとは雪崩《なだれ》のようだった。フロアにいた客は一斉に動きだした。レストランの客も次々と立ち上がる。会計をしようとする者もいたが、順番を待つことに業を煮やした者や、この非常時に乗じて、金を払わずに逃げようとする者もいて、レストランは大混乱になっていた。一階に向かうエレベーターと階段に、我先にと人が殺到する。

フロントの脇に立っていたはるかは、走ってきた客に突き飛ばされて転び、その弾みで持っていた携帯電話を落としてしまった。拾おうと手を伸ばした矢先、携帯電話は走ってくる客に蹴られてトイレの壁まで飛ばされてしまった。

避難が先決なのは判っていた。でも通じないとはいえ、個人情報の詰まった携帯電話を置いていくわけにはいかない。

走る人にもみくちゃにされながら、はるかはトイレまで進む。ようやく壁際まで辿り着き、屈んで手を伸ばしたそのとき、今まで一度も聞いたことのない、大きく何かが破裂するような音が聞こえた。

弾かれたように音のした方を向いたとたん、再び炸裂音が鳴った。今度は一度ではなく、続けて何度もだ。我先に逃げようとしていた客が皆、動きを止めた。

人と人の隙間からはるかに見えたのは、非常口の扉の前に立つ黒い服を着た男だった。服だけでなく、目と鼻と口の所だけ穴が開いている黒い覆面まで被っている。

男が右腕を挙げた。炸裂音が鳴ると同時に天井からばらばらと何かが落ちる。

「――本物だ」

その場にいた誰かが叫んだとたん、それまでエレベーターと非常口に向かっていた客が、男から遠ざかろうと逆流し始める。

だが遅れてレストランから出ようとする客たちはこの状況を知らない。男から逃げようとする人の波と、非常口に向かう人の波がぶつかった。非常ベルが鳴り響く中、混乱しきったロビーでは、「退《ど》け！」「痛い」などの怒号や悲鳴が上がる。

携帯電話を拾って立ち上がろうとしたはるかに背広姿の男がぶつかった。衝撃で手にしたバッグが飛ばされる。バッグを拾おうとした矢先、男に肩をつかまれた。

「鞄《かばん》なんかいいから」

はるかを引きずって、男はフロントの中に入ると、力任せにしゃがませた。

「ここに隠れていなさい」

そう言って、男ははるかの肩から手を放した。はるかはようやく男を見た。

カウンターの陰から銃を持った覆面の男を窺う男の顔には深い皺が刻まれている。白髪《しらが》交じりの髪を見ても、男の年齢ははるかの父親と同じか、あるいは上だろう。

――この人、お父さんに似ている。それに……。

頭に過ったのは武本の顔だった。父親と武本の共通点は一つ、警察官だ。

――この人も、もしかして警察官かしら？

そう思った直後、覆面の男の怒鳴り声が聞こえた。

「全員、動くな」

警察官らしき男の背後から、覆面の男の様子を窺う。だがフロントにいる客たちは、男の言うことなど聞かず、なんとかしてこの場から逃げようとしている。

またもや炸裂音が聞こえた。今度は、さらに何かが壊れる音が続く。

首を伸ばして音のした方を見る。さきほどまであった、中央のテーブルの上の花瓶がない。砕け散った花瓶は、活けられていた花と一緒に床の上に散らばっていた。

花瓶を撃った効果はてきめんだった。客たちが一様に動きを止める。

「言うことを聞かなければ撃つ」

言い終えた覆面の男が天井に向けて銃を撃った。破裂音に続けて砕けた天井が落ちる。

「全員、レストランの中に戻れ」

男が銃口でレストランの方を示す。

男が持っているのが本物の銃だと判った今、フロントの周辺にいた客たちは男の言う通りにレストランへと戻っていく。

「携帯は通じない。──館内電話は」

はるかの前にしゃがむ背広の男は小さく呟くと、立ち上がろうとした。電話を探してカウンターの上に顔を出したら、覆面の男に気づかれる。

「通じてないみたいです」

あわててはるかは、男の腕をつかんでそう言った。確かめるように、男の目を見て頷くと、男もそれに返した。どうやら理解して貰えたようだ。

「さっさと行け」

覆面の男に追い立てられて、客たちが移動する。

「もっと奥に下がって」

背広の男の密《ひそ》やかな声にはるかは素直に従う。だが男は逆にカウンターの端ぎりぎりに身を寄せた。

「全員、床の上に窓の方を頭にして腹ばいになれ。両手は頭の上だ」

客のあとに続いて覆面の男も移動したらしく、さきほどよりも声が遠く聞こえる。

「あいつ、一人か？——一人なわけはないよな」

男が独り事をいう。

「でも、今は一人だ」

続いた言葉に、はるかは思わず男の顔を見つめる。

——この人、一人で捕まえようとか考えているんじゃ？

覆面の男を窺う真剣な横顔に、嫌な予感がする。確かに相手は一人だ。だが銃を持っている。

——無謀すぎる。止めなくちゃ。

そう思って男の腕に手を伸ばそうとした矢先、男が身を低くしたまま飛び出した。

あわててカウンターの端ぎりぎりまで進んで様子を見る。さきほどは見えなかったが、今は覆面の男の全身が見える。足下には黒いスポーツバッグがあった。

背広の男は、覆面の男の背後から飛びかかった。両腕で抱きかかえて、動きを封じ込めようとしている。もみ合う二人に気づいた男性客が、加勢しようと起き上がる。

背後から抱きつかれて、覆面の男はあまり動きがとれない。

——もう一人が銃を奪い取れば。

が、しかし、背広の男が振り払われた。振り向いた覆面の男が銃を構える。次の瞬間、銃口が赤く光った。背広の男が仰向けに床に倒れる。

覆面の男は向き直ると、近づこうとしていた男性客に銃を向けた。男性客が両手を挙げて立ちすくむ。

「お前も撃たれたいか?」

覆面の男は男性客に近づくと、その胸に銃を突きつけて言う。男性客が大きく首を横に振った。

「だったら、とっとと伏せろ」

男性客は速やかに男の言葉に従うべく腹ばいになる。

背広の男は床に転がり、腿を手で押さえて呻《うめ》いていた。はるかのいる位置からも、男のズボンが色を変えるのが見える。

——撃たれたんだわ。

フロントの奥へと、はるかは後退った。

これまでのことに危険は感じていた。覆面の男が手にしているのは天井や花瓶の惨状から本物の銃なのも判っていた。だが、やはりどこか現実感がなかった。黒ずくめに覆面の男、銃。どちらも映画やテレビのドラマでしか見ない。しかし今、目の前で人が撃たれた。それも直前まで会話をしていた相手だ。

とつぜん、はるかは息苦しさを感じた。自分が恐怖でパニックを起こし掛けていると気づく。

──落ち着かなくちゃ。

深呼吸しようとするが、上手くいかない。

「まったく、余計な手間を掛けさせやがって。おい、そこのお前。立て。お前だよ、お前。──こいつを運べ」

少しして男の呻き声が聞こえた。呼び戻された男性客が、撃たれた背広の男を抱え上げたのだろう。

はるかは息を止めていた。聞こえるはずのない鼓動の音が、大きく聞こえる。

──お願い、気づかないで。

目を堅く閉じて必死に祈る。だがその願いは叶わなかった。

「おや、こんなところに隠れていたのか」

頭の上から響いた声に顔を上げると、そこには見下ろしている黒い覆面の顔があった。

覆面の男に命じられるままに、はるかは立ち上がると、レストランに移動した。床の上に背広の男がいた。ズボンの右腿に穴が開いている。穴の周辺は、しみでた血で、もとの布地と色が変わっていた。

このままにしておいては、命に関わる。はるかにもそれは判った。止血だけでも出来ないものかと、背広の男に近づこうとする。

「そこで止まれ」

直後、背中を硬いもので突かれた。男が手にしている唯一のものは銃だ。自分が銃で突かれたことに、はるかはぞっとして、凍りついた。

フロアにいる全員が、窓の方に頭を向けて腹ばいになり、両手を頭の上に乗せていた。はるかもそれに倣《なら》う。

真下を向いているのは息苦しくて、顔をわずかに右向きにする。隣に伏せていた女性が顔を左に向けていたので目が合った。

これからどうなるか、まったく判らない。相手は銃を持っている。命の保証もないけれど、一人ではないことにはるかは安堵する。

「あの」

小さく話し掛けたとたん、「黙れ」と言われ、再び背中を硬いもので突かれた。

「今からルールを言う。姿勢を崩すな。顔を上げるな。話すな。どれか一つでもルールを破ったら、撃つ」

男の言葉に、深い吐息が周囲からいくつも上がる。

「ただし、撃つのはルールを破った奴とは限らない。ここにいる誰かを撃つ。連帯責任だ」

はるかは顔を下に向けて、唇を噛《か》みしめた。

16

呼出ボタンを押したはよいが、なかなか到着しないエレベーターを待つあいだ、少しでも身を隠そうと西島は作業台の下に潜り込んだ。

──電話だ！

ようやく冷静さを取り戻し、スーツの内ポケットからPHSを取り出す。外線で一一〇番に通報するべきか迷ったが、結局、西島は短縮登録から安村の番号を選んだ。警察に今の状況をきちんと説明できる自信もないし、何よりまたあの少年が戻ってきたらと考えると、従業員の誰かに電話をして通報を頼んだほうが良いと思ったからだ。

電話の呼び出し音が聞こえて安堵する。しかしいっこうに安村は出ない。

──何してるんだよっ！

常日頃、スリーコールめには電話に出ろと厳しく指導されているのに、その安村が出ないことに西島は苛立つ。

ふと視線を動かした。床の上に濱谷とウェイター二人が転がっている。その様に地下一階の会員専用待合室での臼井を思いだす。続けて頭の中にさきほど見たものが甦った。

緑色の目の少年がウィンクした。血で濡れたレインコートを着て、その手には銃を持っていた。その銃は、あきらかに自分を狙っていた。

──なんなんだよ、あれ。

ひくひくと喉が動きだしたのに気づく。恐ろしさに嗚咽《おえつ》を漏らしかけていた。声を出さぬよう、手で口を覆う。そのときとつぜん、非常ベルが鳴り響いた。

驚いて体をびくつかせた西島は、作業台の天板で頭を強打した。痛みに両手で頭頂部を押さえた。それでも声を出さないよう必死に堪える。

商業ビルやホテルでは、非常ベルが作動すると、建物内の警備員室と施設管理室にある監視盤に情報が集められ、自動的に消防署や警察に通報される「消防機関へ通報する火災報知設備に関する基準」というものがある。ただしこの基準に該当するのは、消防機関からの歩行距離が五〇〇メートル以下の場所とされていて、それ以外は監視盤を従業員が確認して消防署に通報することとなっている。

最寄りの横浜市消防局中《なか》消防署から一・七キロメートルを超えているハーヴェイ・インターナショナル横浜もその基準には当てはまらない。だからこそ、従業員が情報収集をし、火災や事故が起こった際、速やかに消防署に通報するべく、徹底されている。

——これで誰か来てくれる。

右手で頭を押さえたまま、左手で我が身を抱きしめる。

とつぜん低い声に名を呼ばれた。驚いた西島はさらに作業台の奥へと身を隠す。

「西島さん！」

「武本だ。いるなら返事をしろ」

名乗られて、聞き覚えのある声だと思いだす。だがとても大きな声で応える気にはなれない。

「いないのか？」

武本の声が大きくなった。バックヤードに入って来たのだ。

「います」

作業台の下からは出ないまま、首だけ少し出して、西島は武本に返事する。耳に当てたPHSからは依然、呼び出し音だけが聞こえる。

「無事か？」

西島の様子を確認すると、武本も携帯電話を取り出した。

——武本さんが警察に通報してくれる。

西島は大きく安堵の息を吐いた。同時に、二十階に到着する直前に電話の存在を忘れていたことを指摘した武本もまた、同様に失念していたことに、西島は少し溜飲《りゅういん》を下げた。

その武本の様子が変だ。携帯電話を耳から離して、ディスプレイを睨んでいる。

――いったい何が？

そう思った矢先、鳴り続けていた呼び出し音が聞こえなくなっていることに気づいた。非常ベルの音のせいだろうかと、再び耳にＰＨＳを当て直す。しかしどれだけ強く押しあてても、呼び出し音は聞こえない。

耳から離して、ディスプレイを見る。安村の番号は表示されているが、アンテナは立っていない。

「通じているか？」

短く問われて、顔を上げる。携帯電話を持つ武本の手は下ろされていた。

「――武本さんのも」

西島の言葉を最後まで待たずに、武本が動いた。向かった先のカウンターの上には、固定電話があった。

「外線は？」

「〇発信です」

受話器を掴むと同時に発した武本の問いに、西島は即答する。祈るような気持ちで武本を見つめる。

「ハーヴェイ・インターナショナル」

落ち着いた低い声に西島は大きく息を吐き出した。今度は大丈夫だ。と思った矢先、

「横浜」

そこで武本の声がぴたりと止まった。まさかと思って目をやると、武本は携帯電話のときと同じく、手の中の受話器をただ見つめていた。

——PHSも携帯も固定も、すべて通じない？

西島はさらにあることに気づいた。貨物用とスタッフ用のエレベーター二基の呼出ボタンを押したのは、もうずいぶん前だ。すがるように表示灯を見る。二基ともランプが消えている。呼出ボタンを押したときには、確かに二基とも点《つ》いていた、つまりエレベーターは稼働していた。しかし今は消えている。

「なんで？」

思わず作業台の下から這いだした。

「どうした？」

通じない電話に早々に見切りをつけたらしく、武本は屈み込んで床の上に倒れている三人の安否を確認していた。

「エレベーターが止まっているんです」

自分の声が震えているのに、西島は気づいた。

西島の言葉に武本はエレベーターに向かう。呼出ボタンを何度押しても、二基とも表示灯は点かない。

――文田は？

確認に行こうとした瞬間、背後に気配を感じた。武本が振り向いたのと、開き始めたダイニングルーム側の自動ドアの隙間から銃口が突き出されたのは同時だった。銃を持っている相手の足下に倒れるように飛び込んだ瞬間、銃口から弾が発射された。あわてて銃口を下ろした手首を下から摑み、さらに引く。

銃を持つ相手の手首は驚くほど細く、体重も軽かった。武本の力にひとたまりもなく、一本背負いを喰らった格好で綺麗に空を飛ぶ。白いものがふわりと宙に広がった。音を立てて床に仰向けに倒れたのは、レインコートを着た少年だった。

何が起こったのか判らないらしく、少年は仰向けのまま、転がっている。見開かれた目は緑色だ。さきほど西島を追ってきた少年に間違いない。むきだしになった顔は白く、そばかすが散っていて、まだ幼さすら感じられる。

武本は被弾した壁に目を向けた。壁の穴の大きさや窪《くぼ》み具合を見る限り、少年が持っているのは間違いなく、本物の銃だ。

武本は再度、少年を見下ろした。レインコートが赤く濡れている。その色、質感、臭い、すべてに武本は覚えがあった。血液だ。

西島、そしてバックヤードで拘束されている従業員らしき三名とも、怪我はしていない。残るは、二十階を使用していた客だ。閉じた自動ドアの向こう、客がいるはずのダイニングルームに目を向ける。

——いったい、何が起きた？

仰向けに倒れていた少年が身体を起こした。手が武本の右手首に伸びてくる。

武本はつかんでいた少年の右手首を強く床に叩きつけた。銃の重さをまともに指に受けて、少年が堪らず指を開く。武本は落ちた銃をすかさず拾い上げてベルトに挟んだ。安全装置の掛かっていない銃を扱うのに、少年から注意がそれる。次の瞬間、右手首に感じたことのない痛みが走った。

痛みのもとを見下ろした武本の目に見えたのは、少年の後頭部だった。少年が武本の右手首に嚙みついていた。それも手首の動脈を嚙みちぎらんばかりにだ。

力任せに引き剝《は》がそうとしたら、大変なことになるかもしれない。そう判断した武本は、そのまま床に少年の頭を叩きつけた。少年の口から力が抜ける。武本の右手首からは、多くはないが血が流れていた。

実際の痛みよりも、少年が手首を嚙みちぎろうとしたということに、武本は動揺していた。その一瞬の隙を突いて、少年が弾かれたように起き上がる。自動ドアではなく、棚に駆け寄ると、引き出しを開けた。

予想外の行動にでる少年を自由にするわけにはいかない。武本は少年の腕を何とかつかむ。小柄《こがら》な少年を引き寄せるのは、武本にとっては苦ではなかった。だが、あまりに手応えがないと気づいたと同時に、今度は左腿に痛みが走った。見下ろすと、左の腿から銀色の細い棒が生えている。

——何だ？

何なのか見極めようとわずかに屈んだ。だが次の瞬間、銀色の細い棒を持った少年の手が再び迫ってきた。とっさに避けた。体勢を立て直し、少年の手の中にあるものを注視する。銀色の棒の先は四つに割れていた。

——フォーク？

少年が手にしているのはフォークだった。しかも今度は腿ではなく、喉を狙った。

武本は少年の顔を見た。

少年は笑っていた。笑う口の周りが赤い。自分の血だ。

銃を持っていたとはいえ取り上げたし、相手はまだ子供だ。頭のどこかで武本はそう考え、そのうえで少年に対して手加減をしていた。だが、笑いながらフォークで喉を刺そうと狙う少年を目にした今、その配慮は完全に捨て去った。

片手一本で少年を持ち上げ、力任せに振り回して投げ飛ばす。遠心力も加わって、少年はかなりの勢いで背中から壁にぶつかった。一瞬遅れて、頭が壁に叩きつけられる。ごん、と鈍い音を立てたあと、少年はそのまま壁に背を預ける格好で、ずるずると崩れていった。

床の上に倒れた少年を見て、武本は我に返った。

——やり過ぎたか？

駆け寄って、少年の容態を確認する。鼻に当てた手には息が感じられたし、首筋で取った脈も弱くない。命に別状はなさそうなことに安堵する。続けて少年の着衣を探る。

外から触った限り他に銃はない。だがポケットのいくつかに硬い手触りを感じて検《あらた》める。折りたたみナイフは想定内だ。そして、次に出てきたのはボールペンだった。

ボールペンは誰が持っていてもおかしくない。だが少年の持ち物となると、違う意味合いも持っていた。フォークで人を刺すのだ、ボールペンでも同じことをするに違いない。

武本は少年がレインコートを着ていたことに感謝した。レインコートの中のポケットを探る余裕がなかったからこそ、腿に刺さっていたのはフォークで済んだ。もしもレインコートを着ていなかったら、刺さっていたのはナイフだったろう。

続けて別のポケットから小型の無線機を取り出す。

——無線機ということは、仲間がいる。

武本は少年のポケットから取り出したナイフと無線機を、自分の背広のポケットにしまった。

「武本さん、大丈夫ですか？」

背後から声を掛けられて、振り向くと、再び作業台の下から西島が怯えた表情で見つめていた。

「あの、脚のところ、何か刺さってますけど」

柄をつかんで、一息に脚から引き抜く。メインディッシュ用のフォークだったらしく、歯が二センチ近くあった。

「あの、それって」

「フォークです」

そう言って武本はフォークを作業台の上に置いた。

「それって、ウチのホテルのです」

そう言うと、西島は倒れている少年と、作業台の上のフォークを交互に見た。

「あの子が、それを？」

刺したとは言えずに、西島は手振りで示した。

武本は頷きながら、頭の中はすでに次にするべきことを考え始めていた。

――ダイニングルームの客の安全確認。

あの子供の他に犯人があと何人いて、どんな武器をどれだけ持っているか確認しなくてはならない。

――電話は通じない、エレベーターも止まっている。

自分が持っている武器は、少年から奪った銃とナイフだけだ。はたして、これだけで太刀打ちできるだろうか？

——そういえば、文田は？

少年との格闘で、文田のことを失念していた。ダイニングルームへ向かう前に、無事に脱出できたか確認しようと、エレベーターホールに行くことにする。

「武本さん、どちらに？」

「文田さんを見てきます」

そう言ってエレベーターホールに続くドアに進みかけた武本に、あわてて作業台の下から這いだした西島が小犬のようにまとわりつく。

「身を低くして」

武本の注意に、西島は素直に従った。四つん這いになり、手で体重を掛けてドアを開けた。エレベーターホールに人影はない。文田はエレベーターで下に降りたらしい。一人でも無事で良かったと思った直後、背後に人の気配を感じて、すかさずベルトに挟んだ銃を抜いて構えた。

「文田です」

上ずった声で答えたのは文田だった。少しでも身を隠そうとしているらしく、腕を後ろに回し壁に背をぴたりと寄せて立っている。スタッフ用や貨物用と同じく、直通エレベーターも停止していたのだ。

「いったい、何が起こっているんですか？」

先に二十階にいた文田に改めて訊いた。

「異臭騒ぎの確認に来て、着いた直後に武本さんが……中に入る前に」

怯えきった文田の口から出てきた言葉は文章になっていなかったが、状況は把握できた。

ただ、さきほど文田は問題はないと言った。だが実際は到着したばかりで室内には入っていなかった。なぜそんな嘘を？　と武本は引っかかる。そのとき、フロントでの安村とのやりとりを思いだした。安村は状況を確認したのちに結果を報告すると言った。文田も同じことをしようとしたのだろう。自分なりに納得した武本は、すぐさま頭を切り替えた。

——文田と西島を避難させないと。

避難経路として、とうぜん非常階段はあるはずだ。

「非常階段は？」

「こちらです」

文田が自分の背後を指す。白い壁に緑色と白色で描かれたシンボルの標識が掛かっていた。

「ただ、この非常口は各階から階段に出たら、一階、二階、三階と地下一階にしか入れません」

西島の答えに、他の階に入れないのならば、好都合だと思ったのもつかの間、「それ以外の各階の扉には鍵がついています。従業員の持っているカードキーを使えば、他の階にも移動することは可能です」と文田に付け足された。

「電話やエレベーターも犯人の仕業だとしたら、カードキーも手に入れているでしょうし、鍵自体を無効にして、非常階段に出たが最後、どこからも建物の中に入れずに、袋の鼠《ねずみ》になるかもしれません」

さらに補足をする文田は、さきほどまでと違って落ち着きを取り戻していた。

「鍵自体を無効にするとは？」

「カードキーなので、客室と同じです。施設管理部でデータ管理をしています」

「施設管理部が無事ならば、問題ないんだな」

「ただ、――エレベーターの管理も施設管理部なので」

言いづらそうに文田が言う。

「二人ともカードキーを持っているか？」

扉さえ閉めなければ、また戻ってくることが出来る。つまり、一人が残って扉が閉まらないように押さえている間に、残る一人がカードキーで扉が開くかを確認すればいい。

西島と文田が頷いたのを確認すると、武本は二人に早速行動に移すよう告げた。

「なんとか外部に助けを求めて下さい」

「武本さんは？」

「ダイニングの客の安全を確認するので、ここに残ります」

「そんな、一人でなんて、無茶ですよ！」

西島が武本の腕をつかんで揺さぶる。案じてくれているのかと思いきや、「それに、下りた先の階に犯人がいたら、僕と文田さんではどうしようもありません。武本さんには一緒に来て貰わないと」と続けた。

こんな非常時だ。保身を図るのは理解できる。だが、同僚三人と客を置き去りにすることを簡単に選んだ西島を、武本は残念に思った。

「――私が残ります」

そう言ったのは文田だった。

「だめだ」

武本は即座に却下した。犯人があの少年一人だけとは思えない。

「ホテルの中には、まだお客さまが残っているかもしれません。誰かが外に助けを呼びに行かなくては」

三階のフロントやレストランに多くの客がいた。客室にもいるだろう。非常ベルで全員がホテルの外へ避難したとは、さすがに武本も思えない。

「犯人と出会《でくわ》したら、私や西島では……」

悲観的な想像をしたのだろう、文田が語尾を濁した。

文田の言っていることはもっともだと、武本も思った。だとしても、文田一人を残していくのは、あまりにも無謀だ。何か良い方法はないかと考える。

「武本さん、お願いします」

強い口調で文田が言う。良案が浮かばず、武本は返答に窮《きゅう》する。

「お願いです、行って下さい」

重ねて文田が懇願した。

「行きましょう。入れる階が見つかったら、すぐに文田さんを呼びに戻ればいいじゃないですか」

西島が文田の案を後押しする。

「時間がありません」

切羽《せっぱ》詰まった文田の声に、武本は仕方なく頷いた。

外部に連絡を取るために、三階や一階まで一気に非常階段を下りたいところだが、文田を呼びに戻ることを考えると、とてもそこまで行けない。真下の十九階というのもどうかと思って、武本は十八階を選んだ。

西島がカードキーを差し込むと、扉はすんなりと解錠した。銃を持った武本が先に立ち、フロアに入る。非常ベルがまだ鳴り響いているので、人の気配がつかめない。

「十八階は全員、チェックアウトしていて、誰もいません」

武本の背に貼り付くようについてきた西島が言った。

「異臭騒ぎのときに、僕が確認しました。間違いありません」

西島の声を背後から聞きながら、武本は客室へと進む。

「あなたの持っているカードキーで、客室も開けられますか?」

「いえ、それは出来ません。――あっ、しまった。だとすると、ユーティリティースペースにしか入れない」

武本の質問を受けて、西島はこの先を見越して、情けない声を上げた。

「そこに犯人が来たら」

西島の泣き言を背で聞きながら、武本は銃を構えて廊下を進む。ハウスキーパーのカートが止まった先の客室のドアが開いているのに気づいた。

「ドアが開いている。中を確認して何もないようならば、文田さんを呼んでくるまで、いったんあの部屋に隠れていてくれ」

「何もなかったら、そうします」

武本の背中にぴたりと貼り付いていた西島は、客室のドアの手前まできたとたん、身を離して距離を取った。もしも犯人が中にいたらという用心だろう。これで動きやすくなった。武本は部屋の中に突入した。

客室の中には誰もいなかった。室内清掃の最中に非常ベルが鳴って、ハウスキーパーがあわてて鍵を閉めずに避難したらしい。

室内の安全を確認してから、西島を呼び寄せる。

「文田さんが来るのはいいけれど、文田さんじゃなかったら、どうすればいいんですか？　それか、文田さんと犯人が一緒だったら」

うじうじとぐずる西島を相手にしている余裕はない。一人残してきた文田が心配だ。

「戻ります。文田さんが来たら、ドアを開けて下さい」

それだけ言い残すと、武本は非常口へと走った。様子を窺いながら扉を開け、階上を見上げる。薄暗い非常階段の上から、細い光が差し込んでいた。二十階の扉はまだ開いている。

階段を駆け上がっていると、悲鳴とともにガシャンと重い金属の扉が閉まる音が聞こえた。続けて階段を駆け下りてくる足音が響く。

下りてきたのは文田だった。その背後には誰もいない。

「ダイニングルームから犯人が出てきて」

非常階段に逃げ込んだのを見たのだから、追ってくる可能性は大きい。文田の身の安全を守ることが先決だ。文田をつれ、十八階まで階段を下りる。

震える手で文田は非常口の鍵にカードキーを差し込んだ。扉が開くと、文田がカードキーを差し出してきた。

「武本さん、持ってて下さい。もしかしたら、もうすぐに使えなくなるかもしれませんけど」

文田の声に武本は動きを止めた。その可能性は捨てきれない。鍵を無効にすれば、非常階段に閉じこめられる。そうしてから、追って来た方が手間が省ける。

カードキーを受け取った武本は、文田を連れて西島の隠れる一八一三号室へ急いだ。

武本と文田の二人が呼びかけても、西島はなかなかドアを開けなかった。さんざんなだめすかし、ドアスコープから覗かせてようやく開けて貰った。

室内に入った三人がベッドや椅子の上にそれぞれ腰を下ろした。すると唐突に非常ベルが鳴り止んだ。

「止まった」

あたりを見回しながら西島が言う。

「誰かが解除しない限り、止まらないはずなんですが」

不安げにそう言ったのは文田だった。

非常ベルは人に危険を知らせるために作られたものだ。だから一度作動したら、簡単には停止できない。電源自体が落ちればともかく、自動的に止まることなど、とうぜんありえない。押しボタンを引き戻すだけで止まる簡略なタイプのものもあるが、ホテルなどの公共の建物の場合、施設管理部などに本体があり、その本体のスイッチを停止し、リセットしない限り、ベルの音は止まらないシステムになっている。手順の複雑さに差こそあるが、いずれにせよ人の手が必要だ。

交番勤務時代、管轄区域内のマンションで、悪戯で非常ベルが押され、その解除と犯人捜しのために、何度か現場に向かった武本も、それは知っていた。

——誰が止めた？　ホテルの従業員か、それとも。

武本はそこで考えるのを止めた。答えの出ないことを考えるよりも、次にすべきことへと頭を切り換える。

「これから、——どうするんです？」

急に無音になった室内で、再び声を発したのは西島だった。

「二十階に戻ります」

そう言って、武本は椅子から立ち上がった。

「無駄です」

ぽつりと文田は呟くと、深く頭を垂れて、両手で抱えた。

「それって」

「二人がいなくなった直後に悲鳴と銃声が。でも悲鳴はすぐに聞こえなくなって。おそらく濱谷さんたちも——」

文田は言葉を濁した。

何が起きたのかを察したのだろう。訊ねた西島が口を噤んだ。

武本は強く拳《こぶし》を握った。迷わずにダイニングルームへ向かっていれば、二十階の客やスタッフを助けられたかもしれない。

後悔が武本の心を占める。だが、今はのんびり悔やんでいる余裕はない。ホテル内の客や従業員を避難させなければならない。武本は気持ちを切り換えた。

通信手段が途絶えている以上、外部に助けを求めるには、自ら外に出るしかない。

「地下一階に下ります」

「でも、カードキーが使えなくなったら、下りたところで建物内に入れないですよ」

ドアに向かう武本の背に、文田が冷静に言う。

「これなら鍵を壊せます」

ベルトに差した銃を見せて、武本は答えた。

非常階段の鍵はさほど強度はなさそうだった。破壊するのは可能だ。武本はそう読んだ。

「でも、犯人がいたら？」

「だとしても、外に出られる可能性は高いと思います」

「僕も行きます」

ベッドから飛び降りるように立ち上がって言ったのは西島だった。

「ここにいたって犯人が来るかもしれないですし、だったら、外に出られる可能性が高い地下一階に行った方が。それに、武器を持っている武本さんと一緒にいた方が安全ですから」

正直、武本は断りたかった。西島が一緒だと動きづらい。だからと言って断ったところで、西島に聞く耳はないことも、もう知っていた。

「文田さんは？」

動揺すると使いものにならなくはなるが、落ち着きさえ取り戻せば、ホテルのことについて西島よりも知識が豊富で、しかも責任感の強い文田は戦力になる。西島の同行を断れないのなら、この際文田も一緒に来て欲しいと武本は思った。だが返ってきた答えは、武本の期待とは違った。

「私は——。すみません、残ります。ここで、助けを待ちます」

消え入るような声でそう言った文田の顔には、表情がなかった。二十階での恐怖を思いだしたのだろう、身体も小刻みに震えている。

——これでは、動けない。

文田の様子に、無理強いは出来ないと武本は判断した。

一刻も早く、外部に助けを求めに行くしかない。武本は心を決めた。

「判りました。とにかく、ドアは開けないで下さい」

そう言ったものの、武器の一つも持っていないのだから、犯人が来たらひとたまりもない。

「念のためにこれを」

武本は背広のポケットの中の物を取り出して、文田が座るベッドの上に置いた。少年から取り上げた折りたたみナイフだった。

「それでは」

それだけ言って、武本は立ち上がった。その背には貼り付くように西島がまとわりついている。客室を出る間際、文田の声が聞こえた。

「武本さん、ご無事を祈っています」

武本は文田に一礼してから、ドアを閉めた。

17

ドアが閉まるのを見届けて、ベッドの端に腰かけたまま、文田は大きく一つ息を吐いた。一刻も早く、コモンと連絡を取らなくてはならない。背広の内ポケットから無線機を取り出す。電源を入れようとして思い止まり、そのままベッドの上に放りだす。武本と西島の二人が、部屋に戻ってくる可能性はある。二人が完全にこのフロアから立ち去ってからでないと、交信どころか、電源を入れることすら出来ない。二十階で武本と西島を出迎える前に無線機の電源は切った。すぐにまた、入れられると思っていた。双子がいるし、武器も大量にある。西島はもとより、銃を持っていない警察官など、簡単に片付けられると思っていたからだ。事実、文田もバックヤードから戻った武本を刺し殺そうとした。だが銃を持っているとは思わずにしくじり、怯えた芝居でどうにかあの場をやり過ごした。

そして二人は今も自由の身だ。しかもリフティの銃と無線機も持っている。〝思い出〟を回収する。それが目的だ。だが、今後の活動の妨《さまた》げにならないよう、犯人や動機に繋がる糸口を絶つために、物証を残さないのも重要だ。

――よりにもよって、銃か。

純正の銃ではあるが、来歴の長いものを使用しているし、もちろん製造番号は消してある。それも削り取るのではなく、薬品処理で消却済みだ。

だとしても、物が物だけに他のものよりもはるかに犯人捜しに効を奏するはずだ。

――早く二人を片付けて、銃を回収しなくては。

無線機に手を伸ばしかけて、思い止まる。

――まだ早い。

文田は苛立つ気持ちを抑えようと、再び大きく息を吐いた。そして、そのままうしろに身体を倒す。ワイシャツの下に着ているTシャツが、掻いた汗でべったりと背中に貼りついた。その感触に顔をしかめ、舌を打ち鳴らして起き上がった。

バスルームに向かう。背中だけでなく、手もべたついていた。

――こんなに汗を掻くとは。

乱暴に蛇口をひねり、流れ落ちる水で手を洗う。

任務中にこんなに汗を掻いたことは、今まで一度もなかった。汗は動揺の証拠だ。

それが判っているだけに、不快でならない。

汗だけでなく、不快さも洗い流すべく、丁寧に手を洗う。ふと顔を上げた。鏡に映る顔には、汗は浮かんでいない。何があっても動じない、ホテルのオープン屋の文田昌己の顔を維持できていることに気を取り直す。蛇口を閉め、タオルで手を拭いてからバスルームを出て、再びベッドに仰向けになった。

どれだけ完璧に計画を立てたところで、その通りに事が運ぶことはまずない。想定外のことが起こる度に調整し直すことには慣れている。文田には焦りはなかった。

自分がすべきことは判っている。〝思い出〟を見つける、それだけだ。そして〝思い出〟を外に持ちだせば終わりだ。あとはドクと双子の脱出に協力する。

両腕を上げて大きく伸びをしてから起き上がると、無線機を腰のホルダーにしまい直しながらドアに向かう。もちろん、勢いよくドアを開けることなどしない。あくまで恐る恐る窺うような小芝居をしつつ開ける。

廊下に二人の姿はなかった。文田はそろそろと非常口まで進み、音を立てないように扉を開けた。下の方から不揃いな足音が聞こえる。二人がまだ非常階段にいる。文田は再び扉をそっと閉じた。

非常口から離れ、無線機の電源を入れる。呼び出すと相手はすぐに出た。

『どうなっているのですか？』

文田が口を開く前に、コモンに訊ねられる。

「警察官と一緒だったから、電源を切っていた」

『まだ生きているとは？　それは大したものですね』

文田の一言で、コモンは状況を察知した。

「ああ、なかなか大した奴だよ」

『そんなことより、スパイダーにホテルの封鎖を指示しました』

「なんだと?」

続いたコモンの言葉に、思わず気色ばんだ声を文田は出した。

『誰かが通報したようです。神奈川県警のパトカーがホテルに近づいています』

〝思い出〟はすでにコモンが回収しているはずだ。あとはドクと双子が脱出するだけだ。ただ、武本という邪魔者が現れて計画が狂った。結果、三人ともまだホテルの中だ。

「どういうことだ?」

『〝思い出〟がなかったんです』

戻ってきたのは、予期していなかった言葉だった。

「——なかった?」

『ええ、エレベーターの中には何もありませんでした。〝思い出〟はまだ回収できていません。だから封鎖することに決めました』

コモンの言葉を聞きながら、文田は記憶を確認する。

客からの預かり物だと書き添えた自分の名刺とともに、貨物用のエレベーターに載せた。間違いない。

『封鎖を決めたからには、私は外に出ました。それと、到着した第一陣の対応はスパイダーに任せることにしました』

全員がホテル内にいるわけにはいかない。コモンが脱出したのはとうぜんのことだ。

『こんな大事にはしたくなかったのですが、〝思い出〟の回収がまだな以上、仕方ありません』

詫びる言葉を口にしてはいるが、コモンの声は淡々としていて謝罪の念はみじんも感じられない。任務のために芝居を打っているときはともかく、それ以外では感情の振り幅をおよそ見せない、それがコモンという男なのは知っているが、今はやはり腹立たしい。

警察が来るまで時間がない。だからこそ取った苦肉の策なのは判る。だが、何しろホテルの武装立てこもりだ。日本国内では滅多に起こらない大事件にしてしまった今、行動計画をすべて立て直さなくてはならない。

交信を切ろうとしたところで、大事なことを失念していたのに気づいた。

「その大した警察官だが、リフティを倒して銃と無線機を奪った」

『銃と無線機ですか？　――ならば、周波数を変えなくては』

珍しくコモンが驚いた声をあげたが、すぐさまいつもの冷静さを取り戻して、数字をアルファベットに置き換えて新しい周波数を告げると、交信を切った。文田も交信を切る。言われた周波数に変えたとたん、再びコモンが『それで？』と訊ねた。

「双子に伝えてくれ。確実に片付けて銃を取り返せ、と」

『今はどちらに？』

察しのよいコモンとの会話には無駄がない。

「非常階段だ。地下一階に向かっている。西島も一緒だ」

『地下一階ですね、それは都合が良いですね。ドクと双子が片付けを終えたら向かう予定です。ただ、足止めした方がいいですね。何か、方法を考えるとしましょう。その警察官の名前は？』

「武本だ」

——コモンが考えると言ったときは、彼に任せておけばよい。

短くコモンに返しながら、文田は老人にそう言われたのを思いだした。

実際に、同じチームとして活動している中で、コモンは何度もその言葉を口にした。そしてその度に、場を乗り切る方法を彼は思いつき、実行に移した。

『西島も？』

「もちろんだ」

コモンの問いの真意に、迷わず即答する。ホテルの武装立てこもりという大事件にした今、死体の数が増えるのは仕方ない。

関係のない人間には危害を加えない。任務の遂行に当たって、老人が打ちだした決まりごとだ。だが何より優先すべきは〝思い出〟の回収だ。非常事態となった今、任務遂行のためならば、決まりごとを破ったところで、老人も何も言わないはずだ。

——それに。

武本も西島も、もう関係のない人間ではない。それどころか、計画の邪魔をしている。二人は、殺してとうぜんな敵だ。

『このあとは？』

「〝思い出〟を見つける。エレベーターにはなかったんだよな？」

『ええ』

「ならば、誰か従業員が下ろしたはずだ。誰がどの階で下ろしたとしても、三階のスタッフルームに持って行くはずだ」

客からの預かりものと記した自分の名刺を添えた以上、届く場所は三階のスタッフルームしか考えられない。

『誰かが盗んだ可能性は？』

そんな発想はなかっただけに、今度は即答できなかった。素早く頭の中で考えをまとめる。少しの間が必要だった。

「——ないとは言えないが、あったとしても、隠せる場所は限られている。そこをしらみつぶしに捜すだけだ」

『そうですか、ならば結構です。それで回収方法は？』

いくつかの回収方法が文田の頭の中にあった。だがどれにするかは、ホテル内外の状況や、誰がどこにいるかによる。

「そっちがつかんでいる今の状況を、正確に教えてくれ」

『地下一階で安村と出会しまして、臼井と同じく眠らせて隠しました。ドクと双子は二十階を片付けてから、地下一階に向かいます。スパイダーがホテルの出入り口を封鎖して、逃げ遅れた客や従業員を人質として三階に集めました。人数は三十七人。警察はまだ来ていません。私はみなとみらいの中の私営の駐車場にいます』

淡々と状況を伝えるコモンの声を聞きながら、文田はどの回収方法にするべきかを考える。

警察の到着はじきだろう。武装犯が人質を取ってホテルを封鎖したと知られれば、警察だけでなくマスコミにも周辺を包囲される。そうなれば、誰にも気づかれずに出入りするのは難しい。

——人であれ、物であれ、出すのも入れるのも困難。

そう考えたと同時に、ある方法が閃いた。

「俺に任せてくれ」

それだけ言って、コモンの言葉を待たずに文田は交信を切った。

18

ダイニングルームを片付け終えたドクは、持ってきた荷物を載せた台車を押してエレベーターホールに向かった。

身元に繋がる証拠は何一つ残さず、すべて回収する。二十階に残ったのは、ダイニングルームの六つの遺体と、バックヤードの薬物で意識不明にした三名の従業員だけだ。

気絶していたリフティも今は意識を取り戻し、自分の足で歩いている。その横では台車を押す弟が心配して兄の顔を覗き込んでいる。

「エレベーターを動かしてくれ」

それだけ言って無線を切った。

スパイダーはエレベーターの制御システムだけでなく、地下一階、一階の出入り口の自動ドア、さらには建物内部の電気系統システムのすべてを手持ちのｉＰａｄに取り込んで掌握《しょうあく》している。

「行くぞ」

双子に声を掛けると、台車を押してエレベーターに乗った。すぐさま地下一階と三階のボタンを押す。

エレベーターの扉が閉まって、ドクは一息吐いた。

「頭、痛い」

そう言ったのは、エレベーターの壁に背を預けたリフティだった。俯いたその目にはうっすらと涙がにじんでいる。

「大丈夫？」

心配そうにシフティが訊ねる。

「――うん、平気」

弟を安心させようとしているのだろう。なんとか笑顔を作ってリフティが答え、後頭部に手をやる。とたんに顔を上げて、「信じられないっ！」と小さく叫んだ。

「どうしたの？」

「たんこぶが出来てる！」

「触ってもいい？」

「そっとだよ」

弟がゆっくりと兄の後頭部に手を伸ばす。

「本当だ、膨らんでる」

兄の頭から手を放した弟はぐっと歯を喰いしばる。

「あいつ、絶対に許さないっ！」

怒りに震える声と同時に弟の目から涙がこぼれ落ちる。

「僕が絶対にやっつけてやる！」

後頭部のたんこぶの痛みに涙ぐむ兄、兄に怪我を負わせた相手に怒りを滾《たぎ》らせる弟。

一見、二人のやりとりは微笑ましい。

だが怪我の理由は、銃で警官を撃ち殺そうとしたからだ。さらに言えば、警察官の手首に噛みつき、フォークを腿に刺して怪我を負わせもした。対してリフティが受けたダメージはたんこぶだけだ。

「ありがとう、シフティ。大丈夫だから、泣かないで。そんなに痛くないから」

泣き続ける弟をなだめようと、兄が優しく声を掛ける。兄の取りなしに弟の泣き声がようやく止んだ。だが、ぐずぐずと洟《はな》を啜《すす》りながら弟は言った。

「あのね、リフティ。僕、謝らなくちゃならないことがあって」

「僕に？」

「ドクが選ばせたでしょう？　部屋の中のあいつら全員を音をたてずに殺すのと、バックヤードの二人を撃ち殺すのとどっちがいいって。僕が部屋の全員って言い張ったから、リフティ、譲ってくれたでしょう？」

ドクはそのときのことを思いだす。確かに弟が先に選んだ。ずるいと思ったのだろう、兄が救いを求める眼差しを自分に向けた。だが時間がなかったこともあって、あえて間には入らず、それどころか、リフティに兄らしく弟に譲ってくれと目配せした。

それで仕方ないとばかり、兄が受け入れたのだ。

「リフティが怪我をしたのは僕のせいだ」

啜りあげる音が再び大きくなった。

「そんなことないよ」

更に優しい声で兄が弟をなぐさめる。

内容さえさせておけば、お互いを思いやる兄弟の心温まるやりとりを見つめながら、ドクは考えていた。

今まで双子がしくじったことは一度もない。二人ではなく一人のときでもだ。なのに今回は失敗した。さらに銃と無線機も奪われた。確かに相手は大人だし、訓練された警察官ではある。だが双子の今までの相手もすべて大人だし、欧米諸国の実戦経験を持つ軍人上がりの警備員もいた。それでも双子は全員を葬り去ってきた。

——その警察官は、要注意だ。

手にした銃のマガジンを確認する。破砕弾ではなく実弾を込め直している。

——すべては大義のため。そのためならば誰であろうと迷わず引き金を引く。

いつでも撃てるように、ドクは銃の安全装置を外した。

「他にも謝ることがあるの」

嗚咽の間に、とぎれとぎれに弟が言葉を継ぐ。

「銃声を聞いたとき、やっぱり動く方が楽しそうだったなって思って。それが判っていたから僕に譲ってくれたんだ。リフティはずるいって思っちゃったんだ」

バックヤードから銃声が聞こえたとき、確かに弟はふてくされた顔をしていた。数多く人を殺すことを選び、実際に拘束した四人をサイレンサー付きの銃で撃ち殺したものの、もっと手応えのある相手を殺したかったのだ。

同じ目的のために行動を共にしているとはいえ、やはりドクには双子が理解し難かった。それでも任務遂行のためには、双子を御《ぎょ》さねばならない。

「次もシフティが選んでいいよ」と言うと、シフティは「やったぁ」と飛び上がって喜んだ。

「どっちでもよかったんだよ、僕は。それに、怪我をしたのがシフティでなく僕でよかったよ」

兄が弟を慰めるべく、言葉を重ねる。

咳《せき》ばらいをして注意を引き、双子に話し掛ける。

「次もシフティが選ぶって、今言ったよね」

向けられた二対の緑色の目と交互に視線を合わせながら、さきほどコモンから受けた指示を説明する。

「その次が来たよ。リフティに怪我をさせた警察官と、二十階にいたホテルマンが地下の駐車場に向かっている。二人とも任せたよ」

任せたよの意味を察した双子が、とたんに目を輝かせる。

「僕、警察官！」

先に叫んだのは今度も弟だった。続けて兄も叫ぶ。

「じゃあ、僕は悲鳴を上げて手をばたばたさせながら逃げたあいつにする」

顔を見合わせて双子はハイタッチを交わした。

その様子を見ながら、ドクはさらに指示をだす。

「私は一足先に三階で下りて、スパイダーと合流する。二人の始末が終わったら、荷物を駐車場の車に積んで、そのあと三階に来てくれ」

言いながら、車の鍵を差し出すと、弟が受け取った。そのときエレベーターのチャイムが鳴った。三階に到着したのだ。

「二人とも、任せたよ」

双子に声を掛けると、声を揃えて「任せて」と返ってきた。頷いて、開いた扉から足を踏みだす。閉まる扉の向こうから「敵討ち、してあげるからね」と弟の声が聞こえた。怒りに満ちた声だ。リフティと戦って生き延びただけでなく、怪我まで追わせた警察官も、今度は確実に殺されるだろう。とうぜん、銃と無線機も取り返す。相手が誰であろうと計画の邪魔者を殺すことにためらいはない。だとしても、彼に対して不運だと思わずにはいられなかった。

双子に狙われて一度は逃げおおせた彼は、警察官としてさぞや優秀に違いない。その優秀な警察官が、この場に居合わせたというだけで命を落とす。しかも、なまじ兄に怪我を負わせただけに、楽な最期《さいご》を迎えることなどありえない。

双子と違って、自分は闇雲に人を殺したいとは思わない。あくまで大義達成のための邪魔者だけを、それも出来るだけ安楽に送りたいと思っている。

それは医師であった過去故と自分でも思う。一人でも多くの人を助けたい。そう思い努力を重ね、身を粉にして働いてきた。だが理不尽でしかない絶対的な力の前に、その道は閉ざされた。道が閉ざされただけではない。殺されかけた。いや、実際に殺されたのだ。両親のもとに生まれた、公的な書類上のかつての自分は抹殺された。

そんな自分を助けてくれたのは、あの老人だった。命を救ってくれただけでなく、生きる目的も老人は与えてくれた。その恩義に報いるために、苗字も国籍もない「ドク」として自分は今、この世にいる。

双子を出し抜き、警察官を苦しませることなくあの世に送りたいという気持ちはある。だが大義はまだ達成されていない。

――一番大切なのは、〝思い出〟を回収すること。

ただ一つの目的を心の中で繰り返しながら、ドクは歩きだした。

奥まったところにある無人のフロントの前を通り過ぎ、レストランに向かうと、一気に視界が明るくなった。

みなとみらいを望む立地に建てられたハーヴェイ・インターナショナル横浜の売りはその眺望にある。今までいた二十階もだが、客への窓口となるロビーとレストランのある三階もまた、大きなガラス張りの窓から差し込む光でフロア全体は明るく開放的だ。

快晴の午後三時前、いつもならばお茶を楽しむ客で窓際から席が埋まっているはずのレストランに客の姿は見えなかった。だからと言って無人ではない。人はいた。ただし全員が床の上に腹ばいになり、その両手は後頭部で組まれている。床の上の人数を素早く数えた。

「三十七人だ」

聞こえた声に振り向く。頭からすっぽり覆面を被ったスパイダーが機関銃を片手に、レストランのレジ横の椅子に腰かけている。

「多いな」

その一言に「これでも、かなり追いだしたんだぜ」と、不満げに切り返された。

スパイダーとは今回初めて組む。だが顔合わせの段階で、気が合わないと感じた。誰と誰を組ませてチームを作るかを決めるのはあの老人だ。場所や状況に応じて、目的達成のために必要な人材を組み合わせているのは理解している。

メンバーの参加理由は様々だ。ただ一つ共通しているのは、老人の庇護《ひご》の下にしか居場所がないということだ。自分や双子やコモンは、老人によって再び命を与えられた。フーは累計すると百年を超す禁錮《きんこ》刑から救われた。だが渡されたスパイダーの経歴には、何の生命の危機も書かれていない。それどころか犯罪歴すらなかった。

そのことを本人に指摘すると、「色々やってるよ。ただ、捕まっていないだけ」と、肩をすくめて返された。さらにフーを見て「ほら、俺って優秀だから」と、これ見よがしに付け足した。フーは怒るでもなく、それをただ無視した。

犯罪を犯す魅力に取り憑《つ》かれているという意味では、フーとスパイダーは同類だと思う。だがフーは目的を達成することに重きを置いている。それは何度か組む中で、彼の言動が示していた。まず確実に目的を達成する。さらに最小限の労力と最小限の被害で、最大の利益を得る。どんな微細なものであれ、何一つ証拠を残さない。それがフーの目指し、実行する犯罪だ。人としての得体の知れなさはさておき、一緒に組む相手としては理想的だ。

対してスパイダーは虚栄心が強い。彼の口から出てくる意見は、常にゲームを楽しむかのごとく、物事を複雑に派手にしようとするものばかりだった。

場所が日本の今回、日本人で機械や通信に強い彼の力が必要なのは認める。彼がホテルの施設管理部の従業員として潜入していなかったら、計画自体が成立していなかったとも思う。それでもどうしてもスパイダーを好きにはなれない。

「ほとんどが従業員か」

人質の服装を見て、ドクは呟いた。レストランや客室係やフロントやベルボーイ、さらには施設管理部と制服はさまざまだが、人質の多くはホテルの従業員だった。

「優先的に客を追いださなきゃならなかったからな」

目で見た事実を口にしただけだ。だがスパイダーはいちいち喰って掛かる。

「花火の連絡回して、音止めて、牧場の羊を追いだして、残った羊と牧羊犬集めて。――なんか、俺ばっか、働かされてるよな」

携帯基地局の発火の連絡をし、固定電話の回線を切り、ホテル内の客を外へ出して、残っていた客と従業員を集めて人質にした。確かにそのすべてをスパイダーが行った。

だがそれぞれに役割分担があり、事前に了承済みのはずだ。なのに自分ばかりが大変だと言うスパイダーは、やはり好きになれない。

見回しているうちに、ふと人質の一人に目が留まった。背広姿の男が体を震わせている。近寄ると、男の腿に穴が開いていて、ズボンの片脚が血で染まっていた。あわてて俯せの顔を覗き込む。頬も血で濡らした男は堅く目をつむり、荒い息を繰り返していた。

「そいつ、警備部の奴でさ。とっとと逃げりゃいいのに、良い格好しようとして俺に襲い掛かってきやがったから撃った」

男の行動を小馬鹿にするスパイダーの声を聞きながら、ドクは周囲を見回した。テーブルの上に布製のナプキンを見つける。つかみ取ると、男の腿の傷口よりも上をきつく縛った。

動かしたことで痛みが増したらしく、男が目を開けた。止血をしたと気づいたらしい。「ありがとう」と小さく礼を言った。何も返さずに立ち上がる。

邪魔者は容赦なく消す。それは事実だ。だからと言って、脚を撃たれて無抵抗になった相手を、止血もせずに放置したあげく死なせるのは話が違う。

——きちんと話しておかなくては。

スパイダーに詰め寄り、耳元で「関係ない人は殺さない」と囁《ささや》く。

不愉快そうに身をよじって、スパイダーが口を開いた。

「殺さないように、ちゃんと脚狙って撃ってんだろ？——つか、生きてるし。何より、一人見せしめにしたことで、皆が大人しくなって他に被害者がでていないんだから、効率の良さを誉めて欲しいくらいだよ」

スパイダーの意見にも一理ある。これだけの人数を短時間で掌握でき、そののち今もなお、誰一人動こうともしていないのは、被害者を間近で見たからに他ならない。だとしても、止血しないのは別な話だ。

——このまま、やりすごすわけにはいかない。

「止血しなければ死んでいる。関係ない者は」

ドクの声と表情から、何かを察したらしくスパイダーは「判ったよ」と返した。だがその言い方は、うるさいからとりあえず言ったとしかドクには聞こえなかった。さらに詰め寄ろうとしたそのとき、耳がサイレンの音を拾った。

「来ちゃったねぇ、警察が」

小馬鹿にしたように言うスパイダーから身を離す。警察が来ることを前提に、計画は立て直し済みだ。コモンの指示を頭の中で再確認する。

「ゲートとリフトは自由自在。屋上、一階、地下一階とも玉手箱も準備済み」

自動ドアとエレベーターのシステムは掌握済み。玉手箱——爆弾も各所に設置済みだとスパイダーが告げる。

サイレンの音はかなり大きくなっていた。しかも音は複数だ。

「そんじゃ、お出迎えといきますか」

スパイダーは、スポーツバッグの中からあらかじめ用意していた無線機を取り出した。

「誰か人質を連れて行った方が説得力が増すよな。誰にするかな」

「俺が行く」

真剣さがないどころか、面白がっているとしか聞こえない言い方に、スパイダーの肩を強くつかんで言う。だがスパイダーはものともせずにドクの手を払うと、「それはマズいでしょ」と軽くいなした。

「何がマズいんだ？」

人差し指をドクの顔の前でくるりと回して「だって、ほら」と言うと、続けて同じ手を喉のあたりに下げてから、親指と人差し指と中指をくっつけては、弾くように開く動作を繰り返す。

「こっちも問題アリでしょ？」

顔を出しているし、言葉の問題もあるから無理だと言いたいのは判った。だがそのゼスチャーは馬鹿にされているとしか思えなかった。

「それに俺が行くってコモンも言ってたでしょ？　違う？」

チームのリーダーが誰かは明確には定められていない。状況に応じて、個々が責任を持って行動するとされている。けれど、一番情報を持つ者が計画を統括し、必要とあらば計画自体を変更する権限を持つことになっている。今回の場合、その権限を持つのはコモンだ。

エレベーターに乗る前に聞いた指示で、警察の対応をするのはスパイダーだとコモンは確かに言った。

「一番大切なのは？」

スパイダーに問われた。

「――〝思い出〟の回収」

覆面の穴から覗くスパイダーの目は、あからさまに自分を馬鹿にしていた。この質問には逆らえないことを承知なのだ。

「そんじゃ、行ってくるわ。えーと、どいつにしようかな？」

軽い口調で言いながら、スパイダーは腹ばいになっている人質の周囲を足音を立てて歩き回る。人質の恐怖心を煽って楽しんでいるのだ。

「お前、来い！」

スパイダーがつかんだのは、水色のカーディガンを着た女性の腕だった。制服を着ていないということは逃げそびれた客だろう。

悲鳴をあげて拒絶するかと思いきや、女性は声も出さずに立ち上がった。だがその脚は震えていたし、顔も強ばり青ざめている。

誰が選ばれたのかと、人質の何名かが顔を上げた。

「お客さまでなく、私を」

そう言ったのは制服を着た男だった。年の頃から察するに、レストランのマネージャーらしい。スパイダーの目が男に向く。

――マズい。

「顔を上げるな」

ドクは男の横に素早く移動すると、手にした機関銃の銃口を男の背に押しつけた。スパイダーが行動にでる前に、自分が動くことで余計な被害をださずに収めた。

「私なら、大丈夫です」

か細いがしっかりした声が響いた。スパイダーに腕を取られた人質の女性だった。

「黙ってろっ！」

スパイダーの怒鳴り声に、女性に危害を加えるのではと身構えた。だがスパイダーは片手で女性の腕をつかみ、もう片方で機関銃を持っているから、女性に何か出来る状態にない。頬の一つも張りたいのだろうが、塞がった両手に苛立ったスパイダーが舌打ちする。その様子に、少しばかり溜飲が下がる。

「大人しくしていろ。抵抗しなければ、何もしない」

ドクは女性にそう言った。女性はしっかりと彼を見据えてから頷いた。

「行くぞ」

スパイダーは女性の腕を乱暴に引いて歩きだした。

19

覆面の男に引きずられるようにして、はるかは歩きだした。

——右耳の前にほくろがあった。それに肌が浅黒く、イントネーションも変だ。

あとから来た男の特徴を頭にたたき込みながら、はるかは進む。立ち止まったのはエレベーターの前だった。

到着して扉が開くと同時に、「乗れ」とだけ言われた。覆面の男が押したのは一階のボタンだった。

一階のエントランスで警察と交渉する。交渉を有利に進めるための人質として自分は連れてこられた。ただ犯人たちの目的が、まだ判らない。

「これからのルールを話しておく。俺の命令に従え。従わなかったら、撃つ」

言葉を発してはいけない以上、頷いて答えにする。

「これを持て」

差し出された無線機らしきものを受け取る。

「外の警官に、それを渡せ。渡したら、すぐに下がれ」

再び頷く。

「——良い度胸してんな、あんた」

とつぜん砕けた口調で言われて、さすがに驚いて覆面男を見る。

「もっとびびるぜ、普通」

誉められているのは判るが、馬鹿にしたような言い方に腹が立ち、思わず睨みつけた。

「――なんだよ、その目は」

直後、脇腹に痛みが走る。銃の台尻で強く突かれたのだ。痛みに脇腹を押さえてうずくまる。到着音と同時にエレベーターの扉が開いた。

「調子に乗ってんじゃねぇぞ。ほら、行くぞ」

銃口で背中を突かれて、はるかは足を踏みだした。


一階のエントランスはガラス張りの自動ドアだった。

はるかはすでに三度、このドアを通った。一度目は武本との見合いのためにホテルに到着したとき。二度目はホテルで異臭騒ぎが起きて帰ろうとしたとき。そのときは武本が見送ってくれた。三度目は忘れた日傘を捜しに戻ってきたときだ。

そして今、また同じドアに向かっている。ただし、今回はドアの内側には段ボール箱が一つ置かれていて、外側には金属の格子状のシャッターが下りていた。

外にはすでに三名の制服警官が待ち受けていた。

シャッターの前に立つ制服警官は、エレベーターから降りてきたはるかと、そのうしろの覆面の男を見て、非常事態と気づいたらしい。ベテランらしき一人が、もう一人に合図を送った。若い警察官が素早くパトカーに戻る。状況を車内の無線で本部に伝えているのだろう。

「オープン・セサミ」

背後から覆面男の声が言った。直後、ガラス張りの自動ドアが開き始めた。開くドアに制服警官が詰め寄る。

「ストップ」

十五センチくらい開いたところで、再び男が言った。自動ドアの動きが止まる。どういう仕組みかは判らないが、男の音声の指示通りにドアが開閉するらしい。

「いったい何を」

制服警官の発した言葉を、覆面男が天井に向けて連射した機関銃の音がかき消した。制服警官があわてて身を低くしてドアから離れる。

「撃たないから戻ってこい」

覆面男が大声で怒鳴る。だが警官はホテルの左右の外壁に身を隠して出てこない。舌打ちが聞こえた直後、はるかは後頭部を強く突かれた。

「戻ってこないと、この女、殺すぞ」

パトカーで無線連絡をしていた制服警官が、壁の辺りを見つめている。上司の指示を待っているのだ。その様子を見たはるかの頭に、父親との会話が甦った。あれは小学校三年生の春だった。

――お父さんは、銃を撃ったことあるの？

当時、大人気の刑事物のドラマを観終えたあと、はるかは父親に訊ねた。

練習ならね、と答えた父親はさらに続けた。事件の最中に銃を撃つどころか、ホルダーから抜いて構えたことがある警察官の方が少ない。いや、少ないどころか、定年まで勤めて実際に一回も抜いたことがない人の方が多い――。

見栄えの良い俳優が演じる刑事の格好良い銃撃戦を観たあとだけに、はるかには父親の答えは面白くなかった。

――なんだ、撃たないんだ。

つまらなそうに言って席を立ったはるかに、父親は珍しく真面目な顔で座るように言った。そして、銃を抜かず、撃たないで事件を解決することが、犯人にとっても周囲の人にとっても、警察官にとっても良いことであり、それは誇るべきことなのだと言い含めた。真摯《しんし》な父親の言葉に、つまらないと思ったことをはるかは素直に詫びた。深く反省している娘を見て、言い過ぎたと思ったのか、ドラマと現実がいかに違うか、丁寧に例を挙げて父親は説明してくれた。

刑事は上司の許可がない限り、銃は携帯しない。ホルダーを身につけている制服警官でも、銃を抜いただけで大騒ぎになり、のちにとんでもない量の書類の提出を求められる。さらに万が一、発砲しようものなら、一般の人たちを守るためだろうが、我が身を守るためだろうが、相手に向けてではなく、威嚇《いかく》するために空に向けて撃ったとしても、発砲後は人に会わない本部の資料室とか、留置場係などに飛ばされる。よっぽど味方してくれる上司でもいれば、運転免許センター送りで済むが……。

そのときの会話を思い出して、はるかは絶望的な気分になった。

銃が出てきたとたん、日本の警察官は何一つ自分で物事を決められなくなり、責任者の命令を待つしかなくなる。

覆面の男は、さっき背広の男を撃った。言う通りにしなければ、男は自分を撃つだろう。それもすぐさまだ。わずかな時間の猶予もない。

「三つ数える。それまでに」

後頭部に当たる硬い感触に、汗が背中を滑り落ちる。

「お願い、言う通りにして」

はるかは叫んだ。ルールを破ってしまった。でも、さらに叫ぶ。

「この人、すでに一人撃ってます」

壁に身を隠していた制服警官たちが現れた。一人が意を決した面持ちで近づいてくる。

後頭部の感触がなくなって、はるかはそっと息を吐いた。もちろん撃たれる恐怖はなくなりはしない。それでも銃口を突きつけられているよりはマシだ。

「デカい声出し続けると、疲れんだよね」

覆面の男は、はるかが勝手に話したことを咎《とが》めるでもなく、軽口を叩いた。そして、口笛を吹きだした。犬や猫を誘《おび》きだすときの調子だ。近づいてくる警察官の顔が強ばった。

格子状のシャッターの直前で警察官が立ち止まると、ようやく男は口笛を止めた。

「はい、ご苦労さん。これから俺が話すことを黙って聞くように。まずは状況説明から。このホテルを制圧した。人質は、この女を含めて三十七人。地下一階、一階の出入り口は封鎖済み、屋上も含めてカメラで監視している。今後、許可のない警察の接近を禁止する。警告を無視して近づいた場合、仕掛けた爆弾を爆破させる」

そこにあるのはただの段ボール箱、そうとしかはるかには見えなかった。同じく思っているのだろう、段ボール箱を見る警察官の目もいぶかしげだ。

「信用してないな？　だったら、信用に値する情報をやろう。今、携帯電話が不通だろ？　それも一社だけでなく、各社。その理由はすでに知ってるよな？」

携帯電話が通じていないのは事実だ。改めて警察官の顔を見つめる。問われた警察官の顔が引きつっていた。

警察官が理由を知っているとしたら、答えは一つだ。それが事件だからだ。

「このホテルを中心に、周辺の携帯各社の基地局とアンテナが片っ端から発火した。――だよな？」

警察官の強ばった顔が、男の言うことが事実だと答えていた。

「なんなら、仕掛けの説明もしようか？」

男はあざけるようにさらに続ける。

「――何が目的だ」

ようやく警察官が言葉を発した。

「目的は――、もう少ししたらこっちから指示する。それまで待ってろ。おい、それを渡せ」

男に言われて、はるかは手に持っていた無線機を、自動ドアとシャッターの隙間から警察官に差し出した。警察官が無線機をつかむ。その瞬間、警察官と目があった。自分を案じてくれている。警察官の目から、はるかはそう感じた。大丈夫です、そう思いを込めて頷き返すと、強く肩を引かれた。

「とっとと下がれ、このグズ」

乱暴な態度と言葉に、思わずはるかは男を睨みつける。次の瞬間、目の前が暗くなった。左目と頬が痺《しび》れるように痛み、何かが唇を濡らした。舌で舐め取ると、金属的な味が口の中に広がる。痛むところに当てた手も濡れている。見ると赤く染まっていた。

――血？

ようやくはるかは、銃の台尻で顔面を殴られたと気づいた。ドアの向こうで警察官が何かを叫んでいる。だが頭の片側でじんじんと音がして聞き取れない。それでも、このままでは警察官を危険にさらすことは判っていた。目の前で人が撃たれるなど、しかも自分のせいでなど御免だ。はるかはその一心で、「大丈夫です」と警察官に言う。

「――まったく、トロいんだよ」

そう吐き捨てた男が、とつぜん「いいこと思いついた」と言うなり、はるかの胸を銃口で突いた。

「お前、なんか身元証明できるもの、持ってないか?」

身分を証明できるものならば、自動車免許証を持っている。ただしバッグの財布の中で、バッグはロビーで落としたままだ。

「――何も」

持っていないと言いかけて、カーディガンのポケットの中に携帯電話が入っているのを思いだした。

「携帯電話なら」

そう言って差し出した携帯電話を男は奪い取ると、警察官に放り投げた。シャッターの格子の隙間から外に落ちた携帯電話を、警察官が拾う。

「あとはそっちで、この女が誰なのか調べてくれ。それじゃ、追って連絡する。――ほら、行くぞ」

カーディガンの襟首をつかみ、はるかを盾にしながら男が後退り始める。はるかは男に従った。

エレベーターに乗り込む。扉が閉まって、はるかは大きく息を吐いた。これでもう、少なくとも警察官が撃たれることはない。

「それにしても、あんた、やっぱり良い度胸してるよ」

気安い軽口と思って対すると、とつぜん激昂《げっこう》する。男の感情の振り幅が判らないだけに、はるかは黙っていた。

「――ところでだ。なんで携帯電話を渡したか、判るか？」

とつぜん男に訊かれた。答えなければ、また殴られる。はるかは懸命に考えた。が、しかし顔の痛みが酷過ぎて、頭の中がまとまらない。

「判らないのか？」

答えを急かす男の声に不機嫌さを感じて、はるかは覚悟した。

「なんだ、度胸はいいけれど、頭は良くないみたいだな」

暴力ではなく、声が返ってきた。わずかだが、はるかは緊張をゆるめる。

「人質がどこの誰か判ると、色んな力が働く。そうなると、警察も迂闊なことはできなくなるからだ」

男の言うことに一理あるのは、はるかにも判った。

「あんたを殴ったのも、似たような理由だ。女相手に平気で暴力を振るうのを目の当たりにすれば、慎重になるしかないだろう？」

背広の男が撃たれたのを、はるかは思いだした。彼が撃たれたのを見て、あの場にいた全員が男の指示に従った。

——全部、計算尽くなんだわ。

男の周到さに、改めて恐怖を感じる。

「とはいえ、さすがに強く殴りすぎた。——悪かったな」

いけしゃあしゃあと謝罪の言葉を口にした男の横で、はるかは恐怖をひた隠し、必死に無表情を装った。

20

非常口に近づいて、武本は壁に身を寄せた。背後にぴたりとついてきた西島も、武本に倣う。

一つ息を吐いてから扉を開け、上半身だけ出して非常階段の様子を窺う。物音は聞こえない。

——扉が開けば、光が射し込む。

それくらいしか、犯人の動向を知る術がない。武本は改めて上下を見回した。点いている灯りといえば各階の踊り場の非常灯だけだ。今はどこの階の扉も開いていないようだ。

「――行くぞ」

短く西島に言うと、武本は非常階段に飛び込んだ。踏みだしたとたんに、左足に痛みを感じる。見下ろすと、少年にフォークを刺された傷口から染みだした血で、ズボンの色が変わっている。思っていたよりも、傷は深いようだ。だが今は、それにかまけている余裕はない。痛みを感じつつも、小走りに階段を駆け下りる。西島も引き離されまいと、必死に武本について来る。

階段を下りながら、武本は考えた。

――ホテルの中に、どれくらい客は残っているのか？

十八階には、客はいなかった。それに、ハウスキーパーのカートも廊下に置きっ放しだった。

非常ベルがあれだけ鳴り続けていたのだから、避難誘導されたに違いない。従業員もまた、避難したのだろう。でなければ、ハウスキーパーがカートを廊下に放置して、しかも部屋のドアを開け放しにしたままその場を離れるなどありえない。

考えながらも、ペースを落とさずにひたすらに階段を下った。非常灯に目をやると、その下には「11」とあった。まだ半分も下りていない。

「武本さん、待って下さい」

西島の声に足を止めて振り向く。半階上の踊り場で西島が立ち止まっていた。腰を折り、両膝に手を当てている西島の背は大きく動いている。息が切れたらしい。

休んでいる暇はないが、武本には確認したいことがあった。それが終わるまでならば、西島に休息を与えることもやぶさかではない。

背広の背に手をやり、ベルトに差していた銃を抜き取った。スライド部分には、アルファベットで「SMITH&WESSON」と刻まれている。銃に明るくない武本でも、さすがに純正品だと判った。

銃からマガジンを取り出すと、マガジンの中の弾を手に出して数える。八発、弾が込められていた。もちろん、すべて実弾だ。

大きく息を吐くと、武本はマガジンに弾を込め直しながら考えた。

残念なことだが、銃を使った事件は年々増えている。だとしても、国内に銃を持ち込むのは決して簡単ではない。まして米国製の純正の銃ともなればなおさらだ。かつて銃の密売事件に関わった経験があるだけに判っていた。

もっとも暴力団などの組織ではなく、個人の方が銃は密輸しやすいという一面もある。だとしても、この銃を持っていたのは少年だ。

頭の中に二十階での出来事が甦る。白い顔にそばかすの浮いた少年の顔には、まだ幼さが残っていた。武本には、せいぜい十五歳くらいにしか見えなかった。

だがその少年がこの銃を撃った。それだけでなく、武本の手首に嚙みつき、食いちぎろうとした。フォークで腿を刺し、さらに喉を狙った。

——あの少年は、尋常ではない。

血が固まりだした手首の傷を見て、武本は思った。

犯罪者、それも傷害や暴行、殺人事件を起こす者の年齢が下がり続けている。だがあの少年は、今まで見てきた少年犯とは違った。武本の命をためらいなく奪おうとした。

地下一階の会員専用待合室で発見した従業員は、かなり大柄な男だった。彼は昏倒させられ、拘束されて、戸棚に閉じ込められていた。あきらかにプロの手際だ。少年一人でやったとは、さすがに思えない。それに無線機を持っていた。奪い取り、今は武本が持っているが、もとは少年のものだ。無線機があるということは、交信する相手がいると考えるのが自然だ。

──いったい何人いる？　何が狙いだ？

犯罪の種類はあまたあれど、その動機はさほど多くない。大きく分ければ、保身、利益、怨恨、快楽、偶発的の五つだ。さらに最後の偶発的を除けば、前の四つは一つに集約することが出来る。目的の達成だ。

銃を国内に持ち込んでまで武装した集団の目的を考える。

──金か？

ホテル自体に多額の現金がある、あるいは客の誰かが多額の現金を持ち込んだという事前情報があって、それを狙ったのだろうか。

ホテルに付随した商業施設の存在を思いだす。その中に銀行があれば、そこを狙った可能性もある。商業施設のオープンはまだ先だが、オープン準備としてすでに現金が準備されているのかもしれない。

そこまで考えて、武本は方向性を誤っていることに気づく。

犯人は最初に会員専用待合室の従業員を昏倒させた。そして少年がいたのは二十階だ。

——二十階にいた客が狙いか？

二十階の客はすべて犯人に殺された。文田はそう言っていた。誰かがプロを使って客を全員殺した。

——客は誰なんだ？

そこまで考えて、武本は中断した。

そもそも答えの出ないことをいつまでも考え続けるのは性に合わない。それに今は立ち止まって思いを巡らせている余裕はない。犯人が少年一人ではなく、しかも武装していると考えるのなら、身を隠す場所のない非常階段に留まっているのは危険だ。

弾を込め終えて、マガジンをグリップに差し込む。重い金属音が武本の不安を煽った。

「何してるんですか？」

少しは息が楽になったのか、階段を下りて来た西島が訊いた。その目が銃に注がれている。

「それって――、あの子が持っていたものですよね？」

追いかけられた恐怖が甦ったのか、声が掠《かす》れている。武本は頷くと、再び階段を下り始めた。

足を止めることなく、武本と西島はひたすら階段を下りる。五階を通り過ぎ、さらに四階も過ぎて、三階の出入り口が見えてきた。三階にはホテルのフロントとレストランがあった。武本が訪れたときは、そこにも多くの客がいた。

――本当に全員、避難したのだろうか？

十八階と同じく、全員が避難していればよい。だが、頭の中を不安が過る。

――犯人が先回りしていたら。

そう思ったとたん、自然と階段を下る速度が落ちる。勢いが止まらず、西島が武本の背にぶつかりかける。

「どうしたんですか？」

西島が上がった息で訊ねた。

「三階に客が残っていないか、確認します」

扉を開け中を覗き、客が残っているかいないかだけを確認する。ただ、それだけのことだ。だが即座に西島に猛反対された。

十八階の客や従業員が避難を終えているのなら、三階はとっくに避難済みだ。それに先回りした犯人がいたら――。

「とにかく、今は助けを呼ぶことが先決でしょう？　携帯も館内の固定電話も使えないのだから、三階に行くなんて何の意味もないでしょう？」

詰め寄る西島の顔を、武本は見つめる。恐怖と焦り、そして余計なことを言いだした武本に対する怒りが表情から窺える。

「――だから、早く地下一階に行きましょう」

説得しようと、西島が言葉を重ねる。そのとき、西島の声とは別な音が聞こえた。

とっさに、武本は辺りを見回す。

「僕の話、聞いてます？」

武本の様子に、西島の声がひときわ大きくなる。無視して、聞こえてくる音に武本は集中する。

「無線じゃないですか？」

西島に言われて背広のポケットから無線機を取り出す。二十階で少年から奪ったものだ。

無線機から声が聞こえている。聞き取りづらいのでボリュームを上げる。

『こちらは神奈川県警の刑事部組織犯罪対策本部、国際捜査課課長の伊達《だて》弘樹《ひろき》だ。ホテル内にいる警察官に告ぐ。無線を聞いていたら、応えてくれ』

無線の向こうから話し掛けてきたのは、神奈川県警の警察官を名乗る男だった。武本は、何も応えずに、ただ無線機を見つめる。

「今のは」

無線の声を聞いた西島の声が跳ね上がる。相手が警察官なら、助けを呼べると思ったのだろう。

「早く、助けを呼んで下さいよ」

何も応えない武本に、苛立ちを隠さずに西島が詰め寄る。だがなおも武本は無線機を見つめたまま、無言で立ちつくしていた。

『繰り返す。こちらは神奈川県警の――』

無線機から、同じ声が同じ言葉を繰り返す。

武本は混乱していた。この無線機は少年から奪ったものだ。つまり、交信してくる相手は犯人の仲間に決まっている。なのに無線の相手は、自分を神奈川県警の警察官だと名乗っている。

――犯人が、装っているのか?

疑惑が武本の頭を埋め尽くす。

「僕が代わります」

業を煮やした西島が手を伸ばす。武本は奪われないように、高く手を上げて無線機を遠ざけた。

「なんで出ないんですか?」

なおも文句を言う西島を無視して、武本は無線の相手が言った言葉を思い返す。

神奈川県警の刑事部組織犯罪対策本部、国際捜査課課長の伊達弘樹、男はそう自称した。神奈川県警にそういう課があることは、武本も知っていた。だが課長の名前までは判らない。

『聞いているのなら、応えてくれ。ホテル内にいる人質の命に関わるんだ』

続いて聞こえた、人質の命に関わるという言葉に、武本はようやく決心した。

『こちらは』

再度、繰り返しだした声に「聞いています」と返す。

『応えてくれて良かった。私は神奈川県警の刑事部組織犯罪対策本部、国際捜査課課長の伊達弘樹だ。まずは君の名前と所属を教えてくれ』

——いったい、どうなっている？

この無線機は犯人のものだ。犯人に向けてならいざ知らず、交信相手は武本に名前と所属を明かすよう求めた。

武本は混乱した。

『先に、私が君に無線で連絡をしている経緯を説明する』

返事をしない武本の心情を察したのか、相手が話し始めた。

ホテルから一一〇番通報があり、それを受けて近隣を巡回していた自動車警邏《けいら》隊が急行した。だがホテルの出入り口はすべて封鎖されていた。中の様子を確認しようと、侵入を試みたところ、中から銃を持つ犯人が現れた。三十七名の人質を取り、ホテルを占拠した。屋上と出入り口すべてに爆弾を仕掛けた。無理に突入しようとしたら爆破する。人質の命が惜しければ、言う通りにしろと言われた――。

犯人が人質を取っていると聞いて、無線機を持つ武本の手に力が入る。プラスチックのカバーが軋《きし》んで嫌な音を立てた。あわてて力を緩める。

『追って要求を伝えると、交渉用に無線機を一つ渡された。その無線機を使って交信している』

神奈川県警の警察官を名乗る男が、犯人の無線を使って武本に交信してきた理由として、筋は通っている。

『さきほど、犯人から連絡があった。最初の要求は、君に交信することだ』

犯人との交渉役という重責を担うに相応《ふさわ》しく、伊達の声は落ち着いていた。

『建物内に警察官が一人紛れ込んでいる。そいつは自分たちの無線機と銃を奪い、ホテルマンを連れて建物のどこかに消えた。人質の命が惜しかったら、そいつらを地下一階に行かせろ、と言われた』

人質の命が懸かっている以上、犯人の言うことを聞くしかない。武本は大きく息を吐いた。

21

交信を終えてため息を吐く武本を、西島は呆然と見つめていた。

交信してきたのは神奈川県警の警察官だ。これでやっと助けて貰える、西島はそう思った。だが聞こえてくる内容は、予想外のものだった。

人質を取ったうえで、犯人たちは武本と西島の二人に地下一階に来るように言った。

――そんなこと言われたって。

西島の頭の中に、二十階でのことが甦る。血に濡れたレインコートを着た緑の目の子供。彼は平然と自分に銃を向けた。

目の前にいる武本の左腿と右手首は血に濡れている。あの子供が嚙みついて出来た傷だ。左腿はフォークで刺された。

そんなことを平然とする犯人たちの言うことなど、とても従えない。

――どうしよう。

途方に暮れる自分をよそに、無言のまま、武本が階段を下り始めた。

遠ざかる背中を見て、あわてて「行くんですか？」と訊く。

立ち止まった武本は振り向くと頷き、さらに「行きましょう」と言った。

――嘘だろ？

「僕は行きません」

冗談じゃないとばかりに、西島は叫ぶ。

武本が一段、階段を上がった。怪我を負っているとはいえ、体力では勝てそうもない。力ずくで連れて行かれないよう、階段の手すりに両腕と足を絡める。しかし、武本はそれ以上、近づいては来なかった。それでも手すりに絡めた腕と足は解《ほど》かない。

「犯人たちは、二人とも地下一階に来るように言っています」

「嫌ですっ、僕は行きません」

西島は強く拒絶する。

「ここに残るんですか？」

行かないとは決めていたが、そのあとどうするかは考えていなかった。西島は答えあぐねる。

「私たちが投降しなければ、犯人は人質に危害を加える」

罪悪感を煽るような言い方だ。気持ちは動かさないぞとばかり、西島は武本から顔を背けた。

「ここに残りたければ、残ればいい」

驚いた西島は、思わず武本へ振り向く。

「ただ、あの犯人たちが見逃すとは思えない。カードキーを使えなくされて、ここにいたら」

言いながら、武本が手すりを掌《てのひら》で強く叩いた。非常階段に、反響した鈍い金属音が響きわたる。

「袋の鼠だ」

西島はごくりと唾を飲み込んだ。武本の言う通りだ。

「犯人たちは、このホテルを熟知している」

これも武本の言う通りだ。犯人たちは、すでに固定電話の回線を切り、エレベーターも止めている。

「投降すれば、命の保証はすると言っている」

「そんなの、信用できない」

「だとしても、ここよりは地下一階の方が広いし、身を隠す場所も多くある。何より、出口がある」

西島は懸命に考えた。確かに武本の言うことには一理ある。非常階段にいるよりは、地下一階に行った方が良いのかもしれない。

——いや、騙《だま》されるな。

西島は武本の言葉を振り払うように大きくかぶりを振った。結局のところ、人質のために自分を地下一階に連れて行きたいだけだ。

絶対に拒否しようと、武本を睨みつける。だが武本は既に階段を下り始めていた。西島がついてくると思っているに違いない。だが、来ないとなればすぐに戻ってくるだろう。そうに決まっている。西島は武本の背中をじっと見つめた。

だが武本は、一度たりとも振り返らない。ひたすら階段を下りていく。

——根比べだ。

唇を引き結んで、武本の背を睨む。だが武本は足を止めない。

——このまま、一人で地下一階に行ったら。

武本は犯人たちに捕まる、もしくは一人で来たせいで殺されるかもしれない。そうしたら——次は自分だ。

地下には行きたくはないが、武本一人が行っても、自分の身に危険が及ぶ。

——武本を行かせてはならない。

何か引き留める方法はないものかと、西島は考える。武本はすでに二階に差し掛かっていた。ようやく閃いて叫んだ。

「人質なんて、いないかもしれないじゃないですか」

「いたら？」

足を止めぬまま、振り向きもせずに武本に訊かれて、返答に詰まる。

「いたとして、言う通りにしたところで、人質が無事に済むとは限らな」

「言う通りにしなければ、無事では済みません」

強い口調で遮られて、ぐっと詰まった。それでも西島は言い募る。

「投降すれば、命の保証はするっていうのだって、嘘かもしれないでしょう？」

今さら気づいたが、左足の傷のせいか、武本の足音は不規則だった。負傷させられたのだから、自分以上に犯人たちに警戒心を抱いているはずだし、疑ってもいるだろう。だが武本は歩調を緩めることなく階段を下っていく。

「嘘ですよ。絶対に嘘だ。だって」

「本当だったら？」

声と同時に武本の足音が止んだ。

立ち止まり、武本が振り仰いだ。目が合って、思わず西島は目をそらした。

「――う、嘘ですよ。嘘に決まっている」

なぜか反駁《はんばく》が喉に引っかかる。

「だって、人の命なんてなんとも思ってない連中ですよ。それは武本さんも知っているでしょう？　人質がいたらいたで、どうせ最後には全員殺すんだ」

殺すとはっきり口にしたとたん、頭の中に笑い声が甦る。人に銃を向けながら、楽しくて仕方ないとばかりに少年は笑っていた。

「――僕らだって、殺される」

行き先を指定したのは、待ち伏せしているからに決まっている。地下一階に着いたとたん、自分も武本も殺される。そうとしか思えない。頬の上を何かが滑り落ちる。手すりから腕を解き、思わず手をやった。頬に触れた指先が濡れた。気づかないうちに涙が出ていた。

泣いていると自覚したとたん、喉が震えだした。

「全員、こ、殺される。みんな、助からない。死ぬんだ」

最後は嗚咽になった。

武本の返事はなかった。だが視線は感じていた。武本はずっと自分を見つめている。

「嘘か本当か、どちらなのか、私には判りません」

さきほどよりも、武本の口調が柔らかくなった。

「ですが、人質がいるのなら、ホテルの客と従業員です」

頭の中に今日見た客や同僚たちの顔が浮かぶ。八つ当たりされた四十代半ばの男性客や異臭騒ぎを起こした年齢不詳の男。ほんの数時間前なのに、はるか昔のことのようだ。

「あなたの言う通り、犯人たちは武器をたくさん持っている。しかも凶悪だ。人を傷つけるのも殺すのも、何のためらいもない」

懐かしさすら覚える記憶が、武本の冷静な声にかき消された。直後、あの子供の笑い声が頭の中にこだまする。振り払うように西島は頭を振った。

「だからこそ、私は犯人の命令に従います」

——だからこそ従う?

武本が何を言っているのか、西島には判らなかった。思わず顔を上げる。まっすぐに見つめてくる武本と視線が合った。

「私は警察官です」

それは知っている。だからなんだとばかり、武本を睨みつける。

「法を守り、彼らのような犯罪者たちから人を守る。それが仕事です。そう知ったうえで、警察官という職に就《つ》きました」

淡々と武本は言葉を継ぐ。声と同じく、顔にも感情は浮かんでいない。

「凶悪な犯人たちから、ホテルの客と従業員を守る。それが警察官である私が今、成すべきことです」

気負いの感じられない静かな声だった。だが西島は、その奥底にある堅い決意を感じ取った。だからこそ従う、の意図も判った。

命令に背いたら、凶悪な犯人たちが人質に何をするか判らない。犯人たちに従うことが人質を守る最良の方法。武本はそう判断したのだ。

西島は動けなかった。恐怖心だけではない。武本に圧倒されたのだ。

「もっとも」

言いかけた武本が、そこで口を噤む。

「もっとも、――なんですか？」

「警察官だという以前に、やらずに後悔したくない。それだけです」

言い終えた武本が、再び背を向けて階段を下りて行く。その背中を見ていた西島は、あわてて武本に訊いた。

「僕は、どうすればいいんですか」

武本と一緒に地下一階に行くべきだ。それが最善の選択だし、武本の望みなのも判っていた。だからといって、よし、決めたとばかりに行動に移すことも出来ない。何をどうしても、怖いものは怖い。

返事はない。沈黙に再び口を開こうとした矢先、武本の声が聞こえた。

「西島さん、あなたにお詫びします」

思ってもみなかった言葉が返ってきたことに驚いて、西島は手すりから身を乗りだした。

「同行するよう、強制してしまった。──申し訳ない」

そう言うと、武本は向き直って深々と頭を下げた。

武本が同行を強制したのは、警察官として、多くの人質の命を救うためであり、さらには西島を助ける可能性に賭《か》けてのことだ。詫びる必要など、まったく無い。そう思うが、上手く言葉が出てこない。

西島の返事を待たずに武本は続ける。

「──あなたもまた、私が守るべき人なのに」

その言葉に、西島は声を失った。

「どんな決断でも、私はあなたの意思を尊重します。──西島さん、どうぞ、ご無事で」

そう言って、武本は再び深く頭を下げた。つられて西島も頭を下げる。不規則な足音が再開して、西島が頭を上げて見ると、武本は地下一階まで残りわずかなところにまで下りていた。

西島は武本の名を呼ぼうと、さらに手すりから身を乗りだす。そのとき、扉が引き開けられる音が聞こえた。思わず身が竦《すく》む。そのわずかあとに、金属の扉の閉まる重い音が聞こえた。非常階段中に、その音は大きく響いた。

取り残された西島は、階段に座り込んで、両手で頭を抱えた。

犯人が怖い。あの子供への恐れは消えることはないだろう。だが今、西島の心を占めているのは恐怖心ではなかった。羞恥心だ。

人を守るのが警察官の仕事。その言葉通りの行動を武本は見せた。

思い返せば、三階のフロントで初めて出会ったときからそうだった。異臭騒ぎのときに、いち早く不穏な空気を察知して訊ねてきた。地下一階の会員専用待合室の異変に気づいたのも武本だ。

――二十階でも。

西島は揃えた膝の上に額をつけた。

異変に気づいただけでなく、武本は身を挺《てい》して自分を助けてくれた。そして負傷した。

さらに今も、同行を強いることなく、一人で行ってしまった。

あなたもまた、私が守るべき人なのに――。

武本の恥じ入った声が甦る。

――それに較べて。

ホテルマンになるのは、幼い頃からの夢だった。努力を重ねた結果、名門ホテルに就職することが出来た。入社したとき、これからも夢の実現に向けて努力を続けると誓った。

――なのに。

自分の今日の言動を思い返せば返すだけ、惨めだった。

安村に怒られたくないがために、能力も足りていないのに誤魔化そうとした。あのような状況だったとはいえ、二十階の客の安否を確認することなく、悲鳴をあげて逃げだした。

十八階に移動して以降は、もっと酷い。ひたすら自分だけは助かりたい一心だった。客のことなど、まったく頭になかった。

そして今、ここで一人、膝を抱えてただ座っている。

人を守るのが警察官の仕事ならば、客を守るのがホテルマンの仕事と言ってよいだろう。人質になっているのはホテルの客か従業員のはずだ。人質の中に一人でも客がいるのなら、守らなくてはならない。それがホテルマンとして自分が成すべきことだ。

膝の上から顔を上げ、勇気を振り絞って立ち上がる。足を動かそうとするが、言うことを聞かず、膝が笑う。

——しっかりしろ！

弱い心を叱咤《しった》した。深く息を吸って、再び足を動かす。膝の震えは完全に消えてはいないが、それでもかなりましになった。

「僕は、ホテルマンだ」

自分に言い聞かせるように小さく呟くと、西島は一歩ずつ、階段を下り始めた。

22

文田は十八階のエレベーターホールへと向かった。呼出ボタンを押そうとして思い止まる。

三階には人質となった客や従業員がいる。スパイダーが建物の制圧方法のマニュアル通りに人質全員を床に伏せさせていたとしても、非常ベルが鳴りやんだ今、エレベーターの到着音は耳に届く。人質となった従業員の誰かに盗み見られでもしたら、自分の正体が知られてしまう。

踵《きびす》を返してバックヤードへと進む。中にはスタッフ用と貨物用のエレベーター二基があった。この二基もやはり到着音は鳴る。だがスタッフルームの奥にあるので客の耳には届かないし、もちろん見えない。文田は二基の呼出ボタンを叩くように押した。スタッフ用のエレベーターが3、4と上がってきた。到着を待つしかない。だがそのわずかな時間が文田にはとんでもなく長く感じられた。

ようやく、エレベーターの到着音が鳴った。完全に扉が開ききる前に乗り込み、三階のボタンを押す。エレベーターが動きだした。逸《はや》る気持ちをなだめながら、ひたすら三階に到着するのを待つ。

到着音が鳴って扉が開いた。外に飛び出したい気持ちを抑えつけ、しゃがんで首だけ伸ばして周囲の様子を窺う。スタッフルームは無人だった。アシスタントマネージャーの安村の教育の賜《たまもの》か、非常ベルが鳴り響いた有事だというのに、机から椅子の一つもはみだすことなく、室内は整然としていた。

文田は慎重にエレベーターから降りた。音を立てぬよう、充分に気をつけながら、ロビーへ繋がるドアへと進む。ドアの隙間から客が見えないことを確認したうえで、ドアをそっと押し開いた。

見えたのは、二人の男の後ろ姿だけだった。人質の姿はここからでは見えない。やはり全員床に伏せているのだ。

——上手くいっているらしいな。

そっとドアを閉めた文田は、改めて室内を見回した。捜しているのは段ボール箱、それもアタッシェケースや絵画、囚人服なども入ったかなりの大きさのものだ。だが整然とした室内にはそれらしきものはない。机の上はもちろん、床の上にもなかった。

——もしかして。

誰かが盗んだ可能性は？　というコモンの言葉が頭を過る。コモンは一階で〝思い出〟を回収しようとした。だがエレベーターの中にはなかった。そうなると、その間のどこかで誰かが盗みだしたことになる。客や出入りの業者が犯人の可能性は低い。可能なのは従業員のみと考えるのが妥当だ。

——隠すとしたら。

あれだけの大きさの段ボール箱を隠すとなると、場所は限られる。従業員用のロッカールーム。ロッカーの中ではない。あの大きさは個人のロッカーには入らない。あるとしたらロッカーの上や床だ。

——他に考えられるとしたら。

ホテル本体の従業員ではなく、契約社員としてホテルに勤務している者は多い。ハウスキーパーや施設の清掃、厨房の皿洗いをはじめとする下働き、元警察官や元消防隊員を擁《よう》する防災センター、それぞれが部として部屋を持っている。その一部屋一部屋を、しらみつぶしに捜すしかない。

思った以上に時間が掛かりそうなことに、文田は天を仰ぎ、大きく息を吐く。頭を戻す途中、目の端にふと何かが引っかかった。

気になった物へと近づく。キャビネットに並んで、文田の記憶にはない物があった。

巨大な金属製の扉に手を当てる。金庫だ。扉には電子錠がついていた。

――この中だ。

同時に、今朝のミーティングを文田は思い返す。

スタッフルームに新しく金庫を設置した。そう安村は言った。

「暗証番号を知っているのは、昼番ではシフトリーダーの竹内、あとは自分と当番の西島のみだ。使用する際には、三人の誰かに申し出るように」

安村の言葉を思い返して、文田は歯がみする。

金庫の電子錠を睨みつけるが、見つめたところで暗証番号は浮かんでは来ない。そもそも、暗証番号が何桁なのかすら知らない。こうなると、暗証番号を知っている三人から聞きだすしかない。

安村は無理だ。コモンが薬物注射で昏倒させたうえで、地下一階の会員専用待合室のバックスペースの中に閉じこめた。薬の効果が消えるまでには、まだ時間が掛かる。

シフトリーダーの竹内の所在は判らない。運が良ければ、人質の中にいるだろう。だとしても、捜しだして訊ねるわけにはいかない。自分の正体を知られたが最後、彼女は殺すしかない。

残るは西島だ。西島の居場所ならば判っている。武本にくっついて地下一階に向かった。

そこで文田はコモンとの会話を思いだした。

武本はもちろん、西島も一緒に殺すように言った。

──しまった。

双子は喜び勇んで、武本と西島を殺すに決まっている。

あわててシフティを呼び出すが、応答はない。

考えられるのは格闘の最中、あるいは西島は既に殺害済みで、今は武本と戦っているのかもしれない。

これで竹内がホテル内にいないとしたら、金庫の暗証番号を知っているのは安村のみだ。意識を取り戻すのを待つしかない。だが、時間が掛かるほど脱出は難しくなる。

無線で呼び出せないのなら、直接行くしかない。腹を括った文田は、音を立てないようにスタッフルームを抜けだして、非常階段へ走った。

23

扉を開けた瞬間、光が差し込んできた。薄暗い非常階段に慣れた武本の目に、その明るさは眩《まぶ》し過ぎた。思わず目を細める。

目が慣れるのを待ってから辺りを見回して、ここが一般客用のエレベーターホールだと知る。人気《ひとけ》はなく、物音もしない。

──いないのか？

犯人が待ち伏せしている可能性は高いと思っていただけに意外だった。訝《いぶか》しみながらエレベーターホールから駐車場へと進む。やはり人のいる気配は感じられない。

「言われた通りに来た」

大声で言ってみた。コンクリートの壁に反響しただけで、何も起こらない。

——ならば。

会員専用待合室へと向かう。近づいてガラスの自動ドアの外から中を見るが、誰もいない。臼井は救出されたようだ。それでも念のために中も見ておこうとしたとき、音が聞こえた。素早く振り返る。

非常口の扉が閉まった音だ。犯人が来たのだ。いよいよかと、大きく一つ息を吐いた。

だが、エレベーターホールからやってきたのは、西島だった。

「武本さん」

ほっとしたように西島が言った。「やっぱり、来ました」

西島は微笑もうとしているらしい。だが上手くいかずに顔が引きつっている。

危険も顧みず、人質のためにここに来ることを西島は選択してくれたのだ。その重い決断に見合う礼の言葉など、思い浮かぶはずもない。

それでも、少しでも感謝の気持ちを伝えたいと、頭を下げようとした武本に西島が口を開いた。

「僕はホテルマンです。お客さまの安全を守るのはホテルマンの仕事です」

青ざめた顔で、だがはっきりと西島はそう言った。その顔には、今までにはなかった表情が窺える。

武本は頭を下げずに、頷くことでそれに返した。感謝するなどおこがましいと思ったからだ。

「てっきり、待ち伏せしていると思っていたんですけど、いないですね」

武本の横に並ぶと、西島がそう言った。声だけでなく、膝も震えている。

「来るとしたら」

エレベーターの到着音が聞こえた。

「今のって」

西島が怯えた顔を会員専用待合室に向ける。エレベーターの扉が開いた。中から出てきたのは、大きなプラスチックケースを載せた台車だ。

武本の目に、レインコートを着たあの子供が映った。続けてもう一台、台車が出てきた。

次の瞬間、武本は自分の目を疑った。子供が二人に増えていたのだ。

「二人いる」

西島が呟いた。西島にも同じように見えているのだ。

二つのプラスチックケースのそれぞれうしろに、あの子供がいた。全く同じ背格好と顔をしている。

——どういうことだ？

突如二人に増えた子供は、プラスチックケースを載せた台車を押しながら、一人ずつ自動ドアに向かう。二人とも待合室を出ると、今度は並んで台車を押して近づいてくる。耳障りなほど、車輪の音が響く。

——子供二人だけのはずはない。誰か大人がいるはずだ。

エレベーターの奥に誰かいるのではと、武本は注視する。だが誰もいなかった。

車輪の音が止まって、駐車場が静まりかえる。台車を止めた子供たちが、武本を見て微笑んだ。

次の瞬間、轟音《ごうおん》が鳴り、右腿に激痛が走った。床に崩れ落ちる。いつの間にか子供の一人が銃を手にしていた。銃口から硝煙《しょうえん》が上っている。

「あ、外した。シフティのへたくそ！」

「違うよ、わざとだよ！　だってリフティにたんこぶつくった奴だもの。一発で殺すなんてしないよ。うんと仕返ししてやるんだから」

「そうか、ありがとう！」

目の前にいるはずなのに、子供たちの声が遠くから聞こえる。

傷口が焼けつくように熱い。出血を止めようと手を当てたとたん、さらなる痛みが全身を走った。耐えきれずに呻き声が漏れる。だが、ただ痛がってはいられない。

――西島は？

案じて目をやると、隣にいたはずの西島の姿がない。床に手を突きそうなくらい身を低くし、へっぴり腰で、うしろに向かって走っている。西島の進む先には白いバンが駐まっていた。バンの裏に身を隠そうとしているらしい。

――なんとかしなくては。

振り向いた武本の目に見えたのは、腹を抱えて笑う子供たちだった。

「何あれ」

「かっこ悪い」

西島の逃げる様がおかしくてたまらないらしい。二人とも腹を抱えながら、ぴょんぴょん跳ねている。

再び西島に目をやると、頭からバンの下に潜《もぐ》り込んだところだった。どうにかして西島が逃げる時間を稼がなくてはと思うが、痛みで考えがまとまらない。

「モグラ叩きだ！」と一方が叫んだ。

子供たちはハイタッチを交わした直後、台車を置いて走り出した。

飛びかかるしかない。

近づいてくる子供たちにそのタイミングを計る。数歩前で、二人の足音が止んだ。まったく同じ服装でまったく同じ顔の二人が、武本を見下ろしている。そばかすの浮かぶ白い顔は共に幼い。

並んで立つ二人のうち、銃を持っていない右側が「人質」と、甲高い声で言う。

その一言が、武本の動きを奪った。何も出来ずに、ただ二人を見つめる。

左側にいる子供が、銃を持つ手を上げて、銃口を武本の胸に向けた。

——撃たれる。

武本は、覚悟を決めた。だが撃たれはしなかった。

「泥棒！」

銃を構えたまま、子供はそう叫んだ。

泥棒呼ばわりされる覚えなどない。武本は二人を見つめた。

「盗ったもの、返して」

銃を持たないほうの子供に手を差し出されて、ようやく何のことか理解する。無線機と銃だ。

——このやりとりで時間を稼げる。

ゆっくりと、背広の内ポケットに武本は手を入れる。

「あいつが逃げるよ」

言うなり、銃を持っていないほうの子供が武本の横を駆け抜ける。

とっさに足をつかもうとするが、わずかに手が届かない。あとを追おうとしたとたん、背中に焼けつくような痛みが走った。撃たれたのだ。そう自覚した目の前に子供の履《は》くスニーカーがあった。どうやら自分は床に倒れているらしい。続けて身体を探られる。

「返して貰ったからね」

子供の声がし、走り去る足音がした。

——このままでは西島が。

起き上がろうとしたが、痛みが激しすぎて動けない。左脇腹から出血しているのが見える。撃たれたのは背中からだ。腹部から出血しているのなら、弾は貫通している。

大きく息を吐き、いったん立ち上がったが、足に力が入らず崩れ落ちる。

「ほら、つかまえちゃうよ」

楽しそうな子供の声が響いている。

床に手を突き、どうにか立ち上がることに成功した。バンの横に子供が一人、しゃがんでいる。もう一人は反対側にいるのか、姿が見えない。

「そっち行ったよ！」

西島は大柄ではない。それでも大人が隠れるには狭すぎる。西島は手足を縮こませ、子供たちにつかまらないように、右に左に避けているに違いない。

「そろそろ行こうよ、シフティ」

バンの向こうから声が聞こえる。

「えー、まだいいでしょう？　リフティ」

こちら側にいる子供が答える。

「ドクに怒られるよ」

身体が思うように動かない。

銃を持つ二人から、今の状態で西島を守れるとは、さすがに思えない。

――だとしても。

諦める気など武本にはなかった。ふらつく足でバンへ向かう。あと二メートルもない。

「じゃぁ、どうする？」

「面倒臭いから、撃っちゃおうか」

武本のことなど忘れたように、話し続ける子供の背後にじりじりと近づく。

「うん、いいよ。あ、でも、こいつはリフティね。僕はあいつ。――片手じゃ無理か」

左腕だけで車の下から西島を引きずり出そうとするものの、上手くいかないようだ。

子供はそう言うと、床に銃を置いた。

この好機を逃すわけにはいかない。息を詰め、一気に飛びかかった。背に手が掛かる寸前、気づいた子供が振り返った。指がその背中をかすめた。子供の手が銃に伸びる。

――銃を取られたら、終わりだ。

目についた子供の喉を躊躇うことなくつかむ。

華奢《きゃしゃ》な喉は片手で充分につかめた。子供が目を見開く。銃に届かないと悟ると、今度は目を狙って伸びてくる。喉をつかんだまま、武本は顔を背けた。腕の長さが違うから、そうすれば手が届かない。子供の手が空を掻く。

「シフティ！」

車の向こうでもう一人が叫ぶ。続けて足音が聞こえる。バンのうしろを回ってこちらに来ようとしているのだ。

「逃げろ」

西島は動かない。

「逃げろ」

ようやく、武本の意図するところが判った西島が、バンの運転席の下から飛び出した。

そのとたん、激痛が走った。手が届かないのならと、子供が足で武本の腹を蹴ったのだ。痛みに身体から力が抜けていく中、視界の隅を小柄な影が過る。もう一人が西島を追っていた。右手に銃を持っている。

――しまった。

武本は手に力を込めた。喉奥から奇妙な声が上がって、子供の身体から力が抜けた。手を放すと、子供は床に崩れ落ちた。二人のほうを見る。

エレベーターに向かって西島はまっすぐに走っていく。エレベーターホールまであとわずかだ。子供が立ち止まった。肩幅に足を開いた。右手に持っていた銃を、両手で握り直す。

——間に合わない。

子供までは武本のいるところから、三メートルはある。

焦る武本の目が、床の上の銃を捉えた。

子供の両手が上がっていく。身体がピタリと静止した。

武本は銃に飛びついた。

轟音が鳴った。

また音がよく聞こえない。目も霞み、良く見えない。真っ直ぐ伸ばした右腕が妙に重い。上げ続けていられなくなって、床に下ろす。

ぼんやりとした耳に、誰かが叫んでいるのが聞こえた。声が大きくなってくる。近づいてきた。

「武本さん」

耳元で名を呼ばれて、それが西島の声だと気づいた。

——西島は無事だ。

そう思ったとたん、身体から力が抜けた。

「武本さんっ」

激痛で意識が戻る。西島が腋の下から支えてくれていた。

「しっかりして。行きますよ」

そう言うと、西島が歩きだした。武本も必死に足を動かす。エレベーターホールまで、やたらに遠い。

前方に何かが落ちていた。近づいて、正体が判った。レインコートを着た子供だ。俯せに倒れている少年の背中が赤い。

――レインコートは、もともと血で汚れていた。

思い出しながら、見下ろした子供の背が妙に鮮やかに赤い。真ん中に穴が開いている。

――まだ新しい血だ。

ぼんやりと考えながら、通り過ぎる。じりじりとエレベーターホールに近づいていく。

「あと少しです」

西島の声がまた遠くなる。

「着きました」

崩れ落ちそうになる武本を、抱え直しながら西島が言った。

――さっきのは、銃創か？

ぼんやりする目を擦《こす》ろうとする。

「危ないですよ」と、西島に怒鳴られた。

何が？ と思い、西島の視線の先を見る。そこにあるのは銃を持った自分の右手だ。

武本は呆然と銃を見下ろす。

「乗りますよ」

エレベーターの扉が開いた。西島に引きずられるようにして、武本はエレベーターに乗り込んだ。

24

横浜市中区海岸通《かいがんどおり》は、横浜税関や大《おお》さん橋《ばし》などの港湾施設や海運関連の企業の建物が立ち並ぶ、港町横浜ならではの景観を持つ地域だ。その一角、横浜税関の隣にひときわ高くそびえ立つ白いビルがある。

高層階の海側には半円型の展望ロビーらしきものが張りだしている。どこかの大企業のビルか、あるいは複合商業施設にしか見えないそのビルこそが、国内有数の大規模警察である神奈川県警の本部、神奈川県警察本部庁舎だ。

本部庁舎は海岸通りに直接面していない。景観を損なわないよう、植樹された広場の奥にある。その広場の入口に白いセダンが止まった。後部座席のドアが開き、つばの大きな紺色のキャップを被り、オレンジとパープルのチェック柄のフード付きジャケットにカーキ色のパンツをまとった男が降り立った。クーラーボックスと釣り竿を手にするその姿はどう見ても釣り人だ。

男はクーラーボックスを斜めがけに背負うと、真っ直ぐに広場を通り抜け、庁舎に向かって進んで行く。途中、銅像を前にして男は足を止めた。片膝を地に付けた制服警官と三人の子供たちの銅像は、「地域、県民、警察」の三位一体を体現したものだ。

「地域、県民、警察」

男は声に出してそう呟くと、大きく一つ頷いた。そして再び足早に歩きだした。

自動ドアが開き、男が建物に足を踏み入れると、一階ロビーは通常とは比較にならないほど人がいた。

県警本部は神奈川県のすべての警察署や交番の統括という役割を担っている。だから犯罪行為の捜査や逮捕、県民からの相談事の受付、さらには自動車免許証をはじめとする各種の免許の更新や、落とし物などの対処という実務を行う各警察署や交番と違い、県民が個人的に直接、警察本部を訪れる機会は少ない。

犯罪事件の被疑者としてではない民間人が庁舎内に入る場合、受付で首から下げる入館証と、退庁時に提出する訪問先の担当職員のサインを記入する用紙を受け取らねばならない。保安上、用もなく民間人が庁舎内に立ち入らないための措置だ。

一方で、一階の広報センターや十八階の交通管制センター、二十階の展望ロビーと限られた場所のみではあるが、本部内の見学ツアーを行っているので、年末年始と国民の祝日を除いた月曜日から金曜日の午前十時から午後三時は、県内外からツアーに訪れた人たちで賑わっている。

もっとも今日は日曜だ。ツアーは開催していない。だから今、庁舎内にいる彼らは皆、警察官と県警職員だ。そのほとんどが足早に歩き、さらに大声で話していたりと忙《せわ》しない。

理由は、横浜市中区を中心に各携帯電話会社の基地局が一斉に発火し、携帯電話が不通になり、続いてJR桜木町駅前のみなとみらい側に新しくオープンしたばかりのホテル、ハーヴェイ・インターナショナル横浜が、武装犯に占拠される大事件が起こったからだ。

男の後からも、続々と人が庁舎内に入ってくる。非常招集で呼び出された非番の警官たちだ。事件発生後、緊急連絡網により県警の職員全員に流される。そして三十分以内に全職員数の三分の二が集合するのが通常だ。

本庁は管轄署に較べて職員の数が多いが、さらに統括という役割を担っているため、捜査活動に従事する警察官は、捜査本部が作られた署に出払っていることも多い。そのため、管轄署と同じようには人が集まらない。それでも呼び出された警察官は、取るものもとりあえず本庁に駆けつける。

そんな中、釣り竿片手に派手な色合いの服の男が入ってきた。違和感に皆の視線が集まる。注目を充分に感じているのだろうが、男は意に介することなく真っ直ぐに奥へと進む。

受付に立ち寄ろうともしないのに気づいた私服警官の一人が、あわてて声を掛けようとすると、受付内の制服警官が立ち上がり、男に敬礼をした。男はそれに会釈しながら、「お疲れ様でーす」と軽く返した。

そのやりとりに、私服警官は呆気に取られて立ち止まる。男が悠々とエレベーターホールに進むと、タイミング良くエレベーターが到着した。

開いた扉から男たちが次々に降りてくる。その顔は一様に険しい。だが扉を避けて立つ男に気づいたとたん、その険しさが別な何かに変わる。面白いものでも見たような顔になる者もいれば、不愉快そうに眉をひそめる者もいる。男はその誰にも「お疲れ様でーす」と言いながら会釈を繰り返す。全員が降りてから、男はエレベーターへと乗り込んだ。

扉が完全に閉まったあと、男を見送っていた職員たちから声が上がった。

「あれって」「あの人だよな」「今日、休みだろ？」「何で来たんだ？」

全員の目はエレベーターの表示灯に向いている。

「環境中隊って何階だっけ？」

「十六階」

「頼む、十六階まで行ってくれ」

表示灯の数字が上に進んでいくのを皆、祈るように見つめている。

「十一はやめてくれ」

そう呟いた男の背広には小さな円形のバッジが着いていた。First Investigation Divisionの頭文字であるＦＩＤと記されたバッジは刑事部捜査第一課のものだ。

「十二もだ」「いや、十三も――」次々に声が続く。

十一階には刑事部捜査第一、第二課が、十二階には刑事部組織犯罪対策本部の組織犯罪分析課、暴力団対策課、薬物銃器対策課、国際捜査課が、十三階には刑事部捜査第三課が入っている。

エレベーターは止まることなく11、12、13と通過した。

「良かった」

安堵の声や吐息があちらこちらで上がる。

どうやら皆、さきほどの男に、各自の所属する部のある階では降りて貰いたくないらしい。

「課長から、絶対に連絡するなって言われたばかりで出会したもんだから、焦ったの何のって」

捜査第一課のバッジを着けた男が、ひときわ大きく息を吐いてから呟いた。隣にいた男が労《ねぎら》うように肩を叩いて「単に職場に寄っただけだったのかもな」と返す。

職員たちはもう大丈夫とばかり、その場から離れかけた。だが背後から上がった声に、再び皆の足が止まった。

「――十九階だ」

背を向けた全員が、振り向いた。表示灯は19で止まっている。

「煙草を吸いに行ったとか」

本部庁舎はほぼ全面禁煙で、一階と十九階のみに喫煙所を設けている。

「あの人、煙草は吸いませんよ」

誰かが静かな声で言った。

十九階には喫煙所もあるが、大会議室もある。喫煙者ではない男が目指したのは大会議室ということになる。

「急がないと」「真砂町《まさご》の三井《みつい》ビルか、ここからだと――」「配車、もうないって」

皆、口々に自分の予定を呟きだすと、逃げるようにその場から立ち去った。

エレベーターから降りた男は、怒号にしか聞こえない声で業務連絡し、廊下を走り回る男たちの間を悠々と縫って大会議室へと向かった。男の出で立ちにまず驚き、次いで顔を見てその正体に気づいた警官の幾人かが思わず動きを止める。そんな中を相変わらず「お疲れ様でーす」を繰り返しながら、男は進んだ。一歩踏みだす度に斜めがけにしたクーラーボックスが背に当たって音を立てる。

開け放たれたドアを抜けて、男は室内に入った。室内では制服職員が椅子や机を移動させている。部屋の奥にはすでにいくつものホワイトボードが並べられていて、私服の警官がマーカーで状況を書き込んでいた。

大会議室で何が始まろうとしているのか、男は知っていた。捜査本部が立てられるのだ。予想が的中したことに、男は満面の笑みを浮かべる。

本来、捜査本部は事件が起こった場所を管轄する警察署内に作る。本部庁舎内に作ることはまずない。作るとしたら、重大事件が県内の広範囲にわたって起きている場合だ。

男は作業の邪魔にならないように壁際に寄ると、釣り竿とクーラーボックスを足下に置いた。

「——何かご用でも？」

いつの間に近づいてきたのか、男の右横には制服姿の中年の男性が立っていた。

「出先で携帯電話の基地局が次々に発火したと知って、こりゃ、大事だと思ってとりあえず戻ってみたら、何だか皆さんが上の階に上がっていかれるので、気になって見に来ちゃったんですよ。——もしかして、本部ですか？」

そう早口で言い終えると、男は朗《ほが》らかな笑顔を制服警官に向けた。

返事はなかった。五十歳を越えているであろう制服警官は、引きつった顔のまま、ただ立ち尽くしている。

「いえ、小杉《こすぎ》さん、どうぞお構いなく。邪魔にならないように、ここに座ってますから」

何かを察したらしく、男はそう言うなり、クーラーボックスの上に腰を下ろした。

向けられた笑顔に、小杉は困り果てたように顔をしかめる。

この男の笑顔が厄介だということは、既に知っていた。謙虚な姿勢でにこやかに微笑んでいても、自分の意志は何が何でも押し通す。それがこの男の手だ。

どうしたらこの場から追いだせるかと小杉は思案する。

上司を気遣う体を続けたところで、笑顔で遠慮されるだけだ。ならば、情の厚さに訴えるしかない。小杉は正攻法で行こうと決めた。

「申し訳ないのですが、警視がここにおられると、私が島田《しまだ》一課長に」

男は肩を落として大きく息を吐いた。言葉を濁した小杉は探るように男の顔を見る。

「判りました。自分の席に戻ります」

そう言うと、男はクーラーボックスから勢いよく立ち上がった。

「小杉さんには、異動以来、色々とご迷惑をお掛けしてますから」

あっさり了承してくれたことに、小杉は胸をなでおろす。

県警生活安全部生活安全総務課の課長補佐という小杉の立場では、自分の部に異動してきた警察庁から預かったキャリア——国家公務員I種試験合格者の警視というだけでも、その面倒をみるのは大変だ。だが男には、通常とは違うさらに大きな負荷がいくつもあった。

まずは男の出自だ。男の実家は三百年以上遡《さかのぼ》ることが出来る旧家で、世業《せいぎょう》は門弟が軽く二万人を超すという茶道の家元で、現家元は実兄だ。門弟には良家の婦人や子女が名を連ねていて、その中には元総理大臣の奥方や、前警視総監の奥方、さらには現警視総監のご母堂もいる。

試験制度と縦社会で成り立つと言われている警察も、完全に清廉潔白《せいれんけっぱく》ではない。世間の習い通り、ツテもコネも派閥もある。権力は往々にして範囲を越えて通用するものらしい。

二つ目は経歴だ。男はかつて警視庁のI類試験合格の警察官だった。だが、ある事件後、自ら退職した。そして翌年、再度、警察官への道を志した。それも国家公務員I種試験合格者、通称キャリアとしてだ。

警察の内情を知ったうえでキャリアとして戻ってきた。しかも権力を持つ実家をどう武器として使えるかも理解している。さらには役職は自分より上の警視ともなれば、扱いづらいこと、このうえない。

その要注意人物こそが、小杉の目の前にいる派手な服装に身を包んだ男、潮崎哲夫だ。

「――でも」

大人しく引き下がるかと思って安堵した矢先にそう返されて、小杉はびくりと肩を竦ませた。

潮崎はさきほど以上に朗らかに笑った。その笑顔に、髪の薄い頭の地肌に汗が滲んできたことを小杉は意識する。

「そんなにびくつかないで下さいよ。捜査本部に入れてくれなんて、無茶なお願いはしませんから」

安堵したことを潮崎に気づかれぬよう、細く長く息を吐きだす。

「ただ、どんな風に進行しているか、ときどきでいいので教えていただければ。僕の内線ご存知ですよね。本部の回線を使うのは申し訳ないので、ご面倒ですが二十階の展望ロビーからお電話下さい。それでは」

潮崎は一息にそう言うと、息を詰めたままの小杉を残して立ち去った。


「こんにちは〜」

そこそこ大きな声で挨拶した潮崎に返ってきたのは、感情のかけらも感じられない平坦な「お疲れ様です」と「副隊長、どこ行ってたんですか」という文句だった。

机の上のノートパソコンから目すら上げずに挨拶したのは、潮崎と同じ三十三歳の大川原《おおかわら》巡査長。文句を言ったのは八月に二十九歳になる渡部《わたべ》巡査だ。

生活安全部生活経済課、環境中隊副隊長、それが神奈川県警における潮崎の現職だ。二人は共に潮崎の部下にあたる。

階級というピラミッド形の縦社会で構成されている警察において、警視である潮崎に対して、部下であり階級も下の二人のさきほどの態度はまずありえない。だが潮崎は二人に注意する気配さえなかった。大川原、渡部の二人とも高校卒業の翌年に神奈川県警に奉職して今日に至る。大川原はもとより渡部ですら、潮崎よりも長きにわたって警察官であり続けているのだ。それに敬意を表して、上司風を吹かさないと配属の初日に潮崎は決めた。

副隊長になって半年が過ぎ、二人も潮崎に慣れたらしく、今では他の警官から見ればぎょっとするような態度で潮崎に接している。

「ごめん、ごめん。ちょっと展望ロビーに行っちゃった」

「嘘でしょ、大会議室覗きに行って追いだされたんでしょ」

潮崎の言葉に、渡部は軽口で返す。

「あはは、バレたか」

からからと笑う潮崎に、大川原が「今日、非番でしたよね」と、ぼそっと訊ねた。

渡部が自分は関係ないとばかりに、背を向ける。

二重瞼《ふたえまぶた》が厚く、唇が薄い大川原は、常に眠そうに見える顔立ちの男だ。そして潮崎と話すときは、声だけでなく、顔からも表情が失せる。

「ええ、お休みです。休みは有効に利用しようってことで、このたび、釣りなんか始めてみました」

大川原の能面のような顔に臆《おく》することなく、潮崎は笑って答えると、背負っていたクーラーボックスを床に下ろした。

「どちらで？」

大川原の声に、潮崎はすぐには答えられなかった。大川原は無言でただ潮崎を見つめている。

「ええと、その」

適当に答えることも出来たが、潮崎は一つ息を吐いてから「帷子川《かたびらがわ》です」と返した。

帷子川は、横浜市旭《あさひ》区若葉台《わかばだい》近辺の湧水《ゆうすい》を源に保土《ほど》ケ谷《がや》区を南東に流れ、西区の横浜駅東口ポートサイド地区で横浜港に注ぐ二級河川だ。

かつて上流に多くあった絹織物の捺染《なっせん》業者は、製造工程で出る汚水を川に流していた。加えて人口の増加に伴い、周辺の生活排水や工場廃水なども増え始めたので、川の汚染が進んだ。だが近年、環境問題が問題視され始め、下水道の普及などで状況は改善されつつあり、一時期はアザラシのタマちゃんが出没したことで話題にもなった。

そんな自然を取り戻し始めたはずの帷子川で「死んだ魚が何匹も浮いているのを見つけた」と、県民からの通報を受けたのは三日前のことだ。

携帯電話で通報してきたのは、保土ケ谷区に住む小学二年生の白井翼《しらいつばさ》だった。環境中隊は潮崎の指揮の下、直ちに現地の調査を行った。だが、言われた場所にはすでに魚の死骸はなかった。

「すくおうとしたんだけど、流れて行っちゃって」

嘘じゃないことを証明しようと、白井翼は必死に何度も身振り手振りを交えながら、魚の死骸を見つけたときのことを繰り返した。

一匹や二匹じゃなかった。十匹以上いた。多分、鯉《こい》だと思う。色は黒っぽいのもいたし、綺麗なのもいた――。

しかし実際に魚の死骸はないので、それ以上調べようもない。

誰かが飼っていた鯉の死骸を捨てたのだろう、そう断じたのは大川原だ。そのときは、潮崎も同じ考えだった。

結局、そのとき出来る唯一のこと、水質調査をした。その場で出来るパックテスト――簡易調査の結果、水の酸性、中性、アルカリ性を示す指標であるｐＨ、化学的酸素要求量（水中にある物質が酸化や分解されるときに消費される酸素量）を示すＣＯＤ、生活雑排水や生物が死ぬことによって水中にとけ込む有機体窒素――ＮＯ^{3}（硝酸態窒素）、家庭雑排水や屎尿《しによう》処理排水などに多く含まれ、窒素とともに水の富栄養化の原因となる水中のリン酸――ＰＯ^{4}（リン酸）の四つの数値共に異状なかった。

パックテストの結果を受けて、環境中隊はその場を撤収した。

だが潮崎の頭から、しょげかえる小学生の姿がどうしても離れなかった。

立場的に再調査を命じるのは簡単だ。しかし発足してまだ日の浅い環境中隊は、人手も予算も足りてはいない。上司として、事件扱いで部下に調査を命じるのは憚られた。なので休日を利用して、通報を受けた現場を基点に、帷子川を遡って水質調査を繰り返すことに決めたのだ。

「釣りじゃないですね」

さらに大川原が訊ねる。

「ええ。ちょっと、水質調査を」

露骨に嫌な表情を浮かべた大川原を見て、あわてて「あくまで、休みの日に僕が個人的にしてるだけです」と潮崎が取り繕った。

だが大川原は、潮崎の頭の先から足まで値踏みするように眺めてから、「わざわざウェアーや釣り竿まで買われたんですね」と突き放した。

痛いところを突かれて、潮崎もさすがに答えに詰まる。

環境中隊は、その名の通り、環境関係事犯を取り締まっている。水質や土壌汚染の原因究明と責任追及が中心だが、実際のところ、ゴミの不法投棄やゴミの不法焼却が扱う事件の半分以上を占める。

環境関係事犯は、現行犯か、犯行直後の水質や地質調査の結果でしか犯人逮捕は出来ない。それだけに内偵が必要だ。犯人だけでなく、周囲の住民に怪しまれることなく捜査を進めるには、変装は必須だ。

今回のような川の水質調査をする場合、釣り人を装うのが一番怪しまれない。ちなみに山中の不法なゴミ投棄や焼却の調査の場合はハイカーを装う。

それらしく見せるためには、相応の衣服や装備などが必要となる。職員個人のものや、その家族や友人の持ち物を借りるなどして賄っているが、どうしても入手できない場合は購入するしかない。だが予算は限られている。それもまた、潮崎が上司として、この事案を扱うよう部下に命じなかった理由の一つだ。

「いや、ほら、僕、無趣味なんで。この際、釣りを趣味にしようかって思って。それにこのウエアー、釣りだけでなく普段も使えるんですよ。なんてったって、Ｆｏｘｆｉｒｅのオリジナル透湿防水素材、エアロポーラスを使用してますからね。雨の日もＯＫ、スポーツもＯＫの優れものですから。しかもほら、デザインもお洒落でしょう？」

早口でまくし立てると、腕を広げてくるりと回ってみせる。

興味を無くしたというより呆れたらしく、大川原が机の上のノートパソコンに目を戻した。

「これ、定価で買ってませんから。シーサイドマリーナのところにあるアウトレットのお店で、五〇％オフだったんです。掘り出しものでしょ？」

大川原の視野に入ろうと悪戦苦闘しながら潮崎は話し続ける。

二人のやりとりが続く中、渡部が足音を立てないように、その場を立ち去ろうとした。

「どこに行く？」

「——お茶、淹《い》れて来ようかなって」

大川原の声に、ジャケットにチノパンツの軽装の渡部が引きつった笑みを浮かべて返す。

非番だったのは潮崎だけではない。渡部もだ。潮崎に休日に水質調査をすると声を掛けられた。潮崎が警察内で異端な存在なのは判っている。大川原を始め、隊員のほとんどが疎《うと》ましく思っているのだ。だが潮崎の天性の明るさと、捜査に対する真摯《しんし》な態度に渡部は好感を持っていた。それどころか、少し憧れ始めてもいた。だから二つ返事で同行したのだ。

潮崎に手を貸したと大川原に知られれば、隊の中での自分の立場が危ぶまれる。なんとか、それだけは避けたいと願い、背中に冷や汗を掻きだした矢先、大川原が言った。

「そうか、だったらコーヒーにしてくれ」

累が及ばなかったことに、渡部は胸をなで下ろして部屋を出ようとした。その背に潮崎の「僕もお願いしていいですか?」の声が掛かる。

潮崎の好みは判っている。とうぜんのように「抹茶ですね。砂糖は?」と返す。

「じゃあ、二つで」

にこやかに手を振る潮崎に、思わず微笑み返した渡部は、大川原が自分を見つめているわけに気づいた。大川原の顔にはこれと言って読み取れる表情が浮かんでいるわけではない。だが渡部は、大川原が「何もかも知っているぞ」と言っているようにしか見えなかった。逃げるように給湯室へと向かう。

「渡部君を苛《いじ》めないであげて下さいね。僕にしつこく誘われて断れなかっただけですから」

自分の席に腰を下ろしながら、潮崎は大川原に言った。返事はない。

「──何しろ、僕、上司ですし」

椅子から腰を浮かせて言う。

「上司なら、上司らしく、部下に黙って個人プレーなんてしないで下さい」

ぼそりと大川原が返した。

規律正しい縦社会だからこそ、警察という組織は成立している。上から下に指令が正しく流れ、体系に則って職員が職務を果たしてこその事件解決であり、犯人逮捕だ。自分勝手に個人が暴走したら、それが崩れてしまう。

警察という組織に不満はある。思想的にも、物質的、実務的にも、今や日本の警察は世の中からかなり立ち後れている。警察機構設立当初に定められて以降、手つかずのままの規則が山ほどあるのだから、とうぜんだろう。

科学技術の進歩や世の中の流れを無視し、根幹の改革が行われていない警察は、潮崎から見れば、もはやいびつな組織だ。だがその状態で組織として現存し、日夜、国民の安全を守り続けている。このいびつな組織を支えているのは人力──職員である警察官であり、規律正しい縦の命令系統であることを、潮崎も理解している。今回、自分がしたことは、組織を乱すことに他ならない。まして大きくないとはいえ、自分は一つの隊の副隊長だ。自ら和を乱すなど、言語道断だ。

心から反省して、潮崎は詫びようとした。だがその詫びの言葉は大川原の「他から見れば、こちらが無能な怠け者になりますから」という台詞に、言わずじまいに終わった。

「――ところで。今日は何かありましたか?」

上司としての威厳を取り戻そうと、意識して声を低くして潮崎は訊ねる。

「電話で相談を受けたのは、町内のゴミ集積所の問題と、ご近所の騒音問題が二件」

大川原の淡々とした声に、潮崎は肩を落としてから、机に頬杖を突いた。

寄せられた相談は、どれも環境中隊の担当事案には含まれない。

生活安全部生活経済課環境中隊という名だけを聞けば、環境に関することはすべて対応していると思われても仕方ない。事実、環境関係事犯の取締りに関することを請け負っている。

だが、その中に各家庭のゴミや、騒音、悪臭問題は含まれない。

もちろん、民間人の相談は受ける。電話も受け付けるし、相談窓口で話も聞く。一一〇番通報を受けた場合は、管轄署から警察官が現場に送られ、事態の把握に努め、解決に向けて立ち入り調査もする。だが、現行犯逮捕や起訴に向けて動くかと言えば、また別だ。ゴミや騒音や悪臭などの場合は、迷惑行為防止条例の事案外であり、管轄しているのは市役所や区役所の各担当部署なので、そちらを紹介するしかないのだ。

この条例というのが、なまじ名称に〝迷惑防止〟と入っているだけに民間人の混乱を招きやすい。

だがその内容を確認すると、全十七条にわたる条例のほとんどが暴力行為や卑猥な行為、押し売りやダフ屋行為や客引きやつきまとい行為などに関するものだ。多少とも環境に関するものとしては、十三条の水浴場等における危険行為の禁止と、十四条の登山における危険行為の禁止などがあるのみだ。

その事実を県民のほとんどが知らない。だからこそ県警に相談の電話が入る。内容によっては管轄事案となる場合もあるから、相談の電話を受けることはやぶさかではない。だが、そのほとんどが担当外となると、さすがにがっかりする。

「それと公園のゴミ箱に、生ゴミや分別していないゴミを捨てる人がいるというのも」

淡々と続く大川原の報告に、口を挿もうとした。

だが、「全部、管轄区役所の担当部署の電話番号を伝えました」と続いて、発するはずの言葉はため息に変わる。

「廃車や、冷蔵庫とかの電気製品は担当、でも生活ゴミは担当外。どちらも公共の場所への不法投棄という意味では同じなのに。いったい、何なんでしょうね」

法の不備に愚痴をこぼした。最後は同調を求めるように言ったが、大川原からは何も返ってこない。

「気持ちは判りますけれど、やっぱり全部は担当しきれませんよ」

戻ってきた渡部が、机の上に湯飲みを置きながら言った。

「ありがとう」と礼を言って、さっそく湯飲みに口をつける。

目の端で、顔こそ上げはしないが、大川原も渡部に礼を告げるのを捉える。

大川原は決して無礼な男ではない。仕事に対してやる気がないわけでもない。与えられた職務は忠実かつ確実にこなす、信頼できる警察官だ。上司からしたら、最も信頼が置ける部下であることは間違いない。

そういう意味では、潮崎のかつての部下であり先輩だった武本に似ている。だが、与えられた仕事以外、ことに本来の職務の範疇《はんちゅう》を越えたことや、まだ手つかずの分野に対しての意欲や実行力は、残念ながら武本には及ばない。

「そりゃそうだけど。でも、なんかね。――それって、抹茶？」

渡部の手のマグカップの中を覗き込んで訊ねる。

「副隊長がいつも飲んでいるのを見て、美味しそうだなと思って。あ、でもこれ、自分で買ってきた抹茶オーレの粉末ですから。さすがに最初から抹茶だけってのは、僕には味も値段もハードルが高くて」

「一口ちょうだい」

どうぞと差し出されたマグカップを受け取って口を付ける。潮崎の味覚からすると、とても抹茶が含まれているとは思えない人工的なものだった。それでも「なかなかいいね」と返す。

「でしょう?」と微笑む渡部に、潮崎も微笑み返す。

夏に二十九歳になる渡部は、目こそ細いが接客業向きの整った顔立ちで、庁内の女性職員からも人気の高い男だ。趣味は温泉巡《めぐ》り。渡部に聞けば、日程や予算に応じた温泉を全国規模で紹介してくれると評判だ。考え方に柔軟性があり、フットワークも軽い。ときに要領の良さが鼻につくときもあるが、潮崎は個人としての自分を持ち続けている渡部に期待している。

警察官という職に就《つ》き、さらに続けているうちに、警察官としての思考に染まって、多くの者が民間人の気持ちを忘れてしまう。そもそも警察は民間人を犯罪から守るために創られた。だが犯罪者を捕らえ、犯罪を未然に防ぐことのみに活動が特化していくうちに、民間人を守るという本質を忘れて一人歩きを始めてしまった。その結果、警察を疎む民間人も増え、いつしか両者は乖離《かいり》してしまったと潮崎は感じていた。

ただ、以前よりその距離は狭まったとは感じている。その要因には、警察の活動のドキュメント番組や、警察を舞台とするテレビドラマや警察小説の流行などにより、民間人の警察に対する興味も理解も深まったことがある。そして何より、それらの影響を受けて職に就いた警察官も増えだしたからだ。

実際、渡部もその一人だ。

爆発的に流行った刑事ドラマを見て、警察官というのも仕事として悪くないと思って志したと、潮崎と二人だけのときにこっそりと教えてくれた。渡部の同期や後輩には、同じ動機で奉職した者が何人もいるそうだ。

それに喜んで潮崎も熱く自分が影響を受けた警察小説の登場人物について語った。延々と語った最後に渡部から返ってきたのは、真顔の「副隊長、さすがに僕でもちょっと引きます」の一言だった。それでも渡部とは今でもこっそりと刑事ドラマや小説の話をしている。

「なんか、エラいことになってますね」

天井に人差し指を向けて、渡部が言った。

「県警始まって以来の、大事件だからな」

大川原が淡々と言った。

「僕たちもお呼びがかかるんじゃないですか？」

渡部の声にはあきらかに期待が込められていた。

管轄内で携帯電話会社の基地局発火事件に続き、さらに武装犯によるホテルの人質占拠事件が起こった。大きな事件が多く発生する神奈川県警でも、異例の事件と言えよう。とうぜん人手がいる。事件が起きたからと言って、すべての警察官を動員するわけではない。人員に余裕のある、言い換えれば優先的に対応しなければならない事件を抱えていない部から、人手が駆り集められる。

警察学校卒業後、交番勤務ののち、現部署に配属された渡部は、いずれは捜査一課の一員になりたいと願っている。そんな渡部にとって、初めて捜査本部に参加できる、そして運が良ければ能力を認められて刑事部に引き抜かれる可能性もあるだけに、期待するのはとうぜんだろう。

潮崎も今の所属に文句はない。だが大きな事件が起こっているのなら、そちらを担当したいという気持ちを抑えることは出来ない。

だからツイッターで携帯電話会社の基地局が次々に発火し、さらには桜木町駅前にオープンしたばかりのホテルを武装犯が人質を取って占拠したと知ったとたん、休日の水質調査を切り上げて、呼ばれてもいないのに本部にやってきた。

「それはない」

大川原の平坦な声が、浮き立つ二人の気持ちに水を差した。

「どういうことですか?」

渡部より先に潮崎が訊ねる。

「すでに、環境中隊は呼ばないって連絡がありました」

大川原は当番日で登庁していた。潮崎と渡部が到着する直前に、刑事部捜査第一課長の島田本人が部屋にやってきて、唯一室内にいた大川原に言い渡したという。

渡部の椅子がぎしりと軋んだ。背もたれに背中を預けた渡部の身体は、完全に脱力している。

「島田一課長が直接こちらに?」

異例なことに考え込みながら、潮崎は呟いた。

ふと顔を上げると、今までノートパソコンから顔を上げようともしなかった大川原が、自分を見つめている。

無表情な能面のような顔ではあるが、潮崎は大川原が考えていることが判った。もとより、警視という役職であり、環境中隊の副隊長である潮崎が、自身の担当事案外で立てられた捜査本部に加わることはまずない。それは潮崎も判っていた。だが部下は別だ。一人でも多く人手を必要としているのだから、召集されてしかるべきだ。なのに、呼ばないと宣告された。

島田は潮崎をわずかでも捜査本部に関わらせたくないから、中隊全員を捜査本部の召集対象外としたのだ。

潮崎の人生は、常に媚びへつらい擦り寄る者と疎む者、相反する二者の対処に追われてきたと言って過言ではない。あくまで氏《うじ》育ちのせいであり、潮崎個人に責任はない。だが幼少の頃から警察官の職に就く現在もなお、それは途切れることなく続いている。それどころか、警察官になってから、ますますそれは激しくなっている。

大学卒業後に警視庁に入庁したときは酷かった。キャリアでこそなかったが、腫《は》れ物に触るような対応を受けた。

その後、諸事情で潮崎は一度退職した。そして再び警察へ戻った。今度はキャリアとしてだ。擦り寄りと疎みの構造が払拭されるなどとは、もちろん潮崎も思わなかった。だが自分が開き直ることさえ出来れば、少なくとも以前よりは身を置きやすくなるはずだと考えていた。事実、前勤務地の広島《ひろしま》県警廿日市《はつかいち》署ではそれなりに上手くやってきたと自負している。

しかし神奈川県警に異動してからは違った。大規模警察の本部のせいか、人の多さに比例して派閥も多くあれば、それぞれの思惑もあるらしい。そして、潮崎を異物として排除したいと願う派閥があった。刑事部だ。

僕が元いた警視庁では、という言葉は何があっても口にしない。潮崎はそう誓い、実践していた。フィクションの世界では、各道府県、とりわけ隣接していて規模の大きい神奈川県警は警視庁に対してなみなみならぬ感情を抱いているとされているが、実はそうでもない。だが、刑事部だけは当てはまらない。もちろん何とも思っていない者もいるが、実際に合同捜査などで煮え湯を飲まされた経験がある者が多い以上、致し方ない。そして島田一課長は、まさしく被害を被《こうむ》ってきた一人だった。

そんな島田にとって、いざとなれば現在のキャリアとしての人脈だけでなく、実家の人脈、さらには旧職場である警視庁での人脈を使うことの出来る潮崎は不愉快な存在でしかないらしい。肩書きこそ同じ警視でも、こと事件に警視庁が絡んだ場合、自分を飛び越えて、潮崎に警視庁や県警の上層部とやりとりされるかもしれないと思うと、顔を見るのも嫌らしい。

今回の事件がそうだと決まったわけではない。だが、可能性がないとも限らないだけに、あらかじめ排除したのだ。

島田の下膨《しもぶく》れの顔を思いだす。異動以来、何度となく顔を合わせているものの、一度も笑ってくれたことがない。

同時に、小杉課長補佐の顔も思いだした。小杉が困っていたのは、捜査本部の設営が終わってもいないのに潮崎が来たせいではない。潮崎は本部に入れるなと島田から言い渡されていたのだ。小杉に余計な面倒を掛けたことを、潮崎は申し訳なく思った。

そして、申し訳なく思うのは小杉だけではない。部下である渡部と大川原にもだ。渡部はもちろんだが、おそらく、大川原も捜査本部に入り、捜査に加わりたかったに違いない。その機会を自分が潰したと思うと、潮崎は心底申し訳ないと思った。二人に何か声を掛けたかったが、言葉が見つからない。

すっかり冷えてしまった渡部が淹れてくれた砂糖入りの抹茶を飲み干すと、潮崎はため息を吐いた。

捜査本部に呼ばれないと判った今、非番の日に出勤しただけとなった。これと言ってやることもない。通常通り、市民からの通報を待つだけだ。

やれやれとジャケットのポケットに手を入れた潮崎の指に硬い物が触れた。スマートフォンだ。取り出して、人差し指でアプリケーションを操作する。添付された画像を開こうとして、潮崎は指を止めた。

「これだ！」

そう叫ぶなり立ち上がると、潮崎は部屋から飛び出した。

25

三階のスタッフルームを飛び出して、非常階段を駆け下りた文田は、地下一階の扉の前で立ち止まった。扉の向こうの気配を窺う。だが厚い金属製の扉に阻まれて、何も聞こえなかった。

駐車場には武本と西島がいる。ドクは双子に二人を片付けろと命じたはずだ。正直、武本はどうでもいい。邪魔な存在なだけに、早く消えて欲しいと思っている。だが西島は困る。

犯人から逃げてきたホテルマンの文田を演じるべく、膝を曲げて猫背にしてから、隠し持っていた予備のカードキーを使って扉を開ける。

エレベーターホールの明るさに僅かに目を細めつつ、周囲を見渡す。最初に目についたのは床に点々と続く鮮やかな赤い色だ。

――血だ。

駐車場から続く赤い点はエレベーターの扉の前で途切れていた。出血した誰かがエレベーターに乗ったのだ。考えられるのは二つだ。武本と西島の二人、もしくはどちらかが双子に襲われ負傷したものの、辛くも逃げだした。あるいは、片付けたものの、抵抗を受けて負傷した双子が乗ったかだ。

――双子なら、三階に合流するはず。

素早く表示灯に目を向ける。表示灯は三階を通り過ぎ、さらに上へと進んでいる。

――双子じゃない、あいつらだ。

怯える男の役を脱ぎ捨てて、文田は駐車場に駆け出た。前方に誰かが倒れている。近づくまでもなく、それが双子の一人なのは判った。俯せに倒れているその背が赤い。近づいて、赤い中心に穴が開いているのを確認する。撃たれたのだ。しゃがんで首に指を当てて確認する。弱いが、脈はあった。

――どっちだ？

口元のほくろを見なくては、これが兄なのか弟なのか文田には判らない。だが出血が激しいだけに、動かすのは得策ではない。そこで気づいた。

もう一人は？　と、辺りを見回す。

白いバンの手前に、倒れているのを見つけて駆け寄った。もう一人の周辺にもかなりの量の血があった。

――二人とも、やられたのか？

双子の能力は知っている。それに武本が持っていた銃は一丁のみだし、すでに怪我も負っていた。しかも、足手まといでしかない西島もいた。その状態で二人とも倒したのだとしたら、武本は予想よりはるかに手強い。

焦りながら、指を首に当てて脈を確認する。撃たれた一方より、脈はしっかりと強い。身体を検めるが、撃たれてはいない。

――となると、この血は武本か西島のものだ。

エレベーターホールのものと合わせると、相当な出血量だ。武本なら構わないが、西島だとしたら都合が悪い。三階金庫の暗証番号を聞きだす前に死なれては困る。

文田は子供を抱き起こした。口元にはほくろがない。撃たれたのは兄のリフティだった。

弟のシフティの身体を揺さぶると、少しして目を開けた。意識がはっきりしていないらしく、目の焦点がなかなか合わない。

優しく介抱する余裕などない。弟の横面を手で張る。痛みに数回瞬きをした。それでも、まだ完全には覚醒していない。再度、頬を手で張る。

「痛いよ、フー」

意識を取り戻した弟が、小さく不満の声をあげた。

「何があった?」

身体を揺さぶって、文田は詰問する。

「あいつに首を絞められて」

武本に違いない。

「──リフティは？」

緩慢《かんまん》な動きで首を巡らせたシフティの視線が、一点で止まる。

「あれって」

言うなり、文田の腕を抜けだした。俯せに倒れる兄のもとに走り寄る弟の背を見送りながら、文田はどうするべきか考える。

兄のもとに着いた弟が、ぺたりと床に座り込んだ。事態が飲み込めていないらしく、そのまま動かずにいる。少しして弟の手が動いた。細い腕がゆっくりと床に倒れる兄の背に近づいていく。手が触れた。

「リフティ」

震える声で兄の名を呼ぶ。返事はない。

「リフティ」

再び呼ぶが、やはり兄は応えない。次の瞬間、弟は兄の身体に取りすがり、泣きわめきだした。

「リフティ、ねぇ、起きて」

悲痛な声が駐車場に響き渡る。それを聞きながら文田は尚も考えていた。

「起きてよ、リフティ。嫌だ、ねぇ、リフティってば！」

「離れるんだ！」

文田の声に驚いてシフティが動きを止める。

「出血が酷くなるから、動かしちゃいけない」

近づきながら言いきかせる。

「――生きてるの？」

兄を揺さぶる手を止めた弟が、聞こえるのがやっとの小さな声で訊いた。上げた顔は兄の血に濡れて壮絶な表情となっている。

弟の横にしゃがみ、肩を抱いて兄から引き離しながら、「大丈夫、生きているよ」と教えてやる。

「本当に？」

「ああ、本当だ」

見開かれた緑の目に、微笑んでやる。

「ほら、脈があるだろう？」

そう言って弟の手を取ると、兄の首に触れさせてやる。脈拍が確認できて安堵したのだろう、シフティの目から再び涙がこぼれ落ちた。

「リフティ、ねぇ、僕だよ」

さきほどよりも落ち着いた声で兄に呼びかけると、聞こえたのか、リフティがわずかに頭を動かした。

「――よかった」

嬉しそうに呟くシフティに、詰問口調にならないように充分に注意して、「何があったんだ？」と文田は訊ねた。

「僕、気絶しちゃったから判らない」

文田に目もくれず、兄の顔を覗き込みながらシフティが言った。

「あの血は？」

「どれ？」

顔も上げずにぶっきらぼうに返されて苛立ったが、ぐっと堪えて「車の前とか、エレベーターホールのだよ」と、落ち着いた声で訊ねる。

「あいつの」

またもや、そっけなく返される。

「警察官？」

「たぶん」

「ホテルマンの方、ほら、ホテルの従業員の制服の方ではなくて？」

西島のものでないことを確認したくて、文田は噛んで含めるように重ねて訊く。

「リフティのたんこぶを作った奴を二発撃った。だけど、もう一人が車の下に隠れて、ひっぱり出そうとしたあとは、僕、気絶しちゃって知らないっ！」

金切り声で怒鳴られる。だがだいたいの状況は判った。

武本は二発撃たれた。エレベーターホールに向かう血は量こそ多いが、一本の道筋しか作っていない。西島も撃たれているのなら、血の痕は二列あるはずだ。

「そうか、嫌なことを訊いてごめんね」

文田はシフティに詫びた。

怒鳴ったのは、負傷して倒れている兄を前にしてしつこく訊かれたのもあるだろうが、何より自分が気を失っていた間に兄が撃たれたことへの自責の念だろう。

「大丈夫、僕がずっとついているからね」

文田を無視して兄に語り掛けるシフティに改めて言う。

「どうしても、シフティにお願いしたいことがあるんだ」

シフティが顔を上げた。文田を見るその目には、この場を離れるものかという怒りが窺える。

文田は申し訳なさそうな表情を意識して話し始めた。

「あいつを捜しだして殺して欲しいんだ。だって、絶対に許せないだろう?」

目の中の怒りは消えてはいないが、シフティは大きく頷いた。

「撃ったのは、間違いなくあいつ、あの警察官だ。もう一人には無理だ。だって」

「あいつ、弱虫だもん」

文田の言葉をシフティが継いだ。文田のペースになってきた。

「だろう? だけど、あいつは強い。他の連中ではちょっと心配だし」

シフティが鼻をひくつかせた。やはり子供だ。能力を誉めてやれば機嫌が直る。文田はさらにだめ押しをする。

「何よりリフティを撃ったんだから、シフティに頼みたいんだ」

「――だけど」

シフティの目が文田と兄の間を彷徨う。

「大丈夫、ドクを呼ぶから。ドクが来るまで私がリフティの側にいる。それならいいだろう?」

医者であるドクを呼ぶと言われて、自分を納得させることが出来たらしい。シフティは大きく強く頷いた。

「エレベーターの表示灯が十九で止まっている。あいつら、十九階に上がったらしいんだ。上から順番に捜してくれる? ドクが来次第、私は下の階から捜す。見つけたら、すぐに連絡するからね」

「うん」短く返事をして、シフティは兄の横に落ちていた銃を拾うと、台車に駆け寄り、プラスチックケースから機関銃をつかみ出した。

「――殺す。あいつら、絶対に必ず殺してやる!」

金切り声でそう叫ぶと、シフティはエレベーターホールに向かって走り出した。

シフティが乗ったエレベーターの扉が完全に閉まったのを見届けてから、文田は立ち上がった。

武本の出血を考えると、長距離の移動は無理だろう。客室階に逃げ込む可能性ももちろんあるが、ドアの開いている部屋を探す余裕などないはずだ。となると、身を隠すのは一階か二階の商業施設のはずだ。

シフティが乗ったのは、武本と西島が乗ったエレベーターではない。とうぜん、中に血痕もない。シフティは言われた通り、十九階まで上がり、一階一階下りて捜すことになる。

文田は素早く背広の内ポケットから手術用のラバー手袋を取り出して、両手にはめる。

プラスチックケースの載った台車をぴたりと寄せて並べ、二台を一気に押す。

ドクと双子が乗ってきたガス会社のバンまで運ぶと、持っていた合鍵で解錠する。銃を一丁取り出してから、台車もプラスチックケースもすべてバンの中に入れた。施錠すると、銃を手に再びリフティの下へと駆け戻る。

床の上に俯せに倒れるリフティを改めて見下ろす。銃創があるのは背中肋骨下の右側。撃たれたのは肝臓だ。身体の下側からも出血しているということは、弾は貫通している。

文田はそのまましばらく見ていたが、やがて手にした銃をリフティの頭に向けると、引き金を引いた。リフティの頭がパッと破裂する。小さな身体が床の上で一度跳ねて、そのまま動かなくなった。

文田は屈んでリフティの首に指を当てる。脈はない。完全に絶命している。仰向けにして、開いた両方の瞼をそっと手で閉じてやる。

撃たれたリフティとそれに取りすがるシフティを見ながら、文田は殺すと決めた。怪我人は足手まといだからだ。

――一つの失敗も許されない。だから、必要ならばチームの仲間であっても殺せ。

七年前、老人は文田に言った。

世界中に散らばったナチスの膨大な数の収奪品を取り戻し、正当な持ち主に返す。それがナチスに家族を奪われ、自らは収容所から辛くも生還し、戦後に事業を興して世界有数の実業家となった老人の望みだった。

計画を実行するために、まず老人は潤沢な資産を使って人を集めた。集める人材にはルールがあった。金で雇える人間は使わない。金で集めた人間は、より高額の金に釣られもするし、いざとなれば保身を選び、平然と裏切るからだ。自分と同じ立場の人間も選ばない。志を同じくする者を集めたい、最初はそう考えたらしい。だが事件が発覚した場合を考えて止めた。目的を果たすためには、点と点が繋がる可能性は排除すべきだ。そう気づいたからだ。

老人は、何らかの理由で過去に決別せざるを得ず、周囲には理解できない思想や生き方をする人材を探し集めた。そして、人種も考慮してチームをいくつも作った。

老人はチームの全員に何をするべきかを告げた。だが同時に、チームの核となる者にだけ伝えたことがある。

使命を果たしたとしても、証拠、とりわけ目的である〝思い出〟を残したり、あるいは失敗して現地の司法機関に捕まれば、誰が何のために何を狙って事件を起こしているのか、知られてしまう。一件の失敗から芋づる式に全部が暴かれては意味がない。

――計画が失敗しそうになったら、〝思い出〟は焼却し、チームの全員を殺せ。

老人が自分にだけ言った言葉を、文田は今まで実行したことはなかった。だが今回、ついに手を下した。後悔がまったくないわけではない。しかし、感慨に浸る余裕はない。まだ熱い銃を床に置き、リフティの両足首をつかんで、会員専用待合室へと引きずる。抱え上げた方が早いが、文田の立場で身体に血がついていてはおかしいから仕方ない。

身体の軽いリフティを運ぶのはさほど大変ではなかった。二十階への直通エレベーターの呼出ボタンを押す。開いた扉の中に入れると、二十階のボタンを押して、自分は降りた。誰かが地下の待合室から呼びさえしなければ、エレベーターは二十階に止まったままだ。

二十階には六人の死体がある。一人くらい増えたところで問題はない。

再び駐車場に戻り、銃を拾ってエレベーターホールへと駆け込んで呼出ボタンを押した。武本の血痕が続くエレベーターの前で文田は待つ。こちらに乗らないと意味がない。待っていたエレベーターが到着した。扉が開いたとたんに乗り込み、すぐさまボタンを見る。ボタンに血はついていない。

——押したのは西島か。

カモフラージュに十九階も含めて、いくつかのボタンを押したのだろう。

——そんな知恵があいつにあったとは。

見くびっていたのを反省したが、武本に指示されたのかもしれないと気を取り直し、一階と二階のボタンを押す。

エレベーターが動きだすと、文田は床を見下ろした。点々と血痕はあるが、大きな血だまりはない。床には座っていない、つまり武本は立ったまま乗っていたのだ。

あれだけ出血している武本が座らなかった理由は、すぐにエレベーターを降りるからに違いない。やはり、一階か二階に隠れているのだ。

エレベーターが一階に到着した。あわてて背広の裾をたくし上げ、ズボンのベルトに銃を挟む。発砲したばかりの銃身はまだ冷め切っていず、熱さに思わず顔をしかめた。続けて手袋も外して背広の内ポケットにしまう。

壁に身を寄せて、開き始めた扉の隙間から一階の床を注視する。ベージュの大理石模様のリノリウムの床は綺麗で、一滴の血も落ちていない。

——ここじゃない。

すぐさまボタンを押す。扉が閉まり、エレベーターが動きだすまでの僅かな時間ももどかしい。ようやく二階に着いた。さきほどと同じく、開いた隙間から床を覗く。赤い点があった。

――ここだ。

読みが当たったことにほくそ笑む。

扉が開くにつれて、血痕が点々と奥へと延びているのが見える。

膝を曲げ、肩を前に落として猫背を作る。怯えるホテルマンの文田に戻ってから、エレベーターを降りた。

26

「二階です、降りますよ」

西島の声が聞こえた。

身体がやたらと重い。頭だけでなく、視界もぼんやりと霞んでいる。それでも声に従おうと、武本は何度か瞬きをした。

「しっかりして。ほら、行きますよ」

エレベーターの扉が開き始める。明るい色の床が見えた。

「ここなら、隠れていられる場所があるから」

西島に身体を押されてエレベーターを降りる。

「そうだ」

呟くなり、西島が立ち止まった。閉じかけたエレベーターの扉を手で止めると、中に腕だけ突っ込んだ。

「どこで降りたか、判らなくするために適当に何階か押しました。さあ、行きましょう」

再び身体を押される。ともすれば頽《くずお》れそうな身体を、西島が腋の下から支えてくれている。大柄な自分を支えるのは大変だろう。少しでも自力で動こうと武本は足を動かす。だが、渾身の力を込めているはずなのに、わずかにしか進まない。

「もう少しです、頑張って」

励ましの声を繰り返しながら、西島は廊下を進んでいく。広く明るい廊下の両側に、華やかな服をまとったマネキンがいくつも立っていた。

それを見て、二階はテナントが入っている商業施設だったと、武本は思いだす。まだオープンはしていないが、それでも準備のために店員はいるはずだ。だがフロア全体に電気は点いているものの、人の姿はない。

「ここの人たちは？」

西島の返事はない。足と同じく、声も自分が思うほど出ていないのだと気づき、再度「従業員は？」と訊く。

「あとにして下さい。今は隠れるのが先です」

呆れたような声で返した西島が、右斜めに進路を変えた。

重い頭を上げて見ると、台の上に色鮮やかな女ものの服が陳列されていた。西島はそのまま、じりじりと店舗に近づいていく。西島は店舗内に隠れるつもりらしい。だが武本が入れば、店内が血で汚れる。

「店に迷惑が」

「そんなこと、気にしている場合じゃないでしょう」

怒ったように早口で言うと、西島は武本を引きずるようにして店の中へ入っていく。まだ開店の準備が終わっていないらしく、店内の陳列棚や床の上には、商品の詰まった段ボール箱が置かれていた。

店内の通路はさほど広くない。しかも武本の動きは不自由だ。二人の身体がぶつかるごとに、陳列棚の上の段ボール箱や商品が床に落ちた。申し訳ないと思い、やはり店から出るべきだと口を開きかける。だが西島の「レジのうしろに着くまで、黙っていて下さい」という鋭い声に制された。

ようやくレジカウンター裏に着いた。

「座って下さい。足、曲がりますか?」

西島の声に従って、武本はゆっくりと足を曲げようとした。だが、途中でがくんと床に崩れ落ちる。武本を支えていた西島も、つられて床に崩れた。

西島の介添えで、どうにか腰を下ろして壁に背を預ける。武本から腕を外した西島も、向かい合わせに座り込んだ。

西島は荒い息を吐いている。背広の左半身が血に濡れている。服だけではなく、顔や髪も赤く染まっていた。

「――すみません」

掠れた侘びの言葉しかでなかった。

「いえ、お気遣いなく。――って言うか、きちんとしすぎも度が過ぎると、さすがに腹が立ちます」

続いた苦言からすると、西島は怒っているらしい。何に対してか判らず、武本はただ黙って西島を見つめた。

俯いて息を整えていた西島が、武本の視線に顔を上げた。怒った顔のまま、しばらく武本を見つめていた西島が、とつぜん噴き出した。再び俯いた西島の肩が震えている。どうやら笑っているらしい。

「――武本さんは、本当にそういう人なんだよな」

顔を上げた西島がため息混じりに言った。

「二階に着いたとたん、従業員の心配をして。店に隠れようとしたら、血で汚したら店に迷惑が掛かるから止めてくれって言うし。落とした商品も、気にしてましたよね」

西島は武本の横に来ると、同じく壁に背を預けた。そのまま、前を向いて続ける。

「銃を持った犯人に追いかけ回されて、二発も撃たれて。それでも他の人のことを考えている。判ってます。自分は警察官だから、でしょう？　――だけど」

すべてその通りだ。西島の横顔を見つめて、続く言葉を待つ。だが西島は、口を噤んだままだ。

「僕も、もっと頑張らないと」

とつぜん強い口調で言うと、西島は床に手を突いて、身を起こした。中腰の姿勢のまま、何かを探すように辺りを見回している。そして、「ここでじっとしていて下さい。いいですね？」と言うと、西島は用心しながら立ち去った。

一人取り残された武本は、自分の状態を確認することにした。ワイシャツの腹部は完全に血に染まっている。左脇腹に開いた穴からは、今もまだ血が流れ出ている。少しでも出血を抑えようと、左手を銃創に当てた。

そのとき人の気配を感じた。気配のした方に素早く銃口を向ける。

「西島です、戻りました」

あわてて右手を下ろす。西島が現れた。手には綺麗な色の布を大量に持っている。

「店のバックヤードに入れるか試してみましたが、さすがに鍵が掛かっててダメでした。鍵を掛けたってことは、店員は避難したってことです。非常時のマニュアル通りです」

おそらく西島の言う通りだろう。全員がかどうかは確認できないが、ほとんどの店員が避難したに違いない。

「それとこれ」

言いながら、西島は持ってきた布をいったんすべて床に置いた。中の一枚を手にする。女ものの薄手のストールらしい。

「しくじりました。一階なら、ドラッグストアが入っていたのに。――代わりにこれを。役に立つはずです」

言いながら、武本の右腿に巻きつけ始める。どうやら包帯代わりにストールを使うつもりらしい。

「商品を」

遠慮しようと足を引こうとするが、思うように動かない。

「そんなこと言っている場合じゃないでしょう」

言いながら西島は、折りたたんだストールを、腿の銃創に当てる。

「少しだけ、足を上げますよ」

武本の抵抗を無視して、西島が力づくで足をつかんで上げた。腿の裏の銃創にも同じく折りたたんだ布を当てる。前後の布が外れないよう、器用に手で押さえながら、別のストールを二周させたのち、腿の前できつく結ぶ。続けて残った布を結び合わせる。

「次はお腹です。身体を起こして。この布を当てて、手で押さえて」

言葉こそ命令口調だが、声音も表情も柔らかい。武本は言う通りにする。

「救急医療講習の成績は、けっこう良かったんですよ」

応急処置を終えた西島が微笑んで言う。

武本の血に濡れてはいるが、その顔は人を安心させるような笑みを浮かべている。誰かに似ている、そう思った武本は記憶を探る。すぐさま誰なのか気づいた。三階ロビーで会ったアシスタントマネージャーの安村だ。

恐怖に怯えて地下一階に行きたくないと西島が泣き喚いたのは、ついさきほどのことだ。だが今の西島に、そのときの彼は見いだせない。

「――すみ」

手当のお礼を言おうとして、もっと相応しい言葉があると気づいた。

「ありがとう」

西島はぽかんと口を開けた。

聞こえなかったのかと思い、もう一度「ありがとう」と繰り返す。

とつぜん西島が俯いた。だがすぐさま顔を上げると「どういたしまして」と返した。西島は微笑んでいた。自信と落ち着きに満ちたその顔は、ベテランのホテルマンのそれだった。

「水分を取った方が良いな。水を探してきますので、ここでじっとしていて下さい」

落ち着いた声でそう言うと、西島は再び武本を置いて出て行った。

西島がしてくれた応急処置のお蔭で、さきほどまでよりは楽になった。だがせっかくしてくれたものの、右腿のストールの結び目が、ちょうど銃創の真上にあたり、当て布を挟んでも、やはり痛い。結び目をずらそうと右手を上げる。視界に銃が飛び込んできた。

いまだに銃を握りしめたままだったことに気づく。暴発を避けるため、手を床に戻し、銃口を外側に向けてから、指を離そうとする。だが指は言うことをきかず、ぴくりとも動かない。左手で指の一本一本をつかんで外そうとするが、これも上手く行かない。

焦る頭に、とつぜん記憶が甦った。駐車場に倒れていた子供。赤く染まったその背中。

西島に支えられながら見た。子供の背中に真っ赤な小さな穴が開いていた。

──撃ってしまった。

頭を壁に預けて固く目を瞑《つむ》る。

子供は西島を撃とうとしていた。あの距離では、走ったところで間に合わなかった。他に西島を助ける方法はなかった──。

頭の中に、発砲したことへの正当性が次々に浮かんでくる。だが、片方では、違う考えが浮かんでいた。

子供を撃った。背中に当たった。かなりの出血だった。安否を確認せずに放置した。あのままにしておけば、死んでしまう――。

――確認に行くべきだ。

武本はそう思った。

だがあの子供は犯人の一人だ。三十七人の人質がいる。その安否はまったく判らない。警察官として、優先すべきは人質の安全だ。それは判っている。だが頭に浮かぶのは、倒れている子供の姿だった。

振り切るように人質に考えを集中する。とたんにあることを思いだす。

人質の命が惜しかったら。犯人がそう言っていたと神奈川県警の伊達から聞いた。言われた通りにした。だが双子に襲われて、今はここにいる。人質の安否は不明だ。

――人質を見つけなくては。

立ち上がろうとするが、身体が思うように動かない。伊達、もしくは直接犯人とやりとりをしたくても、無線機は奪い返されてしまった。

――どうすれば。

大きく息を吐いて瞑目《めいもく》する。

そのとき、エレベーターの到着音が聞こえた。

瞼を開き、左手を床について、壁から背を離す。今、エレベーターを利用できるのは犯人だけだ。

水を探しに行った西島がエレベーターの到着音に気づいていない可能性は高い。西島が犯人に見つかる前に、なんとかしなくてはならない。両腕で身体を引きずるように、じりじりと前に進む。

不自由な身体で店の出入り口まで行くのには時間が掛かった。どうにか近くまで辿り着き、商品陳列台の陰に隠れて、エレベーターホールを窺う。

移動中、エレベーターの扉の閉まる音が聞こえていた。降りずに移動した可能性もあるが、やはり用心するに限る。いつでも撃てるよう、銃を構えた。

何一つ聞き逃さないよう、全神経を耳に集める。

とつぜん、耳障りな音が鳴った。陳列台から身を乗りだし、音のした方へ銃口を向ける。

「撃たないでっ！」

両手を挙げてそう叫んだのは文田だった。

「文田さん、どうしてここに？」

文田の背後から西島の声が聞こえた。簡単に体勢を変えることが出来ず、武本は文田に銃口を向けたままでいる。銃を向けられた文田もまた、腕を挙げたまま固まっている。

「文田さん、何で手なんか。――武本さん、隠れていてって言ったのに」

状況を理解した西島が呆れたように言った。

西島に言われて、文田はおそるおそる手を下ろして近づいてきた。

西島が手を貸そうとするのを武本は断った。へたに手を貸して貰うよりも、自分だけの方が痛みが少なく動ける。武本が這うようにレジカウンターの裏まで戻ると、床にはバケツが置かれていた。

「他になくて」

西島がバケツに汲んできた水を、左手ですくって飲む。

「文田さんは、どうしてここに？」

「あのあと、ずっと客室に隠れていたのですが、やはり様子が気になって、外に出てみたらエレベーターが動いていたので」

「でも、なんで二階に？」

「一度、一階まで下りたんです。でも、開く扉の隙間から外を見たら、誰かいるみたいで」

あわてて扉を閉めて、とりあえず身を隠しておく場所が多そうな二階で降りたのだと、文田は言った。

説明しながらも、文田の視線が自分の右手に何度も向けられていることに武本は気づく。さきほど銃を向けてしまったせいだろうと思い、出来るだけ文田から遠ざける。

そのとき、武本は、あることに気づいた。

「何か聞こえませんでしたか？」

「何かって、どんな」

「耳障りな」

言いながら、一瞬だけ聞いた音を思いだそうとする。どこかで聞き覚えがある音だった。

「それじゃ、判らないですよ」

困った声で西島が言う。武本は記憶を必死に辿った。

「いえ、何も聞こえないかと」

困ったように答える文田をよそに、音の正体に気づいた武本は呟いた。

「無線だ」

「無線だ！」

直後に、まったく同じ言葉を西島が小さく叫んだ。西島は背広の内ポケットの中に手を入れると、つかんだものを武本に差し出した。

無線機だった。

「さっき、武本さんのところに戻ったときです。——落ちていたので、拾いました」

西島は一瞬、間を置いてそう言った。その表情で、本当は何を言おうとしていたのか、武本には判った。子供の横に、だ。

あえて言わずにいてくれた西島に感謝して、武本は小さく会釈した。だが西島は武本に目もくれずに、無線機を弄っている。

「肝心なことを忘れてた。これで神奈川県警の人に連絡すれば」

「神奈川県警の人？」

「犯人が神奈川県警に連絡用に無線を渡したとかで、それで連絡があったんですよ」

無線を繋ぐことに夢中の西島は、文田にかなり省略して答えた。

「おかしいな、さっきはすぐに」

無線機を使ったことがないらしい西島は、やたらとあちこちを動かしていた。犯人に渡されて神奈川県警も一台持っているとはいえ、もともとは犯人たちの交信用のものだ。適当に動かした結果、犯人の一人と繋がってしまっては大変だ。

西島の手から取り上げようと武本が腕を伸ばしたとたん、『——神奈川県警の島田だ』という声が無線機から聞こえた。

「あっ、繋がった！」

喜び勇んで話しだそうとする西島から、武本は無線機を奪う。胸に送話口を押し当ててから、「さっきと人が違う」と早口で言う。文句を言おうとしていた西島の動きが止まった。

「静かにしていてくれ」

西島と文田にそう言うと、武本は無線機を耳に当てた。

『聞いているのか？』

とりあえず「ああ」とだけ応える。

『そちらの要望の銀行口座への入金だが』

島田と名乗る男は犯人と交信しているつもりらしい。

『銀行も、口座のある国も複数で、しかも金額も多すぎる』

島田が本当に神奈川県警の人間だとしたら、犯人は金銭を要求したことになる。だが、犯人と交渉する際、警察側の窓口となる人間は一人だ。もちろんどうしても無理な場合は別な人間に変わるケースもある。

『精一杯努力しているが』

「伊達は？」

短く訊ねる。島田からの答えはない。少ししてから『――伊達？　誰だそれは？』と返される。

――島田は伊達を知らない。

武本は必死に考える。

伊達の言葉に従って地下の駐車場に行った。大人しく投降すれば命の保証はする。犯人たちはそう言ったと伊達は伝えた。だが、いきなり双子に襲撃された。最初から殺すつもりだったのだ。武本たちを騙すために、犯人の一味が伊達を演じていたに違いない。

だが、あのとき聞いた限りでは、伊達の言葉は信用に足る内容だった。

──どこを見落とした？

必死に伊達との交信内容を思いだす。

無線機は犯人が交渉用に渡した。建物内に警察官がいてホテルマンを連れて逃げている。人質の命が惜しければ、地下一階で投降しろ──。

視線を感じて目を上げる。西島と文田の二人が不安そうに見つめている。

武本の頭の中に、何かが過った。

『伊達でいいのか？　聞き間違えているかもしれないから、もう一度名前を言ってくれないか？』

島田が重ねて訊ねてくる。武本は島田の声に集中しようと、あわてて小さく頭を振り、気持ちを切り替えた。

『聞いているのか？』

再び、「ああ」とだけ短く応える。何かヒントを摑もうと「どこの所属だ？」と訊ねてみる。

『どこの所属？　最初に言ったが』

「答えろ」

島田が犯人と交信していると思っているのなら、質問には答えるはずだ。

「刑事部捜査第一課だ」

同じ刑事部でも、伊達とは課が違った。何らかの理由で交渉役が代わったのかもしれない。だがその理由を訊いたところで真偽を確認する術はない。

それでも、何か策はないかと考える。だが、痛みに頭が朦朧《もうろう》として働かない。

再び、「伊達は？」とのみ訊きかけて、思い直す。

「国際捜査課長の伊達は？」

伊達が名乗った所属名も付け加えて訊ねる。島田はすぐには答えない。少しの間ののち、島田が言った。

『——国際捜査課の課長の名は小栗《おぐり》だが』

武本は無言のまま交信を切った。

「なんで切っちゃったんですか？」

驚きを露わにして西島が訊いた。文田も訳が判らないと言いたげに見つめている。

「伊達が名乗った所属長は、別人だと言われた」

「それって」

武本が何を言いたいのか悟ったらしく、西島は言いかけて口を噤んだ。

「あの、よく判らないんですが」

申し訳なさそうに文田が言う。

「どちらかが偽物、あるいは両方とも偽物ということだ」

再び無線機が鳴った。出ようとする武本を、「出ない方がいいんじゃないですか？」と西島が止める。

犯人は武本たちを捜しだす、――いや、殺したいのだろう。それは武本にも判っていた。だから地下一階に行けと命じた。だが、その計画が失敗に終わったことはもう知っているだろう。そして今、まだこちらが無線を持っていることもだ。人質のことを考えると、犯人からの交信に出ないわけにはいかない。

覚悟を決めて、無線機を耳に当て、交信をオンにする。

『あの～、聞こえてますか？』

島田とは違う声だった。だが、どこかで聞いたことがある気がする。また「ああ」とだけ応える。

『あ、やっぱり武本先輩だ！』

とつぜん親しげに呼ばれてぎょっとする。武本の表情からただ事ではないのだと気づいた西島と文田の二人が、少しでも交信を聞こうと耳を寄せてくる。

『先日は、はるばる遠方までお越しいただき、ありがとうございました。あ、聞いて下さいよ、先輩。僕、ついにあの鹿に勝ったんです！』

「しかに勝つ？　しかって、動物の鹿？」

「それはないんじゃないかな」

最後の部分だけ聞こえたらしい西島と文田が、二人で答えの出ない会話を始める。二人から視線を外すと、武本はいったん無線機を耳から離して、一つ大きな息を吐く。文田と西島の二人が話すのを止めた。

ゆっくりと無線機を耳に当てる。

「おめでとうございます」

武本はよく知る男に、祝辞を贈った。

27

十九階の大会議室では捜査本部設立に向けて、急ピッチで準備が進められていた。だが百人以上からなる捜査本部の準備には時間が掛かる。机や椅子にはじまり、マイクやパソコンやプロジェクターなどの電気機器、さらには捜査資料からゴミ箱に至るまで、すべてを整えるにはどれだけ急いだとしても三時間以上は掛かる。

だが武装犯によるホテルでの人質立てこもり事件が進行中の今、部屋の準備が整うまで待っている余裕などない。

少しでも早く人質救出と事件解決を図るべく、神奈川県警刑事部長の桝野《ますの》は、まずは上層部で事態を把握するために、本部設立前に刑事部の各課長、さらに警備部の公安三課と外事課の課長も、刑事部長室に呼び寄せた。

そして今、部長席に着く桝野の回りを課長たちが取り囲んでいる。一人でいるには広い刑事部長室も、十人以上の男に占められては、息苦しさすら感じる。

招集した全員が集まったところで、捜査一課長の島田に現状の報告を命じた。

ホテルからの第一報は十四時五分。通報者はホテル名のみ告げて、通話を切った。悪戯とも思えたが、念のために折り返そうとした直後、携帯電話会社の基地局発火の通報が相次ぎ、問い合わせも含めて通報が殺到したため、その対応に追われた。その後、ホテルに確認の連絡を入れたが電話が通じず、通信司令室は遠山《とおやま》、長内《おさない》、五代《ごだい》の自動車警邏隊員三名に現地に向かうよう指令を出した。そして十四時二十三分、三名はハーヴェイ・インターナショナル横浜に到着した。

「犯人は人質の女性一名を同行のうえ、その場で天井に向けて発砲」

時系列で報告する島田の声に耳を傾ける課長たちの目は、ひたすら目の前、部長デスクの上に置かれた無線機に注がれている。

犯人からの交信がいつ来ても対応できるよう、捜査本部の指揮および犯人との交渉を任された島田の手の届く範囲に置いている。だが、本部に届いて以来、犯人からの交信は一度きりだ。

「所持しているのは機関拳銃で、遠山巡査が写真で確認した結果、MP5と思われる」

MP5と聞いたとたん、室内に緊張が走った。

ドイツのヘッケラー&コッホ社が開発したMP5は、主に軍や警察組織の特殊部隊で使用されている。神奈川県警でも、誘拐事件の捜査や人質立てこもり事件の捜査を担当する捜査第一課特殊犯捜査係――Special Tactical Section の頭文字を取った通称

STS——で使用しているだけに、その威力は皆知っている。

「犯人によれば、人質の人数は同行女性を含めて三十七名」

「そんなにか」

「いや、ホテルは開業しているのだから、逆に少ないだろう」

刑事部捜査三課長の野川《のがわ》の太い声を同二課長の森《もり》が打ち消した。

「伊勢佐木《いせざき》と戸部《とべ》で、ホテルから脱出して一一〇番通報、または直接、桜木町駅前交番に駆け込んだ宿泊客と従業員から調書を取っています。まだ調書は完成していませんが、目撃情報では、犯人は黒い覆面を被った」

「調書の完成を待つ」

桝野の一言に、島田は口を噤む。

事件の目撃者、ことに被害者の事件直後の記憶は当てにならない。事件のショックで見たことを忘れる目撃者健忘症、別の名を証人性健忘症を起こしていることがあるからだ。さらに、無かったことにしてしまいたい願望や、解決に協力しようという過剰な善意などから話を作ってしまう。それらを見抜き、正しい目撃証言のみの調書を作るためには、目撃者の気持ちを落ち着かせて、正しい記憶を取り戻させねばならない。

世間話などから入り、間違っても急かしたり、誘導してはならない。正確な調書を取るには、根気と話術が必要とされ、優秀な警察官でも最低一時間半はかかる。

事件が発生して、まだ一時間にもならない今、漏れ聞いた目撃証言の信憑《しんぴょう》性が高いはずもない。余計な情報は、事件の本筋を見失わせかねない。島田は報告に戻る。

「地下一階、一階の建物出入り口、屋上はカメラで監視。許可無く警察が接近した場合、仕掛けた爆弾を爆発させる。接触時に五代巡査部長に犯人が言った内容です。そして交渉用の無線機と人質の女性の携帯電話を渡された」

無線機と聞いた瞬間、皆の視線がデスクの上に集中する。

「爆弾は本物なのか？」

警備部公安第三課長の沼田《ぬまた》が訊ねる。

「未確認です。ですが、犯人は携帯電話各社の基地局とアンテナの発火事件を起こしたのは自分で、仕掛けの説明をしてもいいとも言っています」

室内がざわめいた。

その話が真実なら、ホテルに仕掛けられた爆弾が本物の可能性が高くなる。

「人質女性の携帯について何か判ったことは？」

各自の見解など不要とばかりの桝野の声が、室内のざわめきを消した。

「調査中です。何か判り次第、報告します。携帯基地局の発火現場の数カ所から見つかった装置の残留物も、同じく調査中です」

島田が口を開く前に、園田《そのだ》鑑識課長が答える。

「判った。続けてくれ。犯人からの交信内容の報告を頼む」

乾きった唇を湿らせてから、島田は続けた。

「十五時九分、犯人からの交信が入りました」

スイス、ケイマン諸島、アメリカ、南アフリカ共和国の四カ国にある、それぞれ別な銀行の口座に日本円で五億円ずつ、総額二十億円を振り込め。交渉担当の島田に、犯人はその要求のみを告げて交信を切った。

金銭目的と知って、自分たちの管轄ではなさそうだと思ったのか、警備部の公安三課と外事課の課長が顔を見合わせる。

目の端でそれを捉えながら、島田は「続いて指令済みの報告に移ります」と言った。

ホテル周辺は、到着した機動捜査隊が取り巻き、情報収集活動と同時に周辺の市民に避難するよう勧告している。ホテル近隣の駅と鉄道、JR桜木町駅とJR東日本株式会社、みなとみらい駅、馬車道《ばしやみち》駅と横浜高速鉄道株式会社へも連絡を済ませた。

「身代金ですが、これは桝野部長が」

「本部長と会計課が打ち合わせの最中だ。追って連絡が入る」

桝野自ら答えてくれたことに、島田は小さく頭を下げる。

「STSも出動指令済みです。ホテルの近くで前線基地を準備中です。最後に」

さらに報告を続けようとした矢先、部長室のドアが一度ノックされた。

鑑識か、伊勢佐木と戸部の二署との連絡要員から何か報告が来たと思い、ドア近くに立つ刑事部暴力団対策課長の井本《いもと》が素早くドアを開ける。だが、そこにいたのは、鮮やかな色のジャケットを着た男だ。

こんなに早くドアが開くと思っていなかったらしく、二度目のノックの拳を上げていた潮崎は、そのままの姿勢で立ちつくしている。

「潮崎」

苦々しげな声で男の名を口にした直後、島田は桝野に見られていることに気づく。不覚にも、声に本音が出てしまった。咳払いで誤魔化す。

「あの〜、桝野部長。ちょっとよろしいでしょうか？」

入室の了解を得てもいない潮崎が、雑談でもするような口調で、室内の課長たちの間を縫うようにかわしながら桝野刑事部長に近づく。

「重要な打ち合わせの最中だ。関係ない者は入ってこないでくれ」

潮崎の役職は、桝野部長を除けば、島田を始め室内の課長全員と同じ警視だ。とはいえ、潮崎は課長ではないし、もとより捜査本部には入っていない。

正当性は自分にあるとばかりに、島田は強く言う。

「それはもう、充分承知しています。でも、もしかしたら、お役に立てるんじゃないかと」

申し訳なさそうに島田に言うと、潮崎は桝野部長に自分のスマートフォンを差し出した。

「通じていない携帯電話が何の役に立つんだか」

馬鹿にしたような太い声は、捜査三課長の野川だ。野川も島田と同じく、潮崎を嫌っている。

「仰《おつしや》る通り、通話は出来ませんが」

「インターネットか！」

潮崎のスマートフォンを覗き込んだ捜査二課長の森が感心した声で言う。

「さすがは森二課長。――それでですね。ホテルの周辺にいる人たちが、このように」

ディスプレイを指で触れ、操作しながら潮崎は続ける。

「つぶやいたり、写真とか動画をアップしたりしちゃっているわけです。あ、これだ」

お目当ての動画を見つけた潮崎は、再生を開始してからスマートフォンを桝野部長に手渡す。

小さなディスプレイの中では、悲鳴をあげる人々が、ホテルの一階から次々に走り出ていた。

「各自情報を集めろ」

桝野は、各課長にそう命じた。

潮崎を桝野と二人きりにしたくない島田は、一瞬、部屋から出るのを躊躇うそぶりを見せた。だが桝野に一瞥されて、あわてて部屋を出て行く。

課長たちがいなくなったのを良いことに、潮崎は机に座る桝野部長の横に移動する。

「以前に較べて、幾分良くはなってきていると思います。警察車輛の新しいモニターとか」

神奈川県警が新しく警察車輛に導入したモニターは、出先で県内の事件の内容確認が出来るだけでなく、フラッシュメモリーに取り込んだデジタル画像を警察署に送ることも出来る。

「でも、岡山県警のPITシステムとか、警視庁のピーフォンと較べると、やはり遅れているというか」

警察の通信手段は都道府県の別なく、無線に頼っている。警察無線を通して指令を出し、受けて行動する、それが日本の警察の通信の現状だ。

そもそも無線は地下やビル街では通じにくい性質を持っている。そのうえに大きな事件や災害、事故が起こると、電波が混み合い、指示や報告に手間取る場合がある。

そんな無線の利点といえば、従来一周波数のみの警察無線は、同じ内容を複数の警察官が共有できることにある。しかし秋葉原で起きた無差別殺傷事件や、東日本大震災のように、何名もの警察官が現場の情報をそれぞれ寄せるなど、複数の回線を必要とされる場面には不向きだ。

このような無線の弱点を補うために警視庁と岡山県警が試験的に導入し始めたシステムが警視庁のピーフォンであり、岡山県警のPITシステムだ。どちらも通常の携帯電話を使ったもので、最大五人まで同時に通話できる。担当所轄の一一〇番情報を自動的に受信するだけでなく、カメラ機能で撮影した画像を通信指令室に送ることも出来る。加えて地図表示機能やGPSシステムなどもついている。

「――あ、もしかして部長、ご存知ないですか?」

「知っている」

一言で桝野に片付けられて、意気込んで説明しようとしていたのをくじかれた。だがすぐさま立ち直ると潮崎は話し始める。

「やはり、情報は鮮度が命です。新しい情報を一度に警察官全員が共有。それが出来れば、もっとたくさんの事件を早く解決できると思うんですよ――我が神奈川県警は」

現状の不満ではなく、あくまで県警の業績向上を望んでの意見だと伝わるように、あえて最後の一言を加える。

返事はなかった。桝野は画面に見入っている。

「他の警察との比較はさておき、民間人に完全に負けちゃっているのはさすがにどうかと」

「確かにな」

桝野が短く同意した。同調が得られたので、潮崎は嬉々としてさらに続ける。

「今回なんて、まさにそうじゃないですか。通信の分野は業界としてまだまだ伸び盛りですから、企業が他社より利益を得ようと、競って新しい技術を開発して、より安く提供する。その結果、個人で、それこそ小学生から老人までもが、最新の通信機器を当たり前に所持している」

通信という面だけで言えば、小学生の持っている携帯電話や携帯ゲーム機の通信機能よりも、神奈川県警は劣っている。

「もちろん、僕だって判っています。新しいシステムを導入するためには、莫大なお金が掛かる」

警察の活動資金、人件費はもとより、施設や車輛にはじまり、捜査にかかわる諸費用のすべて、さらにはトイレットペーパーなどの雑費に至るまで、税金から捻出《ねんしゅつ》されている。

ピーフォンのシステム開発や本体などに警視庁が計上した金額は三億二千万円だ。簡単に出せる金額ではない。

「だけど、そもそも警察のお金に関しての感覚っておかしいと思うんですよ」

日頃の思いの丈を部長に聞いて貰うチャンスとばかりに、潮崎はさらに続ける。

「検挙率、世界一位。日本の警察は優秀だって、ずっと言われてきました。起訴されて事件と認められたものを解決するのは、他の国と較べると得意だと僕も思います。だけどそれは」

各部にいったん戻った課長たちが次々に部長室に戻ってきた。その手にスマートフォンはない。スマホ集めは部下に任せたらしい。

椅子に腰かけてスマートフォンに見入る桝野の横で、潮崎が一人熱弁を振るっている。その不思議な光景に、皆、口を挿めず、黙って二人の様子を見守る。

「警察のお金の感覚のおかしさありきじゃないですか。——あ、おかえりなさい」

潮崎に笑顔とともに挨拶された島田は、つられて会釈を返した。

「顕著《けんちょ》な例が残業代ですよ」

次の瞬間、桝野に顔を戻した潮崎が唾を飛ばしかねない熱量で言った。変わり身の早さに、皆が唖然とする。

神奈川県警の活動資金は年次ごとに、前年度の実績を受けて県議会の会議で決定する。決定した予算は、県警内部で各署に振り分け、さらに署内で分ける。その年の文具予算と同じく、警察官の時間外手当予算も決められる。

大きな事件が起これば、非番の警察官も呼び出される。そして昼夜を問わず、もちろん残業も当たり前で事件の解決に勤しむ。

人員と時間を徹底的に掛ける、まさに人海戦術をとっているからこその事件解決であり、検挙率の高さと言えよう。

だが残業代には上限があり、どこからか予算が回されたり増えることはない。つまり、どれだけ残業しようとも、貰える残業代は変わらない。別な見方をすれば、労を厭わず働いて残業が増えるほどに、時間給は下がることになる。

「一定時間を超えたら、働こうが働かなかろうが、支払われる残業代は一緒。だからって、楽したいから手を抜こうなんて警察官はいません。休日でも呼び出されれば、家族を置いて職場に出て来る。そして事件の解決のために懸命にかけずり回る。事件ですから、危険も伴います。もしかしたら怪我をするかも知れない、命の危険があるかもしれない。――それこそ、今も」

感じるところがあるのか、誰も何も言わない。

「この状況に、まったく文句のない警察官なんて、まずいないでしょう。考えてみて下さい。みんなが損したくないから働かないって言いだしたら。――犯人なんて、まず捕まらないでしょうね」

潮崎の言ったことをもっともだと思ったらしく、捜査三課長の野川がわずかに頷く。

「危険を顧みずに頑張っているのに、経済的に報われないなんて、どうかと思います」

寂しそうに言って、潮崎は小さくため息を吐いた。話が途切れた今ならと、島田が口を挿もうとしたが、またぞろ潮崎が話しだした。

「世間に対する警察の通信機器の遅れの話を聞いていただくはずが、つい熱くなって、話が脱線しちゃいました。つまり僕が言いたいのは」

長々と話していた残業代の件が、実は本筋とはまったく関係なかったと知った課長たちが一斉に鼻白《はなじろ》む。いい加減にしろ、今は重大事件の最中だと島田が怒鳴りつけようとしたとき、園田鑑識課長が大量の用紙を手に室内に戻ってきた。

「人質の女性の名前が判りました。磯谷はるかです」

「携帯電話会社に問い合わせたんですか?」

潮崎が訊ねる。話の途中だったことなど、きれいさっぱり忘れたらしい。

「園田鑑識課長、報告を」

邪魔をさせるものかと、島田が園田を急かした。

「それでこれが、──あっ」

潮崎の質問を無視して、大量の資料の中から必要なものだけを抜きだそうとした園田の手から、用紙が落ちる。

「僕が集めます。どうぞ報告を」

桝野の横からすばやく移動した潮崎は、床に膝を突いて散乱した資料を集め始めた。

「すみません。──横浜信用金庫の二俣川《ふたまたがわ》支店勤務の三十四歳です」

潮崎に礼を言った園田は、報告に戻った。

「所有者を調べるために携帯電話会社に連絡はいれました。ですがまだ返答がなく」

事件の捜査のためと言ったところで、電話一本で個人情報を漏らしてはくれない。仕方なく、鑑識課員たちは携帯電話本体に残っている情報から、持ち主を突き止めることにした。メモリーに登録されている電話番号に電話を掛けて、先方に持ち主について聞くという地道な作業を繰り返した。携帯基地局発火事件の影響で、繋がる電話番号が限られていた。よしんば繋がったところで、個人情報の保護意識が高まった昨今、警察と名乗ったところで、おいそれと答えてはくれない。一番に登録されていた〝家〟の者が出れば、話は早かっただろうが、残念ながら不在だった。続く二番の〝父〟の携帯、三番の〝母〟の携帯も事件の影響を受けているらしく、繋がらない。そしてようやく、同僚や友人たちからの情報によって、持ち主を特定することが出来た。

「あの、これって磯谷はるかさんが掛けた電話番号の一覧ですよね？」

拾い上げた紙の一点を指さしながら、空気を読まない潮崎が園田に尋ねる。

度重なる潮崎の奔放《ほんぽう》な発言に、島田は限界に来ていた。桝野部長に潮崎の退出を提案しようと決めた。だがそのとき、机の上の無線機が耳障りな音を立てた。室内の視線が集中する中、島田はあわてて気持ちを切り換えて無線を手に取る。

音声を広域に切り替えながら「神奈川県警の島田だ」と告げる。何かに擦れるような音はするが、それ以外は何も返ってこない。何度も「聞いているのか？」と繰り返す。

三度目でようやく『ああ』とだけ短く返ってきた。

さきほどの犯人とは声が違うように島田には聞こえた。事件の規模を考えると、犯人は複数と考えられるだけに、前回と違う相手が出たとしてもおかしくはない。

前回の交信は、犯人から一方的に要求だけ告げられて切れてしまった。人質の安否を含め、確認しなくてはならないことはいくつもある。

――すべて自分の交渉にかかっている。

そう考えたとたん、重圧がのし掛かる。島田は一つ大きく深呼吸した。

まずは先方の要求をのみ、言われた通りに準備をしていることを伝える。だが犯人からの返事はない。それでも島田は辛抱強く話し掛け続けた。するととつぜん『伊達は？』と訊かれた。

唐突に出された伊達という名に、島田だけでなく、桝野も眉をひそめる。さらに犯人は島田の所属を訊ねてきた。

交信の第一声で、島田は自分の氏名と所属を名乗っている。犯人同士の間で、警察との交渉内容が共有されていないとは、さすがに考えにくい。どういうことだと迷っているところに、『国際捜査課長の伊達は？』と訊かれた。

室内の国際捜査課長の小栗が首をひねる。

「――国際捜査課の課長の名は小栗だが」

島田がそう言ったとたん、交信が切れた。

「どういうことだ？」

第一声を発したのは桝野だった。それを皮切りに室内では今の通話について、皆、口々に臆測や推論を語りだした。

「あの～」

ざわつく室内に潮崎のあげた声がかき消される。大きく息を吸い込むと、潮崎は腹に力を入れて「あの〜、今、無線に出た人ですけど」と大声で言う。

それでもまだ、誰も潮崎の話を聞こうとはしない。潮崎は、さらに声を大きくした。

「僕のよく知っている人だと思います」

言い終えたときには、室内の全員が潮崎を見つめていた。

28

『——ありがとうございます。やっぱり、先輩は優しいなぁ。でも、あの宮島《みやじま》の鹿に勝てたのは、先輩の教えがあってこそです。だって、先輩のマネをしただけですから。目が合っても逸らさないでいたんです。そうしたらあいつ、怯んだんですよ』

——いったい、何の話だ？

無線機から漏れ聞こえる話は、文田には意味不明だった。興奮しているのか、いまや無線の男の声はこちらに筒抜けだった。やはり意味が判らないらしく、西島も首を傾げている。

『こうなったら、こっちのものです。ずいっと一歩踏みだしたら、逃げて行きました』

「それは、よかったですね」

無表情のまま、武本が二度目の祝辞を送った。

「これって、何の話で、いつまで続くんですかね？」

眉間に皺を寄せて西島が訊ねてきた。文田は首を傾げることで片付けた。考えなくてはならないことはいくらでもあった。

西島からスタッフルームの金庫の暗証番号を聞きださねばならない。金庫の中に捜し物があれば、あとは外に持ちだすだけで、その算段はついている。だがなかった場合、館内を捜し回らねばならない。

時間が経てば経つほど、ホテルを囲む警察の配備は厳重になる。ドクやシフティの脱出は難しくなるだろう。だが自分は、ホテルのオープン屋の文田昌己である以上、何も問題はない。事件を収束させたのち、人質の一人として脱出するだけだ。

とはいえ、これ以上、時間が掛かってもよいとは文田も思っていない。

本来の計画では、隔離された二十階のみで短時間に終わるはずだった。それこそ、今頃はすべてが終わっているはずだった。

だが現実は、人質を取りホテル全体を占拠する大事になってしまった。このうえさらに時間が掛かれば、より望んでもいないアクシデントに見舞われる恐れもある。

——これ以上は御免だ。

背中に当たる銃に、意識を集中させる。

——まず、武本を撃つ。そのあと、西島を銃で脅す。

その計画を実行するためには、留意しなければならない点がいくつかあった。

武本の右手には、今も銃が握られたままだ。だが重傷を負っていて、動きは鈍い。その点では自分の方が有利だ。さらに今、無線に気を取られている。

だが同時にそれは問題でもある。

交信中にことを起こせば、音声が警察に筒抜けになる。銃声だけならば問題はないが、運悪く自分の名前が伝わった場合、そのあと面倒なことになる。

——だとしても。

このまま、ただ武本と警察の交信を聞いている必要はない。

西島と武本に気づかれぬよう、文田はそっと背中に手を回す。

『いやぁ、あのときの僕の勇姿、先輩に見て欲しかったなぁ』

無線相手の男は、この場にそぐわない能天気な話をまだ続けている。武本も、ただ黙って聞いている。文田は背広の裾から、静かに背に手をすべり込ませた。

『あっ、しまった。久々に先輩の声を聞いたもので、つい嬉しくなっちゃって』

ゆっくりとベルトに挟んだ銃に触れる。

『ところで先輩、今さらですけれど、すごいですよね、無線って』

とつぜん鹿から無線に話が変わった。

『確かに携帯電話は便利ですけれど、緊急時は回線がパンクしちゃうし、まして今日みたいに携帯基地局自体がダメになっちゃうと、まったく役立たずじゃないですか。

でも、無線機はいつでも使えますものね。しかも交信相手の番号を押したり、呼び出しを待たなくてもいいんですから、時間のロスもないし。さらにすごいのは、通信料がないってことです。このご時世、無料はありがたいですよねぇ。――あ、そうだ。複数の人に同時にメッセージが送れるというのも、便利ですよね』

男は延々と無線機の利便性を話し続ける。

困惑した西島の目が向けられるのを察知して、手を背広の外に戻した。

「この人、何を言っているんでしょう?」

案の定、西島が訊ねてきた。今度も首を傾げるのみで返す。

『ただ残念ながら、いいことばかりとはいかないわけで。ハンディタイプの無線機は通信範囲が決まってるんですよね。それにバッテリーの持ちも短いし、携帯電話と較べて大きくて重いのもね』

今度は男は無線機のデメリットを語りだした。この益体《やくたい》のない話の着地点を聞き逃さないようにしつつ、背中が西島の死角になるように身体の向きを変える。

『通信機能以外はないというのも。写真も撮れないし、インターネットも出来ない。もちろんゲームも出来ないとなると。――あ、通信機能としての比較の話でしたっけ。それで言ったら、やっぱり無線は相当すごいと思います。それこそ複数の人に同時にメッセージが送れるなんて、その最たるものだと思いますし。ただ、これが弱点でもあるんだなぁ。同時に複数にメッセージを送れるイコール、同時に複数が聞くことが出来るわけで。つまり、内緒話には向いてないんですよねぇ』

男の声が途切れたと同時に、武本が小さく頷く。

『僕ばっかり喋っちゃいましたね。先輩の近況も聞かせて下さいよ』

久しぶりに友だちに再会したようなのんびりとした声で、男が再び話しだした。

――そういうことか。

気づいたとたん、文田は気づかれぬよう奥歯を嚙みしめる。

ずいぶんと遠回りをしたが、無線の男はこの交信を犯人が聞いている可能性があることを武本に示唆《しさ》したのだ。それに武本は頷いた。そして男は当たり前のように先を続けた。

一連のやりとりに二人の関係性の深さを見出して、文田に危機感が募る。

――早く片付けなくては。

もはや一刻の猶予もない。再び銃を取ろうと、背中に腕を回す。

「文田さん、腰をどうかされたんですか？　さっきから気にされているようですが」

心配そうな声は西島のものだった。文田の手が止まる。

「――ちょっと、打ってしまって」

口から出たのは、我ながらぎこちない声だった。おそらく顔の表情も同じだろう。腰を痛めているという設定ならば問題はないはずだ。だが西島に動きを気づかれただけでなく、名前を出されたこと、そして武本の目が自分に向けられたことに、文田は動揺していた。

「よかったら、見ましょうか？」

気遣う西島の表情は落ち着いている。それは、今までの西島像とは異なっていた。それこそ、二十階や十八階にいたときとは別人のようだ。

──この短い間に、何があった？

「いや、大丈夫だ」

間違っても背中を見せるわけにはいかない。

「念のために」

「大したことにはなっていな」

「今日は非番でしたが、所用があってこちらのホテルに来たところ、地下一階にある二十階の会員専用待合室で、担当者の臼井が昏倒監禁されていたのを発見しました」

武本の声に、文田は言葉を止めた。

交信の邪魔にならないように文田が黙ったと思ったのだろう。西島もそこで口を噤んだ。

「ホテルマンの西島」

武本はそこで口を閉ざすと、西島に目を向けた。

「稔、西島稔です」

下の名前が判らないのだと察した西島が、胸に手を当てて名乗る。さらに上げた掌を文田に向けて「文田昌己です」と続けた。

「西島稔さんと一緒に二十階に安否確認に行き、そこで同じくホテルマンの文田昌己さんと合流した直後、武装犯の襲撃を受けました。緊急通報のために非常ベルを押し、携帯電話や館内の固定電話で一一〇番通報しましたが途中で切れました」

武本は時系列を違《たが》えず、起こったことのみを的確に報告した。

「襲撃されて、格闘したのちに武装犯の一人から無線機と銃を奪い、その場から逃げました。逃走中、神奈川県警の刑事部組織犯罪対策本部、国際捜査課長の伊達と名乗る男から交信を受けました。ホテルは人質を取った武装犯に占拠された。犯人から、私と西島さんに、人質の命が惜しければ指示に従えと連絡をするように言われたそうです。なお、無線機は犯人から交渉用に渡されたとのことです」

淡々と報告を続けた武本が、そこで一つ息を吐いた。呼吸するだけでも痛いらしく、顔が歪んでいる。ゆっくりと息を吸うと、再び話し始めた。

「指示通りにしましたが何も起こりませんでした。その後、刑事部捜査一課の島田と名乗る男から交信を受けました。伊達との交信内容と食い違いがあったため交信を切り、西島さんと文田さんとともに、今に至ります」

最後に武本が言ったのは、犯人が聞いていることを念頭に置いたうえでの嘘だった。武本は犯人に襲撃されて、うち一人を撃ったこと、そして重傷を負ったことは伝えず、犯人に伝わっても構わないことのみ報告した。

無線の男からの返答はすぐにはなく、室内は静かになった。その沈黙を破ったのは西島だった。

「あの、すみません。人質を取られてホテルが占拠されたって本当ですか？」

西島の言葉に、文田ははっとした。

西島と同じく、武本も本当にホテルが占拠されたのかは知らないはずだ。なのに武本は、その真偽を一度も訊いていない。一方的に報告をしただけだ。

――なぜ訊かない？

理由を考える文田だが、無線から男の声が聞こえて、頭を切り換える。

『失礼ですが』

「西島です」

『はじめまして』

返ってきたのは、状況にそぐわない型通りの挨拶だった。予想もしない言葉にぐっと詰まったが、西島は「こちらこそ」と返した。

『礼儀として、僕も名乗るべきなんでしょうが、色々と差し支えがあるもので、すみません』

男の言葉に、文田は下ろした手を強く握る。

ここまで無線の男は、話す内容もさることながら、不謹慎なほどに饒舌《じょうぜつ》で、しかもマイペースだった。よもや非常時に重要な交信をしている警察官とは思えないほどにだ。だがその裏には、的確かつ必須な要項が隠されていた。

甘い菓子の中に、鋭い針を隠すような話し方をする男に、文田は気を引き締める。

『人質立てこもりは本当です。すでに警察官がホテルに向かい、犯人の一人と一階エントランスで接触しています。その際、犯人は人質の女性を一人連れていました。さらに身元の確認をさせるために、その女性の携帯電話を警官に渡したんです』

武装犯が人質を取ってホテルを占拠したのは事実と知った西島が、ため息と共に大きく肩を落とす。

「女性の名前は？」

武本が訊ねた。

『――それが、本当に残念なんですけれど、携帯電話会社も基地局発火騒ぎで大変で、まだ判らないんです』

心底残念がっているらしく、男は最後に一つため息を吐いた。

だがそれが本心からのものなのか、文田にはもう判断がつかない。かえって、今までの会話で、何か聞き逃していないか不安になってくる。

交信相手と武本の関係の深さは判った。今の報告の中で、二人にしか判らない方法で、事件や犯人についての情報が伝えられた可能性は高い。

頭の中で武本が報告した内容を反芻《はんすう》するが、明確に事実と異なることを言っていたようには思えない。

懸命に思い返している最中、気配を感じてさっと身体を躱《かわ》した。見ると、自分の腰に伸ばされた西島の手が宙に浮いている。

西島の顔に浮かんでいた表情は、驚きだった。思った以上に、反応してしまったらしい。

「大丈夫かなと思って」

驚かせたと思ったらしい西島が、申し訳なさそうに言う。

「——悪い、ちょっと過敏になっているみたいだ」

あわてて小声で取り繕うと、西島は「僕もです」と小さく言って笑った。ごまかせたと安堵するが、横顔に視線を感じる。武本だ。

動揺を悟られまいと、わざと大仰に「すみません、びくびくしちゃって」と照れたように言った。だが武本の表情からは相変わらず何も読み取れない。

『武装犯ですが』

無線の男の声に、武本の目が文田から離れる。

「私が二十階で目撃した犯人は一人のみです。身長は百五十センチ前後、年齢は十五歳前後、緑色の目に赤毛の白人少年です」

『え、今なんて？』

聞き間違えたと思ったのだろう、男が口を挿んだ。だが武本はそれには応えずに先を続ける。

「所持していたのは拳銃です」

『え？　え？　赤毛の白人少年が武装犯ってことですか？』

男の声が、驚きに跳ね上がっている。

文田は腹の中でほくそ笑んだ。

銃を持ち、人質を取った武装犯の正体が、赤毛の白人少年などと言われて、真に受ける者などまずいない。西洋諸国だとしても、少年が武装犯と言われたら、にわかに信じることは出来ないだろう。まして、ここは日本だ。

「つなぎの上に白いビニール製のレインコートを着用。レインコートにはかなりの量の血がついていました。二十階の客と従業員は、残念ながら全員、犯人に殺害された模様です」

淡々と武本が続ける。

二十階に武本を行かせないために、文田は嘘を吐いた。客は全員殺したが、従業員は生きている。その部分を除けば、武本の報告は間違ってはいない。それどころか、僅かな時間しか見ていないのに、細部まで正しく記憶していることを誉めてやりたいくらいだ。だが武本が正確であればあるほど、聞く相手は信憑性に疑問を持つ。

「それと、逃走中に目撃したのですが、少年は一人ではなく二人、双子でした」

無線の男からの返事はなかった。

武装犯は白人少年で、しかも双子などと聞いては、証言を鵜呑《うの》みにするはずもない。

子供に何か出来るなどと誰も思わないから、訓練を重ねた多くの大人が簡単に殺された。そして任務完了後、警察が捜査をする際、目撃談として双子の話が出たところで、混乱するだけだ。

——双子は、本当に役に立つ。

そう思ったとたん、文田は間違いに気づいて思わず笑いそうになる。

——立った、だ。

リフティにとどめを刺したのは自分だ。比較的、穏やかな兄がいなくなった今、我慢がきかず、気性の荒い弟もいずれは殺すことになるだろう。

双子がいなくなるのを惜しいと思うと同時に、まったく別なことが文田の頭に浮かんだ。

ある意味、最強の存在だった双子を殺さざるをえなくなったのは、武器も持っていなかったたった一人の警官、目の前の武本の存在だ。

双子に二カ所も撃たれて重傷を負っているとはいえ、侮ることは出来ない。

『あはは、白人少年の武装犯で双子。なんか漫画か映画みたいですねぇ。でも、血のついたレインコートを着用って、なんか聞いた覚えがあるな。えーと、なんだったかな。この手の話を僕とするのは渡部君で、最近の彼のお気に入りと言えばアメリカのテレビドラマで。——あ、判った、デクスターだ！『デクスター　警察官は殺人鬼』というタイトルのドラマがありましてね、その殺人鬼にして警察官の主人公が人を殺すとき、証拠を残さないためにビニール製のレインコートを着ているんですよ』

無線の男は朗らかに笑っていた。

一見、何の関係もない、場にそぐわないことを言っていても、中に武本だけに通じる内容が隠されている恐れがある。文田はそう思っていた。だが今、男が話したのはアメリカのテレビドラマの話だ。そのドラマが実際にあるかどうか、文田は知らない。そもそも何か重要な内容が隠されているとはとても思えない。

『その殺人鬼が殺すのは、法から逃れた殺人犯のみなんです。まぁ、ある意味、必殺仕事人的な話ですけれど、この主人公はお金は貰わないんです。殺人衝動を抑えられないキャラクターなので、欲求不満を晴らして、悪い奴も退治するという一石二鳥な活動として殺人を犯しているんですよ。いやぁ、実に斬新な設定ですよね』

「すみませんが」

さすがに業を煮やしたらしく、武本が口を挟む。やはり何の意味もない話だったのだと、文田は胸をなで下ろす。

だが男は武本の声を無視して、さらに続けた。

『殺した悪者の遺体は、証拠が残らないように、バラバラに切断してビニール袋に詰めて、海に捨てていて。——あ、海で思い出した。先日は、せっかくいらして下さったのに、大して案内も出来なくて申し訳ございませんでした。本当は、海にお連れして、磯で貝でも採って遊んで貰いたかったんですよ。海は良いですよ。携帯なんか置いてって、天気が良いと、瀬戸内海《せとないかい》の島々を通り越して、はるか遠く愛媛《えひめ》県まで見えるような気がして。磯で貝を採りながら、はるか遠くの愛媛を眺めるなんて、東京では出来ないことですからね』

話は瀬戸内海での磯遊びに飛んだ。さきほどのドラマの話と同じく、これにも大事な内容は何も隠されていなそうだ。

「――そうですね、次回はぜひ」

わずかに顔を顰《しか》めた武本のおざなりな返事に、文田は自分の判断に自信を持つ。

そして、今度こそと背中に隠した銃を取ろうとした。だがそのとき、銃声が聞こえた。

――上から、――三階だ。

見えないのは判っているが、それでも反射的に視線は音のした方に向いた。

「今のって」

西島も反応する。

その直後、右肩に衝撃がはしり、身体のバランスを崩した。倒れながら、それまでずっと背中にあった感触が消えたのを知った。

次の瞬間、ごとんと重い音がした。銃だ。勢いで、ベルトから飛び出したのだ。

あわてて、手を伸ばす。だが届く前に、黒い革製のスポーツシューズが銃を払った。

床の上を銃が滑っていく。

銃を追う視界を大きな影が塞ぐ。武本だ。床に尻をついた文田の横に、武本が立っていた。

何が起こったのか判った。銃声を聞き、音のしたところへ行こうと飛び出した武本がよろけてぶつかったのだ。だが、状況を把握できたところで、文田にとって最悪なのは変わらない。

——銃を隠し持っていた言い訳をしなくてはならない。

このやりとりは警察も聞いている。しくじることは出来ない。

無線機を持つ武本の左手は下げられていた。何の音も発していないのに気づく。

——なぜ何も訊いてこない？

銃声は聞こえたはずだ。ならばとうぜん、何が起こったか訊くだろう。だが無線機からは何も聞こえない。武本も耳に当てようともしない。

——切ったんだ。

犯人が交信を聞いている可能性は高い。銃声は警察だけでなく、犯人にも聞こえたはずだ。銃声が聞こえる場所に自分たちがいると知られたうえに、さらにやりとりを続けて、こちらの状況を知らせるわけにはいかない。武本はそう考えたに違いない。だから交信を切るという一言すらないまま、ただちに切ったのだ。

無線が切れていることは、文田にとって好都合だった。だとしても、目の前にいる武本を言いくるめなくてはならないことには変わりない。

文田はごくりと唾を飲み込んだ。聞こえたのか、武本の目が文田に向いた。

「武本さん、動くなんて無理――。うわっ、なんだこれ」

悲鳴のような声で西島が叫ぶ。

「なんで銃が、これって武本さんの――ではないですね」

ちらりと視線を動かす。武本の右手の銃は、銃口こそ下向きだが、それでも自分に向いている。

――なんとか言い抜けなければ。

文田は言い訳を必死に考えた。

いつ、どこで、入手方法は？　矛盾のない答えを導きだそうとするが、正解は簡単には出てこない。

「この銃って、いったいどこから」

「文田さん、この銃は？」

困惑した西島の声を、武本が遮った。

答えなくてはと思うが、考えがまとまらず、文田は答えることが出来ない。

武本が文田を見つめていた。その目からは、何の表情も読み取れない。視線をそらすことも出来ず、文田も見つめ返す。

――このまま、黙っているわけにもいかない。

さきほど自分が武本と西島に言ったことを思い返す。

十八階の客室から、エレベーターを使って一階に下りた。開いたエレベーターの扉の隙間から人影を見て、あわてて閉じた――。

確か、そういったはずだ。

――だとすると、一階で拾ったというのには無理がある。

覚悟を決めた。乾ききった口の中を潤そうと、再び唾を飲み込み、口を開いた。

「エレベーターの中にあったんです」

言いながら、文田は自分でも苦しい言い訳だと思った。だが、一度口に出してしまったからには、もう撤回は出来ない。

「身を守るためにあった方がいいと思って拾ったものの、持っているだけで、やっぱり怖くて」

「ああ、それで腰を気にしていたんですね」

西島が見当違いの助け船を出した。

西島の言葉にのったところで、銃を持っていたことを武本に言わなかった理由にはならない。だが、それでも文田はそこにのるしかなかった。

わざと目の焦点をぼやけさせると同時に、肩から力を抜き、茫然自失《ぼうぜんじしつ》の体を装う。

「なんかもう、どうしていいのか判らなくて」

力なくそう言うと、鼻の奥の一点に意識を集中させる。ものの数秒も待たずに、目頭が熱くなり、目が潤んできた。嘘泣きは得意な芝居だ。鼻の奥がつんとする。

――あと少しだ。

さらに意識を集中させると、思惑通りに大きな涙の粒が右目から溢《あふ》れ出た。

「文田さん、大丈夫ですよ」

西島が優しい声で言う。

西島が知っている優秀なホテルのオープン屋の文田は、涙などまず見せない。そう思い込んでいるからこそ、驚き、案じているのだ。

「僕だって、泣きだしたいほど怖いです。――というより、すでに一度、大泣きしました。でも、大丈夫です。僕も武本さんもいます。それに警察と」

西島はそこで言葉を止めた。視線が武本の下がったままの左手にある無線機に向いている。

「――連絡を取ることも出来ますし」

無線が切られたことに西島も気づいたのだ。そのうえで、自分を安心させようと言い換えたに違いない。

西島が近づいてきて、文田の肩を抱いた。

慰めようとするその一連の行為を小賢《こざか》しいと思いながらも、ありがたく芝居に取り込むことにして、大きく俯く。これで武本から表情を隠すことが出来た。

「――危ないので、これは私が預かります」

武本の声に、僅かに目線だけ上げて見る。無線をしまった武本の左手には、文田が落とした銃があった。銃は、武本の背広の背中に消えた。

それを見ながら、文田は奥歯を嚙みしめる。

早く武本を抹殺し、西島から金庫の番号を聞きだしたい。そしてこの任務自体を終わりにしたい。だが手持ちの武器は、十八階の客室で武本に渡されたナイフ一本だけだ。

――どうすれば？

妙案はないかと、思案する。

そのとき、再び銃声が鳴り響いた。

同時に、武本が動いた。だが怪我の痛みのせいか、またふらついた。気づいた西島が立ち上がり、武本の左腕を担ぎ上げるようにして支える。

「だから、その身体では無理ですって」

「銃声は近かった。おそらく三階だ。――人質もだ」

武本はそう言うと、西島の制止など聞かずに歩きだした。手を放すわけにもいかず、西島も歩きだす。

「このままじゃ、死んじゃいますよ」

悲鳴のような西島の叱責を聞きながら、文田は考えていた。

――三階には人質だけでなく、ドクとスパイダーがいる。もちろん、銃もある。

このまま、ここに留まるよりも、三階に行った方が簡単かつ、確実に武本を殺せる。

そして武本を殺したあとに、西島から金庫の番号を聞けばいい。もちろん、用済みとなったら、西島も殺す。

「行ったところで、何が出来るって言うんですか」

「犯人は地下一階に行けと言った。投降すれば助けるとも。だが、嘘だった。ならば人質も危ない。助けに行かなくては」

西島の返事はなかった。

犯人がいる三階に行ったが最後、良くて人質、悪くすれば殺されるだけだ。嫌だ、行かない。そう西島はごねるに違いない。そうなったら、自分もこの場に残ると言えばいい。武本が、嫌がっている西島を無理に連れて行きはしないのは、すでに十八階で見て知っている。武本が一人で三階に向かったあと、ここに残るのは西島と自分の二人だけだ。西島相手ならば、ナイフ一本で充分だ。いや、ナイフなどなくても、金庫の暗証番号を聞きだすことなど、容易《たやす》いに違いない。一人三階に着いた武本は、もちろんドクやスパイダー、あるいはシフティに殺される。

「――判りました。行きましょう」

西島の答えは文田の予想に反したものだった。文田の知っている西島ならば、まず嫌だと言うはずだ。

「文田さんは、ここにいて下さい。あなたはあと少しでこのホテルを去るオープン屋です。スタッフの僕とは立場が違う。僕はこのホテルのホテルマンです。お客さまの安全を守るのが仕事です」

とても西島の口から出たとは思えない言葉に、文田はただ驚愕した。

――この短時間に、西島に何があったのだろうか。

「どこかテナントの奥にでも隠れていて下さい」

西島の声に、文田は自分が余計なことを考えていたのに気づく。

あわてて、最良の案を考える。

「確かに直に私はこのホテルを去ります。でも、今はまだ、私はこのホテルのスタッフです。――私も行きます」

弱々しいが、意を決した声と表情で伝えられたのは、自分を見て頷いた西島の表情で判った。

――上手くいった。

腹の中で文田はほくそ笑む。

「手伝います」

そう言って、文田は立ち上がり、右側から武本を支えると、その動きに合わせて足を踏みだした。

29

「今のは銃声か？」

怒号に近い声で島田一課長は訊いた。

潮崎が、左耳に当てた無線機を島田から遠ざけるように背中を向けた。さらには立てた人差し指をくるりと回す。人を食ったようなその仕草に、島田の我慢はついに限界を超えた。

「貴様、いい加減にしろっ！」

「島田」

桝野刑事部長の制止する声にも、もはや従う気はなかった。潮崎に摑みかかろうと手を伸ばす。

近くにいた三課長の野川が、二人の間にとっさに割って入った。

「今はあいつが頼みの綱だ、我慢しろ」

背後から二課長の森が小声で囁いた。同じく潮崎に対して腹を立てているのだろう、その声は苦々しい。

「武本先輩、聞こえますか？」

潮崎が武本に呼びかける。だが無線機からは何も聞こえない。

「――切れました」

そう言うと、潮崎は無線機を耳から離して机の上に置いた。

せっかくの交信をほとんど雑談で終わらせた潮崎に、ここぞとばかりに島田は怒りを爆発させようとした。だがそれより早く潮崎が言った。

「挨拶の一言もなかった」

「何を」

この緊急事態に、潮崎はのんびりと挨拶の有無を気にしている。堪忍袋の緒が切れたらしい、今度は野川が潮崎の胸倉を摑む。

「しかも、電源ごと切った」

日に焼けた肉厚の顔の前まで引き寄せられ、さらに丸めた拳が自分の顔に近づいてきても、潮崎は気にもせず続ける。

「武本先輩の近くで発砲されたのなら、銃声はもっと大きく聞こえるはず。でも、それほど大きくなかった」

潮崎の言うことに興味を持ったのか、野川の右手が止まった。

「ということは、あの銃声は先輩の近くで発砲されたんじゃない。――そうか！」

興奮した声で言うなり、潮崎は自分の胸倉を摑む野川の手を両手で握った。

「武本先輩が挨拶もせずに交信を切ったのは、犯人が聞いていたら、銃声の大きさで隠れている場所が判ってしまうからです」

潮崎の勢いに気圧されたのか、野川が拳を下ろす。さらに野川に顔を寄せて、潮崎は続ける。

「電源ごと切ったのも、無線の音で居場所が犯人たちに知られないようにするため」

手を握られた野川は一歩後退って、潮崎との距離を空ける。だが今度は潮崎が野川に詰め寄った。

「つまり、武本先輩は無事。——待っていれば、また先輩から交信が入る。ホテル内の詳しい状況が判りますよ、野川三課長！」

嬉しそうにそう言った潮崎は、握手をするように野川の手を揺さぶってから、ようやく離した。

「武本巡査部長が無事ならば、それは朗報だ。あとは、この交信を犯人が聞いていないことを祈るしかない」

冷静に桝野が言った。

「いえ、桝野部長、それはないです」

きっぱりと潮崎が言い切った。

「玩具レベルならいざ知らず、このクラスのハンディ無線機だと割り込み機能がついています。そもそも、事件の大きさからして犯人は複数でしょうから、一対一の交信しかできない無線機を使うはずはない」

胸を張り、断言する潮崎に室内の皆の目が集まる。

潮崎が無駄に物知りだということは、県警本部内ではすでに知られていた。もちろん好意的な評価ではない。本来の職務に必要のない、それどころかときに仕事を増やす、やっかいな知識をひけらかす奴として疎まれていた。

だが、その無駄と思われてきた知識が今、役に立っている。感心の目を向けだす他の課長たちに気づいた島田は、苦々しい思いで足下に目を落とす。

「それに、さっきの交信を」

「とうぜん、阻止するために割り込んできたはず。——なるほどな」

潮崎の言葉を桝野が継いだ。

「その通りです」

潮崎は頷いて同意した。

「犯人は交信を聞いているでしょう。でも条件はこちらも同じです」

潮崎が言い終える前に桝野が手配するよう指示を出す。

「最後のは、磯谷はるかの名を伝えようとしたのは判ったが、他のは何だ?」

森に問われて、潮崎はぴしゃりと額を手のひらで叩く。

「ああ、そうだ。まったく説明もせずに申し訳ございませんでした。皆さん、訳が判りませんでしたよね?」

潮崎は室内の男たちをぐるりと見回した。

「まず根本的なことから。——ただ、これは立証できないから」

説明し始めたとたん、後頭部に手を当て口ごもる潮崎に、業を煮やした島田は「早く言え」と急かす。

「武本先輩、いや、武本正純巡査部長の人となりなんですが」

とたんに野川が舌打ちをする。

「お気持ちは判ります、でも、聞いていただかないと、実はここが一番、交信内容にかかわることなので」

潮崎は、宥《なだ》めるように野川に言って、再び口を開いた。

「とにかく誠実な人物です。寡黙にして実直という言葉を人間化したら、そのまま武本巡査部長になるというのか。――本当に素晴らしい人です」

何かを思いだすかのように遠い目をした潮崎は、最後は微笑んでそう締めくくった。

一人芝居でもしているかのような潮崎を、室内の男たちは唖然として見つめる。

「もちろん、問題点がまったくないとは言いません」

視線に気づいた潮崎が、あわてて早口で言った。

「不器用です。それもとてつもなく。そして喋るのが苦手です。必要最低限のことしか話しません。出会った頃なんて、何を話し掛けても単語しか返ってこなくて。それこそ、言葉を覚えさせた九官鳥《きゅうかんちょう》を相手にしているくらいの手応えでした。しかもあの、なんというのか、実に味のあるお顔立ちなもので。喩《たと》えるなら、うーん、岩に素人が直に彫った仏像ですかね。それも含めて、僕のことが嫌いでそうしているのかと、あの頃はずいぶんと悩んだものです。でも、違ったんだなぁ。そうじゃなくて。――あ、すみません」

脱線に気づいた潮崎は、照れくさそうに後頭部に手を当てると、一つ息を吐いてから先を続ける。

「今回の交信には、いくつもの問題点がありました。まず、無線を犯人が聞いている可能性は高いということ。だから、武本巡査部長の所在は話題に出せない」

「それを言うのなら、ホテルマン二名が同行しているというのも、言うべきではなかったんじゃないのか？」

指摘した森二課長に潮崎は大きく頷いてみせる。

「最初は僕もそう思いました。ですが、のちに武本巡査部長が報告した中で、国際捜査課の伊達と名乗った犯人は武本巡査部長と同行しているホテルマンも地下に行くように指示したとありました。つまり、犯人は武本巡査部長が一人ではないと知っている。だから隠す必要はないと判断したのでしょう。それに、西島稔さんと文田昌己さんの二人がホテルマンだと言えば」

「こちらで人物照会をする。二人の実在が判明すれば、交信内容の信憑性が高まる」

潮崎の言葉を継いで森が呟く。事実、西島と文田の二人がハーヴェイ・インターナショナル横浜の従業員だということは、すでに確認がとれていた。

「その通りです」

再び潮崎は大きく頷いた。

「何をどうしてどうなったら、人質を取ったうえでホテルを占拠した武装犯から逃げおおせているだけでなく、犯人の無線機まで手に入れられたのか。もちろん事細かに僕も訊きたかったです。でも、犯人に武本巡査部長とホテルマン二人の情報が伝わるのは避けなくてはならない。さらに神奈川県警の動向も伝えるわけにはいかない。いったい、どうしたらよいのか僕も悩みました。――ところが、さすがは武本巡査部長です。起こったことを総て報告してくれました。それも時系列通り、私感は一切挿まずに」

悩んだ、と言いながら頭を小さく左右に振り、さすがは、と言うときは拳で胸を押さえる。いつまでも続く潮崎の小芝居に苛立ち始めた島田は口を挿もうとしたが、先に桝野が口を開いた。

「簡潔な報告だったな」

「そうなんです、部長。ここで武本巡査部長の人となりに話が戻ります。とんでもなく不器用で話すのが苦手な」

「報告された内容以上のことはない。そう判断したんだな」

勢い込んで話そうとした潮崎は、桝野の言葉に口を開けっ放しにしたまま、大きく頷いた。

「その通りです。さすがは部長」

武本巡査部長の報告の信憑性は、あくまで潮崎による武本の人となりの判断に拠《よ》るものだ。もちろん何の確証もない。だが室内の空気は流されつつあった。たまりかねて島田が口を挿む。

「だとしても、白人少年の双子が犯人だというのは」

我に返ったように、交信内容に疑念を抱きだした他の課長たちの様子に島田は胸をなで下ろす。

「――それがねぇ。僕も考えたんですよ。ただ、そんな嘘を吐く必要性ってあります？　言ったとして、誰の何の得にもならないと思うんですよね」

それには島田も、潮崎の言う通りだと認めざるを得ない。

「そもそも武本巡査部長は嘘を吐ける人ではありません。まして双子の白人少年の武装犯なんて、そんなキャラクター設定が出来る創造性の豊かさなんて持ちあわせてもないし」

武本に対して、好意と信頼を寄せているにしては、かなり酷いことを潮崎は平然と口にする。

「武本巡査部長が言ったのが事実と仮定する、いや、僕は事実と信じていますが。ただ、そうなると犯人グループが謎なんですよ。ホテルを占拠して三十七名もの人質を取ることが出来る武力と機動力を持っている。要求する金銭は高額。これだけで判断すると、金銭目的のプロの集団と考えるのが普通でしょう。犯人と接触した警察官の証言では、犯人は顔を覆う黒いマスクを被っていて、変な訛りはなく、おそらく日本人、でしたよね。ただ、白人少年が二人いるとなると、マスクを被った犯人は日本人じゃなくて、外国人の可能性も出てくるわけで。それに」

さらに続けようとしたが、ドアがノックされた。

「どうぞ」と桝野が言うなり、生活安全部生活安全総務課課長補佐の小杉が室内に飛び込んできて「捜査本部の準備が出来ました」と告げた。

それを受けて桝野が席から立ち上がった。

「場所を移す」

桝野刑事部長の声に、室内の全員が我先にと部屋を出た。

準備が出来たとのことだったが、急拵《こしら》えの捜査本部には未だに必要な物が運び込まれているという状態だった。

だがそんなことに構う者は一人としていない。本部に集まった警察官は、次々に空いた席を埋めていく。武本との交信用に新規のハンディ無線機を調達するよう、部下の渡部に依頼した潮崎も、武本との交信役として、捜査本部の末席に着いた。

「全員揃うのを待っている時間はない。始めるぞ」

桝野刑事部長の一声で、騒々しかった室内が静かになった。

「現在まで、判っていることを報告する」

捜査二課長の森が席を立つと、落ち着いた声で事件の経緯を話しだす。一課長の島田が犯人との交渉役を担っているために、捜査本部のとりまとめは森が請け合ったのだ。

抑制のきいた森の声を聞きながら、潮崎は改めて武本の言葉を思い返していた。

——二十階の会員専用のフロアのことが引っかかるんだよな。

ホテルが占拠され、人質も取られたことを県警が知ったのは、一一〇番通報を受けて急行してからだ。その際、犯人は二十階のことなど一度も口にしなかった。

——まさか、まったく犯人が別で、事件が二つってことは。

可能性はないとは言い切れない。だがすぐさま間違いに気づいた。

武本は二十階で犯人の襲撃を受けて西島と文田を連れて逃げた。その武本の無線に、神奈川県警を装って犯人が連絡した際、ホテルマンと一緒だと犯人は知っていた。ならば、二つの事件の犯人は同一だ。

武本の言葉を疑う気など潮崎にはない。言葉通りに考えると、時系列では最初が二十階で、そのあとホテルの占拠となる。客だけでなく職員も含めると、ホテル内にいる人数はかなりのものだ。二十階にいる人数が、それを上回るとは考えづらい。

コピーされた資料の束が回ってきた。ホテルのパンフレットのコピーを見つけだして、二十階の会員専用フロアの説明部分を食い入るように読む。

利用できるのは会員だけと書いてある。

――ホテル全体よりも、二十階を占拠して、中の人間を人質に取る方がはるかに簡単だ。

犯人がそうしなかったのには理由があるはずだ。潮崎はひたすら考える。

――額と人数の問題かな？

犯人は金銭を要求した。二十億円は高額だ。だが三十七人もの命の代金と言われれば、決して高いとは思わない。だがそこで別な考えが浮かんだ。たとえ人質が一人でも、資産家であれば、一人で二十億ということもありえる。二十階にそれに該当する者がいたのなら、その人物のみを狙えば、ことは簡単に済んだはずだ。

――いや、待てよ。

武本は、武装犯である白人少年が着ていたレインコートにかなりの量の血液がついていたと言っていた。二十階の客も従業員も皆、犯人に殺されたとも。

潮崎の頭に、ある考えが過る。

犯人のターゲットは二十階にいた。だから最初に二十階を襲撃した。だが誤って、ターゲットを殺害してしまった。このままでは一銭にもならないから、急遽《きゅうきょ》、ホテル全体を占拠して、人質を取ることにした――。

――さすがに、それはないよな。

浮かんだ考えを否定する。隔離された場所にいる限られた人を襲うだけなのに、ホテル全体を占拠するのはさすがにやり過ぎだ。

――やっぱり、二十階が引っかかるんだよな。

犯人は二十階の襲撃を優先した。それには何か理由があるはずだ。

――二十階を利用していたのは誰なのか、それがポイントかもしれない。

手元の資料をめくり、二十階にいた客について触れていないか探すが見つからない。ホテルから脱出した客や従業員の供述すら、まだ上がってこないのだから、とうぜんと言えばとうぜんだ。

――どうにかして、調べられないかな。

脱出したホテルの従業員に訊けば、簡単に判ることだ。だが武本からいつ連絡が入るか判らない今、捜査本部を抜けだすわけにはいかない。フットワークの軽さを自負しているだけに、潮崎は苛立った。

「すみません、潮崎警視は？　ご依頼のハンディ無線機を」

環境中隊の渡部の声が聞こえる。その声が、潮崎には天の助けに思えた。

30

大人しく床に腹這いになっている人質たちを見回した後、スパイダーが何度目かの大きなため息を吐いた。

時間を稼ぐため警察に偽の要求を突きつけ、あとは〝思い出〟の回収を待つだけだ。

だがフーからの連絡はない。

膠着《こうちゃく》状態が続いて、スパイダーが苛立ち始めている。椅子に浅く腰かけた脚が小刻みに揺れている。貧乏揺すりをしているのだ。そんなスパイダーを尻目に、ドクは腿を撃たれた男に近寄った。傷口を縛ったナプキンを緩める。縛めを解《と》かれた血管が血液を送り込み、傷口から新たに血が滲む。伴う痛みに男が呻いた。腕時計の秒針で、十五秒経過したのを確認してから、再びナプキンをきつく縛り直す。

銃弾は綺麗に男の腿を貫通した。大動脈こそ外れていたが、何もせずにそのまま放っておけば、大量に出血して男は命を落としただろう。

関係ないものは殺さない。それは老人の信念であり、すなわちドクの信念でもあった。だから男の止血をした。だがこのまま長時間、血の流れを止めていては、命が助かったところで、脚を失いかねない。それを避けるためには、定期的に止血帯を外し、血流を維持する必要がある。

「殺さなきゃいいんだろ？　そいつだって、脚の一本くらい惜しくないだろ」

一連の行為を見ていたスパイダーが、吐き捨てるように言う。

何も返さずに、ドクはもと居た場所に戻る。スパイダーが聞こえるように大きく舌打ちをした。

もともと好感を持っていないスパイダーと話す気がないというのもあるが、何より人質の前で会話をするのはタブーだからだ。

自分たちが何者か、そして本当は何を目的としているのかを知られてはならない。少しでも情報が渡ったら、人質全員を殺すしかない。それを避けるためには、とにかく話さないに限る。

「いったい、何やってんだよ。こっちから聞いた方が」

ぼやきながら無線機を手にしたスパイダーに、わざと音を立ててから銃口を向ける。

「なんだよ」

ドクは黙って銃口をエレベーターホールへと向けた。

フーから連絡がないことに、焦りを感じているのはドクも同じだ。状況を知るためには無線機を使うしかない。だとしても、人質の前で交信するわけにはいかない。

「判ったよ。こいつら見とけよ」

ドクの言わんとするところを理解したスパイダーは、苛立ちを露《あら》わにした声で言うと、エレベーターホールへと歩きだした。

——これで少しは状況が判る。

そうドクが思ったときに、エレベーターの到着音が鳴った。

この状況でエレベーターを使えるのは、双子かフーだけだ。もちろん仲間以外の可能性もある。これだけの施設だ。隠れていた者がいないとは言い切れない。

ドクの位置からでは、エレベーターは見えない。誰が来たのか確認したいが、人質から目を離すわけにはいかない。やがて、甲高い声が聞こえてきた。

「ここにあいつ、来てない？」

「あいつって？」

会話の調子から不穏な空気を感じた。人質から目を離さずにエレベーターホールへと向かおうとすると、小柄な少年が目に飛び込んできた。双子だ。ただし、一人だけだ。

「なんでここにいるの？」

駆け寄ってきた双子の片割れが言った。しかし、言っている意味が判らない。

「リフティは？」

ということは、こいつはシフティだ。

「リフティがどうかしたのか？」

「撃たれたんだ。地下の駐車場で。いっぱい血が出てた。フーがドクを呼ぶって。行ったんでしょ？　リフティは？　大丈夫なの？」

シフティが甲高い声で叫んだ。

細切れの言葉から意味を汲み取る。リフティが撃たれたらしい。そしてフーが自分を呼んでリフティを診させると言った――。

状況の把握は出来た。だが内容は信じられないものだった。

双子を地下一階の駐車場に送りだしたのは自分だ。警察を装ったコモンが、警察官とホテルマンを地下一階に誘導したからだ。

警察官もホテルマンも、人質を取られて抵抗できない状態だ。よしんば抵抗したとしても、武器はリフティから奪い取った銃一丁だけだ。怒りに燃え、火力でも圧倒する双子の敵になるはずはなかった。

「撃たれた？　誰に？」

「あいつだよ！」

間髪《かんはつ》を容《い》れずに、金切り声で返される。

「あいつって」

「そんなのどうでもいいよ。リフティは？」

聞かれたところで、ドクには答えようがない。

「なんで黙ってるの」

細い足でじだんだを踏みながら、重ねて問いかけてきたシフティの足が止まった。その目はドクの顔を見つめている。

「――もしかして、知らないの？」

表情を見て、気づいたらしい。

弟は兄よりも自制心がない。発言には気をつけなければならない。

――一歩間違えれば、暴走する。

シフティは背に機関銃を背負い、手には拳銃を握っていた。持っている銃は二丁だけらしい。だが、銃弾の数はここにいる全員を殺すのに充分だ。

そう考えたとたんに、急激に喉の渇きを覚えた。

――迂闊には答えられない。

自分の返事一つで、シフティは関係ない人たちはおろか、仲間も皆殺しにするだろう。

最悪の場合を想定して、いつでも撃てるように、引き金に掛け続けている指の緊張を解くべく、そっと動かす。

とつぜん、シフティの身体から力が抜けた。肩を落とし、銃口も下を向いている。

「シフティ？」

一変した様子を案じて、ドクは名を呼んだ。もちろん、引き金から指は離さない。

「聞いてないんだ」

俯いたシフティの口から出てきたのは、質問ではなかった。

「嘘吐いたんだ」

声が掠れている。どうやら泣きだしたらしい。

近寄って慰めるべきだ。そんな考えがドクの頭を過った。だがそうはしなかった。

――毒蛇は毒蛇だ。

生物としての生まれながらの生態は、変わることなどない。

シフティは俯いたまま、小さく嗚咽し始めた。

「いったい、どうなってんだよ」

様子を見守っていたスパイダーが声を掛けたとたん、シフティが咆哮《ほうこう》した。

甲高い叫び声がフロアに響き渡る。悲鳴にしか聞こえない痛ましい声に気を取られたドクは、シフティの右手が動いたことに気づかなかった。

とつぜん轟《とどろ》いた銃声に身を竦める。自分の足下の床に穴が開いているのを見つけた。あと五センチずれていたら、穴が開いていたのは床ではなく、自分の左足だった。そう気づいて肝が冷えた。

だが怯えている場合ではない。シフティの姿を求めて目を上げた。だが、すでにその姿はなかった。あわてて周囲を見回すが、どこにもいない。

――マズいぞ。

顔を顰め、耳を押さえているスパイダーに「シフティは?」と叫ぶ。返事の代わりに、スパイダーは自分の耳を指してから、大きく手を振ってみせた。近距離での発砲で耳が聞こえないと言っているのだ。

スパイダーを突き飛ばすようにして、エレベーターホールへ走り出す。

一般客用のエレベーターのうち、一基の表示灯は三階のままだ。シフティが呼出ボタンを押すと、すぐに扉が開いた。

「待て!」

叫びながら駆け寄るドクの目の前で扉が閉じる。表示灯が二階へと下がっていく。すんでのところで止められなかった悔しさに、思わず拳で扉を叩く。

シフティが暴走し始めたことをコモンやフーに伝えなければならない。何より、フーに事情を訊ねたい。

様子を見るために、レストランへと戻る。人質たちの悲鳴が聞こえてきた。小さくしか聞こえないのは、まだ耳が元に戻らないせいだが、それでもさきほどよりはましになっている。

「やかましい」

スパイダーが叫んだ。だが人質たちのざわつきは収まらない。

「静かにしろ」

怒号の後に続いた銃声に、人質たちもさすがに口を噤む。

ドクは手にした無線機を高く挙げてスパイダーに見せてから、エレベーターホールへと移動した。フーの無線機を呼び出すが応答しない。交信に出ないのではなく、電源を切っていた。そうする理由は一つだけだ。交信すると困る状況にあるのだ。続けてコモンへと無線を繋ぐ。今度はすぐに繋がった。

『どうなってます?』

「シフティが妙なことを言っている」

コモンの問いを無視して、早口で言う。

『妙なこと?』

「地下一階で、リフティが撃たれた」

コモンが息を呑む気配がする。

「フーが、俺が地下に行ってリフティを診ると言ったそうだ。だが俺はそんな連絡は受けていない」

『無線は？』

「電源が入っていない」

『シフティは？』

「フーが嘘を吐いたと言うなり、消えた」

『――そうですか。私はフーに連絡をつけます。ドクはシフティに無線で呼びかけて下さい』

そう言うと、コモンが無線を切った。

諸々確認したいこともあるはずだが、コモンは一切を省いて必要な話しかしなかった。想定外のことばかりが続いてドクは動揺していたが、いつもと変わらないコモンに少しだけ落ち着きを取り戻す。

スパイダーが「おい、どうなってるんだ？」と大声で怒鳴った。

相変わらずの配慮のない言動に顔を顰めるが、状況を知りたい気持ちはもっともだ。スパイダーに駆け寄り、耳打ちしてやった。

「あー、もう、なんだよ、まったく」

説明し終えたとたん、スパイダーが大げさに嘆いた。すかさず、ドクはスパイダーの横腹に銃口を押しつけた。

「判ってるよ！」

言うなり、足下に横たわる人質の脚をスパイダーが蹴った。完全な八つ当たりだ。たしなめるべきだとは思った。だが当初の計画が崩壊した今、構っている場合ではない。

気を取り直して、無線でシフティを呼び出す。電源は落としていないようだが、応答しない。だとしても、今はただ、呼び出し続けるしかない。いつ交信がはじまってもいいよう、再びエレベーターホールへと移動する。

一基のエレベーターの表示灯が動いていた。一階から二階へと上がってくる。扉まで走り、壁に身を寄せた。乗っているのは、シフティだろう。リフティを本当に失ったのなら、シフティをコントロールするのは、もはや不可能だ。扉が開いたとたん、発砲するおそれがある。

——待てよ。

そこで違う可能性があることに気づく。

ここに現れたとき、シフティは「あいつは？」と訊ねた。

——警察官が、まだ生きている。

エレベーターの表示灯を見上げる。二階が点滅しだし、少しして三階が点灯した。

到着音が鳴り、扉が開き始めた。浅く一つ呼吸して、銃を握り直す。

誰も降りてこない。

――誰も乗っていないのか？

中を覗き込みたい衝動に駆られたが、そこを堪える。

――待て。まだだ。

扉が完全に開いた。かすかな物音が聞こえる。

――何の音だ？

いぶかしく思っていると、扉が閉じ始めた。だが、すぐに止まった。見ると、小さな手が扉を押さえている。

――シフティか。

警察官でなかったことには安堵したが、だからと言って気は抜けない。

エレベーターから降りてきたシフティは泣いていた。傍らに立つドクに気づきもせずに、肩を落とし、足を引きずるようにして歩いて行く。

急に声を掛けるのは危険だ。もちろん、安易に近寄るわけにもいかない。様子を窺い、少し間を空けてから、シフティのあとを追った。

「なんだ、お前か。どうした？」

レストランに入ると、スパイダーが問いかけてきた。

「シフティ」

一声かけてから、ドクはシフティに近づいた。白いビニール製のレインコートは血に濡れて所々赤く、背には斜めがけにされた機関銃、そして右手には拳銃。その姿はサバイバルゲームに興じる子供にしか見えない。ことに今は、しょんぼりと俯いているだけに、より幼く見える。

だがレインコートを染めている赤い色はペイント弾ではないし、持っている銃も本物だ。

「リフティ、いなかった」

ぽつりとシフティが呟いた。

「いなかったって、どうしてよ?」

どれだけ小さい声だろうと、人質の前での会話は避けるべきだ。シフティに問いかけたスパイダーを睨みつける。気づいたスパイダーが、肩をすくめてそっぽを向く。

「シフティ、こっちにおいで」

話を聞くために、エレベーターホールかバックヤードに移動しようと声を掛けた。

「血の痕があった。僕、それを追ったんだ」

ドクの呼びかけに気づいていないのか、シフティは俯いたまま小声で話し続ける。

「……シフティ」

「血がね、入口まで続いてた。部屋の中は絨毯が敷いてあって、見ただけじゃ判らなかったから触ったんだ。――濡れてた」

自分を無視して話し続けるシフティに、恐る恐る左手を伸ばした。

「エレベーターのボタンに血がついてた。僕もボタンを押した。もしかしたら、リフティが自分で押したのかもって思ったから。——エレベーターが来たんだ。扉が開いて、中にリフティがいた。床の上に寝てたんだ。声を掛けても、揺さぶっても、起きなかった。目も開けてくれなかった。返事してくれなかった。——死んじゃってた」

そう言うとシフティは、ひときわ大きな声で泣きだした。

細かいことは判らないが、何が起こったのかの想像はついた。撃たれたリフティが足手まといになると判断して、フーが見捨てたのだ。

ドクの伸ばした手から逃れようと、シフティが大きく一歩、後退った。

「一つだったんだ」

それまでと違う口調だった。

ドクも、スパイダーも何も言えなかった。

「僕が見たときは、穴は一つだった」

言いながら、シフティが自分の右の肋骨の下に人差し指を当てる。

「そのときはまだ生きてた。話し掛けたら、こうしてくれたんだよ」

そう言うと、かすかに頭を動かした。

「でも、さっき見たら、穴が増えてた」

腹部から離した指は、喉を通り越して上がると、後頭部で止まった。

——そういうことか。

ドクには、フーの決断の理由が判った。

最初にシフティが指した場所は肝臓だった。被弾したならば、大量出血は免れない。医療態勢が整っているならいざ知らず、この状況で自分が行ったところで、何かしてやれるわけもない。いち早く病院に搬送するしかない。

もちろん、病院への搬送など出来ない。ならば、リフティは激痛にのたうちながら、失血死を待つしかない。いずれ死ぬのならば、せめて苦しみを長引かせないでやろう、フーはそう思ったのだ。

——あいつなりの優しさか。

兄を殺されたシフティがそう思ってくれるはずもないが、ドクには、フーのしたことは冷徹な仕打ちではなく、優しさに思えた。

「フーが言ったんだ。ドクを呼んで診て貰うって。ドクが来るまでは、自分がずっとリフティの側にいるって」

兄にすがりついて泣いたのだろう、上げた顔は血に濡れていた。その顔を涙が滑り落ちていく。シフティの顔が、くしゃりと歪んだ。堪えきれなくなったのか、嗚咽し始めた。身体を震わせて、シフティは泣き続ける。

常軌を逸した毒蛇のような双子ではあったが、兄弟仲は良かった。いや、世間になじむことのない異常性を持ちあわせていたからこそ、双子は寄り添うように存在していた。その片割れを失ったのだ。目の前で泣いているのは、たった一人の肉親を亡くした少年だった。

「でも、ドクはここにいる。リフティのところになんか行ってない。フー、嘘吐いた」

嗚咽混じりにシフティが吐き捨てた最後の言葉に、ドクの肝が冷える。フーがリフティを殺したと気づいてしまったら、シフティは誰にも止められなくなる。

「ねぇ、誰が撃ったの？　誰がリフティを殺したの？」

嘘を見抜かれないように、ドクは唾を飲み込んでから口を開いた。

「警察官だろう」

シフティの目がぎらりと光った。

「確かに私はフーから連絡を受けていない。でも、さっき私もフーと話そうとしたが、出来なかった。無線機の電源が切られているんだ」

シフティの強い視線から目をそらさずに、ドクは続けた。

「私に連絡を入れる前に、無線を切らなくてはならなかったんだろう。無線の電源を切るのはどんなときか」

「そんなの知ってるよ。だけど、撃たれて血がたくさん出てたんだ。動けなかったんだよ。そんなリフティを一人にするなんて」

強い口調で割って入られて、ドクは言葉を失う。

「確かにそうだね。一人にするべきじゃなかった。でも、やむを得ず離れたところに、

「警察官が戻ってきたんだろう」

動揺を悟られないように、再び穏やかに語りかける。シフティは唇を固く結ぶと、俯いた。

――上手くいった。

自分の言葉を信じた、そうドクは思った。誤魔化せただけでなく、怒りの矛先を警察官に向けることが出来た。これでシフティの頭には、警察官を殺すことしかなくなるに違いない。

「エレベーターの中で、頼んだよね？」

警察官を殺すように双子に告げた。

俯いたまま、シフティが頷く。

「もう一度、お願い」

「やるよ」

ドクの言葉を遮ると、シフティは背を向けた。数歩進むと、腹這いになる人質の前で立ち止まる。

――どうした？

移動した理由が判らない。だがもしもの場合に備えて、シフティの膝の裏に銃口を向ける。

「絶対にやる」

そう言って、シフティが振り向いた。銃を持つ右手は下がったままで、発砲する素振りはない。気づかれぬように、手首だけ動かして銃口を下げた。

「それなら、今すぐ」

「だけど、その前に。フーはどこ？」

飛び出した言葉に、心臓を鷲《わし》づかみにされる。

「だからまだ無線の」

「側にいるって言ったのに、いなかった」

シフティが顔を上げた。まっすぐにドクを見つめてくる。

「あいつは、リフティを見捨てた」

名前ではなく、あいつと呼び捨てたことに緊張が走る。

──このままでは、崩壊する。

兆《きざ》しを見逃すまいと、シフティの銃を持つ右手に注目しながら、ドクは言った。

「目的は？」

本来の計画を思いださせようとするが、シフティは答えない。

「シフティ」

なんとか踏み止まらせなければならない。

「シフティなんていない」

予想もしない言葉を返される。

「リフティがいたから、僕はシフティだった。でも、リフティはもういない。だからシフティもいない」

双子のあだ名の由来をドクは思いだした。確か、アニメのキャラクターの双子のアライグマだ。

「では、なんて呼べばいい？」

機嫌を損ねないよう、シフティに話を合わせる。とつぜん、シフティが近寄ってきた。ドクの目の前まで来て立ち止まる。

──近すぎる。

この距離では、シフティを撃つことは出来ない。だが同時にシフティも自分を撃つことは出来ない。

──力で押さえるまでだ。

良心を持ち合わせず、人を殺すのに何の抵抗も後悔もない獰猛《どうもう》な性質を持っていても、しょせんは子供だ。体力では自分のほうが勝《まさ》っている。接近戦ならば、シフティを制するのは難しくない。

「フリッピー」

シフティが答えた。腹の中をおくびにも出さず頷いてみせる。

「判った。フリッピーだね。じゃぁ、フリッピーに訊くよ。目的は？」

シフティが再びくるりと背を向けた。

「そんなの、知らない」

言うと同時にシフティの右手が動いた。腹這いになっている制服姿の男の背へと、銃口が向けられる。

とっさにうしろからシフティの右腕を上に払う。直後、轟音が鳴り響いた。シフティが発砲したのだ。ドクは大きく一歩下がると、人質の巻き添えをださぬよう、膝を折って身を低くしてシフティの身体に向けて発砲した。

血が飛び散ると同時に、シフティが床に崩れ落ちる。

ドクの視線の先の壁には、二つ穴が開いていた。高い位置の穴はシフティ、そしてその下にある穴は、自分の――シフティの身体を貫通した銃弾が開けた。

スパイダーが駆け寄って来た。その口が動いている。何かを話しているらしいが、至近距離での発砲のせいで、また耳が聞こえない。

視線を落とすと、床では人質たちが身を縮めていた。おそらく彼らも悲鳴を上げているはずだ。だがこちらも何も聞こえない。

俯せに倒れているシフティに目を移す。右の肩胛骨《けんこうこつ》の下に穴が開いていて、そこから血があふれ出ている。

――肺か。

心臓ではなかったことに安堵する。

――手当さえ早ければ、助けることが出来る。

フーがリフティを見殺しにしただけに、シフティは助けたい。そうドクは思った。俯せに倒れるシフティの右手にあった銃は、撃たれた衝撃で手から離れている。

——これ以上の面倒は御免だ。

シフティの足下まで近づいて、一度、動きを止めてじっと見る。右腕を投げだし、左手を身体の下に敷いた体勢で俯せに倒れたシフティの背は、すでに真っ赤に染まっていた。呼吸による背中の上下動も小さく遅い。与えたダメージは甚大だったようだ。

——急がないと。

身体を折って銃に手を伸ばす。次の瞬間、視界の隅で何かが動いた。しまったと思ったときには、喉に今まで感じたことのない衝撃が走っていた。

いつの間にか仰向けになっていたシフティが、唇の端を上げていた。

——笑っている。

血に染まった顔の中、緑色の目が爛々《らんらん》と輝いている。その悪魔じみた笑顔を見ながら、喉に焼けるような痛みを感じていた。

とたんに、視界が真っ赤に染まった。大量の血液が噴き出している。何が起こったかは、すぐに判った。

反転したシフティの左手と握られたボールペンが赤く染まっている。

隠し持っていたボールペンで喉を刺されたのだ。刺されただけならばまだしも、引き抜かれた。その穴から盛大に血が噴きだした。動脈を傷つけたのだろう。でなければ、これほどの出血にはならない。

──助からない。

噴き出す血液の勢いと量に、ドクは覚悟を決めた。急に身体が重くなってきて、言うことを聞かない。それでも渾身の力を振り絞って、右手を持ち上げる。

見下ろした視線の先では、降り注ぐ大量の血を浴びながらシフティが口を開けて笑っていた。血で真っ赤に染まる中、歯だけが妙に白い。

その口に銃口を向けると、ドクは引き金を引いた。

シフティの頭は一度跳ね上がってから、打ちつけられるように床の上に落ちた。その瞳から狂気が失われていく。

安堵したとたん、身体から力が抜けた。ドクは背から床に落ちたが、もはや痛みも感じなかった。床に倒れたドクの目に最後に見えたのは、走り去るスパイダーの背中だった。

31

JR桜木町駅から関内駅、そして石川町《いしかわちょう》駅までの海岸線沿いは、古くから横浜港を中心に商業地として栄え、さらには中華街や元町《もとまち》、横浜スタジアムなどがあるため、観光地としても人気が高い。そのうえ、ウォーターフロント都市再開発をスローガンに、横浜ランドマークタワーやパシフィコ横浜、観覧車コスモクロック21が鮮やかなよこはまコスモワールドなどに代表されるみなとみらい地区が整備され、さらに集客が増えた。とはいうものの、このエリアにはもとよりホテルが多い。今ではみなとみらいを代表する建物となったヨコハマグランドインターコンチネンタルホテルを始め、次々とホテルが建設され、ホテルはすでに飽和状態だ。

そんな状況の中で、ハーヴェイ・インターナショナル横浜はオープンした。新規参入するためには、他のホテルにはない魅力が必要だ。抑えめの価格設定や、宿泊施設の設備の良さや、商業施設併設なども利用客には好評だろうが、やはり最たるものは、横浜港まで見渡せる眺望だろう。

だがその売りこそが、神奈川県警にとっては問題だった。眺望の良さは、周囲に視界を遮る建物がないことを意味する。何をしようとしても、警察の動きは犯人に筒抜けとなる。人質を取り、爆弾も所持していると言われては、迂闊にホテルに近寄ることも出来ない。さらには前線基地を作ろうにも、ホテルの近隣には適した建物もない。

結局、広い道路を挟んではいるが、それでも一番近く、なおかつホテル内の様子を窺うのに適した高さがあるという理由で、県民共済プラザビル内に前線基地を設営すると決まったのは、渡部が潮崎にハンディ無線機を手渡した直後だった。

ホテルの二十階の利用客が何者だったのか、潮崎は渡部にいち早く調べさせようと目論《もくろ》んでいた。だが詳しく説明する前に前線基地へ移動することとなった。潮崎は、後から大川原と一緒に前線基地に来て欲しいとしか伝えられなかった。

神奈川県警本庁舎から、県民共済プラザビルまでは、距離にして一キロ強と決して遠くない。道路も広く、本来なら車を使えば到着には五分もかからない。だが、携帯電話基地局の発火事件が起こり、更に武装犯によるホテルの立てこもり事件が明らかになった今、避難勧告に戸惑う人たちとその車や、取材合戦で頭に血の上るマスコミの報道陣で騒然としていて、サイレンを鳴らしていても思うように進めない。

無線機が二つになって、別行動をしたところで構わないはずなのに、なぜか潮崎は同じ車の後部座席に、苦虫を噛みつぶしたような顔の島田一課長と並んでいた。

潮崎は島田の邪魔をする気などまったくない。したつもりもない。だが島田がそうは思っていないのは知っていた。

今回、島田は潮崎のみならず、環境中隊自体を捜査本部から外した。好き嫌いは仕方ない。白状すれば、潮崎も島田のことは好きではない。平穏な日常の一コマの中でなら、好き嫌いで人を遠ざけても問題はない。だが事件が起き、人手が足りないときにそれを持ちだすのは、警察官の職責を考えると、さすがにどうかと思う。

事件の解決の見込みはまだ立っていない。それどころか、何が起こっているのかすら、まだはっきりとしない。早期解決、被害者なし。これが警察の方針だ。この二つを達成するためには、個人的な感情を持ちだしてよいはずがない。

――どう言おうかな。

潮崎は真剣に考えていた。正論を突きつけることは簡単だ。だが、年齢も職歴も自分よりも上の島田の考え違いをあげつらうような言い方はしたくなかった。

――島田さんの面子《めんつ》を潰さないで部下を捜査本部に引き入れるためには、何て言えばいいかな。

すでに自分は捜査本部に参加してしまっている。それも武本との連絡係としているので席を外すわけにはいかないだけに、雑事は誰か他の人に頼むことになる。

――他の課の方にサポートして貰うのは申し訳ないので、自分の部下を呼びたい。

これなら問題ないだろう。あとは言い方だ。しくじらないように、頭の中で言葉を選びながら、シミュレーションする。

「――悪かったな」

だが先に言葉を発したのは、島田だった。とつぜん詫びられて、驚いた潮崎は何一つ返せない。

「知っているだろうが、俺はお前が嫌いだ。だから捜査本部から外した」

島田は前を向いたまま続ける。

「だが、俺ではインターネットに情報が上がっていることには気づけなかった。お前が呼びもしないのにしゃしゃり出たことで、ホテルの中にいるあいつ――武本から情報を得られた。俺がどれだけ話したところで、武本は信用しなかっただろう。あのままでは貴重な情報源を危うく失うところだった」

島田はそこで一つ息を吐いた。

「三十七人もの人が、武装犯に人質にされている。そんな中、俺の好き嫌いなんか、持ちだすべきじゃなかった」

「……島田一課長」

「詫びたからって、お前が嫌いなことには変わりはないからな」

最後にぴしゃりと言われて、潮崎は続きを飲み込んだ。

島田もまた職務に忠実で実直な警察官だということは潮崎も知っていた。県警の生え抜きで刑事部捜査一課長まで上り詰めただけに、それこそ骨の髄まで既存の警察機構の概念にどっぷり浸かった男だということもだ。

その手のタイプの古き良き警察官は皆、自分を厭う。潮崎はそれを自覚していた。

もちろん例外はいる。武本は、潮崎を在《あ》るがままに受け容れてくれた希有《けう》な一人だ。

だがそれ以外の者は、往々にして潮崎を疎む。

疎まれる理由は、キャリア入庁だというだけではない。実家がもたらす人脈や経済力もとうぜんあるだろうが、核の部分は違う。今まで歩んできた警察官人生を否定される気がする存在、それが自分なのだ。だから認めたくないし、嫌うのだ。そう潮崎は考えている。

彼らは皆、優秀な警察官だ。法を遵守し、仲間を守り警察という組織を支える誠実で尊敬に値する人たちだ。だがそれだけに、現状に甘んじ、古いしきたりに縛られる傾向にある。

技術はどんどん向上し、その恩恵に国民は積極的に与《あずか》っている。同時に、技術の進歩に応じた、今まではなかった犯罪も起こっている。そんな中、警察は取り残されつつある。その遅れを彼らのような警察官が、マンパワーと、団結力で補っている。それがこの国の現状だ。しかし、もはやそれは崩壊しかかっている。

警察という組織は警察法に縛られている。改革するためには、警察法自体を変えなくてはならない。そのためには、中にいる警察官の意識改革が必要だ。

最初に警視庁に入庁したとき、潮崎はその問題に正面からぶつかった。そして、武本とともに密造拳銃を追った事件で玉砕した。話を聞く耳を持って貰えない、何の影響力もないのは、Ⅱ種入庁という立場だからだと気づいた潮崎は、警視庁を辞めた。そして潮崎は警察機構に入り直した。今度はキャリアとして警察庁にだ。彼らのような実直な警察官の能力を、より良い環境で活かす。そのために戻ってきたのだ。

島田のような警察官の意識改革を促すためには、力で押さえつけても上手くいかない。下から足下に入り込み、じわじわと浸食するに限る。

「でも、僕は島田一課長のこと、好きですよ」

前を向いたまま、にこやかにそう言う。そんな言葉が返ってくるとは思わなかったのだろう、驚いた島田が潮崎を見た。潮崎も島田を見て、にっこりと微笑んだ。ばつが悪そうに島田が目をそらす。

「――俺は嫌いだよ、お前なんか」

苦々しげに、島田が言った。だがその声はさきほどよりも尖《とが》っていなかった。

「それにしても、なんでこんなにマスコミがいるんだ」

思うように進まない車に、島田はそう言うと舌打ちした。

答えを求めて発言したのではない。きちんと答えれば答えるだけ、島田の怒りを買うことになる。なんでしょうね、とか、まったくです、と受け流すべきなのは判っていた。だがそれでも潮崎は言わずにいられなかった。

「携帯基地局の発火事件の段階で集まってましたし、ホテルの立てこもり事件に関しては、残念ですが、一般の方からの情報のほうが早く回ったからでしょう」

そんなことは判っている、と怒鳴りつけられるかと思いきや、島田は鋭い視線を寄越しただけで、何も言わなかった。

「取材の自粛を求めましたけれど、報道協定と違ってあくまでお願いですからね」

島田は依然として何も言わない。

「だから、仕方ないのかも知れませんけれど、でもなんか納得いかないんですよ、僕は。そりゃ、取材なしで報道するなんてありえないのは判りますけれど。でも、取材するだけして、載らないもののほうが圧倒的に多いじゃないですか。事件の解決の妨げになる取材をしたとしても、それこそ取材を受けた人が精神的に傷ついたり、風評を含めた実害を被ったとしても、その被害は誰にも伝わることなく終わってしまう」

一息に言い切って、島田の反応を見る。島田は何も言わない。

「――ただ、警察だとか芸能人だとか、マスコミと持ちつ持たれつな関係の場合は、そうそう酷い取材はされませんけれど」

「それはマスコミでもマシなほうだ。少しでも名を挙げたい野心のある奴や、まだ自分の名が出ない下っ端は、そんな後先のことなんか考えやしない。上の連中も、そういう奴を使い捨てにすることは前提だ」

前を向いたまま、淡々と島田が返した。無視されていたのではないことに少しだけ安堵していると、再び島田が口を開いた。

「もっとも、俺たち警察も、偉そうなことを言える立場じゃないがな」

予想していなかった言葉に、潮崎は島田の横顔を思わず見つめる。

「警察は犯人を捕まえるのが仕事だ。事件の容疑者を見つけて、犯人かどうか取り調べる。容疑者が犯人ならいいが、無実の人間を容疑者扱いして、さんざん取り調べた挙げ句、違うと判ることなんて珍しくもない。釈放時に疑って悪かったなんて謝罪をしたこともない。そもそも、疑われるようなことをしたそいつが悪い、俺はそう考えていた。実際、前科があるような連中が多かったというのもあるが」

島田はそこで大きく一つ息を吐いてから、また口を開く。

「一度、取り返しのつかない失敗をした」

視線を落として島田が続ける。

「横浜駅前で酔っぱらいが殴られて財布を取られた。目撃者の証言から、ある男が容疑者に上がった。そいつは暴走族上がりのチンピラで、傷害の前科があった。刑期を務めている間に女房が出産した。出所後は悪い連中とも手を切って、真面目に暮らしていたらしい」

島田が目を閉じた。眉間に皺が寄っている。

「——俺じゃない。あいつは何度もそう言った。女房と子供に誓って言う、俺じゃないと。だが俺は信じなかった。またやったんだろう、お前に決まっている、白状しろと、しつこく迫った。あいつは否定し続けた。目撃証言だけで証拠もないし、勾留《こうりゅう》期限切れで釈放した。犯人が逮捕されたのはその翌日だ。一年後、俺はまたそいつに会った。——自首して来たんだ。人を殺したと言って」

人を殺したと聞いて驚き、再び潮崎は島田に目をやった。

「あの事件で容疑者になったことで、仕事をクビになった。新しい仕事がなかなか見つからなかったが、女房が必死に働いてくれて、なんとか家族三人で生活していた。そんな中、子供が幼稚園で苛められていると知った。犯罪者の子供だと囃《はや》され、持ち物を隠されたり棄てられたりするだけでなく、何か悪いことが起これば、反論の一つもさせて貰えずに犯人扱いされていると」

聞いているうちに潮崎は胸の奥に痛みを感じた。かつて情報欲しさに風評を利用したことがある。すべては事件解決のためだった。だが、自分が投げた小石は、思ってもいなかった大きな波紋となり、当事者を渦の中へと呑み込んだ。

「なんとかしようと、幼稚園の先生に話をしに行った」

頭の中を占めようとする苦い記憶を追い払い、島田の声に集中する。

「担任は若い男で綺麗事しか返さなかった。泣きじゃくる我が子を思いだしたら腹が立って、気持ちを抑えきれずに相手を突き飛ばした。壁に強く頭を打ちつけた担任は、倒れてそのまま動かなくなった。救急通報をしたうえで自首した、と。――幸い、担任の命は助かった」

ならば、殺人犯にはなっていない。安堵しかけた潮崎の顔は、続いた島田の言葉に強ばった。

「だが、障害が残った。まだ二十代前半の担任は、そのときに受けた傷がもとで右半身が不自由になってしまった」

島田はまた深いため息を吐いた。

「俺は仕事をした。警察官として当たり前のことをしただけだ。だがその結果は、家族から父親を奪い、若い男性の未来をも奪った」

島田が目を伏せたまま、さらに続ける。

「今でこそ色々とうるさくなって、容疑者が犯人ではないと判って釈放するときに謝罪くらいはするようになってきた」

のちに、警察の落ち度として取り上げられることを避けるためのガイドラインとして指導されだしたことは、潮崎も知っていた。

「けれど、容疑を掛けられたことで起こった、それこそお前の言う風評を含めた二次的な実害に関しては、何のフォローもしちゃいない。真犯人が捕まらない限り、起訴されなかったのだから無罪とは、世間は思っちゃくれない。証拠が無くて立証できなかっただけで、本当はやったに違いないと無責任に言う者もいる。それが判っていながら、個人的にはともかく、組織的にはそこまでフォローしろとはされていない」

島田の口から警察への批判とも取れる言葉が出てきたことに、潮崎は驚いた。だが自分の考え違いに、すぐに気づいた。

今話してくれたことに限らず、警察官であり続ける中で、島田は何度も警察という組織そのものに対して違和感を覚えたに違いない。だが事件は日々新たに起こる。そのどれもを解決しようとすればするほど仕事に追われる。

そしていつしか、心の奥底に湧いた組織への疑念に蓋をする。そうでもしないと、職務を全うすることなど出来ないくらい、今の警察は人手が足りない。

だからといって、島田は疑念を捨てたのではなかった。蓋こそされてはいるが、心の奥深くに確かに存在している。

島田が自分を厭うのは、今までの警察人生を否定される気がするから、そう潮崎は考えていた。

だが、それは間違いだった。目の前の事件解決を優先しているからこそ、現行の警察のあり方に重きを置いているのだ。

「島田一課長は、二次被害が起きないように、尽力されているんですね」

言葉の中に戒《いまし》めを感じて、潮崎は言った。島田の頭が動いた。真正面から潮崎を見据える。

「——あんなこと、二度と起こしてたまるか」

強い視線だった。だがその奥に、深い哀しみがあるのを潮崎は見いだした。

——ここにもいた。

武本のような、警察を愛してやまない、邪念なしで警察官という職を全うしようとする者が働きやすい警察を作る——。

潮崎はそう心に誓って警察という組織に舞い戻った。島田もまた、潮崎が掲げた目標の対象となる一人だった。

視線を受け止めた潮崎は、小さく島田に会釈した。

敬服を示す言葉を並べ立てるのは、潮崎にとって苦でもない。だが、どんな言葉よりもそうするのが相応しいと思ったのだ。

「なんだ、それ」

予想外の行動だったらしく、島田が不機嫌そうに言った。潮崎は手にしたハンディ無線機を見つめながら呟いた。

「大切なのは気づいたこと。そして二度としなければいい」

「上から言ってくれるじゃないか」

潮崎の物言いにかちんと来たのか、険のある声で島田が言った。

「僕もかつて、あなたと同じ間違いを犯しました」

ハンディ無線機から目を上げて、島田を見つめる。

「そのときに、当時の相棒だった武本巡査部長が僕に言ってくれた言葉です」

ハンディ無線機を握り直す。交信は途絶えたきりだ。最後に聞こえたのが銃声なだけに不安は尽きない。

「――これで、武本先輩の人柄が、少しは島田一課長にも伝わるといいんですけれど」

返事はなかった。しかし無言のまま、島田は運転席へと身を乗りだした。

「まだかかるのか?」

「もう少しです」

苛立ちを隠す気など、はなからない深いため息を吐いて、島田がシートに背を沈めた。だがすぐさま身を起こすと、「もう待てん。降りる」と言うなり、ドアレバーを摑んだ。ミラー越しに気づいた運転席の刑事があわててブレーキを踏む。車が止まったと同時に、島田が後部座席のドアを開いた。置いて行かれまいと、潮崎もあわててドアレバーを摑む。だが車道側のために、迂闊にドアを開けられない。諦めて島田のあとに続こうと歩道側に移動する。外に足を踏みだすと、目の前に、とうに先に行ったと思っていた島田の顔があった。

「――マスコミに捉まるなよ」

それだけ言うと、島田は走り出した。

初めて島田が見せた自分への気遣いに呆気にとられた潮崎は、一瞬動きを奪われた。我にかえり、去っていく島田の背に向かって大声で「はい！」と応えて、潮崎も車から降りて走り出した。

思っていたよりも島田の足は速く、なかなか追いつくことが出来ない。

――必ず、やり遂げる。

先を行く島田の背を追いながら、潮崎は決意を新たにした。

32

車を降りた位置からビルまでは五十メートルもない。だがそこにはすでにマスコミが待ちかまえていた。刑事部捜査一課長の島田の顔を見つけた取材陣は、我先にと駆け寄ってきた。だが気づくのがわずかに遅れたため、県民共済プラザビルの中に逃げ込まれてしまった。

事件現場であるホテルの周辺には規制線を張られ近寄ることすら出来ず、捜査状況を聞こうにも一課長に逃げられただけに、その矛先はとうぜん直後に現れた潮崎に向けられた。

行く手にＩＣレコーダーを突きつけられて、まっすぐに歩くことすら出来ない。取り囲まれ、途切れることなく質問を浴びせかけられる。口をしっかり噤んで、ひたすら県民共済プラザビルへと進む。ビルの出入り口が近づいて、気づいた制服警官がなんとかマスコミを追い払ってくれた。

ビルに入った潮崎は、大きく息を吐いた。ロビーの中央には、すでに机が並べられていた。ホテル周辺で情報収集をしつつ待機していたＳＴＳの数名が松原《まつばら》隊長を中心に、前線基地の設営に勤しんでいる。フロアは警察官で騒然としていた。そんな中、同じ紙袋を手に提げたカップルが、警察官に誘導されて何組か通り過ぎていく。皆、一様に怪訝《けげん》な、そして不安そうな面持ちをしている。

県民共済プラザビルは、神奈川県民共済生活協同組合の本部機能と結婚式場やホールを擁する地上十四階建ての会員利用施設だ。

四月の日曜日ともなれば、四階から七階に入っている結婚式場で式が執り行われていても不思議ではない。だが運が良いことに仏滅だということもあってか挙式はなかった。だが式場は代わりにブライダル・フェアを開催していた。カップルたちはその参加者に違いない。

——幸先、悪いよな。

結婚式という人生の門出の相談に来たのに、大量の警察官が現れ、すぐさま避難するように言われ、追い立てられるように建物から連れ出されるのだ。不安そうな顔で立ち去るカップルたちに、潮崎は申し訳なく思った。

「テレビは？　――よし、ＮＨＫだ」

一足先に着いていた島田の声が聞こえてきた。

犯人がテレビを見ている可能性があるだけに、どれくらいの情報が流されているかの確認はしなくてはならない。

テレビ画面ではアナウンサーが国会のニュースを読んでいる。潮崎は何か新情報がネット上にあげられていないか見ようと、スマートフォンを取り出した。だ

「犯人たちのやりとりは傍受できたか？」

島田が警察無線用のイヤフォンを耳に着けながら訊ねた。

「周波数を変えたらしく、今、探しています」

「――そうか、続けてくれ。潮崎、武本から無線は入ったか？」

失望した声から一転して島田は力強く潮崎に訊く。

「ありません」

答えながら、世界最大規模のインターネット動画共有サイトを立ち上げる。ホテル名で検索を掛けた直後、いくつもの動画が引っかかった。再生回数の最も多い動画を選ぶ。

スマートフォンのカメラで撮ったらしく、画像も粗いし、音も聞こえづらい。それでも数度の炸裂音のあとに、次々にホテルから人が逃げだしてくる様子をつぶさに捉えている。

「ネットに映像が流されています」

各人が自分の携帯電話を取り出す中、いつの間にか近くに来ていた島田が潮崎の手からスマートフォンを奪う。

「こっちの映像を撮って載せている奴がいる」

部屋の奥で誰かが叫んだ。

「島田一課長、すみません」と言うなり、潮崎は島田の手からスマートフォンを取り返す。

その動画はすぐに見つかった。

パトカーが大挙してホテルに急行している様子や、ホテル周辺に規制線を張る制服警官の姿、STSの車輛とそこから降りてくる隊員たちの姿、さらにはマスコミを振りきって県民共済プラザビルに入る刑事たちの姿もすでに上げられていた。

ネット上に晒《さら》されて、まだ一時間も経っていないのに、再生回数はすでに軽く一万回を超えている。

驚愕と怒号の入り交じった声がフロアの各所から上がる。

「マズいぞ、顔を抜かれている」

ＳＴＳの松原隊長の声が聞こえた。

改めて見ると、移動する隊員たちの顔がはっきりと映っている。警察官には、職務上、一般に顔を知られないほうがよい者が多くいる。この調子で、警察官の顔が特定できる映像をネットに上げられ続けては、今後の職務に差し障りがでる。場合によっては、法に則って犯罪者を捕まえるという、至極まっとうな仕事をしているはずなのに、お門違いな恨みを買うこともある。さらに言うならば、身に危険が及ぶことも起こりうる。

「どうにか出来ないのか？」

ひときわ大きく島田が吼《ほ》えた。

「サイトの運営者に不適切な動画だと報告すれば、削除することは出来ます。でも時間が掛かります」

潮崎の答えに、島田が舌打ちをする。

「今までのは削除依頼をだすとして、問題は、これからもこんなものが上げられ続けて、犯人が見ていたら、こっちの動きがさらに筒抜けになることだ」

「サイト自体を閉鎖できないのか？」

松原隊長が怒りを爆発させる。

「それは難しいというか、実質、無理です」

潮崎は絞りだすような声で答えた。

上げられた動画の削除は可能だ。だが、これから上げられる動画を制限するのは無理だ。

基本的に動画共有サイトのほとんどは、運営側が投稿動画の掲載の良し悪しの検閲をしてから上げているわけではない。動画の内容に問題があるかないかは、ネットに上げられてからでないと確認できない。

動画の内容が、殺人や暴行やポルノ、または明らかな著作権侵害などの法に触れるものであれば、対象の動画を削除させることは可能だ。だが、今回の場合は該当しない。

「じゃぁ、どうすりゃいいんだ！」

潮崎の説明を聞いた島田が怒鳴った。何か方法はないかと潮崎は思案する。だが、良案は浮かばない。

「動画を撮っている人に、上げないでくれと頼む――しかないですね」

考えたあげく、出てきた答えはこれだった。

事件の情報が何一つなかった当初は、誰かがネットに上げてくれた動画は貴重な情報源だった。だが警察の動きが判る映像が上げられては、もはや邪魔な存在でしかない。

「一人一人に話して回るのか？　それとも、拡声器で怒鳴るのか？　警察の映像を撮ってネットに流さないで下さいって」

返答した潮崎に、島田と松原がたて続けに吼え立てる。

事情の説明もせずに一方的に、撮影を止めて欲しい、映像や画像をネットに上げないでくれと伝えたところで、頼みを受け入れて貰えるはずもない。

警察が上から物を言えば言うほど、言論や表現の自由を盾に、頑《かたく》なに拒絶する者が少なくない。

事件の内容をきちんと説明すれば、多くの人命が関わっているだけに、協力する者も多いだろう。だとしても、それぞれが個人の胸にしまっておいてくれるとは限らない。親切心からであろうと、愉快犯的であろうと、誰か一人にでも漏らしたが最後、人の口に戸は立てられない。情報は、あっという間に知れ渡る。結果、いらぬパニックを引き起こす可能性が高い。

「――なんて時代になったんだ」

苦々しげに島田が言った。

今や、携帯電話やタブレット端末を老若男女が当たり前に手にしている。その多くが映像や画像を撮ることが出来、ネット上に発信する機能を持っている。

個人が情報を発信することが悪いことだとは潮崎も思っていない。実際に、今まで影だった場に光が当たり、企業の内部告発や、情報操作が行われている国の実情などが知れ渡り、世界が大きく動くのを何度も目にしている。

だが、どんな内容であれ、それが法に触れていないとしても、闇雲に発信してよいものではないとも思っている。

「手の打ちようがないなら、放っておくしかない。松原隊長、状況は？」

島田が現実的な判断を下し、ホテル周辺で情報収集をしていたSTSの松原隊長を振り向く。

「一階の左端の店舗のショウウィンドウから五十メートルほど離れた場所に、特型警備車とバス型移動車輛を配置し、そのうしろにSTSと機動隊が待機中です」

捜査本部は発足直後、すぐさま内部への突入方法を模索した。だがホテルは見晴しが良い立地であり、隣接する建物もなく、突入口になりうる場所も極端に少ない。考えられるのは屋上と数カ所の出入り口のみだった。だが、屋上も含めて総てに爆弾が仕掛けられ、近寄れば爆発させると告げられているので、何も出来ずにいた。

そんな中、唯一突入可能な場所として挙げられていたのが、建物一階の左端にある店舗のショウウィンドウだ。その他のショウウィンドウはシャッターで覆われていたが、そこだけは設置されていなかった。

通常、店舗のショウウィンドウやATMを設置している建物の窓には、防犯ガラスが使われているが、銃器による攻撃を以てすれば、突入は可能だ。

だが、店舗の前は広場になっていて、身を隠す場所はまったくなかった。仕方なく五十メートルほど離れた場所に特型警備車とバス型移動車輛を配置した。そして今、STSと機動隊は、突入命令が下り次第、いつでも実行できるよう、すでに待機している。

「三階に犯人らしき人物が二名立っているのは確認できました」

続いた松原隊長の報告が終わると、すぐに島田が訊ねる。

「人質は？」

「見えません。ですが、同じく三階にいるのではないでしょうか」

松原隊長の答えに、映画やドラマでしか見たことがない映像が潮崎の頭に浮かぶ。

窓からホテルを見つめる。みなとみらいに向く窓が光を受けて眩しく輝いていた。真新しい機能的なデザインの二十階建てのホテルは、端然とそびえ立っている。中で武装犯が立てこもっているとは、とても思えない。

だが、ホテルの周辺は閑散として人がいない。いるのは紺色の制服に身を包む警察官ばかりだ。目に映る日曜の午後にはあり得ない光景が、事件が現実であることを潮崎に改めて知らしめる。

――簡単に中へは入れない。

そう思ったとたん、別な考えも浮かぶ。

――出るのも、また同じはずだ。

入るのが難しいのなら、出るのもまた同じだ。だが、犯人からの連絡は金銭の要求のみだった。脱出方法については何も言っていない。

――どうやって脱出する？

頭の中で、脱出方法をめまぐるしく考える。

――出入り口を使うとしたら。

さすがに徒歩はありえないだろう。車を使うとしたら、とうぜん人質を連れていくはずだ。

――だとしても。

そこからどうするのだろう。これだけの警察の目が光る中、国内に留まるとは思えない。

――海外に行くとなると。

とうぜん、飛行機や船などの交通手段が必要だ。

映画やドラマでは、ヘリコプターやジェット機を犯人が要求する。だがアメリカの映画やドラマの中でさえ、おいそれとは準備できない。ましてや日本だ。準備するには、かなりの時間が掛かる。

――身代金の振り込みを確認してからでなければ脱出は出来ないにしても、すでに逃走手段の要求は出ていたところでおかしくない。

潮崎はそこで間違いに気づいた。

事件の規模や所持している武器を考えるに、犯人はプロの集団と見なすべきだ。とうぜん、逃走手段も準備しているはずだ。

――屋上に直接、ヘリコプターが来るとか？

警察から報道各社にお願いしたことには、犯人を刺激しないよう、ホテル周辺での飛行自粛も含まれている。守ってくれているらしく、見上げた空に報道のヘリコプターは見あたらない。

——まさか、事前にトンネルを掘っているとか。

さすがにそれは考えすぎだと、考えを打ち消すように頭を振った。

——人質に紛れて出るとか。

思い浮かべたとたん、武本の言葉を思いだす。

武装犯のうち二人は双子で、十五歳前後の赤毛の白人少年、武本はそう言っていた。その交信を犯人たちは間違いなく聞いていたはずだ。警察に伝わった以上、もはや人質に化けることは不可能だ。

そう考えたとたんに、新たな不安が過る。

犯人たちの計画を台無しにしたのは武本だ。その怒りは確実に本人へと向けられる。三十七名を人質に取り、強力な武器を持つ武装犯は全部で何名いるか判らない。対して武本は一人だ。しかもホテルマンを二名連れている。

握りしめたハンディ無線機に目を落とす。

安否の確認のためにも、こちらから呼びかけたい衝動に駆られる。だが、それは武本や同行している西島と文田の身に危険を及ぼすことになる。

——ただ待っているだけなんて。

「あのぉ、すみません。こちらに潮崎警視は」

ため息を吐きかけた潮崎の耳に、渡部の声が聞こえた。

「すみません、もっと早く来たかったんですけれど」

振り向くと、視界に、近づいてくる渡部の姿が入った。大川原も一緒だ。目を輝かせている渡部とは対照的に、大川原はいつもの無表情だった。

「それで、僕らは何をすれば」

嬉々として訊ねる渡部に、潮崎は本庁の捜査本部で考えたことを、周囲に気づかれぬよう小声で説明した。

「確かに、妙ですね」

潮崎の話を聞いた渡部が、やはり小声で返す。

「パンフレットだと、商業施設内には二つの銀行のATMがありますが」

「銀行のATMは一台につき、硬貨と紙幣を合わせて三千万の現金を準備していると聞いています。それぞれ二台ずつあるとして二行で四台。単純計算すれば一億二千万あることになりますが、施設のオープン前にそんな高額を入れているとも思えない」

割って入ったのは大川原だった。

警察官という仕事柄、銀行と密な付き合いを持つ部署も多い。ただ、ざっと思いだしてみても、大川原の経歴は該当しない。ただ、警察官の誰もが通る地域課の交番勤務で、必ず立ち寄るのは銀行だ。そのときに仕入れた情報なのかもしれない。

「一つ、伺います」

厚い二重瞼の大川原は、ともすれば常に眠たそうに見える。そして潮崎に話し掛けるときは、声だけでなく、顔からも表情が失せる。その顔を見るたびに能面を連想して潮崎は心が折れかける。大川原の顔は今、まさにその能面状態だ。潮崎は覚悟した。

「この指示は、本部の意向に沿ったものですか?」

予想通りの質問に、潮崎は答えに窮した。

「ええと、その」

とりあえず、声を発してみたものの、誤魔化したところで、周囲に訊ねれば簡単に真偽は判る。大川原は瞬きもせずに見つめていた。

「――違います」

観念して正直に答える。大川原がわずかに目を細めた。その表情が「だと思っていた」と言っている。

「本部の方針と別行動をするのは、事件解決の妨害になります」

大川原が口にしたのは正論だ。それだけに返す言葉がない。

「警視個人の命令に従って、捜査本部の足を引っぱるのは御免です」

「大川原さん、それはさすがに言い過ぎ」

「お前が手伝うのは自由だ。だが俺は断る」

取りなそうとする渡部を撥《は》ねつけるように、大川原は断言する。そのきっぱりとした態度に不安になったらしく、渡部が潮崎に視線を向けてきた。

「優先するべきは人質の安否。目指すのは事件の解決と犯人逮捕。捜査本部の人手は足りていない。そんな中、本部に関係なく別行動をしろ、あなたは部下にそう命じている」

抑揚《よくよう》のない淡々とした声で大川原は言った。

警察は指揮・命令系列の遵守を重んじる組織だ。警察官は上司の命令に反論など、滅多なことではしない。

それこそ、命じた本人の見識が足りず、下の者のほとんどが無意味と判っている指令や、明らかに違法な命令でもだ。実際に、北海道警は裏金を作れと指示を出す者がいて、それを受ける者がいた。残念ながら神奈川県警も同じ事件を起こしている。

だが、大川原は真っ向から潮崎の命令に反論した。ひとまず黙って命令を受けて、その足ですぐさま、潮崎よりも位の高い者に報告することも出来ただろう。だが大川原はそうしなかった。直接、上司本人に異論を唱えた。

大川原の人柄に敬服すると同時に、潮崎は己を恥じた。

警察の改革をするというたいそうな目標を掲げているにも拘《かか》わらず、実際に自分がしたのは、不条理な命令を部下に押しつけることに他ならなかった。

相変わらず能面のような顔で、大川原が見つめている。

「ごめんなさい」

言うなり、深々と頭を下げた。

「ちょっと、あの」

とつぜんの行為に、渡部があわてた声を上げる。だが潮崎は頭を下げたまま続ける。

「上司として、最低のことを命じました。本当にごめんなさい」

床に落とした視界の中で、渡部の革靴が落ち着きなく動いている。

「頭を上げて下さい。目立ちます」

抑揚のない大川原の声に、ようやく姿勢を戻した。二人を呼んだ理由がなくなってしまって、このあとどうすればよいのか潮崎は考える。

もちろん、二十階の客が何者だったのか知りたい気持ちはなくなってはいない。自分は武本との交信役として、動きが取れない。だが二人に頼むわけにはいかない。わき上がるジレンマを、なんとか抑え込もうとする。

「一つ、お願いしていいでしょうか」

そう言いだしたのは大川原だった。

「僕で、出来ることなら」

何を望まれるのかは判らないが、出来る限り応えたい。

「環境中隊は来なくていいとのことで、捜査本部に呼ばれていません。ですが、これだけ皆が忙しそうな中、本庁舎に戻って暇にしているのも身の置き所がありません。本部に加えて貰うよう、取りはからっていただけないでしょうか？」

大川原の要求は至極まっとうなものだった。本来ならば本庁舎の捜査本部にいる桝野刑事部長に了解を取るべきなのだろう。だが少しではあるが、島田との関係が改善している今ならば、彼に頼んだところで断られはしないはずだ。

「もちろんです」

言いながら、目で島田を捜す。

「ただ」

大川原の声に、潮崎は目を戻した。

「人手が足りないとはいえ、島田捜査一課長は環境中隊のことが、どうもお好きでないようで。目の前をうろちょろして、いらぬストレスを掛けるのはさすがに気が引けます。事件の解決の邪魔をしたくはありません」

相変わらず能面のような表情のない顔で、大川原が続ける。そのせいもあって、彼が何を望んでいるのか、潮崎には見当もつかなかった。

「ホテルから脱出した客やホテル職員の事情聴取の人手も足りていないと聞いています。出来ればそちらの援軍として入れていただければ」

大川原の薄い唇の両端が上がって、すぐさま元に戻った。ほんの一瞬のわずかな動きだったが、潮崎は見逃さなかった。そして同時に、大川原の意図も理解した。

「判りました。手配します」

そう言って、辺りを見回した。松原ＳＴＳ隊長と話している島田一課長の姿を見つけて走りだす。

大川原は、本部に合流するにあたり、ホテルから脱出した人たちへの取り調べ担当を望んだ。潮崎が求める情報を得るのに最も適した役を申し出てくれたのだ。それは大川原の自分に対する配慮に他ならない。

潮崎の話を聞いた島田一課長は二つ返事で了承しただけでなく、本庁舎内の本部と連絡を取ってくれた。大川原と渡部のもとに戻った潮崎は、島田の指示を伝える。

「脱出した方たちを本庁舎に集めているので、ご足労ですが本庁舎に戻って下さい。あとは本部の指示に従って下さい。よろしくお願いします」

一息にそう言うと、潮崎は二人に深々と頭を下げた。その行為にまたもやあわてる渡部をよそに、大川原は無表情のまま「行くぞ」と言うなり、きびすを返した。

立ち去る二人の背に、潮崎は今一度、頭を下げた。

33

左右から西島と文田の二人に支えられて、武本は非常階段を上る。階段を一段上がるごとに、激痛が武本の身体を貫いた。痛みに声が漏れそうになるが、必死に堪える。

「休みますか？」

気遣う文田の声に、頭を左右に振る。目線を上げて三階の非常口の扉を見つめた。

あと数段だ。いつもならば一息で駆け上がれただろう。だが今は、途方もなく遠く感じる。

「あと少しです」

すぐ側にいる西島の声が遠くに聞こえた。視界も、どこかぼんやりしている。意識が薄れかけていることに気づいた武本は、次の一段をあえて強く踏みだした。痛みに意識がはっきりする。

「扉を開けます」

二段を残して西島はそう言うと、武本を文田に預けて一人先に階段を上がった。犯人が待ち伏せしている可能性がある。西島に警告したいが、声が出ない。西島の手がドアノブに伸びる。

「西島さん」

声を絞りだすと同時に、文田の肩に回していた右腕を外す。振り向いた西島が、向けられた銃口に目を見開いた。だが武本が何をしたいのか察したらしく、すぐさま扉の開く方向に身を寄せる。

「あなたも」

身体を支えてくれている文田に言う。

「でも」

「早く」

文田の目を見て短く告げる。文田が、武本から離れて壁際へ移動した。

銃口を扉に向け直して、西島に頷いてみせる。西島が改めてドアノブに手を伸ばす。

「開けます」

西島が静かにドアノブを回して引く。目を凝《こ》らし、さらに全身の意識を集中させる。開いた隙間から、ロビーの明るい光が差し込んで来た。自分の呼吸が耳障りなほど大きく聞こえて、息を詰める。

人が通り抜けられるくらいに扉が開いた。誰もいない。

左手で二人にその場で待つように示すと、武本は階段を上って、ロビーの中へと進んだ。左側にエレベーターが見える。身を低くして進み、ロビーの様子を窺う。やはり誰もいない。

ものの数時間前に磯谷はるかと待ち合わせたロビーは、様子が一変していた。中央に置かれたテーブルは絨毯の上に倒れていて、大きな花瓶は砕けて、周囲に花が散乱している。

「こっちです」

潮崎は、人質の女性が磯谷はるかだと交信中に匂わせた。異臭騒ぎが起きてすぐに、はるかをホテルから退去させた。その彼女が、なぜこの場にいるのかは判らない。だが今は、その謎にかまけている余裕はない。

囁くような声に振り向くと、あとに続いた西島が右横の壁を指さしている。

「スタッフルームです」

言いながら、白い壁を手でそっと押した。壁の一部が中へ動く。武本が銃を構えるのを待って、西島がドアを開ける。

ドアの隙間から見える室内にも、人の気配は感じられない。

完全にドアが開いた。やはり中には誰もいない。それどころか、机から椅子の一つもはみ出すことなく整然としている。武装犯が人質を取ってホテルを占拠するという非常事態が起こっているとは思えない光景だった。

音を立てぬよう、スタッフルームの中へと踏み込んだ。西島と文田もあとに続いた。

「あそこがフロントへの出入り口です」

西島が部屋の左奥にあるドアを示した。

「人質は？」

同じく低い姿勢の文田が訊いた。

「レストランだろう」

三階の構造を思いだしながら、武本は返した。

犯人は三十七名の人質を取ったと言った。それだけの人数を集めておくことが出来るのは、レストランしかない。

「それで」

不安そうな声で文田が言った。

その先に続く言葉は、これからどうするか、だ。

痛みを宥めるように、武本は大きく一つ呼吸をしてから口を開いた。

「レストランに向かいます」

ごくりと唾を飲み込む音が聞こえる。西島だった。その顔が青ざめている。必死に平静を装ってはいるが、喉がひくついている。

それが悲鳴を堪えようとしているのか、やはり行けないと言おうとしているのか、武本には判らない。だが今、西島が心変わりを申し出たとしても、責める気持ちは武本にはなかった。

これまで西島は、実際に何度も命の危険に晒された。武本が撃たれたのも、そして武本が少年を撃ったのも目の当たりにした。これから我が身に何が起こるか、西島はすでに知っている。

ひくつく喉を抑えようとしているのか、西島が何度も唾を飲みこむ。文田へと目を移すと、表情を失っていた。

――このまま二人を、犯人のもとに連れていくべきか？

武本は逡巡《しゅんじゅん》する。

二人は三階に同行してくれた。客の安全を守るというホテルマンとしての使命を果たすためだ。だが、二人もまた警察官である武本が守るべき存在だ。

――犯人は約束を守る気などない。

撃たれた右腿を庇い続けた左脚にも痛みを感じて、少しだけ右脚に体重を移す。焼けつくような痛みに思わず声が漏れそうになり、奥歯を噛みしめて堪える。

――犯人に反撃されたら、ひとたまりもない。

身体を僅かに動かすことすらままならない状態で、西島と文田を守るなど不可能だろう。

武本は決断した。

「私一人で行きます。お二人は、二階の店舗内に避難して下さい」

「だって、僕たちも行かないと人質が」

目を見開いた西島に、武本は無言で首を振る。

「こんな状態の武本さんを置いて、自分たちだけ逃げるなんて出来ないですよ」

西島が食い下がる。

「言われた通りにしよう」

文田が西島の肩を摑んで言った。

「何言ってるんですか」

気色ばんで、それでも小声で西島が文田に言い返す。

「武本さんに従うべきだ」

「だけど」

文田と西島の二人がひそひそ声で言い争っている。このままここでぐずぐずしているうちに、犯人に見つかるという最悪の事態だけは避けなければならない。

早く立ち去るように言おうとしたとき、銃声が轟いた。

「逃げろ」

武本は二人に言うと、フロントへの出入り口に向かった。

犯人は武本たちが二階にいたときすでに二度発砲している。そしてさらにまた今、発砲した。人質が撃たれたかもという不安に、気が焦る。スタッフルームを出てフロントを抜けた瞬間、再び銃声が聞こえた。

——何が起こっている？

たて続けの銃声に、武本は焦る。とにかく状況を把握したいが、レストランまでが遠く感じられる。怪我をしていなければ二秒も掛からない距離だ。だが撃たれた右脚に力が入らない。それでも懸命に両脚を動かし、大きく身体を揺らしながら、ひたすら前に進む。

——あと少しだ。

どうにかロビーを渡り、レストランの出入り口付近まで来た。だがそのとき、三度《みたび》銃声が響いた。武本は渾身の力を振り絞って突き進む。ようやくレストランの中に足を踏み入れた武本に見えたのは、床の上に俯せになった人たちの姿だった。皆、後頭部で手を組んでいる。

——人質だ。

俯せに寝ているために、人質たちが無事かどうかが判らない。安否を確かめたいが、今は犯人を確認するのが先だ。

——犯人は？

犯人は武器を持って、人質を見張っているはずだ。だが視界に、それらしき人物の姿はない。それどころか、立っている人の姿が見あたらない。

——どこにいる？

焦りつつ、再び周囲を見回す武本の目に、床にあおむけに横たわり、喉から大量に赤い液体が噴き出している男の姿が見えた。男の周囲には血だまりが出来ている。

——撃たれた。

武本は銃口を向けながら進む。

近づいた武本が見たのは、予想とはまったく違う光景だった。

男のすぐ近くに、レインコートを着た少年が機関銃の上に仰臥《ぎょうが》していた。身体の下には、やはり血だまりが出来ている。額に銃口を向ける。少年がどれほど危険かは既に十分に知っていた。

少年の身体から少し離れたところに、拳銃が落ちているのを見つけた。今のところ、動く気配はない。だが少しでも動いたら、躊躇うことなく撃つ覚悟でさらに近づく。

少年は微動だにしない。それでも気を抜かず、拳銃を左足で蹴り払った。

武本は少年を注視する。少年のレインコートは、男の大量の血に濡れていた。目の端で少年を捉えたまま、喉を撃たれた男を見る。男の喉から、まだ血が噴き出している。

「おい」

声を掛けるが、反応はない。それでも男の身体はかすかに動いている。息はあるのだ。

助けてやりたいが、少年から目を離せない。何より他の犯人がどこにいるのか判らない。

「しっかりしろ」

再び声を掛けるが、返事はない。喉から流れ落ちる血が、絨毯の染みを広げていく。

――この出血量では助けられない。

男の顔からは、もはや生気は失せていた。

――何か出来ないのか？

武本は、何も出来ない己が腹立たしかった。

やがて男の身体の動きが止まった。息絶えたのだ。

――すまない。

目の前で救うことが出来なかった男へ心の中で詫びつつ、少年へと意識を戻す。

右手には何もない。だが左手には、真っ赤に染まった細い棒を握っている。それが何か、武本には判らなかった。だがなんであれ、武器に違いない。取り上げようと、さらに近づいたところで気づいた。

少年の見開かれた目には、何も映っていなかった。胸も上下していない。銃口を向けたまま、屈んで左手を首筋に当てる。脈はない。少年はすでに絶命していた。

少年の死を確認して、わずかに緊張を解く。

改めて少年を見下ろす。右胸に穴が開いていた。武本が撃った少年ではない。

——双子のもう一人だ。

脳裏に床に俯せに倒れた、もう一人の少年の姿が浮かんだ。あれだけ出血していては、たとえ止血処置を施したところで、すぐに病院に運ばなければ助からないだろう。ましてや、今までのように動けるはずもない。

眼下の少年が左手に握りしめているものが何か、ようやく武本にも判った。

——ボールペンだ。

フォークで刺されたときのことを思いだす。手に触れるものすべてを武器に変える恐ろしい少年たちだった。だが今は、一人は確実に、そしておそらくもう一人も死亡した。

武本は一つ息を吐いた。それが安堵だと気づいて、己を恥じる。

相手が誰であろうとも、たとえ凶悪犯であったとしても、人の死を、それも一人は自ら手に掛けたのだ、喜ぶべきではない。

武本は小さく頭を振った。感傷に浸る余裕などない。周囲に目を向け、犯人を捜しつつ、倒れている男に再び近寄る。

作業服らしきつなぎを着た男の近くに、拳銃が落ちていた。見つけたとたん、混乱する。

——この男も犯人なのか?

そこで武本は、男の着ているつなぎが少年と同じものだと気づいた。

——何が起こった?

少年は仲間の男の喉にボールペンを突き刺した。そして、口の中を撃たれて死亡した。

男の近くに落ちている拳銃に手を伸ばす。銃口付近はまだ熱かった。

——この男が撃った。

ならば、仲間同士で殺し合いをしたことになる。

——何がどうなっている?

とつぜん視線を感じて、武本はそちらに銃口を向けた。小さく悲鳴を上げたのは、俯せになった人質の一人だった。水色のカーディガンを着た女性が、怯えた目で武本を見つめている。

——磯谷はるかだ。

武本は声を出さぬよう、手で制しながら近づく。はるかは顔を伏せると、身を小さく縮めた。

「武本さん」

囁くように呼ばれて、声のしたほうへ目を向けると、レストランの出入り口から覗く西島と目が合った。床に伏せているのかと思うほど、西島は低く身を屈めている。そこに留まるよう手で示すと、西島は頷くなり壁の向こうに頭を引っ込めた。

武本は、さらにはるかに近寄った。

声をかけようとしたとたん、「殺さないで」とはるかが小さく叫んだ。武本を犯人と思っているのだ。

「お願い、助けて」

はるかは嗚咽混じりの声で、そのまま何度も「殺さないで。お願い、助けて」と繰り返す。

「磯谷はるかさん」

武本は、はるかの名を呼ぶ。

呪文のように繰り返していた懇願が止まった。ゆっくりとはるかが頭を動かす。右頬を絨毯に付けたまま、武本を見上げる。はるかの口元が戦慄《おのの》いた。

安堵の声を漏らすのだろう。武本はそう思った。だが、違った。

「あっちに行きました」

予想外の言葉が返ってきた。

「あっちです。私、見たんです」

頬を絨毯にこすりつけるようにして、はるかは顎でレストランの奥を何度も指し示す。

「落ち着いて」

「あっちに行きました。私、見ました」

武本の声を無視して、はるかは繰り返した。見開いた目からぼろぼろと涙がこぼれている。武本ははるかの肩に手を掛けた。

「落ち着いて」

しっかりと目を合わせて、武本は言った。はるかの顔がくしゃりと歪んだ。

「――武本さん」

か細い声でそう言ったはるかは、絨毯に顔を埋め、声を押し殺して泣きだした。

はるかは震える声で、でも順序立てて起こったことを語った。

「何が起こっているのか知りたくて、盗み見たんです。男はあっちに走って行きました」

はるかの証言によると、三階に現れた犯人は三名。そのうちのつなぎの男と少年の二人は死亡した。だとすると立ち去ったのは、覆面の男となる。

はるかの話を聞いているうちに、異変に気づいた他の人質たちも身体を起こしはじめた。

「どうなったんだ？」

「誰が撃たれた？」

このままだと、おそらく人質たちは勝手に動きだす。全員にそのままでいるように告げ、収拾がつかなくなる前に、武本ははるかにもう一度確認した。

「犯人は三人だったんですね。そして一人が」

「あっちに行きました」

はるかが、はっきりと答える。

はるかが示した場所は、レストランの奥に開いた出入り口だった。おそらく厨房だろう。

「出てくるのは見ましたか？」

「いいえ」

力強くはるかが返した。

ならばまだ、犯人があの中にいることになる。

「西島さん」

すぐさま西島が壁の向こうから顔だけ突き出した。

「レストランの厨房の出入り口は？」

「そこと」

壁の向こうから手を出した西島が、指さして言う。

「あとは、職員用の通路です。その先はバックヤードになっていて、貨物用とスタッフ用のエレベーターが」

——すでに三階から離れたかもしれない。

西島の話を聞きながら考える。

だが、犯人たちにとって要求を通すために人質は必須だ。放りだして離脱するなどありえない。仲間割れに巻き込まれるのを避けてこの場を離れたとしても、いずれは戻って来る。

——仲間を呼びに行った？

いや、敵は自分一人だ。しかも怪我を負っているのは一目瞭然だ。物陰から撃てば、それで済んだに違いない。何か他にも理由があったのかもしれない。

——とにかく、加勢を連れて戻ってくる前に、なんとかしなくては。

「三階の出入り口は？」

早口で西島に問う。

「一般のお客さま用のエレベーターが二つ、二十階の会員専用のエレベーターが一つ。あとはスタッフ用と貨物用のエレベーター二つと非常階段。全部で六つです」

「判りました。こちらに来て下さい」

武本に呼ばれて、西島がそろそろと屈んだまま、レストランに入ってくる。

「犯人は？」

「そのままでいて下さい」

武本は身体を起こそうとしたはるかに言った。はるかは素直に従い、また顔を伏せた。

「武本さん、犯人は？」

周囲を見回しながら、西島が再び訊ねた。

ここで犯人は三階にはいない可能性が高いと言えば、それを聞いた人質たちが、一斉に動きだす。それぞれに勝手な行動を取っているうちに、犯人たちが戻って来ては困る。

「よく聞いて下さい」

武本の言葉に、西島は真剣な顔で頷いた。

周囲に聞かれないよう、西島に耳打ちする。この場には犯人はいない。いるとすれば厨房の中だ。おそらくすでに脱出して、加勢を呼びに行った可能性がある。とにかく、厨房を確認しなくてはならない。その間に人質たちを起こして、一箇所に集めて欲しい――。

「だけど、またいつ来るか」

恐怖に目を泳がせて西島が躊躇《ちゅうちょ》する。

「来させないためです」

「来させないって、どうやって」

「立てこもる」

犯人たちを阻止するには、出入り口を掌握すればよい。今度は自ら立てこもるのだ。

武本の言葉に絶句して、西島は何も返してこなかった。

「時間がない。任せます」

言うなり、厨房へと歩きだす。

「だけど僕なんかが」

追いすがる西島に「あなたしかいない。お願いします」と言って、武本は厨房へと急いだ。

身を隠す場所の多い厨房を、武本は痛む身体を宥めつつ探索した。だが予想通り、犯人はすでにいなかった。やはり加勢を呼びに行ったのだ。

――急がなくては。

レストランに戻ると、人質たちはレストランの中央に椅子を集めて腰かけていた。どの顔も憔悴《しょうすい》しきっている。

戻ってきた武本に、西島が駆け寄った。

「言われた通り、皆さんを集めました。ただ、その先どうするかは、まだ言っていません」

そこで西島は背後の人質たちに聞かれぬように、さらに声を落とした。

「出入り口を見張るとなると、最低六人は必要ですよね。幸い、人質の中に男の職員が十名以上いました。ただ、武器が」

そこまで聞いて、武本は自分の間違いに気づいた。

犯人は武装している。それに対抗して出入り口を見張るには、こちらも武器が必要だ。

武器はある。武本の右手に一丁、そして文田から預かった一丁、さらにつなぎの男と少年の銃と機関銃を集めれば六丁以上になるだろう。だが武器はあっても、扱える人がいなかった。

――一般人に銃を預けるわけにはいかない。

テレビや映画の影響で、銃は簡単に取り扱えると思われがちだ。だがいざ発砲するとなると、その反動はかなりのものだし、オートマチックの場合、発砲時の撃芯《げきしん》の移動で手を挟むこともままある。発砲後は銃身の熱で火傷を負うことも珍しくない。そんな現実的なことよりも、もっと本質的な問題がある。

拳銃を取り扱う職に就く警察官ですら、そのほとんどが訓練以外で発砲することなく退職する。ましてや、人に向けて発砲することはまずない。それが実状だ。

初めて銃を持つ人が、おいそれと人に発砲できるはずもない。だが逆に、銃の怖さを知らない者のほうが、安易に引き金を引けるかもしれない。特に今の状況ならば、身を守るために、躊躇いなく引き金を引く可能性は高い。その結果、過って人質を撃つ危険もある。

ちらりと視線を下ろす。自分の右手には銃があった。いつ犯人と出会すか判らないだけに、手離すことは出来ない。だからずっと持ち続けている。だが武本は自覚していた。

意識して銃を握っているのではない。離そうとしても、指が強ばって離れないのだ。西島を助けるために、負傷して動けなかった自分の取れる最良の策だった。警察官として、為すべきことをした。それは自信を持って言える。

——だとしても。

冷たいコンクリートに横たわる少年の姿が脳裏から離れない。人を殺してしまった。それもまだ年端《としは》もいかない少年を。

先に撃ったのは少年だ。もしも撃たなければ、西島も自分も生きてはいないだろう。正当な行為だった。頭ではそう理解している。だが完全に受け入れているわけではない。それを表しているのが、強ばった指だ。

どれだけ動かそうとしても、指は固まったまま動こうとしない。このまま一生、手から銃が離れないのではと不安になるほどだ。

警察官という立場で、正当な理由もあった。だとしても人に向けて発砲し、その生命を奪ったことは、生涯の重荷として背負っていくしかない。そんなトラウマを一般人に負わせるわけにはいかない。

だが、そうなると、犯人からどう人質たちを守ればよいのだろうか。

「武本さん」

西島の声に我に返る。西島は武本の指示を待っていた。だが告げるべき言葉が見つからない。

「早くしないと」

急がなくてはならないのは武本にも判っていた。必死に頭を働かせるが、武器なくして犯人からこの人数を守る方法が浮かばない。そもそも、考えることに自分は向いていないのだ。

ため息を吐きかけて、止めた。考えごとに向いている男の存在を思いだしたのだ。

「警察に連絡します」

そう言うと、左手で無線機を摑んだ。

34

音を立てないように、男性スタッフ用のロッカールームのドアを文田は押し開けた。捜し人はそこにいた。出入り口に背を向けて着替えているせいか、文田に気づいていない。

中央に置かれた白い木製の長机の上に目を向ける。スポーツバッグや無線機、拳銃、そして脱ぎ捨てられた黒い覆面が無造作に置かれていた。

「何をしているんだ？」

足音を殺して近づき訊ねると、驚いたスパイダーが弾かれたように振り向いた。金属製のロッカーに腕がぶつかりけたたましい音を立てる。一瞬、長机の上の銃に飛びつこうとしたがすぐに止めた。

「なんだよ、驚かすなよ」

小さく舌打ちしてそう言うと、何事もなかったように、また着替え始めた。

一発目の銃声に武本はロビーへ向かった。直後に二発目が聞こえた。金庫の暗証番号を聞きだすために、武本のあとを追おうとする西島を止めていると、三発目の銃声が鳴った。とたんに駆け出す西島に追いすがろうとして気配を感じた。振り向いた視線の先を黒ずくめの男が駆け抜けていった。ほんの一瞬のことだったが、それがスパイダーだと文田は気づいた。

このまま西島を追っていけば、あちらには人質たちがいる。その中には文田を知っているホテルの従業員も多い。合流したが最後、そのあと自由に動けなくなる可能性は高い。

スパイダーを追う。そう文田は決断した。

向こうで何が起こったのかは、スパイダーに聞けばいい。それに武本がいたせいで無線を切っていたために、全体の状況把握が出来ていない。一度、離脱して計画を修正するべきだ。姿が見えなかったと言われたところで、怖くなって逃げだしたで済む。

スパイダーの行き先は判っていた。一階の施設管理部か男性スタッフ用のロッカー室のどちらかだ。施設管理部には居ないことを確認した文田は、ロッカー室に向かった。


「何があった？」

低い声で文田は訊いた。

「チビが来て、ええとリフティ、いやシフティ。——どっちでもいっか」

黒い長袖のシャツを脱ぎながら、スパイダーが続ける。

「とにかく、そいつじゃないほうが死んだって言って大泣きしてさ」

——シフティがリフティの死を知った。

想定していたよりも早くシフティが兄の死を知ったことに、文田は内心舌打ちした。シフティが暴走し始めたら、任務の遂行がさらに難しくなる。ましてや、兄を殺したのが自分だと気づいたら。

「そうだ、あんたが嘘吐いたって言ってたぜ」

小馬鹿にしたようなスパイダーの言葉に、文田は自分がシフティの復讐の標的になったことを知った。

双子、とりわけ弟は、味方ならば心強いが、敵になったが最後、最悪の存在だ。その凶悪さを今まで何度も目の当たりにしているだけに、文田の背をぞっとするものが駆け上がる。

当初の計画通りにことが運んでいたら、今頃は〝思い出〟と金を手に、とっくにホテルをあとにしている。二十階で起きたことも、まだ誰にも気づかれていなかったはずだ。なのに現実は、〝思い出〟の回収もままならないまま、ホテルに立てこもっていて、周辺はすでに警察に囲まれている。それもこれも、たった一人の警察官のせいだ。その警察官、武本はいまだ自由に動きまわっている。銃を奪っただけでなく、無線機を手に入れ、警察との交信も自在だ。

二重三重の足かせを嵌められたこの状況に、さすがに文田も焦りを感じていた。

「ドクがチビに警察官を片付けるように言ったんだけど」

そんな文田をよそに、スパイダーが軽い口調で続ける。

「とつぜんブチ切れて人質を撃とうとした。そしたらドクがチビを撃って」

「ドクが撃った？」

「ああ。ほらあいつ、勘違い野郎だったろ。義賊ぶってるっての？　関係ない奴は殺さないって、いつも馬鹿の一つ覚えみたいに言ってたじゃん」

スパイダーがドクのことを過去形で言ったのに文田は気づいた。

「しかもいつまでも過去を引きずっててさ。俺が脅しで人質の脚を撃ったときも、その止血とかしてやんの。だもんだからさ、自分でチビを撃ったくせに、チビの容態を診ようとしたんだ」

スパイダーは話しながら、ロッカーの中から丸めた布を掴みだして放った。机の上に広がったのは、ホテルの施設管理部員用のつなぎだ。

「そしたら、チビがドクの喉になんか突き刺してさ。抜いたもんだから、血がどばーって出て。もう、すげぇの。スプラッタ映画なんて目じゃねぇよ」

その様を思いだしたのか、スパイダーは身震いした。

「何やってんだよって見てたら、今度はドクがチビを撃った」

右手を突き出して銃の形にすると、スパイダーは床に向けて撃つ仕草をした。

それではさすがに助かりはしまい。シフティは死んだ。命を狙う凶悪な相手が死んだのだ。安堵すべきところだが、自分でも不思議なことに文田は残念に感じていた。

「ドクは？」

予想はついたが、それでも文田は訊ねた。

「そのまま、うしろに倒れた」

仰向けにのけぞる仕草をしたスパイダーは、姿勢を戻すと「ありゃ、死んだね」と締めくくった。そして文田に背を向けると、再びロッカーを漁りだした。

カンボジア難民で医師という過去のために、ドクは思い入れが強すぎて、扱いづらいこともままあった。だがだからこそ、誰よりも使命を全うすることを大切にした。

使命の達成のためには、シフティの暴走を止めねばならない。そう判断して撃ったのだ。すぐに介抱しようとしたのは、助けられるのであれば助けよう。そう思ったに違いない。

「それで、お前はどうしてここにいる？」

ドクとシフティが死に、スパイダーがここにいるのなら、人質を見張る者は誰もいない。

臨機応変に個々で対応する。チームの決まり事の一つだ。事実、文田もそうしてきた。だとしても、スパイダーが人質を捨てて現場を離脱した理由が判らない。

武本の突入に驚いて逃げたとしても、それは言い訳にもならない。そもそもスパイダーの口からはその名前は出てきていない。

「どうしてって？」

スパイダーは手を止めると、そのまま顔だけ振り返った。

「ドクも双子も死んだ。ホテルの中に残っているのは俺とあんただけだ。人質だけならともかく、武本とかいう警察官がうろちょろしていて、しかもこっちの無線機を奪って、警察と交信している。これじゃぁ、もう、どうしようもないじゃん」

スパイダーは机の上に置いた無線機にちらりと視線を送った。

「爆弾は？」

言いながら、文田は背広の内側に右手を差し込んだ。左内ポケットの中に指を入れると、硬い物が触れた。静かにそれを掴みだし、右手の袖口に隠し持った。

「仕掛けたよ」

スパイダーはあっさりと言った。

「威力とリモコンは？」

「それぞれ周囲十メートルくらいまでは吹っ飛ばせる程度だ。だから全部爆発させたところで、建物が崩れるほどの威力はない。リモコンは無線機。連絡用とは別のやつ」

文田はスパイダーの身体に目を走らせた。ズボンの右後ろのポケットが四角く膨らんでいた。ベルトからポケットまでウォレットチェーンが伸びていた。どうやらチェーンに着けているらしい。

「もう、時間の問題だろ？」

スパイダーが再び無線機をちらりと見てから言った。

「武本って奴が連絡したら、警察は今までよりも積極的に仕掛けてくるはずだ。突入阻止に爆発させたところで、何人かは巻き添えに出来るだろうけど、そのあとはかえって突入しやすくなるだけだ。——というわけで、いつまでもこんな格好してたら、犯人として捕まっちまう。だから、飯星に戻りに来た」

言い終えるとスパイダーは文田に向き直った。手には白い運動靴がある。それを持って机に向かい、引きだした椅子にどさりと腰を下ろした。

「顔を隠して服を替えるだけじゃ危ないからさ。靴を覚えられていたらアウトじゃん。だから、ちゃんと靴も替える」

スパイダーは足を組むと、得意げに履いている黒いワーキングブーツを指さした。その動作と表情に怒りをかき立てられたが、まだ聞きださねばならないことが残っていた。

「人質の中に竹内は？」

「——誰？」

とつぜん人名を出されて面喰らったらしく、スパイダーが訊き返した。

「フロントのシフトリーダーの竹内だ」

「いたよ」

あっさりとスパイダーが答える。

必要なことはすべて聞きだした。文田は、静かに言った。

「〝思い出〟の回収がまだだ」

左足の靴紐を解いていたスパイダーの手が止まる。

「はぁ？」

馬鹿にしきった目つきで文田を見上げる。文田は感情を消した顔でスパイダーを見つめた。二人とも目をそらさずに、しばし無言で睨み合う。先に口を開いたのはスパイダーだった。

「訊くけどさ、あれはホテルから出てない。ホテルの中にあるんだろ？」

どう考えても、誰かが外に持ちだせる状況にはなかった。つまりはホテルの中にあるんだろ？」

〝思い出〟はホテルの中にある。文田もそう思っている。だが文田は何も答えなかった。返事を待つ気は最初からなかったらしい、スパイダーが続ける。

「だったら、事態が収束したあとに、文田さんが持ちだせばよろしいんじゃないの？」

呼び捨てでなく、さんづけしたのは、あからさまな揶揄《やゆ》だろう。

「中にあるかは、確認しないと判らない」

「確認ってどこを？　これからホテル内をくまなく捜し回れっての？　警察の突入は時間の問題だってのに？　それにもう、俺とあんたの二人しか」

喰ってかかるように言ったスパイダーは、そこで言葉を止めた。

「──そういうことか」

片眉を上げると、スパイダーは馬鹿にしたように言う。

「二人じゃないな、俺にやれって言うんだろ？」

組んだ足を戻したスパイダーが、胸の前で腕組みする。

「あんたは何か起こったときのために、文田でいなくちゃならないもんな。──ま、確かに、俺がするべきだろうよ。俺があんたでもそうさせると思う。飯星がホテル内をうろうろしていたところで、何の問題もないしね」

皮肉っぽい言い方をするスパイダーを、文田は無表情のまま見つめる。

「でも、それならあんたがしたって問題ないじゃん。文田も飯星も、二人ともホテルの従業員なんだから」

何も答えない文田に、スパイダーが肩をすくめた。

「けどさ、〝思い出〟の回収はあんたらの、とりわけあんたの役目でしょ？　回収してコモンに渡すまでがあんたの仕事。でもコモンは受け取っていない。要は、あんたがミスった」

スパイダーが腕組みを解いた。机の上のスポーツバッグに手を伸ばす。中からタオルを取り出して、首筋や顔に浮いた汗をぬぐい始める。

「そのせいでホテルを占拠するはめになった。したのは俺。それもたった一人で」

スパイダーはそこで一度口を噤んだ。

「たった一人で、まず周辺とホテルの通信機能をダウンさせた」

たった一人を強調すると、スパイダーはさらに続ける。

「館内の客のほとんどを外に出して、建物を封鎖して」

「携帯基地局の発火は、一人でしていない」

割って入られるとは、しかも間違いを指摘されるとは思っていなかったのだろう、スパイダーが憮然《ぶぜん》とした表情になる。

「確かに実行したのは俺一人じゃない。それは事実だ。あんたが正しい。——けどさ、計画を立てて指示したのは俺だ。だから」

「関わる人数を最小限に抑える。犯罪の鉄則だ」

右手の感触を確かめながら、スパイダーを見つめて文田は言った。

「古っ」

一言でスパイダーが片づけた。

「動機が一緒、共通点もある連中なら、確かにその通りだ。でも、そうじゃない奴を集めて、それも数を増やせば増やすだけ捜査は混乱するし、トップ——つまり俺に手が及ぶのに時間が掛かる。だいたい、俺たち自体が点と点の寄せ集めで、チーム自体も点と点にすることで全体像を見えないようにして、本当のトップに手が及ばないようにしてるだろ？　それと同じだよ」

スパイダーが椅子から立ち上がった。

「ま、ミスした奴に犯罪の鉄則なんて言われたところでね。つーかさ、あんたアメリカで捕まって寿命よりも長い懲役喰らったんだろ？　本来なら今、ここにいるはずもないわけじゃん。対して俺は無傷。常にノーミス。だから、一度も捕まったことがない」

そう言うと、手にしていたタオルをスポーツバッグに放り投げた。

「あとはあんたの好きにすればいいんじゃない？　とにかく俺は飯星に戻る。——ああ、そうだ。俺もあんたに一つ、鉄則を教えてやるよ」

机に両手を突き顔をぐいっと近づけてから、スパイダーが嘲《あざけ》るように言う。

「捕まらない。——これが優秀な犯罪者の、唯一にして最強の鉄則」

文田はわずかに右手を開いた。袖口に隠したナイフが滑り落ちてくる。指先にナイフの柄が触れた瞬間、手首のスナップを利かせて、折りたたまれたナイフの刃を弾きだす。そして振り上げると、躊躇なくスパイダーの左手の甲に突き刺した。

スパイダーが悲鳴をあげる。右手で文田の手を摑んで引き剝がそうとする。

二人の体格差はさほどない。だが片手を机に縫いつけられては力の差は歴然だった。このままではどうにもならないと察したスパイダーは、机の上の銃へと手を伸ばした。しかしあとわずかのところで、文田が銃を手で払った。銃は机の上を滑り、端で止まった。

文田は体重を掛けて、さらに両手で深くナイフを押し込んだ。完全に机に刺さるまで押し込んでから、ようやく文田は手を放した。

「何すんだよ！」

汗と涙に濡れた顔でスパイダーが吠えた。

それには何も応えずに、文田は背広の内ポケットの中に左手を入れた。手術用のラバー手袋を取り出してひろげる。半透明のラバーのところどころが赤く濡れていた。リフティの血だ。

文田の手にあるものを見て、スパイダーが目を見開いた。何が起こるか悟ったようだ。

「やめてくれ」

泣き喚きながら、スパイダーがナイフの柄を摑んで引き抜こうとする。だが痛みで力が入らないらしく、簡単には自由になれない。焦りから、しきりに足を動かす。だが動くことでさらに傷口が広がり、激痛にスパイダーは嗚咽する。傷口から流れ出た血が、白い机を赤く染めていく。

文田はその様子を眺めながら左手からゆっくりと手袋をはめる。きっちり装着するために、指を入れてからラバーを伸ばすように引っ張る。手を放すと、弾みで赤い飛沫が飛んだ。続けて右手も同じことを繰り返す。最後に両手の指を祈るように組み合わせる。空気が抜け、指のつけ根までラバーがぴたりと貼りついた。

手袋をはめ終えた文田は、スパイダーを見つめた。スパイダーはナイフと文田を交互に見ている。

残された時間は少ないと悟ったスパイダーは、右手をナイフの柄から離すと、机の上に上半身を這わせて、文田が払いのけた銃へと伸ばした。だがあとわずかのところで銃に手は届かない。

「待てよ。もう、二人しかいない。俺とあんたの二人だけだ。言うこと聞くよ。なんでもするから」

「捕まらない。それが優秀な犯罪者の唯一にして最強の鉄則」

顔を歪めて懇願するスパイダーの目を見つめながら、さきほどスパイダーが得意げに言った言葉を文田はそのまま返した。

スパイダーの見開いた目に恐怖が浮かんだ。

どう懇願したところで、助けては貰えない。このままでは殺される。生き延びるためには銃を取るしかない。ただ、そうすれば左手が裂ける。おそらく一生、使い物にならない。

「なんだよ、なんでこんなことをするんだよ。俺が何をしたって言うんだよ」

文田に殺されるか、自ら左手を諦めるかの二つに一つの選択をするしかないと悟ったスパイダーが、ひときわ大きな声で泣き喚いた。

「何も」

それだけ答えた。文田はスパイダーのうしろに回ると、ベルトにつけられたウォレットチェーンを引っ張った。金属のクリップを外して無線機を奪い取る。

奪った無線機を背広のポケットに入れ、再び回りこむと、銃の前に立った。机の下から椅子を引きだし、腰かけた。机に肘をついて顔の前で手を組む。

銃を手にしない文田に、どこかに希望の欠片があると思ったのか、スパイダーが必死に言い募る。

「何も? 何もしていないのなら、こんなことする必要ないだろ?」

スパイダーの胸は自らの血で赤く濡れ、目は血走っていた。

「何もしていないからだ」

微笑んで、文田はそう言った。

「君の言う通り、ミスは確かに問題だ。だがミスより大きな問題がある。それは目的を果たさないことだ」

ホテルのオープン屋の笑みを浮かべたまま、文田は続ける。

「途中でどれだけミスをしようが、関係ない人間を何人犠牲にしようが、仲間を裏切ろうが、結果を出しさえすればいい。結果を出さない者は、そもそも犯罪者ではない。捕まらないのもとうぜんだ」

表情を変えずに文田は言い切った。スパイダーが表情を一変させた。

「何を言って」

どうやら、覚悟を決めたらしい。

荒い呼吸を何度かすると、スパイダーは歯を食いしばった。喉奥から唸《うな》り声を上げながら、銃へと右手を伸ばした。

ナイフが左手の甲の中心から薬指のほうへと移動していく。伸ばした右手の指が、机の表面を掻きむしる。

左手が裂けた分だけ、銃に近づく。今や、右手は銃まであと数センチまで迫っている。ひときわ大きな唸り声をスパイダーがあげた。大きく右手が伸びる。左手を完全に裂いたのだ。スパイダーの右手の指先がグリップに触れかけた瞬間、文田は組んでいた手を離して銃を摑んだ。そして躊躇うことなく、スパイダーの額に銃口を押しつけて撃った。

反動で仰け反ったスパイダーの頭が、音を立てて机の上に落ちる。床に銃を投げ捨てると、文田はスパイダーの首筋に指を当てた。温かいが、脈はなかった。

その行為に既視感を覚えた。リフティに同じことをしたのを思いだす。

ドクに撃たれてシフティも死んだ。双子は二人とも死んでしまった。

双子が反社会性人格障害を患《わずら》った理由は判らない。遺伝ではないし、外的疾患でもない。もちろん二人に責任はない。だがそのお蔭で二人は現在の社会には適応できなかった。あるがままの二人を受け容れてくれる場所は、この世にはなかった。

双子の凶悪さを、文田はよく知っていた。何人もの人を無惨に殺した。だが今思いだすのは、アニメを観たり、菓子を頰張って喜ぶ子供らしい二人の笑顔だ。

この世ではないどこかで双子が再会を果たし、そしてそこが、あるがままの二人を受け容れてくれる場ならばいい。文田は瞑目し、そう願った。

しばらくのち目を開いて、文田は大きく息を吐いた。

スパイダーも死んだ今、ホテルの中にはもう自分しか残っていない。なんとかして〝思い出〟のありかを見つけなければならない。

金庫の暗証番号を知っているのは、西島とアシスタントマネージャーの安村、そしてシフトリーダーの竹内の三名だ。安村は臼井と同じく、地下一階の二十階直通エレベーターのある会員専用待合室のバックスペースの中にいる。使用した薬物の効果が切れるまでには、まだ時間が掛かる。むろん、撃つなりして痛みで覚醒させることも可能だ。だがそうなると、聞きだしたあとは殺すしかない。殺すのに抵抗はないが、三階に犯人はいないと知った武本が、あの無線の男に連絡するまで、もうさほどの時間もないだろう。そんな中、地下に行って安村を相手にしている余裕はない。

残るは、西島か竹内だ。

――武本を人質から引き離すには。

浮かんだ名案に、文田はにんまりと笑う。

コモンに犯人として武本に交信させて、どこかにおびき出す。ついでに時間を稼ぐために警察にも連絡させよう。そう決めて、文田は机の上の無線機の電源をオンにする。とたんに声が飛び込んできた。

『さきほどはとつぜん切ってしまって、申し訳ございませんでした』

武本の声だった。

35

「STS、配置済みです」

「規制線の範囲ですが」

情報が飛び交い騒然とする前線基地の真ん中で、潮崎は机の上のハンディ無線機を睨みつけていた。

犯人と武本からの交信に備えて、島田と潮崎のハンディ無線機は、鑑識課員の手によって、音が周りにも聞こえるようにスピーカーを据えられ、同時に録音をするべくＩＣレコーダーが取り付けられていた。

潮崎は期待を込めて無線機をじっと見つめていた。だが何も聞こえてはこない。交信が切れる直前に聞こえたのは銃声だった。挨拶もないまま交信は切れたが、潮崎は逆にそれが武本が無事な証拠だと考えていた。だが、それは推測でしかない。それもかなり楽観的な。

――もしかしたら。

途絶えたままの交信に、不安が過る。

――いや、大丈夫だ。

武本が最悪の事態に陥ったのなら、つまり邪魔者が排除されたのなら、犯人は何らかの連絡を入れてくるはずだ。

――無事だからこそ、犯人も動きが取れず、膠着状態に陥っている。

潮崎は祈るようにそう考えた。

島田捜査一課長に目を向ける。島田もまた潮崎と同じく、ときおり周囲に目を配りながらも、机の上に置かれた無線機にじっと目を向けている。だが犯人からの連絡も、金銭の要求を最後に途絶えている。

進展のなさに、捜査員たちは苛立ち始めていた。だが武器を持つ犯人が人質を取っている以上、積極的な行動を起こすわけにもいかない。これ以上、膠着状態が続くことは人質の身の安全を考えれば、決してよいことではない。だが潮崎にとっては、この状態が続いていることが、唯一、武本の無事を感じられる根拠だった。

潮崎は深いため息を吐いた。皆がそれぞれの役割を果たすべく動き回っている中、武本との交信役という重責を担っているために、他に手を貸すことは出来ない。焦りと不安を抱えながら、武本からの連絡が入るのをただ待つしかない。

「潮崎警視は？」

自分を呼ぶ声に、潮崎は大きく手を挙げて「ここです」と応える。

大きく膨らんだ鞄を手に持った渡部と大川原が、捜査員にぶつからないように身をかわしながら近づいて来る。

二人は、ホテルから避難した人たちへの取り調べに加わるために本庁舎へいったん戻った。武本が言った二十階の会員専用フロアの話に、潮崎は引っかかっていた。その情報を集めるためだ。十数分前に、大川原から潮崎に連絡が入っていた。大川原は避難したホテルの従業員から、二十階の利用客について聞きだしていた。だが判ったのは、予約を入れた会員の氏名と国籍、人数と利用時間のみだった。

予約したのは、中国国籍のウー・ウェン。利用人数は六名で、午後一時から終日押さえられていた。

ウー・ウェンの個人情報を得ようと、大川原は系列チェーンのホテルに電話で照会した。その結果、年齢と貿易会社の経営者であることは判明した。他の会員ではない五名については、情報は何も得られなかった。

潮崎は大川原に礼を言い、続けて本庁舎内に置いてきた自分のノートパソコンを前線基地まで持ってきて欲しいと、新たに依頼した。私物のパソコンには、潮崎が個人的に集めた捜査に役立つかも知れないデータが大量に入っている。実際に使うかは判らないが、手元に置きたかった。

そして今、二人は潮崎の予想を超えた大荷物を抱えて現れた。

「すみません、遅くなりました」

そう言うと渡部は、両手に提げていた二つの鞄を、潮崎の足下に慎重に置いた。

「なんでこんな大荷物に」

「足りないものがあったら二度手間になるので。この際、警視の私物を全部持ってきました」

やはり重そうな鞄を下ろした大川原の顔には、汗が吹き出している。

「それで、何をどこに置けば？」

渡部の声に潮崎は、さっそくしゃがんで鞄の中を漁りだす。そのとき、スピーカーから声が聞こえてきた。

『さきほどはとつぜん切ってしまって、申し訳ございませんでした』

待ちこがれていた武本の声に、潮崎は飛び上がるように立ち上がった。

交信があったことを周囲に知らせるべく、片腕を高く挙げる。ざわついていた前線基地内の音が止んだ。

「いえいえ、そんな」

言いながら、潮崎は渡部に鞄の中のノートパソコンを指さした。渡部がすぐさま取り出して机の上に置き、電源を入れる。

机は集まった捜査員たちに取り囲まれていた。交信が始まったら、声を上げるなという事前の申し合わせどおりに皆、無言だ。だが、どの顔も緊張で険しい。

——この交信が命綱だ。

犯人も交信を聞いているだけに、会話は慎重にしなければならない。そう念じて口を開こうとした潮崎は、口の中が乾いていることに気づいた。思ったよりも自分が緊張していることに、動揺した。

——落ち着かなくちゃ。

なんとか声を出そうと口を開く。だが出てきたのは、か細い「ええと、あの」だった。正面に陣取った森二課長の目が険しくなる。その視線にますます動揺する潮崎の前に、とつぜんペットボトルが差し出された。大川原だ。潮崎は目礼すると、受け取って一口水を飲んだ。自分の喉の鳴る音と、集中する非難がましい目に、ようやく潮崎は己を取り戻す。少し落ち着いた潮崎は、武本にも聞こえるように、わざと大きくため息を吐いた。

「――すみません、お待たせして。ちょっとお水を飲んでいたもので。お昼に食べたラーメンが美味しくて、スープまで全部飲んじゃったせいか、なんだか喉が渇いて」

突き刺さるような視線を感じながら、更に続ける。

「四月にしては、今日は暑いからかもしれないですけれど」

言葉を重ねながら、潮崎は耳を澄ます。

もとより武本は口数が少ない。そのうえ、この状況下だ。さらに少なくなってとうぜんだ。それだけに周囲から聞こえる音からヒントを得るしかない。だが聞こえてくるのは、いつになく荒い武本の呼吸音のみだ。

――さっきはこんなに息が荒くなかった。

そう気づいた潮崎の頭に、不安が過る。

職場を同じくしていたとき、潮崎は武本の身体能力の高さを幾度も目の当たりにした。体格も良いが、運動能力も高く、とりわけ持久力には目を見張るものがある。その武本の息が今は荒い。しかも収まる気配はない。

――負傷している？

何があったのか訊ねたい気持ちに駆られる。だが、それは出来ない。武本に不利な情報を犯人に与えるわけにはいかない。ジレンマに言葉に詰まる。

〈状況を訊け〉

そう書かれた紙が、突き出される。森二課長だ。気を取り直して、情報を訊きだすべく水を向けようとした矢先、武本の声が聞こえてきた。

『人質は無事です』

思わず聞き返しそうになる。

『三十七名、全員無事です』

武本の声に、捜査員たちの顔がみるみる明るくなった。近くの者同士、肩を叩き合う。安堵の声を上げるのを堪えている者もいる。

伸ばした潮崎の指がノートパソコンに届く前に、大川原がキイを叩いた。〈人質は三十七名、全員無事〉。武本の言葉から得た情報を入力して、次の言葉を待つ。

『前回の交信を切る直前銃声を聞き、三階で発砲されたと判断し、西島さんと文田さんとともに向かいました。直後に一発、到着したのちにさらに三発発砲され、確認のためにレストランに行くと、犯人の二名が死亡していました。一名は十五歳前後の赤毛の白人の少年。双子の一人です。もう一名は東南アジア系の中年男性で、少年と同じつなぎを着用しています。二人とは別に、もう一名犯人がいた模様ですが、二人の死亡と同時に、立ち去ったとのことです』

淡々と報告を終えると、武本は口を噤んだ。捜査員たちは、その内容にざわめきだす。

大川原が武本から聞いた言葉を一語たりとも落とさぬように、留意してパソコンに打ち込む。その間に本部内のざわめきは大きくなっていった。抑えきれずに何人かは声を上げる。

森二課長が、捜査員たちに声を出さぬようにと必死に身振りで示す。ざわめきはすぐに小さくなった。

潮崎は打ち込まれた武本の報告を、信じがたい思いで見つめる。

犯人のうち三名が死亡した。さらにもう一人は立ち去った。三十七名もの人質をその場に残したままでだ。

──何が起こっている？

状況が摑めずに混乱する潮崎の目の前に〈もっと聞きだせ〉と書かれた紙が置かれた。

我に返った潮崎は、報告を終えて以降、武本が一言も発していないことに気づく。不安になって問いかけた。

「──あれ？　聞こえてますか？」

『はい』

即答されて安堵したものの、武本はそれ以上なにも話さない。周囲の捜査員たちが、またざわつきだした。

〈もっと聞きだせ〉と書いた紙の上に、〈犯人の死亡理由は？　誰が殺害した？〉と書いた紙が重ねられる。

それは潮崎も知りたいことだった。唇を湿らせてから、口を開く。

「犯人が死亡しているそうですが、そうなった状況はご存知ですか?」

『中年男が少年を撃ち、少年が中年男の喉を刺して大量出血させ、さらに中年男が少年を撃ったそうです』

「犯人同士が相打ちしたってことですか?」

情景を頭の中で描いた潮崎は、浮かんだ疑問を口にした。

『目撃していた人質の方々から、そう伺いました』

潮崎と武本の言葉を一言一句違わずに打ち込み終えた大川原が、その下に〈人質からの目撃談〉と書き足した。

〈なぜそうなったか訊け〉と書かれた紙が鼻先に突きつけられて、潮崎は再び口を開いた。

「なんでそんなことに」

『判りません』

潮崎が言い終えるのを待たず、武本がはっきりとそう言った。

武本が判らないと答えたのなら、これ以上、何を訊ねても答えは出てこない。それだけに次の言葉を言い淀む。目の前に次々と紙が積み重なっていく。言葉は違えど、すべて武本から状況を引きだせという内容だった。

『あの』

武本の声が聞こえて、あわてて「なんでしょう」と返した。だが武本はそこで再び口を噤んだ。

「今、何か仰りかけましたよね？」

そう言っている最中に、〈武器は？〉と書かれた紙が差し出された。死亡した二名の犯人から取り上げた武器の種類と数を問えということだ。

どんな武器をどれだけ持っているかは、潮崎も知りたかった。だが答えた場合、犯人たちにも武本と人質がどれだけの武器を持っているか伝わってしまう。

――どうすれば？

何か方法はないかと、考え始めて、間違いに気づいた。無線を犯人も聞いているという状況を、武本が忘れるはずがない。報告で武器について触れなかったのは、武本の判断だ。つまり訊ねても答えは得られない。

――ならば次は。

武本に訊かねばならないことへ考えを切り替えた矢先、武本が口を開く。

『それで』

続きを待つが、その後が続かない。

言いかけて止めるなど、武本にしては珍しいことだ。しかもすでに二度、同じことを繰り返している。

――何か、訊きたいんだ。

潮崎はそう気づいた。

『それでですね』

三度、武本が切りだした。だが今回も、それで言葉が途絶えた。

――何を訊きたいんだろう。

武本が無言になった理由を必死に考える潮崎の目が、ディスプレイの〈三十七名、全員無事〉の文字に止まる。潮崎は徐《おもむろ》に口を開いた。

「三十七名というと、小学校の一クラス分よりちょっと少ないくらいですよね。そう言えば、以前に小学校を訪問しましたよね」

意味の判らない話題を持ちだしたことに、取り囲む捜査員たちが苛立ち始めたのを感じながら、それでも潮崎は続ける。

「ほら、寄り道しちゃダメだとか、怪しい人に出会ったらこうするんだよとか、お話しさせて貰ったじゃないですか」

雑談にしか聞こえない話を続ける潮崎に色をなした捜査員たちを、本庁舎の刑事部長室での前回の交信を聞いていた課長たちが宥めてくれている。

「いやぁ、あれだけの数だと大変でしたよね」

益体もない内容に腹を立てた捜査員の何名かが、話を本筋に戻させようと、紙に指示を書いては積み上げていく。潮崎はそれを総て無視する。

「でも、一人一人、個別に話すとみんな良い子で」

言うことを聞く気がまったくない潮崎に業を煮やした捜査員たちが救いを求めて島田一課長へ目を向けだした。潮崎に好意を持っていない島田なら、なんとかしてくれると思ったのだろう。皆につられて潮崎も島田に目をやる。

犯人からの連絡を待つ島田はこちらには来ることが出来ない。今も一人、無線機の前の椅子に座り続けている。

集まった視線に気づいた島田がこちらを向いた。潮崎と目が合うと、島田は頷いてみせ、また目の前の無線機に視線を戻した。島田の態度から捜査員たちは、何かを察したらしい。指示を書く手もそこで止まった。

安堵した潮崎は、自信を持って武本に話し掛ける。

「――あはは、なんかこの言い方、不良グループとか、暴走族について言うのと似てますね。一人一人は良い人なのに、集まっちゃうとダメって」

『同感です』

武本が短く同意した。潮崎は言葉を連ねる。

「あっ、そう言えば。広島に来て下さったお礼がまだだったので、母に何かお礼の品を送って欲しいって頼んだんですけれど、届いてます？」

明るく穏やかに語りかけながら、潮崎は心の中で祈った。だが、武本からの返事はない。

――これだけじゃ、判らないか。

思案していると、潮崎の言葉に困惑したらしい渡部が、本意を知ろうと〈何の話をしているんですか？〉と、書いた紙を差し出した。だが返答している余裕はない。

「何を送るかは任せたので、僕も中身は知らないんですよ」

会話のすべてを打ち込んでいた大川原の指が止まった。一行空けて〈爆弾〉とのみ書き込む。それを見た渡部は納得したらしく頷いた。真意を察していた大川原に会釈して、潮崎は続けた。

「母にお礼を言う都合もあるので、出来れば何が入っていたか教えていただけませんか？」

『判りました』

了承の言葉を最後に、武本からの交信は切れた。

武本は察してくれた。潮崎は安堵して深いため息を吐いた。

「前のは、人質をばらけさせろ。あとのは、爆弾を確認に行けってことでいいんだな」

大声で言ったのは森二課長だった。潮崎は「その通りです」と答える。

刑事部捜査二課は経済事件や詐欺事件などの知能犯を担当している。森はその長を任される人物だ。さすがに察しが早い。

「報告の中に武器の話は出ませんでした。犯人が聞いている状況で話題にするのは得策ではない。そう先輩は判断した。僕も同じく考えました。だからあえて訊ねませんでした」

捜査員たちがざわめきだす。肯定と否定の入り交じった声が徐々に大きくなり始めたが、森の「私も同意見だ」の一言に静かになった。潮崎は先を続ける。

「報告が済んだ後も、先輩が交信を切らなかったのは、まだ何か伝えたいことがあったから。僕はそう考えました」

武本は何か言いかけて止めた。犯人に悟られないように話そうとしたが、上手く言葉に出来なかったに違いない。口べたな武本ならばさもありなんだ。問題はその内容だ。

「三階に犯人がいないのなら、その隙に人質を移動させるべきです。それも、全員を一箇所にいさせるのではなく、出来る限り分散させる。最悪の事態になったとしても、そのほうが被害を少なく出来ます」

犯人の人数は未だに不明だ。対して武本は一人。前回の交信で、犯人から奪った銃を持っていると聞いた。今回、死亡した犯人二人の銃器も奪ったはずだ。しかし人質の民間人に銃器を渡すことは出来ない。そう考えると、現状、武本一人で三十七名の人質を守れるとは残念ながら思えなかった。

「もちろん、ストレートに言うわけにはいかないので、あのように話しました」

納得した捜査員たちが、口々に感心の声を上げる。

「次にした話ですが、こちらが知りたい情報は二つ」

「犯人の人数と所有している武器、とりわけ出入り口に仕掛けられた爆弾についてだ」

潮崎の頭の中を読んだかのように、言葉を継いだのは松原STS隊長だった。

「犯人は出入り口に爆弾を仕掛け、警察が近づいたら爆発させると言った。皆も知っての通り、犯人に見つからない建物内への侵入方法を探っているが、立地もあって未だに解決策は出ていない」

言いながら、松原が潮崎に視線を寄越した。すべてを理解してくれているような目に、潮崎は自信を持って口を開く。

「先輩一人で何人いるか判らない犯人を相手にするのは、どう考えても無理がありま す。でも、爆弾は撤去できるかもしれない。爆弾さえなければ突入できます。それ以前に、ホテル内から脱出も可能になるかもしれない。そのためには、爆弾の正体を知る必要がある。だからあのように言ったんです」

「武本はこっちも察した。だから交信を切った」

喩え話の最後の種明かしを森がした。

「次に連絡が入るときは、人質を移動させたあとで、爆弾の近くに着いてからになります。あとはまた、待つしかありません」

とたんに、本部内のあちらこちらからため息が聞こえた。

「また連絡が入る保証はどこにもないだろ？」

誰かが不満の声を上げた。

「犯人と出会したら、それで終わりだ」

意見を同じくするものが、懸念を重ねていく。それを打ち消す言葉を潮崎は持っていない。それどころか、同じ不安が頭の中のかなりの部分を占めていた。それに、交信の間中続いていた、武本の荒い息が気になっていた。

——怪我をしているのかも。

怪我をしていたところで、言うわけにはいかない。そもそも、こんな状況でなかったとしても、よっぽどの重傷でもない限り、自分から言う人ではない。

潮崎の頭の中に記憶が甦る。模型店に話を聞きに行ったときだ。ガス爆発に巻き込まれた。炎と煙の立ちこめる店内から麻薬取締官の宮田《みやた》を救いだした武本は、茫然自失でただ道路に座り込んでいた自分を、先に病院に連れて行くよう救急隊に頼んだ。銃の密売犯に脚を撃たれたときも、自分の病院搬送よりも、記憶が新しいうちに事情聴取をして欲しいと言った。

思いだした事例が不安を大きくする。だが今はさきほど自ら言った通り、武本からの交信を待つしかない。潮崎は強く拳を握った。

36

潮崎はハンディ無線機とノートパソコンに表示された時刻を交互に見つめていた。前の交信が切れて、まだ五分も経っていない。だがとんでもなく時間が過ぎたように感じていた。ただそれは潮崎だけではない。森二課長を始め、本部内の捜査員の全員が同じように感じているはずだ。

潮崎は床にしゃがみ込んだ。立っていると常に「まだなのか」と問う視線を感じる。実際に、声に出す者もいる。だが答えられるのは「まだです」のみだ。その度に捜査員を落胆させるのが辛い。

ちらりと島田に視線を送る。椅子に腰かけた島田は銅像のように動かない。犯人からの連絡は、まったく入っていない。

「二十階の客の追加情報が入りました」

大川原の声が聞こえた。声のするほうを潮崎は見上げる。立ち上がろうとするが、なぜか脚がふらついて、すぐには立ち上がれない。

「どうぞ、そのままで」

大川原はそう言うと、自分もしゃがんで潮崎の私物を詰めた鞄に手を伸ばした。

「ウー・ウェンの会社に照会したところ、二名は同社社員と判明しました。利用目的は商談。内容や相手については知らされておらず不明。ホテル側もウー以外の情報はないとのことです」

「ありがとうございます。——すみません」

礼に続けて、潮崎は詫びた。

二十階の利用客に拘《こだわ》ったのは自分だ。事件の発端は二十階にあったのではと考えたからだ。利用客が誰なのかは判った。だが、建物内に入れないのだから、本人確認すら出来ない。

「何がですか？」

「だって、その」

大川原に問われるが、潮崎は言いよどむ。だが「はい、どうぞ」と、チョコレートバーを差し出された。驚いて思わず受け取ると、大川原は自らもチョコレートバーの包みを破いて、潮崎よりも先に食べ始めた。

「二十階の利用客が何者だったのかは」

豪快に頬張りながら大川原が話しだした。

「いずれは必要になる情報ですから、気にしなくていいんじゃないですか？」

チョコレートバーに入っているキャラメルが歯にくっつくらしく、くちゃくちゃと音を立てながら大川原はそう言った。

「それに、あいつは本部に入りたがってましたし」

指さした先には、書類を各所に配る渡部の姿があった。雑用を任されているらしいが、それでもきびきびと動いている。

「事件が起きて、もうずいぶんと時間が経ちます。人質も限界でしょう」

大きく膨らんだ頰を動かしながら、大川原は続ける。

「人質を早く救いだすには、すべては武本さんとの交信にかかっている」

そう言うと、大きく喉を鳴らした。再びチョコレートバーを口元に運びかけた大川原が、そこで手を止めて潮崎を見つめた。

「考えてみたんですよ。武本巡査部長と同じことが出来るかって、――私に」

大川原の厚い二重瞼の目を潮崎は見つめる。

「あれだけのホテルを占拠できる武力を持った武装犯。しかもすでに人を殺しているらしい。そんな連中相手に、たった一人で何とかしようとしている。私だったら、隠れます。一人では無理ですから。――でも、武本巡査部長は諦めていない」

視線を外すと、大川原はチョコレートバーをまた一口頰張った。

「あの中にいたのが私だったら、警察は今でも何の情報も得られていない」

くちゃくちゃと音を立てながら、大川原は言った。

「この際、白状しますが、あなたのことを上司として認めてなかった」

薄々感じてはいたが、面と向かって言われると、さすがに潮崎もショックだった。

「でも、たった一人で犯人と戦っている武本巡査部長が唯一信用しているのはあなただ。彼のかつての上司で、――今は私の」

その言葉に潮崎は思わず顔を上げた。

「その上司を全力でバックアップ出来ないのなら、私は部下失格です。――食べないんですか？」

「え、ああ」

潮崎は包装紙を破って、チョコレートバーをかじった。チョコレートが、口の中に広がる。甘さと共に、何か温かい感情が潮崎を満たしていく。

一つ目を食べ終えて、鞄の中から二つ目を取り出している大川原を見て、潮崎は言った。

「僕のなんですけど」

「上司なんだから、奢って下さいよ」

平然と大川原が返す。潮崎は肩をすくめて「ま、いっか」と笑って言った。

――やっぱり、先輩はすごいや。

大川原の自分への態度の変化は、武本ありきだ。潮崎は改めて武本への尊敬の念を深くする。

――先輩、どうかご無事で。

潮崎は心の中で強く願った。

37

武本は、人質に二階の商業施設内の店舗に分散して身を隠すように指示した。その前に西島に頼んで、犯人の武器を集め、二階で文田から預った銃も合わせてレストランの厨房のシンクに溜めた水に総て入れさせた。水没させたところで使えなくなりはしないが、犯人の手に渡らないよう隠すことも含めてそれが最適だと考えたからだ。西島が戻るのを待ってから、武本は自分は一階に向かうことを告げ、そして人質と一緒に二階へ行くように頼んだ。だが西島は頑として受け入れなかった。

「佐々木マネージャー、お客さまの移動はお任せしてもいいですか？」

紺色の上下揃いを身につけた、レストランのマネージャーらしい四十代の男に振り返って言う。佐々木はこわばった顔をしていたが、「承知しました」と静かに返した。この状況下でホテル職員たちは、早くも自身の職務を思いだしていた。客の体調を気遣い、水を勧めたりしている。

「皆さま、よろしいでしょうか？」

案外にしっかりした声で佐々木が言った。

「今から二階に移動します。こちらにいる永沢《ながさわ》と野田《のだ》の二名に続いて二列になってお進み下さい。最後尾に滝沢《たきざわ》と私、佐々木が付きます。西村さんは」

佐々木が目を向けた先には、脚を負傷した男がいた。両脇をレストランの制服を身につけた若い男女が支えている。

「――大丈夫ですね。では、移動します」

佐々木が言い終えると、永沢と野田の二名が非常階段の扉に向かって進みだす。立ち上がった人質たちは言われた通りにあとに続いた。だが何名かはそうはせず、武本のもとへと歩み寄って来た。

「一緒に行きましょう」

そう哀願してきたのは磯谷はるかだった。

「こんな怪我をされているのに、一人でなんて無理です。一緒に助けを待ちましょう。大丈夫、きっと警察が助けに来てくれます」

武本もはるかと同じく思っていた。いや、信じていた。警察が助けてくれる。無線の向こうに潮崎がいるのだ、必ずなんとかしてくれる。疑いなどまったく持っていなかった。

だが、そのためには内部からの情報が必要だ。そして今、警察に情報を与えられるのは自分だけだった。

犯人が不在の今しか、移動する機会はない。とにかく早く行って欲しい。武本はそう訴えたかった。だが口を開くのも今は億劫《おっくう》だった。

「佐々木の指示に従って下さい」

西島が口をはさんだ。武本の周りに集まっていた人質たちの目が西島に向く。

「犯人がいつ戻ってくるか判りません。ここにいては危険です」

まだ納得していないはるかが、物言いたげに武本を見つめる。

「さあ、どうぞ」

レストランの制服を着た女性がそう言って、はるかの腕に手を添えた。それでもはるかは動こうとしない。

「お願いします」

武本がそう言うと、不安げな顔のまま、はるかはようやく歩きだした。

「よろしいですか？　では、移動します」

レストランマネージャーの佐々木の声に、列を成した人質が進みだした。ロビーを通り抜けて非常階段へと向かって行く。列の後方に加わり、不安げにこちらを見つめていたはるかも、角を曲がった。

「さあ、僕たちも行きましょう」

西島はそう言うと、武本の左腕の下に肩を入れて身体を支えた。人質に続いて非常階段に向かうのかと思いきや、西島はエレベーターホールへ進もうとする。エレベーターを使えば犯人に気づかれる。そう武本が抗議しようとすると、西島が言った。

「階段だなんて、無理ですよ」

武本は迷った。左側から身体を支える西島の顔は下を向いていて、武本にはその表情はよく見えない。

「犯人に気づかれる恐れがあるのは判っています。でも、階段で犯人に出会すかもしれません。どちらにせよ危険なことには変わりはありません。ならば少しでも体に楽なほうを選ぶべきです」

西島の意見はもっともだと武本も思った。

「武本さんが警察官として職務を全うしたいという気持ちを僕は尊重します。だったら、僕のホテルマンとしてのお客さまの安全を守りたいという気持ちも尊重して下さい。——あなたも、お客さまです」

そう言うと、西島は武本を見上げた。疲労しきった顔だったが、その目は笑っていた。

「お願いします」

感謝の気持ちを込めて武本は返すと、西島と共にエレベーターホールへ向かって歩きだした。

エレベーターの到着音が鳴った。中に犯人がいることを警戒して、壁に身を寄せていた武本は、できる限り素早く中を覗き込む。誰もいなかった。カウンターの中に隠れていた西島が駆け戻ってくる。手で扉を押さえる武本の横をすり抜けて、先に中に入り、武本が乗り込むのに手を貸してくれた。

そして、一階で犯人が待ちかまえていることを警戒して、二人はまた壁に両背をつけた。すぐに到着音が鳴り、扉が開き始める。武本は緊張しつつ銃口を向けて待ったが、エレベーターホールに犯人の姿はなかった。

「行きましょう。爆弾は出入り口にあるんですよね？　一階の出入り口は二つありますが、正面のはすぐそこです」

ひそひそ声で言うと、西島が足を踏みだした。支えられながら、武本も歩きだす。犯人の姿がなかったことに安堵する反面、武本は困惑していた。

――どこにいる？

三階にいた犯人は三名。二名が相打ち、残る一名は離脱して消えた。そしてその後、犯人の気配はない。

――犯人がまったく姿を見せないのには、何か理由があるはずだ。

考え事に気を取られて、脚に力が入らず、床を蹴ってしまった。

「しっかりして下さい」

西島の叱咤に、気を取り直す。エレベーターホールを横ぎり、さらに進む。今までより少し明るい。目を上げると、出入り口のガラス張りの自動扉の向こうに格子状のシャッターが見えた。明るいのは外から入る光のせいだった。

「あれじゃないですか？」

シャッターの手前に段ボール箱が置かれている。

「待って下さい」

武本は足を止めた。

「近くまで行かないと」

立ち止まった武本を西島が促す。

「だめだ」

近づいたら爆発させる。犯人は警察にそう言った。つまり犯人は爆弾周辺を監視していることになる。考えられるのは防犯用の監視カメラだ。武本は顔を上げてあたりを見回した。天井近くに備え付けのカメラがあった。

武本の視線に気づいて、西島もカメラへと目を向ける。

「あれを使っているのなら近づけない」

それ以上、進めなくなった。

「ここなら映りません」

段ボール箱から三メートルほど離れた場所で、武本と西島は壁に背を預けて腰を下ろす。

「近づけないとなると、どうしたら」

困り果てた声で西島が言う。

どうしたらよいのか武本にも判らなかった。

爆弾までわずか三メートルほどだ。だがその三メートルが果てしなく遠い。人質のいる二階にまで被害を及ぼすほどの威力があるかは判らない。だが犯人たちが所持していた武器を考えると、一か八かの賭けにでる気にはとてもなれない。

──潮崎に連絡するべきだ。

無線機を持つ西島に出してくれるように頼もうとして、武本は思い直した。この状況では伝えられる情報は何もない。

途方に暮れた武本は、壁に頭を預けた。

必死に何か方法はないかと考えるが、痛みのために集中できない。意識をはっきりさせようと小さく頭を振る。

「大丈夫ですか？」

案じる西島に顔を向けようとしたとき、ふと違和感がした。あたりを見回して武本は気づいた。二階の店舗に身を隠していたときは、西島だけでなく文田もいた。だが今は西島のみだ。

文田の所在を西島に確認しようとして、人質と一緒に身を隠したのだろうと思い直す。だが三階のレストランで人質と合流して以降、文田を見た記憶がない。急激に不安が頭を占めていく。

──最後に見たのは。

記憶を探っていたら、「武本さん、大丈夫ですか?」と西島に再び訊かれた。目を向けようとして、武本はまぶしさに目を細めた。

格子状のシャッターの隙間から、一瞬だったが何かに反射した強い光が差し込んだようだ。光の走った方向を注視しているうちに、武本の頭にある考えが浮かんだ。

「今、あそこが光ったんですが」

「え? ——ああ、お店のショウウィンドウのシャッターに、何か反射したんじゃないですか?」

——シャッターの反射にしては、一点のみだし眩しすぎる。

武本は床に手を突くと、身体を引きずりながら前に進んだ。

「武本さん、下がって。カメラに映っちゃいますよ」

西島の声に、それ以上進むことを断念する。それでも身を乗りだして、光の正体を探ろうと目を凝らす。だがシャッターが邪魔をして、よく見えない。それでも見つめ続けていると、またもや強い光が目に入って来た。

「あそこは?」

再び西島に訊ねる。

「待っていて下さい」

そう言うと西島はエレベーターホールへと走り出した。すぐに戻ってきたその手には、館内案内図があった。開いた案内図を指さして西島が説明する。

「ここが出入り口だから、あそこは——、国内初出店のアメリカのショップですね。この商業施設の目玉の一つです。最後になって、本国と同じ造りに出来ないのなら出店しないと言いだして、揉めに揉めたんですよ。でも先方の要望に従ってシャッターを付けないとなると、ショウウィンドウを特注の強化ガラスにしないとならなくて、その費用を」

「シャッターがない？」

思わず武本は訊ねる。

「ええ、あそこの店には付いていません」

あっさりと西島が肯定した。

ガラスの強度がどれほどのものかは判らない。特注という以上、何かをぶつけて割れる程度ではないだろう。武本は右手の銃を見つめた。

——試す価値はある。

武本は心を決めた。

ショウウィンドウと床の段差は三十センチほどだ。いつもならば気に留めることもなく上がれる段差が、武本には途方もなく高く感じられる。重い足を上げて、ショウウィンドウの中に入る。六畳ほどのショウウィンドウは若い女性の部屋を模して飾りつけられているらしく、華やかな色のタンスやソファやテーブルが並べられていた。

壁際に目を向けると、花柄の壁紙に鏡が掛かっていた。

――これか。

この鏡に光が反射していたのだ。鏡の中から頰の瘦《こ》けた、汗と血に汚れた男が見返してくる。我ながら酷い顔だった。

正面へ目を移す。ウィンドウの外に見えるのは、運河パークに繋がる広場だ。四月の日曜日の空は穏やかに晴れ渡っている。本来ならば、家族連れやカップルが行き交って賑やかなはずだ。だが今は誰もいない。身を隠すものがまったくないためだろう、警察官の姿も確認できない。遠くに特型警備車やバス型移動車輛が見える。警察官たちは、あのうしろに待機しているに違いない。

武本はいったん振り返った。色鮮やかな女もののセーターやシャツが積まれた棚の間に、ホテルの男性従業員を先頭に人質たちが、外から見えないように控えていた。その中に三階ではぐれてしまった文田の姿もあった。無事だったことに安堵する。

男性従業員の手には、施設に備え付けられた金属製のゴミ箱や、店舗から持ちだした脚立など、重く強度のあるものが握られている。

金属製のポールハンガーの横にしゃがむ西島と目が合った。西島が頷く。武本はショウウィンドウに一歩近づくと、銃を持つ右手をゆっくりと上げた。

その瞬間、ガラスの向こうに少年の小さな背中が見えた。音のない世界で、小さな背中に赤い穴が開き、倒れていく。

——しっかりしろ。

武本は幻覚を振り払った。あとは引き金を引くだけだ。だが人差し指が動かない。急激に右手の銃が重たく感じて、武本は腕を下ろしてしまった。ぐらりと身体が揺らいだ。

「大丈夫ですか？」

声と同時に、駆け寄った西島が支えてくれた。レストランマネージャーの佐々木も手を貸そうとしてくれる。

武本は二人に頷いてみせてから、「離れて」とのみ告げた。発砲の反動だけではなく、ウィンドウが割れた場合、ガラスの破片が飛んでくる。怪我をさせるわけにはいかない。

西島は不服そうだったが、佐々木にうながされて元の位置に戻る。それを確認してから、武本は再び右腕を上げた。

ウィンドウの向こうにもう人はいない。

——これしかない。外に出るにはこの方法しかない。

心の中で何度もそう繰り返して自分に言い聞かせた。

武本は、いったん目を瞑った。そして開くと、人質たちへ向けた。すがるようないくつもの目が待っていた。

——多くの人の命がかかっている。

正面に向き直った武本は、銃を持つ右手に左手を添えて、ゆっくりと引き上げた。

38

「ホテル内で動きが」

STSとの連絡員の声に、ざわついていた前線基地内が静まりかえった。

「一階の商業施設のショウウィンドウ内に、銃を持った男が見えるとのことです」

続いた報告に、室内が一気に騒然となる。

「犯人か?」

「どういうことだ?」

臆測が飛び交う中、「映像は?」と叫ぶなり、森二課長がモニターの前へと駆け寄った。

「三番に入ります」

捜査員たちの目が三番モニターへ集中する。別なところを撮影していた捜査員が移動しているらしく、映しだされる画像は揺れて定まらない。

「一階のどこだ?」

「建物正面の左端です」

応答の声を聞きながら、潮崎は机の上に拡げた館内施設案内図に指を走らせる。銃を持っているのなら、犯人の一人である可能性は高い。

「狙えるか？」

低い声でそう言ったのは島田一課長だった。

その声に、潮崎は顔を上げた。

——突入させる気だ。

「松原隊長と桝野部長と話したい」

島田の声に、捜査員たちが彼を取り巻くように集まりだす。

——このままでは、突入する。

高まる緊迫感に、潮崎は焦り始める。

武本が今いるのは一階か地下一階の出入り口近辺、つまりは爆弾に近い場所だ。ショウウィンドウの中の銃を持つ男に発砲し、さらには突入しようと建物に近づいたことに犯人が気づいたら、爆弾を爆発させるかもしれない。そうなったら、爆弾の至近距離にいる武本の身が危ない。

「待って下さい」

潮崎は叫んだ。だが、興奮する人垣の中に振り向く者はいない。

「桝野部長、島田です」

島田が桝野刑事部長に連絡を入れている声が聞こえた。潮崎は机から離れ、人垣をかき分けながら、「突入は危険です」と叫んだ。

今度は聞こえたらしく、何人かの捜査員が振り向く。

「退いてやってくれ」

島田の声に人垣が割れる。

「人質の移動先が判りません。爆弾を爆発させられたら、多大な被害を及ぼす可能性があります」

潮崎は島田の目を見つめながら、無線の向こうにいる桝野にも届くように声を張り上げた。

「確かにそうだ」

静かな声で森二課長が同意した。賛同者がいることに潮崎は安堵した。

各所から悔しげな声がいくつも上がった。苛立ちを隠そうともせずに、机の上に手にした書類を投げつける者もいれば、潮崎を睨みつけてくる者もいる。

何も出来ずに手をこまねいていることに、捜査員たちは皆、焦れていた。そんな中、ようやく打開策が見つかったと思ったのに、潮崎が水を差してしまった。

「人質の安全を脅かすリスクは、避けるべきです」

口の中に苦いものを感じながら潮崎は言った。

「——撤回します」

島田はそう告げると、桝野との交信を終えた。

「潮崎の言う通りだ。現時点で強行突入に踏み切るのは危険すぎる」

場を取りなすように島田が言ったが、室内は落胆した空気に包まれていた。白けた空気の中、潮崎はハンディ無線機を置いた机に戻る。やはり気落ちしているのか、大川原は目を伏せていた。

でも人命第一だ、そう自分に言い聞かせながら席に着いた途端、「持ち場を離れないで下さい」と大川原に諌《いさ》められた。

「武本巡査部長との交信はあなたしかできないんですから」

突き放すように言いながら、大川原がキーボードを叩く。

〈あなたは正しい〉

ディスプレイに打ちだされた文字に驚いた潮崎は、ちらりと大川原の横顔に目をやる。苦言を呈《てい》したときと同じく、硬く無表情のままだ。大川原は黙ってバックキーを押す。文字がなくなり、白い画面が残った。潮崎は大川原の気遣いに、小さく会釈した。

「男が銃を外に向けた模様」

停滞した空気を一掃したのは連絡員の声だった。室内の緊張が一気に高まる。

犯人が銃を向けているのなら、その意図は一つだ。

——何を撃とうとしている？

そこから見えるのは、五十メートルほど先の警察車輌数台と強化プラスチックの盾を構える機動隊員のはずだ。

——脅してるのかな？

そう潮崎が考えた矢先、同じく考えたらしい島田が「威嚇行為か？」と叫んだ。

「ＳＴＳ松原隊長が桝野刑事部長に発砲許可を申請中」

連絡員の声に、潮崎は心臓を鷲づかみにされたように感じた。銃を持った犯人が、外部に攻撃を仕掛けようとしているのだ。松原隊長の判断は間違っていない。状況はまさに一触即発だ。

潮崎の口の中がからからに乾いていく。

「映像が入ったぞ」

その声に潮崎は弾かれたように顔を上げた。

画面にショウウィンドウが映しだされた。だが、上半分が光っていて、ウィンドウの中が見えない。西日がガラスに反射しているのだ。かろうじて、ディスプレイとして置かれた家具やマネキンの下半身、そして男のがっしりとした腰から下が見える。

「見えないぞ」

せっかく届いた映像だが、内部の様子がほとんど判らないことに、怒号が各所で上がる。潮崎は少しでも何か見えないかと目を凝らした。

「桝野部長より、発砲許可が下りました」

連絡員の声に、室内がざわついた。

潮崎は周囲に気を取られないよう、画面の中の男に神経を集中させる。男が一歩、前に進んだ。足がわずかに上がって、男が履いている黒い靴が一瞬だが、はっきりと見えた。

——黒い革のスポーツシューズ。かなり大きい。

潮崎は机の上のハンディ無線機を摑むと、モニターの前に駆けだした。

画面の中で男の両手が上がっていく。銃を構えようとしているらしい。

「撃つぞ」

誰からともなく声が上がった。

桝野刑事部長から発砲許可が下りた今、男の発砲と同時に、STSも応戦する可能性は高い。

捜査員たちの間に今までにない緊張が走る。潮崎は上がっていく男の両手を食い入るように見つめる。何かで汚れているらしい男の手は銃の大きさから見てもごつごつと大きい。

——間違いない。

「あれは犯人じゃない、武本巡査部長です。発砲中止命令を」

潮崎が確信を持って叫んだ直後、ウィンドウに穴が開いた。

「発砲中止命令を。撃たないで！」

潮崎が叫ぶ。モニターの中でウィンドウの穴が増えていく。穴からひびが広がりだした。亀裂で武本の姿が見えない。

――間に合わなかった。

呆然と潮崎は画面を見つめる。

「松原、撃つな！」と叫んでいるのは島田一課長らしい。だがその声が遠い。目の焦点が合わなくなったらしく、モニターがぼんやりとしか見えない。

「見ろ！」

誰かの声に、再びモニターに集中する。砕けたガラスが、ぱらぱらと地面に落ちていく。光に輝く粒状のガラスに潮崎が目を奪われた直後、ウィンドウのガラスが一気に崩れた。脚立や椅子を手にした制服姿の男たちが、割れたウィンドウを乗り越えて、次々に外へ飛び出してくる。

――人質？

まだはっきりしない頭に、そんな疑問が浮かんだ。

私服の男性に続いて女性が外へと出てきた。さらに制服姿の男女が続く。

今潮崎が目にしているのは、人質たちが自力で建物から脱出している光景だった。盾を手にした機動隊員たちがあわてて駆け寄って保護していく。

――先輩は？

逃げてくる人質の中に武本を捜すが、その姿はない。

「人質が脱出して来たとのことです」

連絡員の叫び声の直後、室内に地鳴りのような音が轟いた。それは捜査員たちの歓喜の雄叫びだった。

ようやく感覚が甦ってきた。だが、潮崎は他の捜査員たちのように心の奥底から喜ぶことは出来なかった。

周囲の者に肩や背中を叩かれ、握手を求められながらも、潮崎はモニターから目を離すことが出来なかった。捜し人はまだ見つからない。

「潮崎」

呼ばれて見ると、島田一課長が手招きしていた。島田の周囲には、すでに捜査員たちが集まっていた。人質が脱出したとはいえ、犯人はまだ捕まっていない。

——やるべきことをしなくては。

人質が自由になった今、ホテル内にいる犯人確保は必須だ。警察官としての職務を思いだした潮崎は、島田に向かって足を踏みだした。

「潮崎警視」

そのとき、自分を呼ぶ大川原の声が聞こえた。

振り向くと大川原がモニターを指さしていた。目を向けた潮崎の目が捉えたのは、両脇を二人の男性に支えられながら、割れたウィンドウを乗り越えて外に出てくる男の姿だった。

「——先輩だ」

右脚と胴体を負傷しているらしく、二カ所に布を巻かれた武本は、身体に力が入らないのか、二人に支えられているのに歩くのもやっとだ。だが、それでも武本は無事だった。潮崎の視界が涙でぼやけた。

「人質三十七名と、ホテルマン二名と武本巡査部長、総勢四十名、全員保護しました」

興奮に上ずった連絡員の報告の直後、捜査員たちの歓喜の声が再び上がる。今度は拍手の音も聞こえた。

「出来るだけ多くの救急車の手配を。怪我人を除く人質はバスに収容後、本庁本部へ移動」

森二課長の冷静な指示に、瞬時に室内の浮かれた空気が収まった。

「爆弾処理班は？」

「松原隊長より桝野部長へ、ＳＴＳ突入要請が入りました」

続けて、犯人確保に向けての情報や報告が室内を飛び交い始める。

潮崎は呼ばれていたことを思いだして、あわてて島田のもとへと足を向ける。人垣の隙間から覗く島田と目が合った。

「潮崎、お前はいい」

拒絶の言葉に足が止まる。

この状況で追い払われるとは思っていなかった潮崎は呆然と立ち尽くした。

「何を突っ立ってるんだ」

不愉快そうな島田の怒鳴り声に、潮崎は我に返った。

「早く行け」

島田の目がモニターに向けられた。画面の中では、武本が複数の機動隊員の透明の盾に覆われて担架で運ばれて行くところだった。

島田の配慮に気づいた潮崎は、深く一礼すると全速力でその場から駆けだした。

39

「行きますよ、一、二の三」

救急隊員たちの掛け声がして、ストレッチャーごと救急車に乗せられた。衝撃による新たな痛みに、武本は思わず呻いた。

開け放たれた救急車のバックドアから外を眺める。群がった警察車輌の間からホテルが見えた。

割れたショウウィンドウがなければ、出入り口にシャッターが下りているために、休業日にしか見えない。だが中では凶悪な事件が起きていた。そして今もまだ、事件は終わっていない。

——なぜ来ない？

武本は割れたウィンドウをじっと見つめる。

犯人たちはホテル周辺を監視していたはずだ。とうぜん人質の脱出には気づいている。人質は犯人にとって交渉の要だ。その人質が逃げだしているのに、犯人は現れなかった。

——爆発もさせなかった。

警察が近寄ったら爆弾を爆発させると言っていた。爆弾の威力がどれほどかは判らない。だが脱出する人質の足を竦ませるには充分なはずだ。

視界がぼやけてきて、武本は目を瞑った。再び開けてホテルを見る。白い外壁が夕日に染まってオレンジ色に見えた。午後一時の待ちあわせに武本が訪れたときと変わらず、ホテルは美しく端然とそびえ立っている。

とつぜんサイレンの音が鳴りだした。大きな音に、思わず武本は顔を顰める。音のするほうに目を向けると、救急車が横切った。犯人に脚を撃たれた警備部の西村が搬送されたのだろう。続けて新たなサイレンの音が聞こえる。他にも怪我人がいたらしい。

——無事であってくれ。

武本は救急車を見つめながら、負傷者の無事を祈った。

「点滴を開始します」

顔を覗き込んで告げる救急隊員に、頷く。

「すぐに搬送したいのですが、これだけの重傷なだけに受け入れ先がまだ決まりません。今、探しているのでもう少し頑張って下さい」

励ますように言われて、武本は再び頷いた。

「受け入れ先が決まらないって、どういうことだ？　レッドタグだぞ！　横浜労災病院は？　満床だ？」

運転席で救急隊員が無線に怒鳴っていた。

「証人の安全性も含めて搬送先を決める？　そんなこと言ってる場合じゃ、──ちょっと待て」

運転席のドアを開閉する音がして、急に救急隊員の声が聞こえなくなった。武本は中断していた検証に頭を戻す。

──なぜ、動きがない？

犯人はまだホテルの中に残っているはずだ。三階から犯人が一人立ち去ったのを見た、磯谷はるかがそう言っていた。

──だが。

犯人は三階の人質を放棄して姿を消した。しかも仲間の武器を残したままでだ。

──なぜ人質を放りだした？

頭に浮かんだのは、「最後の一人だった」だ。

犯人のうち、三名はすでに亡くなっていた。残ったのが一人ならば、対処しきれないと放棄する可能性はある。

——いや、ありえない。

すぐさま武本は打ち消した。あれだけの武器を準備して、ホテルを占拠したのだ。その犯人がたったの四人のはずがない。それに、もはや建物からの脱出口がない。

——ありえないことだらけだ。

何度も繰り返し浮かぶ言葉に、今回の事件で出会した、いくつもの「ありえない」が頭に甦る。

犯人は様々な武器を持っていた。純正のSMITH&WESSONやMP5など、そのどれもが日本国内に持ち込むのは難しいものだ。

さらには、白いレインコートに身を包んだ小柄なシルエットが浮かんだ。

——まだ子供だった。

少年もまた、ありえない存在だった。十四、五歳にしか見えない緑色の目をした赤毛の白人少年は、躊躇うことなく武本を撃った。

——双子だった。

一人だと思っていたが二人いた。寸分違わぬ容姿だった。

少年たちの様々な姿が頭の中に入り乱れる。逃げる西島を追って、高笑いしながら駆けていく少年、エレベーターから台車を押して降りてきた少年、口の中を撃たれて仰向けに横たわる少年、食いちぎらんばかりの勢いで嚙みついてきた少年——。

コンクリートの床に倒れていく少年の姿が浮かんだ。そのとたん、映像がそこで止まった。背中に開いた穴、広がっていく血。

とつぜん、右手の人差し指に痺れるような熱を武本は感じた。

——俺が撃った。

この指で引き金を引いた——殺してしまった。

右手を見ると、握りしめていたはずの銃がなかった。いつ失くしたのか思いだそうと、武本は再び目を瞑る。

——ショウウィンドウを割るために、弾が無くなるまで発砲した。

反動に耐えきれずに床に崩れた武本に見えたのは、重く強度のあるものを手に、ひびの入ったウィンドウに向かっていく人質の男性たちだった。砕けたガラスが降りそそぐ中、顔に風を感じた。次々に外へと飛び出していく人の背を見ていると、両側から支えられて身を起こされた。

「武本さん、しっかり」「行きますよ」そう言ったのは西島と佐々木だ。二人に身体を預けながら脱出した。数メートル進んだところに、機動隊員が駆けつけてきた。

——渡したんだ。

「預かります」そう言って伸ばされた腕が、見慣れた制服に包まれているのを見て、安堵した記憶がある。銃の所在を思いだせたことに、武本は息を吐いた。

——そういえば。

銃について、他に何か引っかかっていたことを思いだした。だが点滴に麻酔成分が入っているせいもあるのか、頭が朦朧としてきてすんなりと思いだせない。

「すみません」

声がしたほうを見ると、バックドアの前に機動隊員が立っていた。

「人質だった磯谷はるかさんという方が、武本さんとお話ししたいと言っているんですが」

——何か思いだしたのか？

はるかは三階で犯人の情報を教えてくれた。武本はすぐさま了解した。

機動隊員に案内されたはるかは、少しばかり躊躇ってから救急車に乗り込んできた。

「武本さん、あの……」

はるかが口を開いた。痛ましげにこちらを見つめるその頬にさきほどまでは気づかなかった赤い痕を見つけた。

「今日のお見合い、最初からお断りするつもりでした」

唐突に、はるかはそう言った。事件のことではなく、見合いの話が出てきたことに、武本は面喰らった。

「正直、お見合い自体、嫌だったんです。だって、警察官の仕事がどんなものか知っていますから。いつもいないし、心配しなくちゃならないし」

はるかはそこで口を噤んだ。だが深呼吸して意を決したように、また話し始める。

「一人でこんなこと、しなくてよかったのに。こんな怪我までして」

何かこみ上げてくるものがあったのか、喉を詰まらせた。

「死んじゃったかもしれないのに、なんでこんなことをしたの？」

絞りだすように言う。答えようとは思うが、上手い言葉が見つからない。武本を見下ろすはるかは、今にも泣きだしそうだ。焦るが、やはり言葉が浮かんでこない。

「いいんです。おっしゃらなくても答えは判っています。――警察官だから、ですよね」

疑問ではなく、確認するように言った。それは武本が見つけられなかった言葉だった。驚いた武本は、はるかをただ見つめた。

「――やっぱり」

涙を溜めた目ではるかが微笑んだ。

「武本さんは、父に似てるわ」

はるかの表情が緩んだ。武本はその顔に、はるかの父親の人となりを察した。

「判っているの。断るなんて馬鹿だって。こんなに責任感が強くて誠実で素敵な人には、もう出会えないかもしれない。――でも、今の私では無理。なんとなく信用金庫に入って、なんとなく周りもみんな結婚し始めたし、私もって思ってお見合いを受けた私では無理」

寂しそうな声ではるかが続ける。その眼差しは真剣だった。そんなはるかの言葉を、きちんと聞いて理解したいと武本は望んだ。だが頭が朦朧として、声がただぼんやりと通り抜けて、頭の中に残らない。

「私――、今まで、強く自分が望んで何かをしたことがなかった。全部、無難な道を選んできただけ」

自嘲めいた言葉をはるかは口にした。

「でも、今回のことで、このままじゃダメだって思ったんです。このままじゃ、私」

必死に訴えるはるかに、何か言葉を返すべきだ。武本はそう思った。だが頭は霞がかかったままだ。考えがまとまらない。

「武本先輩は？　まだいるってどういうことですか？　とにかく、一刻も早く病院へ運んで下さい」

聞き覚えのある声が怒鳴っているのが聞こえた直後、バックドアから見える景色を塞ぐように潮崎が現れた。女性が車内にいるとは思っていなかったらしく、無言で立ちつくしている。はるかもまた、とつぜんの潮崎の登場に、困惑していた。救いを求めるように武本を見つめる。

宙ぶらりんになったままのはるかとの会話をまずはどうにかしなくてはと、武本は考えた。

「――なさい」

あなたの望むようにしなさい、そう言うつもりだった。だが口から出たのは、かすれた語尾だけだった。はるかは無言のままだ。伝わらなかったのだろう。というより、

「なさい」のみでは伝わるはずもない。

言葉を足そうと、口を開きかける。

「――ありがとうございます」

はるかは微笑むとそれだけ言って、シートから立ち上がった。きちんと自分の意を汲み取ってくれたとは思えない。バックドアから出ていこうとする背中に声を掛けようとした瞬間、はるかが振り向いた。

「私、やってみます」

はるかは晴れやかな顔でそう言った。その答えと表情に、判ってくれたのだと知る。

武本は、ただ頷いた。まだ何か伝えたいことがあるのか、はるかは武本を見つめている。

「もしも――」

それだけ言って、はるかは口を閉ざした。そして軽く頭を振ると、にこりと笑ってから深々と頭を下げて出て行った。

はるかが何を言おうとしたのかを武本は考える。だが、すぐに止めた。どれだけ考えたところで、おそらく自分には判らないと気づいたからだ。

軽く会釈をして去っていくはるかを目で追っていた潮崎が、こちらを向いた。制服でも背広でもなく、明るい色のアウトドアジャケットを着た潮崎は、口を開こうともせず、ただ立ちつくしている。

武本が潮崎に最後に会ったのは、都内で殺人を犯し、逃亡先の広島県で自首した犯人を引き取りに行った半年前だ。書類の手違いがあって、犯人の引き渡しまで半日時間が空いてしまった。その空き時間に、I種公務員として警察庁に入庁しなおし、警察学校を卒業後、広島県警廿日市署に配属されていた潮崎が押しかけてきて、無理矢理、宮島に案内してくれた。

そのとき、なぜか意味も判らずソフトクリームを手渡され、鹿のいる場所に取り残された。九月にしては暖かい陽気で、溶けたソフトクリームが手に垂れて往生しながら待っていると、戻ってきた潮崎は「おかしいな」を繰り返した。理由を問うと、「ソフトクリームを持って立っていると、絶対に鹿に襲われるはずなんです。僕は鹿にどつかれて尻餅をつきました。でも先輩は無事というのか、そもそも鹿が近寄ってすら来なかったんですよね。人を見て選んでるってことか。案外頭が良いって言うのか、つまり僕は偶蹄目《ぐうていもく》にチョロいって思われたってことですね」と、悔しそうに答えた。

あれから半年しか経っていない。武本の記憶の中の潮崎と、目の前にいる本人にさほどの変化は見受けられない。だが一つ変化に気づいた。

「前より、黒いですね」

何について言われたのか判らないらしく、潮崎が眉をひそめた。

「髪の色です」

一度、目をしばたたかせてから、ようやく潮崎が口を開いた。

「警視ともなると、やはりあまり明るい色はどうかと思いまして。――というか、第一声として、どうかと思います。普通は」

そこで潮崎は口を噤んだ。

「――そうか。もう、再会の挨拶は済んでましたよね。やっぱり、先輩は先輩だ。変わってないですね」

言いながら、潮崎は車内に乗り込んで来ると、ストレッチャーの脇の椅子に腰を下ろした。横たわる武本をしげしげと見つめる潮崎は無言だった。てっきりいつものようにしゃべりまくると思っていただけに、武本は拍子抜けした。

救急車の外から、警察のヘリコプターの飛行音や無線の音が途絶えることなく聞こえてくる。

「――ありがとう」

先に口を開いたのは武本だった。無線で自分を導いてくれたことへの感謝だった。

とたんにくしゃりと潮崎が顔を歪めた。そのまま俯いて、しばらく顔を上げなかった。

「――まったく、もう。あなたって人は」

小さな声で呟いた潮崎が、ようやく顔を上げる。その目が赤く充血していた。

「申し訳ないのですが、まだ搬送先が決まらないんです。なので今この時間を利用して、記憶が新しいうちに、出来るだけ事件の話を伺わせて下さい」

いつもの調子を取り戻した潮崎の明るい声に、武本は頷いた。

「まずは、犯人ですが」

「すみません、武本さんはどちらに？」

西島の声が聞こえた。その声に、武本は引っかかっていた何かを思いだしかける。

「僕は、武本さんにずっと同行していたホテルマンの西島です。武本さんが搬送される前に、どうしても」

武本に会おうとして、西島は警察官と交渉しているらしい。

「呼びますか？」

潮崎に問われて、武本は頷いた。バックドアから身を乗りだして潮崎が許可を出す。すぐに機動隊員に案内された西島がドアの前に現れた。

「――武本さん」

武本の姿を見た西島が、感無量といった面持ちで名を呼んだ。

昼間フロントで見かけたときには、制服には皺一つなく、ワイシャツも真っ白だった。だが今はくしゃくしゃの上、武本の血で汚れ、そのときの清潔感は欠片もない。顔もだ。それでも、表情は晴れやかだった。

「あなたが西島――稔さんですね、フロント勤務の」

その声で初めて気づいたらしく、西島が潮崎に目を向けた。武本の乗る救急車に同乗しているのだから警察関係者のはずだが、それにしては自由すぎる服装の潮崎を、しげしげと見つめている。

「初めまして、じゃないですね。すでに一度挨拶させていただいて——いや、名前は言っていなかったか。だとすると、うーんと」

妙に細かいことに拘る潮崎が、額に人差し指を当てて、どう挨拶するべきか悩んでいる。

「無線の相手の潮崎警視です」

長引きそうだと判断した武本が、短く紹介する。西島が目を丸くして「あなたが」とだけ言った。

「はい、僕です」

そう言うなり、潮崎が西島に手を差し出した。西島がその手を握る。

「ご無事で何よりです」

「いえ、全部、武本さんのお蔭です」

握手を解かぬまま、西島が武本に目を向けた。その顔には感謝の念が浮かんでいる。それは違うと伝えたくて、朦朧とする意識の中、武本はわずかに顔を横に振った。西島とは何度か意見を違えた。大量殺人を目の当たりにし、犯人に命を狙われた西島は、恐怖から保身を図った。それを責める気はない。とうぜんのことだ。だが武本は西島にホテルマンとしての職を果たすことを求めた。人質の中に客がいるのなら、客を守るべきだと。

しかし武本は間違いに気づいた。西島もまた、警察官の自分が守るべき一人だ。だが西島は結局、武本の意に従ってくれた。犯人と対峙する恐怖に打ち勝っただけでなく、武本が撃たれてからはずっとそばで助けてくれた。西島の協力がなかったら、人質はまだホテルの中にいたはずだ。何より、おそらく自分は生きてはいられなかった。

感謝の気持ちを伝えようと口を開こうとした矢先、潮崎が話し始める。

「ええ、その通りです。総て武本先輩のお蔭です。何しろ、たった一人で人質の皆さんを護ったんですから。マクレーンに匹敵する、いや、もう越えてます。でもまあ、それもとうぜんです。だって、僕の自慢の先輩ですから」

自分のことでもないのに、潮崎は胸を張る。

潮崎の奇妙な言動に、武本は慣れていた。出てきた外国人の名前は、おそらく小説の登場人物に違いない。

潮崎から逃れるように手を離した西島が、ちらりと武本に視線を寄越した。困惑した目に何かを返したいと思う。だが、もとより潮崎の人となりを他人に理解して貰えるように説明することなど武本には出来なかった。まして今の状態では無理だ。武本は早々に放棄した。

「それで、先輩に何の御用で」

潮崎に促されて、気を取り直したらしい西島が口を開いた。

「人質に取られたお客さまは全員無事でした。これもすべて武本さん、あなたのお蔭です」

そう言って、西島は深く頭を下げた。

一人では無理だった。あなたの協力があってこそだ。そう口にしようとして、武本はひっかかっていたことに気づいた。

――文田だ。

手助けしてくれたのは西島だけではない。文田もだ。もちろん感謝している。だが武本には気になることがあった。いや、はっきり言えば、文田に違和感を持っていた。二十階から脱出したあと、文田は客室に残ることを選択した。その文田とまた合流したのは、地下一階で撃たれたあと、二階の商業施設に逃げ込んだときだった。そのとき、文田は銃を持っていた。それも隠し持っていた。偶然落とさなければ気がつかなかった。何より気になるのは、入手方法だ。エレベーターの中に落ちていたのを拾った、文田はそう言った。

――ありえない。

「文田さんは?」

はっきりと武本は言ったつもりだった。だが潮崎と西島は話に夢中で気づいていないらしく、こちらを向こうともしない。

仕方なく、もう一度繰り返す。だがやはり二人とも気づかない。三度口を動かす。ようやく気づいた西島が武本のほうを向いた。その顔だけでなく、身体全体がぼやけて見える。

「今、武本さんが何か仰ろうとされていたような」

声に出したつもりが、出ていなかったらしい。武本は再び口を開こうとした。だが、できなかった。

血相を変えた潮崎の顔が迫ってきた。

「先輩、しっかりして下さい」

「救急隊員さん、武本さんの容態が！」

バックドアから身を乗りだして、西島が叫ぶ。直後、救急隊員が飛び込んできた。

「離れて下さい」

潮崎を押しのけて救急隊員が武本の横に陣取り、右手首を摑んで脈を取り始めた。

武本はなんとかして伝えようと唇を動かす。

「——い、あ？」

足下に場を移した潮崎が、武本の唇の動きを読んで声に出す。

そうではないと、首を横に振ろうとするが、頭は信じられないほど重く、まったく動かない。たったのひと言が伝わらないことに焦って、武本はさらに唇を動かす。

「う、い、あ、——ですか？」

「ああ、文田さんですね」

眉を寄せて唇の動きをマネしていた潮崎が声を発したとたん、西島が正解を口にした。

「大丈夫です、文田さんも無事ですよ。だから、心配しないで下さい」

伝わったことは嬉しいが、訊ねたかったのは別なことだ。なんとかして伝えようと、再び口を開こうとする。

「決まったぞ、東海大だ」

そのとき、運転席のほうから声が聞こえた。

「東海大って、かなり遠くでは？」

訊ねる西島の声が妙に遠い。

「ドクター・ヘリがこっちへ向かっています。今からヘリとの合流点まで行きます。同乗者は？」

はい、と潮崎が答える。

「ではそちらは降りて下さい。行くぞ、出場！」

「文田さんは大丈夫ですから」

西島の声の直後に、ドアの閉まる音が聞こえた。その音を最後に、武本は意識を失った。

40

「自分の職場ですけれど、昨日の今日なだけに、なんだか緊張しますね」

四月十七日の午後二時、空は爽やかに晴れ渡り、頰を撫でる風も心地良い。パトカーから降りた西島はハーヴェイ・インターナショナル横浜に向かって歩きながら、そう言った。

「私もです」

並んで進む文田は、微笑んでそれに同意する。

人質が脱出したのち、最初に突入したのは機動隊爆発物処理隊だった。ホテル内にいるであろう犯人確保のためには、まず出入り口に仕掛けられた爆弾を解除しなくてはならなかったからだ。

通常、爆発物処理隊は現場で爆弾の解体は行わない。対象物を冷却または冷凍したのち、現場から特科車輛を用いて運びだして、家や人気の無い場所で安全に爆発させ処理することになっている。

だが今回は例外だった。ホテル内にいる犯人がリモート装置で爆弾を爆発させる可能性が高いだけに、外部に持ちだす余裕はない。他に対処法もなく、結局、対爆スーツに身を包んだ隊員たちが現場で爆弾解除に挑むしかなかった。爆薬の種類も、起爆装置もまったく判らないままの解除作業に、隊員たちは決死の覚悟で臨んだ。

　はったりではなく本当に爆弾があることを見せるためだろう、犯人は爆弾の入った段ボール箱の蓋を開けていた。

　蓋を開けるだけで爆発する可能性が消えたのは、隊員たちにとって不幸中の幸いだった。小型カメラを利用して、外にいる専門家の支援を受けながら一つ目の爆弾を解除し終えたのは、突入から七十三分後だった。プラスチック爆弾らしきものに取りつけられたリモート装置の配線を切り、雷管自体を作動不能にするのに、それだけの時間が掛かった。隊員たちは続けて一階のもう一つの出入り口と地下一階に向かい、爆弾を解除した。

　残るは屋上だった。先に解除された爆弾は、どちらも一つで建物の総てを爆破できるほどの威力はないと確認されていた。ただ屋上の広さから、仕掛けられた数が多いという可能性はあった。解除法に迷う中、桝野刑事部長はヘリコプターを使って処理隊員を屋上に投下する決断を下した。

　犯人は警察官がホテルに近寄ったら爆弾を爆発させると告げた。だが人質が脱出し、さらには爆発物処理隊が突入して二時間以上が経過したが、犯人はまったく反応を示さなかった。それを根拠とした決断だった。そして発令の四十分後、屋上の爆弾も解除された。すべての爆弾が解除されたという報告を受けて、ＳＴＳを始めとする機動隊員が犯人確保のために、一気にホテル内に突入した。だが各階をくまなく捜索したものの、犯人らしき者の姿はなかった。

ホテル内から発見された生存者は、地下一階の会員専用待合室の担当である臼井と、アシスタントマネージャーの安村、そして二十階の三名のスタッフで、すべてホテルの従業員だった。その他十名、犯人らしき三階の二人とエレベーターの中の一人、そして一階のロッカールームのホテルスタッフ一人と、二十階の利用客らしき六人は、既に死亡していた。捜査員たちはさらに捜索を続けた。だが他には誰もいなかった。

結局、犯人確保に至らないまま、携帯電話会社の基地局発火事件が起こってから十七時間二十分後、日付が変わった四月十七日の午前六時半に、桝野刑事部長はひとまずの事件収束宣言を出した。

治療の必要な怪我人を除いた人質たちは、大型車輌で神奈川県警本庁舎へと移され、食事と手当を受けたのち、順次指紋の採取と事情聴取を受けた。

武本と行動を共にしていた西島と文田の聴取はひときわ長く、二人がひとまず解放されて本庁舎内の簡易ベッドで休むことが出来たのは、午前三時過ぎだった。

二人はその五時間後には目覚めた。そして、記憶が新しいうちに聴取を再開したいと文田が言いだした。

更に、こうも提案した。

早くも記憶があやふやになりつつある。ホテルの中に入れば、実際にその場に行けば、きちんと供述できるかもしれない、と。西島もこれに同意した。

当初は難色を示した桝野刑事部長だが、結局その申し出を受けることにし、捜査員と共に、二人をホテルへと向かわせた。

規制区域こそ縮小されたものの、ホテル周辺には人気はほとんどない。いるのは、制服を着用している警察官ばかりだ。

捜査員に連れられた西島と文田の二人は、一階の正面エントランスの前に設けられたテントの中で、靴用のビニール製のカバーと、ラテックス製の手袋を渡された。まだ証拠保全が完全に終わっていないので、新たな物証を残さないためだ。

装着し終えた二人は、待っていた捜査員について、警備の警察官の横を通り、ホテルの中に入った。

最初に現場責任者である島田捜査一課長のところに寄ると、捜査員に告げられる。

「エレベーターは復旧していますが、階段を使います」

そう言うと、捜査員は非常階段の扉を開けた。捜査員と話している西島に続いて、文田も非常階段に入った。中の薄暗さに、文田は思わず目を細めるが、階段を上っていくうちに、やがて目が慣れてきた。階段の所々に何かがこびりついていて、その横に番号の書かれた黄色いプラスチックの札が置かれている。

——武本の血だ。

文田は踏まないように気をつけて、足を下ろした。手すりに視線を移す。全体に指紋採取用のアルミニウム粉をはたいたのだろう、手すりも変色している。

――そことあそこ、二カ所だ。

指紋を残さないよう、極力留意していた。だが文田の立場でまったく残っていないのも、またおかしな話だ。だから意識的に手すりを摑み、あえて文田は指紋を残していた。

「何往復もしましたよ。怪我された武本さんを抱えて。ね、文田さん」

「私が武本さんを支えてここを上がったのは一度だけです。お恥ずかしい話、怖くて逃げてしまいましたので」

西島に話し掛けられた文田は、申し訳なさそうに小声で応える。

「あの状況ですもの、とうぜんですよ」

あわてて西島が取りなす。

「でも、西島君は逃げなかった。――それに引き替え、私は」

「止めて下さいよ、文田さん」

まんざらでもない顔で、西島が返した。ホテルのオープン屋として切れ者と評判だった文田よりも、自分のほうが役に立ったことで、西島は気持ちが大きくなっているようだ。

――大丈夫だ。

西島は何一つ疑っていない。そう確信して、文田は内心でほくそ笑んだ。

スパイダーを片付けた後、武本と潮崎が交信を再開した。その内容から、武本が人質全員を二階の店舗に移動させる気だと察した。三階のスタッフルームの金庫の暗証番号を知るシフトリーダーの竹内もその中にいる。そして文田は、三階から二階へ非常階段を下りる人質の列に、逃げ隠れし続けた臆病者として合流した。

あとは簡単だった。目当ての竹内に詰め寄ると、客から預かった荷物がない、どうしようと、大仰に体と声を震わせて繰り返したのだ。文田の錯乱した様子に、竹内は簡単に騙された。なんとか文田を落ち着かせようと、あっさりと金庫の番号を教えてくれた。その後、分散して店舗に隠れる際に、一人静かに離脱して、三階のスタッフルームに向かった。金庫を開けた文田は、ようやく捜し求めていたものを見つけた。それから再び二階に戻った文田は、何食わぬ顔をして人質の一人として、武本に導かれてホテルを脱出した。

――あと少しだ。

まだ任務は終わっていないだけに、文田は気を引き締め直す。

到着した三階には、作業服姿の捜査員たちが溢れていた。エレベーターホールの前を通過し、レストランに近づくにつれ、先を進む西島の背中が強ばっていくのが判る。

――三階にはドクとシフティがいた。

武本と西島から離れてスパイダーを追った文田は、二人の遺体を見ていない。だが西島は見た。背中の強ばりは、そのせいだろう。

急に視界が明るくなった。ベイエリアを望む大きなガラス窓から明るい日差しが入っている。レストランに足を踏み入れる直前、西島が止まった。だがとうぜんながらすでに二人の遺体はなかった。だが血だまりは残っている。それを見た西島が、大きく息を吐いた。

「島田一課長、こちらが西島さんと文田さんです」

捜査員の声に、中肉中背で下膨れの顔の男が近寄ってきた。

――こいつが島田か。

コモンが、カムフラージュの身代金を要求した相手だ。

「ご協力に感謝します」

丁寧に島田が頭を下げた。西島と文田もそれに返す。

この後の段取りを説明する島田の話を聞きながら、文田は観察する。物腰、目の配り方、どちらも隙はない。だがそれは、文田がよく知る、いわゆる日本の警察官だった。だからといって侮って気を抜きはしないが、細心の注意を払う相手ではない。そう判断した文田は島田に気づかれぬよう、こっそりと捜査員たちを眺めた。

――この中にいるのか？

気になっているのは、武本と交信していた男――潮崎だった。

潮崎の名前は西島から聞きだした。本庁舎へ移動する前に、西島は武本に会い、その際に潮崎を紹介されたという。

「無線通りの変わった、いや、面白い方でしたよ」

西島はホテルマンとしての職業人の記憶力を遺憾《いかん》なく発揮して、潮崎の特徴を語った。聞いた背格好や顔立ちの男を捜査員の中に文田は捜す。武本に付き添って病院に行ったらしいが、この場に戻っている可能性は高い。だが、見渡す範囲にはいないようだ。

――いないほうがありがたい。

やらなければならないことが文田にはあった。とても重要なことだ。

潮崎は警察官にしては変わっている。少なくとも文田が知っている日本の警察官とは異なる。それは無線でのやり取りから感じていた。予想のつかない言動を見せる潮崎は、一筋縄ではいかない男だった。それだけに、この場にいて欲しくない。

文田はちらりと腕時計に目を落とした。時刻は二時十分になろうとしていた。

――あと五分。

約束の時間まであと少しであることを確認すると、文田は島田の説明に、さも聞き入っているかのように相づちを打った。

「島田一課長、宅配業者が来ているんですが」

制服警官が島田に報告する声に、文田は腕時計に目を落とした。二時三十七分、予定よりも二十二分も遅い。

——やっとか。

約束の時間を過ぎても、何も起きないことに文田は焦っていた。たとえ時間通りに到着しても、担当者が話を上げるまでに時間が掛かるものだろうとは予想していた。だが、もちろん不安はあった。お役所仕事で、一切取り次がれずに追い返される可能性も考えていた。なので、三十分待っても動きがない場合、予定を変更し、第二案を文田が自ら決行する計画だった。待ち望んでいた報せが入ったのは、リミットの八分前だった。

——ここからが、腕の見せ所だ。

文田は、一度下を向くと、改めてホテルマンの表情を作り直した。

「何の用だ？」

「昨日の昼に荷物の集荷を依頼されていたそうで、あんな状況だったので諦めたものの、今日はもう事態が収まったから大丈夫だと思って取りに来たと言っています」

顔を顰めた島田が、上げた右手で頭を掻いた。明らかに苛立っている。

「もう大丈夫なわけがないだろう。改めて出直させろ」

「でも至急の依頼だから、そういうわけにもいかないって、帰ろうとしないんです。どうしてもダメだと言うのなら、上司を納得させるために、責任者からの保証が欲しいと」

「保証だ？　一筆書くのか？」

これ見よがしに島田が舌打ちする。

「あの」

申し訳なさそうな声で、文田は話し掛けた。

「なんでしょう？」

協力者である文田に、島田はそれまでとは態度を改めて応じる。

「今、宅配業者が来たと仰いましたか？」

「ええ」

戸惑った表情で島田が肯定した。

「××便さんですか？」

「ええ、そうです」

「実は、私が昨日、お客さまからお預りした荷物を集荷するように頼みました」

文田は穏やかな声でそう切りだした。

文田は捜査員とともに、一階の集配荷物置き場で宅配業者が現れるのを待っていた。

「すみません、わがままを言って。こんな状況なのは十分承知していますが、やはりホテルとしては、お客さまのご要望に添えないと信用に関わるもので」

心底申し訳ないといった声で文田は話し掛ける。

立ち合いを命じられた捜査員は、気の良い男らしく「仕事ってそういうものですから」と、微笑んで返してきた。

島田を説得するのに、さしたる労はなかった。

客から荷物を預かったのは自分で、時刻は午前十一時過ぎ、つまり事件の前であること。一階の集配荷物置き場に荷物を運び、××便に電話して集荷を頼んだのも自分で、その時刻は正午過ぎ、こちらも事件が起こる前であること。それらを説明したうえで、客商売の立場を持ちだして頼んだ。さらに伝票の控えを提出することを約束した。

頼んでいるのは身分の確かなホテルマンで、しかも事件の解決に尽力した文田だ。さらに西島という追い風も吹いた。二人に頼まれては、さすがに無下に断わるわけにはいかず、島田は荷物の集荷を了承した。

台車のタイヤが転がる音が聞こえた。音のするほうに目を向けると、制服警官の後について、見慣れた××便の制服に身を包んだ男が台車を押して近づいてくる。

男は申し訳ないと思っているのか、先導する警官に何度も頭を下げていた。

「すみません、こんなことになっちゃって」

文田は××便の男に深々と頭を下げる。

「いえ、ご連絡いただいてすぐに来ればよかったのに、他を回ってから寄ろうとしたら、携帯が通じなくなるわ、道路は混むわ。あげく、あの、ほら、アレで」

制帽を深く被った宅配便の男は事件のことを上手く言えないらしく、言葉を濁した。

「とにかく、無事に終わって良かったですね。ええと、お荷物はこちらですか？」

きまりが悪かったのか、男は、あわてて本来の用事に戻った。

「こちらです。中身は美術品だそうです。重いので、気をつけて下さい」

何事もなかったように文田が言った。

「十分に注意してお預かりします。いつも、ありがとうございます」

男は処理を終えた伝票の一枚目を文田に渡したのち、深々と頭を下げてそう言うと、早々に台車を押して立ち去った。

41

西島と文田が現場検証から解放されたのは午後五時過ぎだった。警察もさすがに二晩続けて本庁舎に泊まるようには要請しなかった。自宅に帰ることを許可された西島は、「これでゆっくり風呂に入れる」と、嬉しそうに言った。

「自分のベッドでゆっくり寝たい」

そう軽口で返した文田を振り向いて、「意外と神経質というか、ホテルのオープン屋にあるまじき答えですね」と、西島が声を上げて笑った。職業柄あまり一カ所に留まらないだけに、ベッドに拘りなどないと思っていたのだろう。

「私はどこでもマイ・ピローとマイ・マットレス持参です」と文田が返すと、西島は

「それはすごい」と晴れやかに言った。

明日の再会の挨拶を交わして、文田は西島と別れた。

JR桜木町駅の高架をくぐり抜けた文田は、ひたすら南西へと進む。やがて野毛山へ向かう坂道に差し掛かった。ゆっくりと文田は坂道を上っていく。傾いた日が、歩道の上に長い影を作っている。

野毛坂の交差点を通り過ぎて、横浜市中央図書館の前まで来た。その先にあるのは野毛山《のげやま》動物園と野毛山公園だ。緑の気配を感じて、文田は深呼吸した。

背後から車が近づいてくる音が聞こえた。それまでも車は何台も横を通り過ぎていた。だがその車は様子が違った。文田に近づくにつれスピードを落とし、横を通過すると、数メートル先で止まった。追いついた文田は××便のワンボックスカーの助手席のドアを摑むと、すばやく乗り込んだ。

ドアを閉めると同時に車が走り出した。運転席の男は、文田に目もくれずに、車を進める。

野毛山公園の横を通り過ぎてから、おもむろに男は口を開いた。

「〝思い出〟は無事です」

「ああ」

短く応えて、文田は後ろにちらりと目をやった。

「まったく、勘弁して下さいよ」

文田は運転席の男の横顔に目を移す。

××便の制帽を目深に被ったコモンは、正面を見ながら言葉を継いだ。

「私は実務に向いてないんですよ。——久しぶりですよ、階段を全速力で駆け上ったのは」

「いつ？」

コモンと組んでかれこれ七年が経つが、確かに階段を駆け上がるどころか、小走りする姿すら文田は見たことがなかった。

「〝思い出〟の回収のときですよ」

文田から〝思い出〟の回収場所の連絡が入ったのは、地下一階の会員専用待合室で、アシスタントマネージャーの安村を薬物注射で失神させた直後だったそうだ。昏倒した安村をそのまま放置するわけにもいかず、臼井とともにバックスペースに押し込んでから、貨物用のエレベーターが一階に到着するのに間に合うようにコモンは急いだ。そのせいで、階段を駆け上がるはめになったということらしい。

「それは、——申し訳ないことをした」

堪えきれずに笑いながら文田は言った。あわてふためくコモンを想像するだけで可笑しかったのだ。

「笑いごとじゃないですよ」

感情の感じられない声でコモンが窘《たしな》めた。

「まぁ、確かに笑いごとじゃなかったな、今回は」

文田は、ため息混じりにそう言った。

計画は上手く運ぶはずだった。二十階のみで総てを終わらせ、速やかに立ち去る。一時間も掛からずに終わるはずだった。だが計画は崩れに崩れた。なんとか〝思い出〟は回収できたものの、二十階の襲撃に使った資材は地下一階の駐車場に駐めたガス会社のバンの中に、そして銃を始めとした武器もホテル内に残すしかなかった。物証を残してしまった。さらに仲間を四人失った。

「ドクと双子は惜しいことをした」

思い入れが強いために扱いづらいところもあったが、前歴から、薬物に関してドクは高い能力を持っていた。罪悪感や恐怖心を持ちあわせない凶暴な双子は攻撃力もだが、敵を油断させる容姿は実に役に立った。だが三人とも死んでしまった。

「ですね」

コモンが即答した。

「スパイダーは惜しくないのか？」

「あなたは惜しいんですか？」

質問に質問で返されてしまった。

「まったく」

文田は即答した。スパイダーが役に立たなかったとは、さすがに思っていない。だが、殺したことに後悔は微塵《みじん》もない。

「ところで、一つ伺っても？」

ああ、とだけ応える。

「どうして爆発させなかったんですか？」

文田は黙ってしまった。

「金庫の番号を知っている竹内は人質の中にいましたよね。西島と武本は不要でした」

コモンの言う通りだ。ホテル内で金庫の番号を知る者は三名。アシスタントマネージャーの安村とシフトリーダーの竹内、そして西島だ。

当初、安村は薬物で意識不明で、覚醒を待つ時間の余裕はなかった。残る西島を、暗証番号を聞きだすまでは殺すわけにはいかず、泳がせていた。だが人質の中に竹内がいると途中で判った。つまり西島の存在は絶対ではなくなった。

「武本なんて、さんざん邪魔したのに」

その通りだ。武本こそが、計画をぶち壊した張本人だ。リフティから銃と無線機を奪い、西島を連れてホテル内を逃げ回った。双子に脚と腹を撃たれ重傷を負ってもなお、諦めなかった。武本の責任感と執念に、潮崎という変わり者の警察官の応援が加わった結果、人質全員が脱出した。

爆弾の威力はスパイダーから聞いていた。爆発させたところで、建物全体に累が及ぶほどでない。武本と西島が死ぬだけだ。

目的達成のために、邪魔者を排除するのはとうぜんの行為だ。武本は最大の邪魔者だった。文田もいったんは考えた。だが、そうしなかった。

――西島も変わった。

気持ちばかりが先走る未熟者だった西島は、武本と行動を共にしたわずかな時間で劇的に成長した。

「答えがまだですが」

コモンに促されて、文田は我に返った。

「――あんな奴がいても、いいんじゃないかと思った」

これでコモンが納得するとは思えない。それでも、これが武本を殺さなかった理由だ。

「――そうかもしれませんね」

少し間が空いた後、コモンが返してきた。同意ともただの相づちとも取れる反応に、文田はコモンに視線をやる。

「もとはと言えば、私もあなたも日本人ですからね。ああいう人が社会を守ってくれるのは、いいことですよ」

あいかわらず前に目を向けたまま、コモンが言う。前方の信号が黄色から赤に変わる。コモンは車を止めると、文田に顔を向けた。昏い色をしたコモンの目と文田の目が合う。

「ただし、敵でさえなければ」

そう言うと、コモンは前に向き直った。

「ああ、敵でさえなければな」

文田もそれには同意見だった。今回は予想外に事件を大きくしてしまった。さすがにしばらくは、日本での活動命令は出ないだろう。

――再会した暁には、容赦はしない。

武本という男の存在を知った今、そのときは確実に排除するしかない。だが文田は心の奥底で、その日が来なければ良いと思っていた。

黄昏《たそがれ》を過ぎ、窓の外は夜に差し掛かっていた。文田はふとバックミラーに身を乗りだした。そこにはホテルのオープン屋の文田の顔が映っていた。

「今回は、さすがに変えないとまずいよな」

右手で顎を摑みながら言う。

オープン屋の文田として顔が知られた今、顔自体を外科手術で変えるしかない。もっとも、大々的な整形手術をする必要はない。ワンポイントだけの手術でも、人の印象は大きく変わる。

「これで、文田ともお別れだな。このキャラ、好きだったぜ。設定自体、かなり良い出来だったし」

もともと文田という人物は実在していない。プロフィールも必要な書類も、総てコモンが創りだした架空の存在だ。〝思い出〟の回収が終わった今、もう文田の存在は必要ない。

「次は、もっと良い設定を作りますよ」

苦労して作ったであろうキャラクターの終焉《しゅうえん》に、惜しがるでもなくコモンが言った。

「——楽しみにしてる」

文田はそれだけ言うと、シートに頭を預けた。

42

東海大学病院に搬送された武本は、半日余りに及ぶ手術の末、一命を取り留めた。術後一日半が経過してからようやく意識を取り戻し、集中治療室から一般病棟に移されたのはさらに二日経ったのちだった。それから八日、事件からは十二日が過ぎようとしていた。

天井に差す光が、中央から窓際に十センチほど動いていた。時刻が午後二時になろうとしていることに武本は気づいた。光の差す位置で時刻が判るようになったのは、他にすることもなく、ただ天井を眺めていた賜だ。もちろん、まったく何もしていなかった訳ではない。神奈川県警だけでなく、所属する蒲田署組織犯罪対策課の米山《よねやま》課長の立ち会いのうえ、警視庁の事情聴取を何度も受けた。だがそれが終われば、何もすることはない。米山に伴われて一度、刑事課の和田も現れた。開口一番、「なんでくたばらないんだ」と病床に着く身に向けたとは思えない言葉こそ吐いたが、帰り際には「早く帰ってこい」と言ってくれた。

聴取の最中、武本は何度も質問した。自分が撃ってしまった少年について、磯谷はるかが目撃した三階から去った犯人について、そして文田についてもだ。だが刑事たちは質問をするばかりで、武本の問いには一切答えてくれなかった。それが武本の記憶へ影響を与えるのを避けるためだとは、理解していた。

——そろそろ点滴の交換だ。

ベッドの脇にぶら下げられた点滴を見上げる。思った通り、パック内の残量は少ない。滴下する雫《しずく》を眺めていると、廊下から賑やかな声が聞こえてきた。

「お疲れ様でーす。これ、差し入れです」

どこか暢気《のんき》な声は潮崎だろう。

「そんな警視、困ります」

困惑しきった声は、交代制で詰めてくれている制服警官のものだ。

「まぁまぁ、そんなことは言わないで下さい。せっかく買ってきたんですから。これ、お好きでしょう?」

「好きですが……でも、どうして」

「そりゃ、十日もあれば、当番をしてくれている皆さんの好みくらい覚えますよ。高《たか》松《まつ》さんはカロリーゼロの炭酸飲料、岩崎《いわさき》さんはダイエット効果のある緑茶。そして関《せき》さん、あなたは微糖コーヒー」

関と呼ばれた制服警官からの返事はない。

関はまだ歳が若い巡査だ。潮崎直属の部下でもない、いち警察官の好みまで覚えて差し入れを持ってくるなど、滅多なことではありえない。この沈黙は、対処に困ったものに違いない。武本は関に同情する。

「渡部君、書き終わった? ——ありがとう。入室記録を確認して下さい。——OKですか?」

完全に潮崎に呑まれているらしく、関の声はまったく聞こえない。

「それでは、大川原巡査長と渡部巡査、潮崎警視の三名、入室しまーす」

言い終えると同時に、潮崎が病室に入ってきた。

「こんにちは。——一昨日《おととい》よりも、顔色が良いですね」

目が合うなり、潮崎はにこやかに言った。

「手術室から出てきた直後とは、較べものにならないくらい、顔色が良くなってますよ。あのときは、さすがの僕も不安になりました。だって、人間の顔があんな色になっているの、見たことなかったですもの。あれこそ、土気色というのでしょうね」

潮崎は肩をすくめながら頭を振った。

「今回の先輩の行動って、ある意味、越境捜査じゃないですか。だったら韮沢《にらさわ》警視正と鷺沼《さぎぬま》のようにですね。——あ、いや、僕の理想は、曾根《そね》本部長なんですけれど」

——小説の話だろう。

潮崎が聞いたことのない人名を嬉しそうに出すときは、小説の話がほとんどだ。

「韮沢と鷺沼は判りますが、曾根って？」

潮崎に似た雰囲気の優男《やさおとこ》の部下が訊く。潮崎は武本が入院しているこの十日間、三日にあげず顔を出していたが、この男は初めてだ。

「『犯人に告ぐ』ですよ。豊川悦司《とよかわえつし》主演で映画にもなりました」

「観ました、観ました。ええと、曾根は、そうだ、石橋凌《いしばしりよう》だ」

武本をそっちのけで、二人は楽しそうに盛り上がっている。どうやら優男は、潮崎と趣味が合うらしい。そんな二人をよそに、もう一人の部下は無表情だった。この男も初めて見る。

「あ、そうだ。観ましたよ、『越境捜査』も。配役が僕のイメージからするとなんかピンと来なかったので不安でしたが、よかったですよ、柴田恭兵《しばたきようへい》の鷺沼と寺島進の宮野《みやの》」

「でしょう？　二作目の『挑発』と三作目の『破断』も」

もう一人の部下が向ける冷ややかな視線に我に返ったようだ、バツが悪そうに優男が下を向く。潮崎も状況を把握したらしい。表情を引き締めて、武本へと向いた。

「あ、すみません。ご紹介が遅れました。こちらが大川原巡査長、そしてこちらが渡部巡査です」

眠そうに見える厚い瞼の男は、武本と目が合うなり一礼した。優男もあわてて深々と頭を下げる。

「二人とも、僕にはもったいないほど優秀な人材です。渡部君のハンディ無線機を入手するまでの早さと言ったら、これがもう驚くほどで」

潮崎がいつもの調子で朗らかに話し始める。

——今日もまた、雑談か。

これまでの事情聴取に潮崎は何度も同席していた。潮崎のことだ、色々と教えてくれるだろうと武本は期待していた。だが潮崎は聴取の間、余計な口は挿まなかった。

——まあ、これはこれでよいものだ。

嬉しそうに部下を自慢する潮崎を見るのは、決して悪い気分ではない。

「大川原さんに至っては、前線本部で彼のアシストがなかったら、いったいどうなっていたことか」

「警視」

大川原巡査長が抑揚のない声でそれだけを言う。潮崎はいったん口を噤んだものの、すぐに再開した。

「とにかく、二人とも自慢の部下なんです。あ、もちろん、先輩も自慢の部下でした。較べることなんて、僕には出来ません。三人とも」

「大切な報告がありますよね」

大川原がまた口を挿む。

「——そうでした。すみません」

ばつが悪そうな顔をすると、潮崎は大川原に頭を下げた。大川原はすでに潮崎を上手くコントロールする術を身につけているらしい。

潮崎は小さく一つ咳払いをしてから説明を始めた。

「携帯電話会社基地局発火事件の犯人を逮捕しました」

現場周辺の聞き込みと、発見された発火物の残骸から材料の購入先を当たるという、ひたすら足を使う地道な捜査を重ねた結果だろう。感謝の念を込めて、武本は会釈する。

「ただそれが」

確保した二十七歳のフリーター、三十五歳の会社員の男性二名とも、該当する現場は一つで、それぞれ違っていた。さらに犯行現場以外の現場についてはまったく知らず、互いの存在は知らないと言っている。インターネット上で勧誘され、発火装置の材料の入手方法や組み立て方の指導を受けて犯行に及んだのは同じだった。だがどちらも勧誘相手の特定は、未だ出来ていない。

「発火事件は全部で三十七カ所。恐らく、あと三十五人の犯人がいるはずです」

犯人の一人が、警察に発火事件を起こしたのは自分だと告げた。装備や行動から見て、犯人はプロだった。だが実際に捕まった発火事件の犯人たちはそうとは思えない。追及したところで、自分たちには繋がらない相手を使ったのだ。

「全員捕まえたとしても、事件の根幹に辿り着くまでにはまだ時間が掛かるでしょうし、果たして辿り着けるかどうか……。もちろん、追い続けますけれど」

武本と同じく考えていたのだろう、潮崎は途中で心許ない表情で口を濁した。だが最後はきっぱりと断言する。

「続いて、先輩が撃ったと証言した少年についてです」

いちばん気になっていたことを切りだされた。あのときの光景が脳裏に浮かぶ。待ち望んだ答えを、聞き漏らしたくない。武本は一度、目を瞑って、その映像を振り払った。

「発見されたのは、二十階の会員専用フロアへの直通エレベーターの中でした」

武本が少年を撃ったのは地下一階の駐車場だ。コンクリートに俯せになった小さな背中と、そこに開いた穴から広がる血を、確かに見た。

──なぜ、そんなところに？

訳が判らず、武本は小さく首をひねった。

「ええ、そうなんです。先輩の証言された場所ではありませんでした」

わずかな動作を見逃さず、潮崎は重ねて言った。

そうなると、考えられる可能性は二つだ。少年が自力で移動した、あるいは誰かが運んだ。前者ならば、少年は生きていたことになる。

「発見時、少年には二つの銃創がありました。一つは、背中から胴に抜けたもの」

撃ったのはその一発だけだ。思わずそう口走りそうになる。潮崎は一歩武本に近づくと、宥めるように手で軽く制した。

「もう一つは、後頭部のものです。銃創から出血していたことが確認されました。心停止している人体を傷つけても出血はしません。出血するのは生存している場合のみ。つまり先輩に撃たれた後、少年はまだ生きていたんです」

――俺ではなかった。

いつの間にか止めていた息を、武本は安堵の余り吐き出した。

だがすぐに、頭の中に疑念が浮かぶ。

――もしも、他の誰かが撃っていなかったら?

あのまま放置していたら、出血多量で絶命したに違いない。思わず右手に力が入った。上げると、銃を握る形に指が曲がっている。

少年を撃ったときのことを思いだす度、無意識に右手がその形を作ってしまう。力を抜いてどれだけ元の形に戻そうとしても、強ばった指は言うことをきかない。自然と解けるのを待つしかなかった。

「違います、先輩ではありません」

顔を上げると、労るような顔で潮崎が見つめている。

「死因は後頭部への銃撃です。あなたじゃない、他の」

さらに潮崎が言葉を継ごうとすると、大川原が割って入った。

「弾道検査の結果では、胴体を貫通した弾は武本巡査部長が所持していた銃と一致しましたが、頭部とは一致しませんでした」

「それなんですけど」

「頭部を撃った銃は、レストランの厨房のシンクの中から発見されました」

潮崎が口を挿んだが、大川原はさらに続けた。

「検出された指紋は、三階で死亡していた犯人と見られる成人男性と少年、西島さんと文田さん、それから武本巡査部長、あなたのものです」

「犯人の武器を集めてシンクに沈めたのですから、付いてとうぜんです。それに本部も、先輩の供述と西島さんの証言から、頭部を撃ったのは先輩ではないと認めています」

その後を渡部巡査が引き継ぐ。

「少年への発砲についても、正当防衛が認められるというのが、もっぱらの評判です」

「それはあくまで噂話だ」

「だけど、捜査本部で桝野刑事部長が滝上《たきがみ》管理官に言ってましたよ」

「武本さんは神奈川県警所属ではない。警視庁がどう裁定を下すかは、判らないだろう」

「警視庁にも掛け合うって」

「内部でそう言ったところで、世論を鑑《かんが》みて裁定が覆《くつがえ》ることはままある。安易なことを言うな」

「でも」

冷静かつ客観的な大川原に、渡部が食い下がる。

「裁定に不服を唱える気はありません。少年を撃ったのは事実です」

武本の声に、二人とも口を噤んだ。

警察官は普通、正当性があっても銃を抜いただけで大騒ぎになる。もちろん発砲したら言わずもがなだ。まして今回、武本は人を撃っている。しかも非番だった。さらには場所は神奈川県、警視庁の管轄ではない。

どのような裁定が下るか、武本も考えた。だが考えたところで、決定するのは自分ではない。武本は早々に考えることを放棄した。それにどんな裁定であれ、ただ従うだけだ。

「僕に出来ることはさせていただきます」

潮崎は真剣な表情でそれだけを言った。

「他にもまだ、報告があります」

大川原は手にしていた鞄から書類を取り出すと、目を落として話し始めた。

「もう一人の少年の遺体は三階のレストラン内で発見されました。同レストラン内で成人男性の遺体も見つかっています」

犯人と目される遺体が見つかった場所と死因について、大川原は淡々と説明を続ける。その二名の遺体は武本も確認していた。

「エレベーター内で発見された少年も含めて、この三名が何者かは不明です」

「少年二人は白人、成人男性は東南アジア系ですが、身分を証明するものを所持していませんでした。一致する指紋の登録も」

「あ、それなんですが」

渡部が言いかけるのに、潮崎が割って入った。

「勤務中は捜査本部の方針に従って捜査をしています。——ですが」

片眉を上げて、何かをにおわすような表情をする。

「勤務時間外はプライベートということで、僕なりの考えで色々と調べているんです」

そう言うと、潮崎が微笑んだ。その笑みが武本の記憶を呼び起こす。

池袋警察署所属時代、ともに密造拳銃を追ったときのことだ。潮崎の調査能力は、捜査の大きな力となった。

「――ええと」

言いながら周囲を見回す潮崎に、大川原がパイプ椅子を差し出した。話が長くなると見越したのだろう。大川原と渡部も自分の椅子を拡げている。

「ありがとうございます」

丁寧に二人に礼を言うと、潮崎は椅子に腰かけた。

「さっそく、僕の捜査の成果を聞いていただきたいところですが、その前にお伝えしておかなくてはならないことがあります」

上げられた潮崎の顔は、それまでとは違って真剣なものだった。そのとき、ドアをノックする音が聞こえた。

「失礼します」と、明るい声で言いながら、パンツスーツ型の白衣を着た女性看護師が点滴のパックを手に入ってきた。

「点滴、終わってますよね?」

捜査員であふれかえる病室にすでに慣れたのか、室内に三名の男がいることに驚くでもなく、女性看護師は「お仕事、お疲れ様です」と言いながらベッドに近づいた。手際よくラインを取り外し、新たな点滴をセットする。

「今度のは少し眠くなりますよ」と言われて、武本は黙って頷いた。

「――こんな状態ですから、笑えとは言いませんけれど、元気なときでも怖い顔なんですから、せめて言葉で伝えませんか？　面倒を看《み》て下さっている看護師さんに感謝の気持ちも込めて」

女性看護師はくすくす笑うと、「怖いだなんて思ってないですよ」とだけ言って退室した。

「怖い顔って、警視、それはちょっと失礼では？」

女性看護師の登場で、室内の空気が軽くなったことに気が楽になったのか、渡部が口を開く。

「怖い以外の表現って何かあります？　最大限譲歩して、味があるくらいですよ」

「うーん、そうですね。確かに、そうか」

時間を掛けて考えた挙げ句、渡部が同意した。

潮崎はともかく、初めて会う渡部にまで言われては、さすがに武本もむっとする。何か言い返してやりたいと思ったが、そんなことをすればますます事件の話が進まない。とにかく話の続きを促そうと思ったところで、潮崎が口を開いた。

「――すみません。ええと、どこまで。あ、そうか」

潮崎はそれきり口を噤んでしまった。伏せられた顔を見て、潮崎が言った「先に伝えなくてはならない」ことは、言いづらい内容なのだと武本は察した。

「武本巡査部長の体調も考えて、現時点で報告できる事実のみ、私から説明させていただきます。そのあとに警視から補足していただく。そのほうがよろしいのでは？」

助け舟をだすように、大川原が言った。

「そうですね、お願いします」

そう言うと、潮崎は頭を下げた。

「残された武器についてですが」

了承を得た大川原が話し始めた。

犯人はホテルの中に武器を残していった。そのどれもがメーカーの正規品なのは、削り取られているものも含めて、登録番号があることで判った。捜査本部はすぐさま各メーカーに問い合わせたが、盗難届が提出済みだったり、何度も転売されているものばかりで、どれも最新の所有者は判らなかった。国内への持ち込み方法も捜査しているものの、こちらもまだ不明だという。

「駐車場に、不審な車がありました」

ナンバーを照会したが、ナンバー自体が存在していなかった。車体に貼られたロゴシールのガス会社に問い合わせたが、所有のものではないと発覚した。車内を確認すると、犯人のものらしき荷物が見つかった。

――あの車だ。

異臭騒ぎのあと、はるかを見送った際、誤って地下一階に下りた。そのとき、ガス会社のバンが駐まっていた。異臭のことを相談しようと思ったが、やめたことを武本は思いだした。そのことを言おうとして思い止まる。今は潮崎たちからの報告を聞くべきだった。

「続いて、ホテル内で見つかった犯人らしき遺体について、話を戻します。さきほどの三名の他に、一階のホテル従業員の男性用ロッカー室で成人男性の射殺体が発見されました」

その遺体のことは武本は知らない。だが心当たりならあった。

「磯谷はるかさんを始め、人質の複数名から、三階で人質を見張っていた犯人と服装や背格好が似ているという証言、当人の指紋のついた銃と無線機の存在、さらには男の所持品のｉＰａｄに館内の電気システムを操作できるソフトが入っていたことから、捜査本部は男は犯人の一人だと考えています」

思った通りだった。だが、同時に疑問が湧いた。

――誰が、なぜ殺した？

ホテルの中にいた人間を頭に思い浮かべる。

――人質三十七名、薬物で昏倒していたアシスタントマネージャーの安村と、会員専用待合室担当の臼井、それと二十階の担当者だった三名。

あとは西島と文田、そして自分だ。このうち、行動のほとんどを共にしていた西島は除外できる。

――文田は別だ。

人質と合流したものの、ずっと行動を共にしてはいない。もちろん人質の中の誰かが抜けだして犯行に及んだ可能性もある。

「男の正体ですが、ホテルの従業員で施設管理部の飯星豊《ゆたか》、二十八歳と判明しました」

——そうだったのか。

犯人たちにホテルの情報を流している内部の者がいるだろうとは武本も考えていた。だがまさか従業員が犯人だとは思っていなかった。思い返してみれば、エレベーターの稼働や停止のタイミングが不思議だった。それもこれも、犯人が館内のハード面を管理する施設管理部の職員だからこそ出来たのだ。とうぜん防犯カメラの映像も、犯人に繋がるものは残されていないだろう。

「ですが」

それまで淀《よど》みなく話していた大川原が、そこで言葉を濁した。武本は大川原に目を向ける。

「飯星豊なる人物は、実在していないと判明しました」

理解できずに、武本は目をしばたたかせる。

「飯星の就職時にホテルが提出させた書類、年金手帳、雇用保険被保険者証、源泉徴収票、扶養控除等申告書、健康保険被扶養者異動届、住民票、自動車運転免許証、給与振込先の届書のすべてを確認しましたが、どれも偽造されたものでした」

ＩＣチップが埋め込まれて以降、自動車運転免許証の偽造は以前と較べて難しくなったが、それでも不可能ではない。

「どれも驚くほど精巧な偽造品でした。それと、非常に言いづらいのですが」

「ここからは僕から説明します」

絞り出したような苦しげな声で、潮崎が割って入った。武本は潮崎に視線を移す。

「実はもう一名、同様に名前と身分を偽っていた人物がいたんです」

武本の頭に浮かんだ人物は、ただ一人だった。

「文田昌己」

ぼそりと武本は呟く。

意識を取り戻して以来、武本は繰り返し事件のことを考えた。そして見落としていたいくつかのことに気づいた。

――二十階だ。

到着したとき、文田は問題はないと言った。だがのちに、実は着いたばかりで室内には入っていないと言を翻した。あのときは安村とのこともあり、そういうものなのだろうと受け流してしまった。そして、銃を持つ少年が西島を狙った。しかし、少年は不服そうな顔で立ち止まり、撃たずにダイニングへ引き返した。誰かが指示を出していて、それに従ったのだ。あのときに少年の視線の先にいたのは自分と、うしろにいた文田だけだ。

さらに文田は外部に助けを求めに行くのに適役なのは武本だ、だから自分が残って客の安全確認をすると、申し出た。同意した武本は十八階の客室に西島を隠れさせ、二十階にとって返す途中で非常階段で文田と会った。ダイニングから犯人が出てきたのを見て逃げだしたという。その後、客の安全確認をしに戻ろうとする武本に、文田は無駄だと言った。客とスタッフは全員、犯人の手によって殺された。そう汲んだ武本はその後、二十階に行こうともしなかった。

――疑いもしなかった。

事件の収束後、二十階の六名の客は全員遺体で見つかった。いつ、誰の手に掛かったかは判らない。自分と西島を送りだしたあと、文田が殺したのかもと考えると、悔やんでも悔やみきれない。

――まだある。

犯人の一人が神奈川県警を名乗って交信してきたときだ。犯人は武本が警察官だと知っていた。だがあの日ホテルの中で武本が警察官だと知っているのは、磯谷はるかとアシスタントマネージャーの安村と西島、あとは文田だけだ。

――それだけじゃない。

ホテルマンを連れて建物のどこかに消えた。そいつらを地下一階に行かせろ――。犯人はそう言った。あのとき、武本の動向を知っていたのは西島と文田だけだ。

「病院に搬送される直前に、先輩は文田の名前を何度も仰ってましたよね」

潮崎の声に、武本は考えるのを止めて集中する。

「あのとき西島さんが一緒にいたもので、安否を気遣っているのだとばかり、僕は思ってしまった。——それに翌日の現場検証にはいたんだよね?」

潮崎が大川原を振り向いた。

翌日の現場検証には、と潮崎は言った。それが何を意味するかは武本には判った。文田は姿を消したのだ。

「はい。いました。——とても協力的な態度で、現場検証に臨《のぞ》んでいました。ですがその翌日以降、連絡が取れなくなりました。念のために、ホテルが保持している書類を確認したところ、飯星と同じく偽造したものと判明したんです。すぐさま文田の現住所に向かいましたが、部屋は空で、本人は不在でした。その後、今も捜し続けていますが、行方不明です」

それまでの淡々とした口調ではなく、苦々しげに大川原が答える。

「現場検証の際、文田は客から預かった荷物を宅配便に出しました。保管した控えにある送り先や送り主を確認したところ、そんな住所も人物も存在していませんでした。さらに宅配業者にも確認を取りましたが、その日、ホテルに荷物を取りに行った者はいないと言われました」

悔しそうに渡部が付け足した。

——その荷物だ。

武本はそれがすべての鍵だと悟った。

文田は事件終結の翌日に現場検証に協力すると偽って、再びホテルの中に戻った。そして警察の環視の中、堂々と荷物を外に出した。文田にとって、何よりもその荷物が大切だった。だから他の者に任せず、自ら処理した。

――中身は何だ？

どれだけ考えても、正解は出てこない。

武本の頭に文田の姿が浮かんだ。犯人に怯え、途方に暮れたような表情を文田は何度も見せた。

――すべて嘘だった。

文田こそが主犯だったのだ。逃げまどうホテルマンを演じながら、文田は武本のそばにいた。武本のすぐ近くで、潮崎との無線のやりとりを耳にしていた。こちらの行動の一部始終を至近距離で見聞きし、それを仲間に知らせていたのだ。

武本は奥歯を嚙みしめた。すぐ近くにいたのに、違和感を持っていたのに、取り逃がしてしまった。

「――これは、僕らのミスです」

そう言うなり、潮崎は立ち上がると深々と頭を下げた。大川原と渡部も、やはり立ち上がって頭を下げている。ベッドに横たわる武本には、俯く潮崎の顔が見えた。歪められた顔には深い後悔が表れていた。その表情には見覚えがあった。密造拳銃事件のときだ。犯人をあと一歩まで追い詰めたものの、取り逃がしてしまった。自分の違法な捜査のせいで、事件が解決できなかったと、池袋署の給湯室で潮崎は己を責めた。潮崎はそのときとまったく同じ顔をしていた。

だが、ホテルの中にいなかったのだから、潮崎たちが文田のことなど知りようもない。知っていたのは自分だけだ。それに神奈川県警は、出来る限りのことをして助けてくれた。そんな彼らに頭を下げさせることなど、武本には出来なかった。

「――申し訳ございません」

「え？」

潮崎が身体を折ったまま、器用に顔だけ起こして武本を見た。

「皆さんには責任はない。すべては犯人の近くにいたのに気づかなかった、そしてきちんと伝えなかった私の失態です」

武本は無理矢理身体を起こした。ベッドの上に寝そべったまま、ただ言葉で申し訳ないと伝えるだけでは不十分だと思ったのだ。

「ちょっと、何してるんですか」「無理ですよ」「止めて下さい」

三人が口々に言いながら、あわてて武本の身体を押さえた。

「お詫びするのは私です。皆さんではありません」

三人の手を押しのけるように、再び武本は身を起こそうとする。

「――判りました！　いくらでもお詫びは受けます。ですから、とにかく寝て下さい」

叫ぶように潮崎に言われて、ようやく武本はベッドに身を沈めた。

「まったくもう、あなたって人は」

軽く息を弾ませながらそう言うと、潮崎は俯いて笑いだした。

「まったく、嫌ってくらい変わりませんね、先輩は。自分に厳しくて、他人に優しい」

言いながら上げた潮崎の顔は歪んでいた。声は笑っていたが、その顔は泣いている。

「本当に、二発撃たれて死にかけた人なのか？」

真顔で言う大川原に、渡部が「とてもそうとは思えないですね。えらい馬鹿力だ」と返す。

発した言葉とは裏腹に、二人が武本に向ける目には感謝の念が浮かんでいるように見えた。

感謝される理由が判らず、武本はわずかに首を捻《ひね》る。それを見た潮崎が、「これが僕の自慢の先輩ですよ」と、指差して大川原と渡部に言った。

次の瞬間、大川原が噴きだした。それまでの無表情はどこへやら、声を上げて笑っている。つられて、渡部も潮崎も笑いだした。

武本は三人が何に対して笑っているのか、判らなかった。

「何かおかしいことが？」

潮崎がどうにか息を整えながら、「いえ、別に」とだけ言った。大川原と渡部の二人も、あわてて笑いを引っこめる。

「そんなことより、肝心なことを忘れていました。さきほどの僕が個人的に調べたことです」

真面目な顔に戻った潮崎に、武本も気を取り直した。

「今回の事件は謎だらけです。中でも、僕にとってインパクトの強い謎がありました。あの双子の白人少年です」

椅子に座り直した潮崎が話しだす。同じく腰かけた大川原と渡部の二人も聞き入っている。

「彼らは先輩を撃った。それだけじゃない。手首に嚙みつき、腿にフォークも刺した」

言いながら潮崎は、傷を負った部位に目を向ける。武本も攻撃されたときのことを思いだした。

「とんでもなく凶暴というか、ちょっと常軌を逸した行動だと思ったんです。そこで思いだしたんです。どこかで耳にしたことのある話だと」

凶暴な双子の白人少年について、何か情報がないか、潮崎は調べた。そしてある記事に辿り着いた。

「これは、今から四年前のシカゴ・トリビューン紙の記事です」

背広の内ポケットから折りたたんだ紙を取り出す。

「十二歳の双子の少年が殺人で逮捕されたとあります」

彼らは、武本には十五、六歳に見えた。四年前に十二歳ならば今は十六歳。年齢的には合致する。

「殺害したのは、両親と近所の赤ちゃんで」

渡部が盛大に顔を顰めた。大川原もわずかだが眉をひそめている。

「残念ですが、写真はありません」

十二歳ならば児童保護法に該当する。写真がないのもとうぜんだ。

「ですが、こういう猟奇的な事件になれば、必ずマニアがいるもので。ちょっと色々と手を回してみたところ、写真が手に入ったんです。こちらです」だ
背広の内ポケットから、潮崎はスマートフォンを取り出すと、素早く操作してから、ディスプレイを武本に見せた。そこに映っていたのは、赤毛に緑の目をした双子の少年たちだった。まだ幼く頬がふっくらとしている。区別がつかないほどよく似た二人は、満面の笑みを浮かべ揃ってカメラに向けてピースサインをしていた。

「どう見ても今回の双子と同じに僕には見えるんです」

大川原と渡部の二人が、首を伸ばして覗き込む。武本が画面から目をはなすと、潮崎はスマートフォンを大川原に手渡した。

「同じ――に見えますね」

一目見て大川原が言った。

「同じでしょう、これは」と、渡部も同意する。

「ただ、そうだとすると、ちょっと困ったことになるというのか。これもまた今度の事件では何度も口にしている言葉ですが、——ありえないんですよ」

潮崎はそう言うと、腕を組んでため息を吐いた。

裁判の前に双子は精神鑑定をされ、二人とも治癒の見込みの低い反社会性人格障害だとみなされた。だが、アメリカの精神医学会は規定として「子供を反社会性人格障害と診断することを禁じ、十八歳までは行動障害として扱う」としている。つまり、双子は十八歳になったら出所して、また社会に戻ることとなる。事件の残忍さと刑の軽さのギャップに社会は騒然となった。とは言え、十二歳は十二歳だ。専門家による議論がなされている間、双子は精神病院の隔離病棟に収容されることになった。

「その二カ月後、二人は亡くなっているんです」

三人の目が潮崎に集まった。

病院内で、双子と同じく収容されていた人格障害患者に刺されて二人とも亡くなったという。

「死亡時の書類もあるし、墓もありました。墓があるのなら、掘り起こせば確認できる。あちらは土葬が主流ですから。これは楽勝だと思いました。ですが、少年たちはなぜだか火葬されていたんです。通常は土葬のはずなのに。——もっとも火葬したところで、灰にはＤＮＡが残っていますから、比較検証は可能です。司法管轄の施設内で死亡したはずの人間が、生きていて犯罪を犯したとなれば、同じ司法に携わる立場として、先方に知らせるべきです。今回の少年たちの遺体の写真を送って協力を求めるよう、すでに手配しました」

潮崎は手を尽くした。あとは照会の結果を待つだけだ。

──同一人物だったら。

アメリカの司法省管轄の施設で四年前に亡くなったはずの双子が生きていたことになる。自由を謳歌していただけでなく、その凶暴性を活かして犯罪に手を染めていた。今回が初めてだとは思えない。この四年間に、どれだけの罪を犯しているかを考えると、そら恐ろしさに武本は慄然《りつぜん》となった。

実在していない人物が五人もいた。犯人たちは困難な公文書の偽造を軽々とこなしている。

犯人たちの底知れなさに、武本の頭の中の恐怖がどんどん大きくなっていく。同時に、疑問も尽きることなく浮かんでくる。

──どうやって出会った？

日本人に見える外見を持つ文田と飯星、東南アジア系の男、双子の白人少年。彼らはどこでどのようにして出会い、チームとなったのか。記事と同一人物ならば、双子はアメリカにいた。人種のるつぼと言われるアメリカならば、出会ったとしてもおかしくはないが、年齢もバラバラの彼らを結びつけたものは何か？

——資金はどこから？

事件を顧みても、犯人たちの資金は豊富なはずだ。誰かが資金の提供をし、実行させているのなら、その目的があるはずだ。

——荷物だ。

文田が自らの手で外に出した荷物、それしか考えられない。だが、その中身が何なのかが判らない。武本は悔しさに再び奥歯を噛みしめる。

「そんなにすごい音を立てて噛むと、歯が痛みますよ」

潮崎に言われて、あわてて武本は顎を緩めた。

事件について、現時点で判明していることは以上らしい。部屋の中は静かになった。

武本は天井を見上げた。差し込む光は、さらに窓際に寄っていた。あれから一時間以上が経過していた。

「——今回の事件で、改めて考えたんです」

沈黙を破ったのは潮崎だった。

「このままでは、警察の限界は近いって」

唐突に、潮崎が衝撃的な言葉を口にした。武本は驚いて潮崎を見つめる。大川原と渡部も同じらしく、渡部に至っては、少し腰を浮かしている。

「犯人たちに通信手段を奪われて、いっとき警察に入る情報は微々たるものでした。

でも、まったく同じ条件の中、一般の方たちのほうが、警察よりもはるかに多くの情報を持っていました。持っていただけじゃない、インターネットを通じて、情報を世界に発信する者もいたんです。今回、インターネット動画共有サイトにいくつもの動画がアップされました」

携帯電話の基地局が爆破されても、アクセスポイントへ接続すればインターネットは使用できる。

「僕も見ました。STSの隊員の顔がはっきり映っているものもありました」

渡部の言葉に、武本は驚く。

「誰がなぜ」

そんなことをする理由が武本には判らなかった。そもそも誰に頼まれもしないのに、自分や家族や友人の写真、映像や考えをネット上に公開する心理が、武本には理解できない。その情報が元で事件に巻き込まれる可能性も高いのに、なぜ自らを危険に陥《おとし》れようとするのだろうか。

「すごいものを見つけた、それを人に知らせたいというサービス精神、ですかね」

「自己満足でしょう」

潮崎の言葉に、大川原が割って入った。

「いざ何か起こったら、その責任を負う覚悟なんてないまま、無責任に情報を垂れ流しているだけです。そして再生回数やコメントを見て優越感を満たす」

「自分のしたことで人が楽しんでくれるのって、悪いことではないと思うんですが」

消え入りそうな声で渡部が言った。おそらく動画や写真をインターネット上にアップしたことがあるのだろう。

「僕も渡部君と同意見です。すべては否定はしません。みんなが喜んだり役だったりする良い情報は、提供されるべきです」

潮崎の助け舟に、安堵したらしく渡部が肩から力を抜いた。

「今は誰でも携帯電話を始めとする通信機器を持っています。それこそ年端もいかない子供まで当たり前に。——でも、警察には行き渡っていない」

そう言うと、潮崎は唇を噛んだ。

「それが仕方ないのは、僕も承知しています。何しろ、警察の財源は税金ですから」

税金から捻出された財源の使用の透明性のために、警察では何かを購入する際には、事前に申請することになっている。もちろん購入後、領収書で精算できるものもあるが、その数は少ない。

「民間人と同じ情報環境にしたいと望んで、必要な個数の通信機器の購入の申請をするとします。本当に必要なのか、こんなに数がいるのか？　もっと安いものに替えられないのか？　と何度も繰り返される差し戻しに負けずに粘って、どうにか購入許可が下りたとしても、ハード——機械本体はともかく、ソフトに至っては開発依頼を出してゼロから作って貰うものもありますから、現物が手に届くのは申請してから、へたをしたら三年後です。その頃には、企業はもっと便利で高性能の商品を世に出して、民間人がそれを手にしている。結局、警察は民間よりも劣った環境のままです」

時代遅れのものを使用していることで、捜査の遅れなどの問題を生じさせたことは、過去にいくつもある。そして「無駄金を使った」と非難され、ますます購入申請書に許可が下りづらくなる。その悪循環に警察は甘んじている。

「それに問題は、通信機器だけではありません。たとえばの話、炊飯器はご飯を炊くためのものです。でも、誰かが思いつきで煮物やケーキを作ってみたら、上手く出来てしまった」

煮物はともかく、炊飯器でケーキを作れると聞いても、武本にはピンと来なかった。だが口を挿まずに、黙って潮崎の話を聞く。

「本来の使用法とは別な使い方があるのを見つけたんです。炊飯器メーカーは、それを知って炊飯器で作れる料理のレシピ本を作り、さらには炊飯器自体も、もっと色々な調理が出来るように開発もしたんです。これって、素敵なことだと僕は思うんですよ」

そう言うと潮崎は微笑んだ。

「今や、科学の発展は留まることを知りません。日進月歩の勢いで、人の生活を便利に豊かにするものが世に生み出されています。そして本来の目的にない使用法も、人は見つけ出す。炊飯器みたいにね。——ただ、残念ながら悪用される場合もあります、それも少なからず。そんな次々に生まれる新しい犯罪に、警察が対応できているかと問われれば」

潮崎はそこで言葉を濁した。

言われなくても、その答えを武本は知っていた。

物以外にも金は掛かる。例えば、新たな犯罪に対応するための捜査方法の開発や、訓練などだ。だが、それらに予算を割《さ》いたとして、結果が出なければ、また無駄遣いと非難される。過去に何度かそういう事例があった末、効果が確約されないものに予算は割かないという方針が取られた。これもまた警察の予算における問題の一つだ。

「闇雲にお金を使いたいわけではありません。でも、このままでは、常に警察は後手に回ります。それだけじゃない。最新の知識を得ていないがために、誤認逮捕という、絶対にしてはならないミスも犯しました」

遠隔操作ウイルス事件のことだ。

神奈川県警を含む五つの警察は、パソコンを遠隔操作することによるなりすましの可能性を考慮せず、IPアドレスを根拠とした捜査で当該パソコンの所有者を直ちに容疑者として検挙した。だがのちに、自分が真犯人と名乗る者から弁護士やラジオ局にメディアで報道されていない内容を含むメールが届き、それによって誤認逮捕が発覚した。

「こんなことは言うべきではないのは判っています。でも正直、今回の事件なんて、犯人が勝手にいなくなってくれて、ラッキーでした」

潮崎の言う通りだった。目的を達成した犯人は、自ら事件を終わらせた。

──もしも犯人が違う行動をとっていたら。

武本の頭に過った結末は、どれも悲惨なものだった。

「犯罪なんて起こらないに限ります。未然に防ぐためには投資も必要です。でも、それは許されない。そんな状況で警察が今、なんとかやっているのはひとえにマンパワー──警察官一人一人の努力のお蔭です。だけど、──それももう、限界だ」

絞り出すように言うと、潮崎は項垂《うなだ》れた。武本は改めて潮崎を見つめた。出会った頃と較べて、いくらか老け込んだように見えた。お互い歳を重ねたのだからとうぜんではあるが、今は実年齢よりも上に見える。

うちひしがれた潮崎など、武本は見ていたくなかった。なんだかんだいって、現実と小説の話を一緒くたにして話すときのような屈託のない潮崎が好きだった。武本は掛けるべき言葉を必死に探した。

「──人が犯罪を起こす」

上手く伝わるか自信はない。それでも武本は口を開いた。潮崎が顔を上げる。

「科学の発展や文化が悪や犯罪を生んでいるんじゃない」

警察が対峙するのは最終的には犯人──人間だ。世の中がどれだけ変わろうと、新しい犯罪が発明されようと、それは変わりはしない。

潮崎が途方に暮れる気持ちは武本にも判る。だが、だからといって諦めたり、投げやりになったりしようとは武本は思わなかった。そして、潮崎にも諦めて貫いたくなかった。

「人が悪用しているだけです」

潮崎の表情は変わらない。言いたいことを伝えるべく、武本は言葉を重ねる。

「人です」

潮崎が武本を見つめる。沈痛な顔が、徐々に緩んでいく。

「――やっぱり、先輩はすごいや」

そう言うと、潮崎は大きく息を吐き出した。

「目先のことに囚われがちな僕と違って、どんなときでも本質を見失わないんですから。――すごいでしょう？」

大川原と渡部に向かって、潮崎は微笑む。二人が頷く。すごいかどうかはともかく、潮崎の気持ちが上向いたことに武本は安堵した。

気持ちが緩んだとたん、頭がぼんやりしてきたのに気づいた。どうやら点滴が効いてきたらしい。

「とは言え、そんなすごい先輩だとしても、さすがに今回はやりすぎというのか、忠告させていただきます」

潮崎が態度を改めた。

「先輩のお人柄は判っています。でも、人には限度ってものがあります。なんで一発撃たれた時点で大人しくしていなかったんですか？　だいたい、非番だったんでしょう？」

「失いたくなかったんです」

どこか遠くから聞こえる潮崎の声にちゃんと答えようとする。

「何をですか？」

「信頼です」

「──信頼、ですか」

武本は頷く。

「民間人の協力が必要です」

最初は怯えて逃げ腰だった西島は、考えを変えてくれて、そのあとは危険を顧みずに手を貸してくれた。撃たれて動けなくなった武本の重い身体を支えての階段の移動は、さぞ大変だっただろう。さらには怪我の手当もしてくれた。西島がいなかったら、武本は生き延びることは出来なかった。武本だけではない。人質たちも逃げだせはしなかったろう。人質たちもだ。ホテルの従業員だけでなく、客も皆、武本の指示に従ってくれた。だからこそ、皆で脱出することが出来た。頭に西島と人質たちの顔が浮かんだ。武本は彼らに深く感謝した。

今度は潮崎が頷いた。事件は警察だけでは解決できない。民間人の協力無くしてはありえない。警察のことを快く思わない者がいるのは知っている。だが多くは警察官に対して非常に協力的だ。

「警察官は、困っているとき助けてくれる、守ってくれる。それが民間人が警察官に求めていることです。その信頼を失ったら、彼らからの協力は得られない」

潮崎が真顔でじっと見つめてくる。

「信頼を失ったら、警察官には何も残らない」

潮崎は俯くと、右手で目のあたりを拭った。再び顔を上げたが、ぼんやりとしてよく見えなかった。

「だから先輩は諦めなかったんですね」

声もさきほどより遠い。

「――約束します。僕も諦めません。この事件も、小菅《こすげ》さんとの約束も」

えらの張った四角い顔がぼんやりと浮かぶ。

蒲田署の生活安全課にいた実直な男は、温情こそが人を改心させるという信念を持っていた。だがその信念が故に、不法滞在外国人と日本人の間に生まれた無国籍の子供に援助の手を差し伸べる者に目を瞑るという罪を犯した。

「先輩の働きやすいような警察にするまで、僕は絶対に諦めません」

興奮したのか潮崎は椅子から立ち上がって、拳を握る。だが武本は猛烈な眠気に閉じかかる瞼を留めることで精一杯だった。

それでも、自分のために熱弁を振るってくれる潮崎に、何か言わなくてはと思った。
約束すると潮崎は言った。
——期待している。楽しみにしている。
どちらも相応しいとは思えない。ぼんやりした頭で、武本は必死に考える。そして
ようやく、これならと思う言葉が浮かんだ。
「信じています」
潮崎の動きが止まった。その顔に満面の笑みが浮かぶ。
その表情に安堵して、武本はゆっくりと瞼を閉じた。

解説

大矢博子（書評家）

キチク武本&おぼっちゃま潮崎、リターンズ！

いやあ、待った待った。もう出ないのかと半ば諦めるくらい待った。

刑事の武本と潮崎のコンビが初登場したのは二〇〇二年。メフィスト賞を受賞し、日明恩のデビュー作となった『それでも、警官は微笑《わら》う』（講談社→講談社文庫→双葉文庫）でのことだ。個性的なふたりの刑事のバディ小説として、そして硬派且つ重厚な警察小説として読者の支持を得た本書はシリーズ化され、二〇〇四年、第二作『そして、警官は奔《はし》る』（同）が上梓された。

それぞれ独立した物語ではあるものの、いずれも「これからどうなるの？」という含みを持たせて終わっていたため、読者は第三作をワクワクしながら待ったのだ。待ったのだ。待ったのだ。待っ（以下略）

そして二〇一三年、ようやく第三作『やがて、警官は微睡《ねむ》る』の単行本が読者のもとに届けられたのである。

——まさか九年も待たされるとはね！

九年て。義務教育が終わるわ。次の厄年が巡ってくるわ。月に残された紫苑も転生するわ。と、わかる人だけわかればいいツッコミも交ぜつつ、わくわくしながらページをめくったものだ。

そしてさらに三年が経ち、こうして文庫派の皆様にもやっとお届けできることになった。お待たせしました。待ちかねた第三作、どうぞ存分にお楽しみください。彼らは変わってません。でもね……うん、たぶん、驚くぞ。

今度の話は、これまでとちょっと違うから。

このシリーズを初めて手にとる方のために、また、既刊の読者も九年のブランクに(しつこい)忘れているかもしれないので、人物と設定を、ざっと紹介しておこう。

主人公はふたりの刑事だ。

武本正純。第一作では池袋署に、第二作以降は蒲田署に勤務している。無骨で口下手、誠実だけど不器用、見た目は強面、ていうか鬼瓦。考えるのが苦手。五人のヤクザを一人でぶちのめしたという武勇伝から、ついたあだ名がキチク。そのせいで同僚たちからは敬遠されることも多いが、実は人一倍真面目な男だ。初登場時は三十代に入ったばかりだったが、本書では四十手前と書かれている。

潮崎哲夫。初登場時の階級は警部補。大学卒業後、警察に入って以降いろいろあったが(本書でも説明されるが、ぜひ前作を読まれたい)、三十三歳の現在、階級は警視になっている。この潮崎のキャラがぶっとんでいる。茶道の宗家に生まれた筋金入りのおぼっちゃまにしてミステリマニア。小説の登場人物である刑事に憧れて白いズック靴を履いたり、武本のために毎日朝食を差し入れたり、家柄を武器に情報を集めたりするのだ。どこの漫画だ。喋り出したら止まらない。感情表現が豊かで、素直。ただしこちらも、その家柄故に周囲からは浮きがちな存在だ。

こんなふたりが初めてコンビを組んで密造拳銃の事件を追ったのが『それでも、警官は微笑う』。職場は離れたものの、武本が追う人身売買事件の捜査に潮崎が一民間人として関わったのが『そして、警官は奔る』である。ほとんど喋らない無愛想な武本に、ひとりで喋り続けるキュートな潮崎。何もかもが凸凹なこのコンビが、いざ事件となると最強タッグになるから面白い。第一作の序盤ではまだ手探りだった関係が、物語を通して徐々に盤石なものになっていく、その過程が本シリーズの大きな読みどころだ。

もうひとつ、シリーズの特徴といえば、一作で普通の長編三本くらいに相当するほどの濃さがある、という点だろう。事件とその捜査はもちろん、その過程にはマニアックなほどの業界情報があり、組織対個人や法対正義といった骨太なテーマがあり、ヒューマントルに達するほど掘り下げられた社会問題があり、共感せずにはいられない人間ドラマがあり、萌えずにはいられないキャラクターがあり……つまり警察小説の醍醐味が余すところなく、まるでお節料理の重箱のように、豪華に緻密にたっぷりと充塡されているのだ。

この傾向は『鎮火報』『埋み火』(双葉文庫)『啓火心』(双葉社)という若き消防官を主人公にした別シリーズも同様で、どの話も本が直立するほどの厚さでありながら、読み出したら止まらないリーダビリティと圧倒的な情報量が読者を翻弄する。

それが日明恩の持ち味だ。

——と、思っていた。ところが。

シリーズ三作目の本書では、従来とはまったく違ったアプローチを見せたから驚いた。これまで主筋にさまざまなサブストーリーを絡めて物語を太く濃くしてきた日明が、今度は主筋一本で勝負に出たのである。驚くぞ、と書いたのはこのことだ。

物語は、開業したばかりの横浜のホテルが舞台。このホテルのレストランで、武本は見合い(!)をしていた。ところがホテル内で異臭騒ぎが発生。同じ頃、二十階にある会員専用のフロアに、謎の犯罪集団が侵入していた。事態はエスカレートし、三十七人もの人質をとられてのホテル立てこもり事件へと発展する。この状況に武本はひとり、犯人グループを相手に戦うことになるのだ。

一方、神奈川県警に配属になっていた潮崎は、現場のホテルに武本がいることを知り、ある方法で彼に連絡をとる。つまり本書では、この最高のコンビが会話だけで——しかも犯人に聞かれているかもということを考慮して、かなり気を使いながらの会話だけで事件にあたるという構成になっている。

日明版ダイ・ハードと言っていい。これまで様々なエピソードがみっちり詰め込まれていたこのシリーズにあって、本書は「ホテル立てこもり事件」というひとつの事件に絞られた数時間の物語なのである。展開はスピーディで、読者に息つく暇を与えない。しかも、双子の少年サイコキラーが、ニコニコ笑ってハイタッチを交わしながら人を殺すという、なんともキャッチーな道具立まで用意され、読者を引きずり込む。このテンポの良さは、本書がシリーズ初の雑誌連載だったせいもあるだろうが、そのおかげで新たな魅力が生まれたと言っていい。

巧いのは犯人側の視点の交ぜ方だ。あるホテルマンが実は犯罪組織のメンバーで、内通していることが、読者にだけ早々に明かされる。武本はそうとは知らず、市民のひとりとしてこのホテルマンを守ろうとするわけだ。読みながら「武本、それ違う、気づけっ！」とハラハラする場面が目白押しである。一方、その内通者の視点に立ってみると、うまくいきかけた犯罪がたまたま居合わせた一人の警官のせいで邪魔され、自分の正体を隠しながらもなんとか犯罪を遂行させねばならないという、こちらもまた板挟み。どっちに転んでもハラハラするように出来ている。

膠着状態に陥った――と思ったその瞬間、潮崎の「声」が登場する。来た！　と思わず前のめりになった。そこからは一気呵成だ。会話だけでも、このふたりの個性と信頼が十全に堪能できる。いや、会話だけだからこそ、その信頼が濃縮されて届く。

にやにやすること請け合いだ。

ではサスペンスアクションに特化した本作では、従来の骨太なテーマは薄れているのだろうか？　答えは否、である。本書の中核にあるのは「仕事とは何か」という、実に硬派なテーマなのだ。

西島という若いホテルマンが登場する。彼は立派なホテルマンを目指して奮闘中だが、実際にはかなりのヘタレ。自分の失敗がばれるのが怖く小手先でごまかそうとするし、ホテルの危機には保身を考えるしで、いわゆる「ケツの穴の小さい男」だ。ところが武本とともに行動するうちに、彼は大きく脱皮する。スリリングな展開の本書にあって、この西島の変化と成長は、物語を推進させるひとつの核と言っていい。

西島を変えたものは何か。武本の「仕事」に対する姿勢である。警察とホテルマン、職業は違えど、その職に就いたからには通さねばならない筋がある。貫かねばならない矜持がある。西島は武本の無言の背中から、それを感じ取るのだ。

その「仕事とは何か」というテーマは、潮崎サイドでも展開される。県警で露骨に潮崎を嫌うある人物が、自分の過去の後悔を話すくだりがある。これまでのシリーズ作品でも、たとえば麻薬取締官の宮田や、「冷血」とあだ名される和田刑事の過去が語られる場面があった。それらは単なる背景ではなく、捜査する側ひとりひとりに歴史があり思いがあり、自分が仕事をする上で拠って立つ信念があるという象徴に他ならない。また本書では、仕事に対するプロとしての矜持が犯人側にもあることも書いておこう。

これまでシリーズを通して日明は、警察という組織の構造的な問題にメスを入れてきた。本書では一般世間よりも遅れているIT技術と、「市民から信頼されない警察」という問題を俎上に載せる。三作に共通しているのは、警察が持つ問題点は末端の警察官が一朝一夕に変えられるものではないという事実と、それでも理想を持ち続けて目の前の事件に誠実に当たることの尊さだ。その姿勢は本書にも受け継がれている。

警察官がなすべきことは何か。ホテルマンがなすべきことは何か。あなたの職場で、あなたがなすべきことは何か。搦め手で来たように見えるシリーズ第三作は、実はこれまでと同じく、強いテーマを読者につきつけているのである。

さて、ところで今回も、なんだか続きが気になる終わり方じゃないか？　そして何より、武本の見合いの顚末が実に思わせぶりなことが気になって仕方ない。第四作を早く！　もう九年も待ちたくないぞ！

（二〇一六年二月）

本書は二〇一六年二月に小社より刊行された
同名文庫の新装版です

双葉文庫

た-35-10

やがて、警官《けいかん》は微睡《ねむ》る〈新装版〉

2022年9月11日　第1刷発行

【著者】
日明恩《たちもりめぐみ》

【発行者】
箕浦克史
【発行所】
株式会社双葉社
〒162-8540 東京都新宿区東五軒町3番28号
［電話］03-5261-4818（営業部）　03-5261-4831（編集部）
www.futabasha.co.jp（双葉社の書籍・コミックが買えます）
【印刷所】
大日本印刷株式会社
【製本所】
大日本印刷株式会社
【カバー印刷】
株式会社久栄社
【DTP】
株式会社ビーワークス
【フォーマット・デザイン】
日下潤一

ISBN978-4-575-52605-9 C0193
Printed in Japan